Yves Jacob



# LES ANGES MAUDITS DE TOURLAVILLE

Roman

*Production Jeannine Balland*
*Romans Terres de France*

PRESSES DE LA CITÉ

ISBN 2-258-06460-0

*A la mémoire de Michel Hérubel,*
*qui nous contait si bien les terres de Bretagne*
*et de Normandie*

Ce qui attise et envenime l'amour humain, c'est l'éternel goût du péché et de la souillure.

M. ARLAND, *Où le cœur se partage*, Gallimard.

S'il existe l'enfer ne reçoit pas l'amour.

H. BAZIN, *Qui j'ose aimer*, Grasset.

L'amour est une passion qui ne se soumet à rien, et à qui, au contraire, toutes choses se soumettent.

Mlle DE SCUDÉRY, *Choix de pensées*, « De l'amour ».

Les grandes passions se préparent en de grandes rêveries.

G. BACHELARD, *La Poétique de la rêverie*, PUF.

# PREMIÈRE PARTIE

# 1

— Julien ?

— Je suis là !

— Où ?

— Trouve-moi !

Un éclat de rire souligna cette dernière phrase. Marguerite haussa les épaules, piétina le sol élastique des sous-bois d'un talon impatient puis, saisissant sa petite sœur Gabrielle par la main, elle s'engagea dans le chemin de la Chênaie qui conduisait au château.

Un bruit de course derrière elle apporta un sourire rassuré sur son visage. Parvenu à ses côtés, Julien régla son pas sur ceux des deux fillettes. En effet, en ce mois de décembre 1593, Gabrielle avait cinq ans, Marguerite tout juste sept. Quant à Julien qui, vêtu de chausses serrées, d'un pourpoint léger et d'un ample casaquin, portait déjà beau, il avouait vaillamment ses onze ans.

Tout en marchant, il tapota de la main l'épaule de Marguerite.

— Je ne jouerai plus à la cachette avec toi, lui dit-il, tu interromps le jeu trop souvent à ta guise.

Sans ralentir son pas, Marguerite pivota vers lui.

— Voilà longtemps que nous te cherchons et il faut

rentrer. Père va bientôt arriver, la nuit aussi, et il nous est interdit de demeurer dehors à jour failli. Et puis humidité et froidure tombent et Gabrielle est lasse. Regarde comme elle a du mal à trotter.

Julien opina du bonnet.

— Tu as raison, je ne pense qu'à moi. Pardon, Gabrielle. Et toi, tu me pardonnes ?

Il avait saisi le bras de Marguerite, l'obligeant à s'arrêter. Elle contempla Julien avec une surprise amusée, abreuvant ses prunelles de toute la gracieuse beauté de son frère qui jouait à faire pénitence devant elle.

— Bien sûr que je te pardonne !

Une lueur espiègle courut dans les yeux de Julien.

— Alors, je peux t'embrasser !

Et sans plus attendre, il déposa un baiser sonore sur le front de sa sœur.

— Tu es fou ! s'exclama délicieusement Marguerite.

— Et moi alors, tu ne m'embrasses jamais ! protesta Gabrielle en se dressant sur la pointe des pieds, perdue dans une jupe et un corps de jupe trop vastes pour ses cinq ans.

Julien s'approcha d'elle.

— Toi, c'est différent, tu es encore un gros bébé et je vais te porter.

Il l'enleva dans ses bras, plaça la tête de la fillette sur son épaule puis, Marguerite ayant enlacé son frère par la taille, ils accélérèrent le pas pour rejoindre le château. Ils y parvinrent sans dommage, le jour donnant encore. Julien s'arrêta pour déposer Gabrielle à terre puis il resta un moment immobile. Il ne se lassait pas de ce lieu. Les futaies de hêtres et de chênes environnantes, l'odeur d'une terre riche en perpétuel renouvellement, les douves et l'étang, une mare plutôt, ceinturant en partie au nord et à l'ouest les murailles du château, les vallons protégeant la petite rivière Trottebec qui flânait dans la vallée, les bâtiments d'exploitation abritant charrois, matériel agricole, étables, écuries, le logis du fermier et de quelques paysans embauchés à l'année, tout suggérait le paisible égrenage des jours.

Julien n'aimait rien tant, lorsqu'il revenait d'une randonnée à cheval, que de ralentir sur le pont à trois arches surplombant les douves avant de franchir le porche donnant sur la cour d'honneur traversée par un petit ruisseau où courait une eau vive et limpide. Là, Julien sautait de sa monture et, avant de la confier à un palefrenier, il s'immobilisait un moment pour admirer la façade sud de l'élégant château Renaissance qui se dressait fièrement devant lui. L'édifice à deux étages offrait à son regard des fenêtres à meneaux et à croisillons de pierre, surmontées elles-mêmes de trois lucarnes à chapiteaux corinthiens et ioniques s'ouvrant dans un toit à la pente aiguë et au faîtage couronné par d'imposants corps de cheminées. Trois tours, une à l'ouest, deux à l'est, coiffées d'un toit en éteignoir, encadraient la façade du corps de logis. Le choix d'un schiste vert pour la toiture parachevait avec goût cette remarquable demeure seigneuriale.

— Julien, réveille-toi, notre mère nous attend sur le perron. Nous sommes sans doute en retard et nous allons être punis !

Julien sortit de sa méditation.

— Tu as raison, dit-il, allons !

Ils rejoignirent le château. Madeleine de Hennot, fille de Nicolas de Hennot et de Catherine Le Clerc, devenue par les lois du mariage femme du noble homme Jean III de Ravalet, écuyer et seigneur de Tourlaville, les attendait en effet devant la porte de sa demeure. C'était une femme grande, au port altier, avec ses cheveux tirés en arrière, encore belle malgré le fardeau de ses trente-cinq ans et de onze maternités qui avaient adouci les angles de ses hanches et de ses épaules.

Ils s'inclinèrent devant elle.

— Nous avons tardé, mère, avoua Julien, penaud, c'est ma faute et je m'en repens vivement.

Marguerite fit un pas en avant.

— Ce n'est pas la vérité, je me suis tordu la jambe en courant et Julien a consenti à me soutenir jusque céans.

Puis, voyant qu'éberluée par cet aimable mensonge Gabrielle allait protester, elle lui dépêcha un regard si noir qu'il concentrait toutes les menaces du monde. Interdite, la fillette se contenta alors de renifler bruyamment en levant ses yeux d'un bleu faïence vers un ciel d'où une pluie serrée et froide commençait à tomber.

Madeleine avait suivi avec amusement tout ce petit manège. Depuis toujours, Marguerite protégeait son frère. Il avait onze ans, elle en avait sept mais elle se comportait avec lui comme une mère. D'ailleurs, ils ne se quittaient jamais. En raison du froid régnant dans les chambres du château, ils dormaient dans le même lit, échangeant la chaleur rassurante de leurs corps. Ils y avaient été rejoints voici deux ans par Gabrielle sortie des bras d'Amélie, la nourrice, car si elle avait dormi seule, la pauvrette serait littéralement morte de froid dans le cœur de l'hiver. Cette promiscuité avait créé des liens entre les trois enfants. Entre les deux aînés surtout. Ils accueillaient volontiers Gabrielle avec eux, mais elle était un peu petite et, sans se concerter, ils s'esquivaient souvent sans elle, partageant les mêmes jeux, les mêmes émerveillements, vivant dans une complicité si spontanée, si naturelle qu'elle attendrissait leur entourage, père, mère, frères, sœurs, domesticité confondus. Il est vrai qu'ils se ressemblaient. Ils arboraient les mêmes cheveux châtains tirant sur le blond, offraient aux regards une silhouette élancée, d'identiques yeux bruns, parcourus de reflets dorés.

Madeleine ne put réprimer un sourire de fierté. Marguerite possédait un tel charme, une telle précocité d'esprit, une telle autorité qu'elle avait obtenu, contre tous les usages, l'éducation des filles étant séparée de celle des garçons, de suivre avec Julien malgré leur différence d'âge les leçons de lecture, d'écriture et de calcul prodiguées par maître François Arnoul, le précepteur des enfants du haut et puissant seigneur de Tourlaville.

Mais l'heure s'avançait et Jean III, son époux, n'aimait point attendre s'il n'était pas en retard lui-même ; or l'heure du souper allait sonner. De surcroît, avec la pluie, la fraîcheur était tombée. Malgré son épaisse robe de droguet à passement noir et blanc, Madeleine frissonna. Elle porta une main à sa gorge comme pour la protéger du froid puis elle ordonna :

— Vous allez mander Catherine Nicolle pour qu'elle vous aide à vous changer, car vous voilà tout crottés, et avant de vous mettre à table n'oubliez pas de vous curer les mains et surtout les ongles. Souvenez-vous que votre père ne supporte pas qu'on plonge des doigts sales dans les plats.

Les enfants s'inclinèrent dans une charmante révérence, avant d'acquiescer en chœur :

— Oui, mère.

Puis, traversant la salle basse qui ouvrait sur le perron, ils s'envolèrent dans une joyeuse bousculade vers l'escalier à vis qui conduisait à l'étage. Quelques minutes plus tard, ils étaient de retour dans la salle basse où un feu dans la cheminée s'efforçait en vain de réchauffer la vaste pièce où le couvert[1] avait été dressé.

Jean de Ravalet était déjà installé au centre de la grande table rectangulaire garnie de mets. A sa droite, près de lui, Madeleine attendait, le visage grave, que les retardataires se manifestassent. Quand Gabrielle, Marguerite et Julien pénétrèrent dans la salle, il y eut un silence. Tous étaient attablés, sauf eux. Ils se dirigèrent vers le bout de la table sous le regard courroucé de leur père. Debout, têtes nues, ils se figèrent derrière leurs sièges. Le seigneur de Tourlaville laissa peser un silence avant d'annoncer la prévisible sentence.

— Demain, Julien, vous garderez la chambre ; vous n'en sortirez que pour suivre les leçons de votre précepteur. Vous avez décidément une mauvaise influence sur vos sœurs et il serait temps que vous en preniez conscience.

— Mais, commença Marguerite, puis elle se tut car les enfants, durant le repas, n'avaient point le droit de piper mot.

— Asseyez-vous à présent, conclut Jean de Ravalet d'une voix qui n'offrait aucune place à la contradiction.

Il pivota ensuite vers son fils aîné assis à sa gauche.

— Jean, récitez-nous le bénédicité en latin, s'il vous plaît.

La prière accomplie, chacun se mit à manger. Tout en

1. Couvert non pour conserver les plats au chaud mais par crainte du poison. De là est née l'expression « mettre le couvert ».

savourant avec ses doigts un potage composé de viande de mouton et de poissons de mer bouillis, Jean de Ravalet observait avec une sévérité bonhomme les convives qui peuplaient sa table.

C'était un jour banal de fin d'automne en Normandie. Il pleuvait, il grisait et nul visiteur intempestif ou désiré n'était venu colorer le quotidien. Le seigneur de céans ne soupait donc qu'avec sa femme Madeleine et une partie de sa progéniture. Sur sept filles et quatre fils que son épouse lui avait donnés, seuls quatre honoraient le repas. Madeleine, deux ans, nageait encore dans ses incontinences, Jacques, le puîné des garçons, affublé selon la tradition d'une robe comme les filles, commençait seulement à pisser debout sans tremper ses atours et à babiller de manière intelligible, et tous deux avaient grand besoin encore des soins de la nourrice. Marie, dix-sept ans, l'aînée de ses enfants, Jeanne, Catherine et Guillemette complétaient leur éducation au couvent. La première, férue de religion, hésitait à prendre un mari, la seconde ne pensait qu'à cela mais sa laideur, hélas, repoussait les partis ; quant à Catherine et Guillemette, elles affichaient leur âge avec bonheur et se désintéressaient de tout, avait confié d'une voix désabusée à Madeleine la mère supérieure du couvent où elles étaient censées apprendre les bonnes manières, la connaissance et à devenir des épouses soumises et attentives.

Heureusement, Jean de Ravalet se consolait avec ses fils. Jean IV, assis à sa gauche, le chapeau fièrement vissé sur la tête, avait achevé ses études au collège de Coutances alors que son frère Philippe venait tout juste d'y entrer. C'était là du bon grain. Tous deux compléteraient leurs études à Paris et ils porteraient l'épée et bien haut le nom des Ravalet de Tourlaville.

Restaient Gabrielle, Marguerite et Julien. Négligeant la serviette nouée autour de son cou, Jean de Ravalet essuya pensivement ses mains sur le bas de la nappe et interpella un valet pour qu'on lui apportât à boire. Les jours ordinaires, il se contentait volontiers, selon les plats, d'un vin de Muscadet, d'Anjou, voire d'un aimable chinonais, mais il n'hésitait pas, lors de réceptions, grandes ou petites, à exhumer de sa cave des vins d'Orléans, de Graves ou de Beaune. Curieux, il avait tâté des productions des vignobles de Sèvres, Suresnes, Meudon ou Saint-Cloud mais, soutenu par son oncle, le bon abbé de Hambye, qui, en disciple raffiné de Bacchus, partageait ses goûts, il y avait vite renoncé, les jugeant un tantinet surets !

Ce soir-là, un valet lui présenta un modeste cru de Loire qui s'associait joliment avec son potage. Quand Jean eut vidé son verre, le valet le remporta pour le déposer sur le buffet en l'attente du bon vouloir de son seigneur.

Jean III posa ses mains à plat sur la table, repoussa bruyamment son siège puis il rota avec componction. Ses yeux s'attardèrent un moment sur la grosse horloge adossée au mur indiquant sept heures, avant de glisser sur un dressoir chargé de vaisselle. Près de la grande porte donnant sur la cour d'honneur, dans des râteliers fixés sur les murs, des épées de différentes tailles, des piques de près de vingt pieds de long, trois arbalètes à moufle, une demi-douzaine d'arcs avec leurs carquois chargés de flèches et une perche pour l'épervier signalaient une demeure noble. Quatre arquebuses à mèche posées sur un immense coffre en bois de chêne enfermant des chemises de maille plongées dans du son afin de les préserver de la rouille complétaient cet armement.

Le regard de Jean de Ravalet s'arrêta sur Julien et Marguerite. Bien qu'il ne l'avouât point, ces deux-là étaient ses préférés. Comme tout son entourage, il était frappé par leur grâce altière et le fait que, semblables à des jumeaux, ils ne se séparaient jamais. L'oncle, Jean II de Ravalet, abbé de Hambye, réputé dans tout le Cotentin pour son équité et respecté pour ses multiples donations et offrandes, avait lui aussi succombé à leur charme. Jugeant que Julien était le plus intelligent de ses petits-neveux, il avait décidé d'en faire un homme d'Eglise et de lui abandonner ses prébendes le moment venu.

Le repas avançait. Allait arriver l'heure de servir les desserts. Madeleine interrompit la conversation qu'elle entretenait avec son fils aîné, tourna les yeux vers les enfants en bout de table.

— Julien, Gabrielle, Marguerite…

Il n'était point utile d'en dire davantage. C'était l'heure du coucher des plus jeunes. Ils se levèrent, prirent chacun leur assiette pour la déposer sur le vaisselier au passage puis, s'étant inclinés devant leur père, ils s'en allèrent vers leur chambre, où Catherine Nicolle les attendait afin de les apprêter pour la nuit et veiller à ce qu'ils s'endorment vite.

Fatigué par une rude journée de chasse avec son père, Jean IV ne tarda pas lui aussi à se retirer. Madeleine et Jean de Tourlaville restèrent bientôt seuls. Jean contempla le plafond un instant puis il pivota vers sa femme. Elle le dévisagea avec étonnement, devina des yeux tendres sous l'ombre projetée du tricorne accentuée par la lumière indécise des chandelles.

— Qu'avez-vous, mon ami, vous me contemplez de bien étrange façon ?

Un sourire courut sur la figure carrée du maître de céans.

— Il y a, ma mie, que je vous trouve fort belle ce soir, que je vous effeuille du regard et que je me sens tout assailli par des pensées friponnes !

Madeleine rosit sous le compliment. Elle aimait son mari mais elle craignait les conséquences de leurs étreintes.

— Certes, ce que vous me dites me flatte beaucoup mais chaque fois que nous nous abandonnons vous me faites un enfant.

Ravalet tirailla pensivement sur une barbe qui, à quarante-trois ans, commençait à se peupler de poils gris.

— Que voulez-vous, je déborde d'énergie, vous êtes plus belle chaque jour qui passe et le désir de vous me taquine autant qu'au premier jour...

— Vous m'aimez donc encore ?

— Plus que ma vie.

— Jean...

— Oui ?

— Et si après cela, je n'avais pas mes mois ?

— Eh bien, vous me bailleriez un douzième enfant.

— N'est-ce pas un peu fou ?

— Si, mais ne suis-je pas fou de vous ?

— Hélas, je crois que si, mais cette folie est partagée, et je crois qu'une fois encore je vais vous céder.

Ils quittèrent la table ensemble. Il était de taille moyenne, un peu plus grand qu'elle, les épaules râblées posées sur une puissante poitrine. Il dégageait une surprenante impression de force tempérée par un regard mélancolique qui savait se charger d'orages s'il le fallait.

Il posa ses mains sur les épaules de sa femme, perdit ses yeux dans les siens.

— Allez vous apprêter, ma mie, je fais un saut jusqu'aux écuries puis j'accours vous rejoindre.

— Jean...

— Oui ?

— Hâtez-vous, les feux de l'enfer me brûlent déjà !

# 2

Marguerite s'étira. Elle avait passé une agréable nuit, lovée contre Julien, qui dormait entre ses deux sœurs. Les nuits étant glaciales, Marguerite ne pouvait qu'apprécier le lit-alcôve ceinturé par des rideaux à fleurs les préservant du froid et des courants d'air.

Par souci d'économie, le feu n'avait pas encore été allumé dans les chambres et Marguerite frissonna. Elle s'appuya sur un coude pour écarter le rideau et pencha sa tête dans la ruelle. Le jour dormait encore. Les yeux de Marguerite distinguaient cependant la cheminée éteinte dont le manteau de pierre supportait deux chandeliers. Pour tout mobilier, la pièce comptait deux coffres, un bahut en chêne massif dans lesquels on enfermait des livres, des toilettes de qualité, des parfums, quelques objets précieux et une table encadrée par un banc et deux escabelles [1].

Un bruit dans la garde-robe attenante annonça que Catherine Nicolle était levée. Elle dormait en effet, comme la plupart des domestiques, dans la garde-robe voisine de la chambre de ses maîtres, et on avait placé

1. Sièges de bois sans bras ni dossiers.

une paillasse à son intention entre la chaise percée et les effets des enfants.

Des pas se rapprochèrent. On frappa à l'huis et Catherine entra avec dans ses bras les vêtements que les enfants porteraient ce jour-là. C'était une femme à l'âge indiscernable tant sa figure était usée. Pourtant, malgré une taille lourde et de vastes seins dissimulés dans une robe confectionnée dans de la grosse serge de Cerisy, elle se déplaçait avec une vivacité laissant supposer qu'elle était beaucoup plus jeune qu'il n'y paraissait. Sa fille, Guyonne, âgée de quinze ans, vaquait aux cuisines, et son fils Etienne, plus vieux d'un an, servait d'homme à tout faire. Il était tour à tour palefrenier, bûcheron, terrassier, voire couvreur quand un toit faisait des siennes et qu'il fallait des jambes et des mains alertes pour y grimper et le réparer.

Apercevant le nez de Marguerite musardant derrière les rideaux, Catherine s'informa :

— Mademoiselle a bien dormi ?

— Oui.

La chambrière posa soigneusement les vêtements sur un coffre puis elle alla allumer les chandelles. Une belle lumière réveilla la nuit et Julien. Autant Marguerite aimait se prélasser dans la douceur des draps avant de se décider à affronter le jour, autant Julien, d'un tempérament vif, éprouvait le besoin de bondir hors du lit clos. Quelques secondes plus tard, il était debout au milieu de la pièce et, les bras brandis au-dessus de sa tête, il demanda à Catherine de lui ôter sa chemise de nuit. Celle-ci s'exécuta. C'est alors que Marguerite poussa un cri de saisissement puis elle s'écria :

— Oh, regarde, ta gentille verge est toute dressée !

Tous se penchèrent au-dessus de ce prodige. Informée

des choses de la vie, Catherine apprécia plus que tout autre. Julien promettait. Heureuses celles qui plus tard partageraient sa couche.

— C'est naturel, dit-elle, votre frère grandit.

Marguerite ne parvenait pas à détacher son regard du sexe de Julien. Elle releva sa propre chemise, se pencha en avant pour examiner son entrecuisse.

— Moi aussi je grandis, mais moi je ne vois rien qui pousse ! Il a de la chance, lui !

Un éclat de rire rajeunit le visage de Catherine.

— Naturellement, mademoiselle, vous êtes une fille, lui un garçon, et jamais vous ne parviendrez à l'imiter de cette façon. Quant à vous, monsieur, si vous désirez trouver le repos, je vous conseille d'aller vous asseoir sur la chaise percée et de vous y soulager. Quand vous aurez pissé tout votre soûl, tout redeviendra normal. A présent, mademoiselle, il est temps de vous apprêter pour aller déjeuner. Votre père voudrait vous voir avant de partir en tournée dans la forêt de Brix, et maître Arnoul va bientôt accourir céans pour vous dispenser votre leçon d'écriture et de civilités.

Marguerite approuva d'un signe de tête avant de se livrer aux soins de la chambrière. Catherine s'occupa ensuite de Julien, impatient et toujours nu, puis de la petite Gabrielle qui s'était enfin réveillée et protestait qu'on la servît toujours la dernière.

Accompagnés de Catherine, ils descendirent bientôt dans la cuisine, où, suivant la tradition des gentilshommes campagnards, Jean de Ravalet acceptait de déjeuner et dîner d'octobre à avril, la cuisine étant le seul endroit éclairé et chauffé toute la journée. C'était la seule pièce où l'on oubliait pour un temps les courants d'air et l'humidité glaciale du château.

Ainsi, la famille se retrouvait là sept mois de l'année avec les domestiques qui mangeaient à une autre table. Toutefois, contrairement à la plupart des hobereaux du voisinage, Jean de Ravalet exigeait qu'on soupât chaque soir, même l'hiver, dans la salle basse afin de maintenir son rang et de rappeler celui-ci à sa domesticité.

A sept heures du matin, le petit déjeuner vivement expédié, tandis que Jean de Ravalet, accompagné de son fils aîné, prenait congé pour la journée et que Madclcinc gagnait ses appartements, Julien et Marguerite rejoignirent leur chambre, dans laquelle maître François Arnoul, leur précepteur, devait leur transmettre son savoir.

Ils s'assirent sur le banc devant la table pour l'attendre. Le jour ne donnait toujours pas dans la pièce et Catherine avait laissé une chandelle allumée pour la leçon.

Marguerite prit la main de Julien et posa la tête sur son épaule.

— Julien...

— Oui ?

— Si je n'étais pas ta sœur, cst-cc quc tu mc marierais ?

Il l'obscrva avcc curiositc, un sourire attendri sur les lèvres.

— Que me chantes-tu là ? C'est impossible, tu es ma sœur et nous sommes des enfants !

Elle approuva d'un petit hochement de tête résigné.

— Je sais bien que tu es mon frère et que c'est impossible mais ce que je sais aussi, c'est que si tu ne l'étais pas, moi je n'hésiterais pas à te marier !

Julien éclata de rire. Le mariage pour lui, c'était affaire d'adultes. C'étaient Jean de Ravalet et Madeleine, d'autres encore, vieux, tristes, des faiseurs de disputes, de concessions, de mensonges, des faiseurs d'enfants.

Marguerite cependant continuait de le dévisager avec anxiété. Il la rassura :

— Bien sûr, petite sœur, que je te marierais.

— Et nous nous aimerions toujours ?

— Certes.

— Et nous aurions des bébés ?

Il s'esclaffa. Il allait répondre : « Oui, des milliers » quand l'huis s'ouvrit pour laisser entrer maître Arnoul.

Les enfants se levèrent et attendirent que le précepteur fût assis sur une escabelle pour l'imiter. Ce dernier déposa deux vénérables volumes reliés de cuir devant lui, puis il promena un moment son regard sur ses élèves. Il aimait leur transmettre ses connaissances. Julien était intelligent mais peu porté sur l'étude. A celle-ci, il préférait de loin le jeu de paume, le palet, la soule ou la chasse. En revanche, avec une incroyable précocité, sa sœur engrangeait tout savoir avec la même aisance qu'une rivière accueille la pluie, et elle avait sur son frère une influence bienfaisante. Jamais Julien n'aurait supporté d'échouer devant elle. Ainsi, il était contraint de s'appliquer et les résultats s'en ressentaient.

François Arnoul ouvrit un des volumes et, ôtant avec une grâce nonchalante son manteau noir, il leva à nouveau ses yeux clairs en direction des enfants qui, la tête baissée, attendaient patiemment la leçon.

— Bien, nous allons commencer, ainsi que madame de Tourlaville me l'a recommandé, par les civilités et la manière de se comporter à table, car elle pense que vous avez encore beaucoup à apprendre en ce domaine.

Julien haussa les épaules avec agacement.

— Si notre mère le dit, il en sera ainsi.

Un sourire détendit la figure de François Arnoul. La leçon commencée, Marguerite détaillait sans retenue le précepteur et, ma foi, elle le trouvait plutôt beau. Assez grand, mince sans être chétif, jeune encore – il avait trente-deux ans –, il exhibait avec une certaine fierté un grand front souligné par des yeux bleus pensifs et des cheveux naturellement blonds, mais ce qui subjuguait le plus Marguerite, c'étaient ses mains fines, élégamment dessinées, dont il savait se servir avec une troublante habileté. Lorsqu'il devisait, on ne voyait qu'elles. Elles voletaient autour de lui, suspendaient le temps, recréaient l'espace. Pour son plaisir, avec une incontestable maestria, il jouait de plusieurs instruments, et la guitare et le luth n'avaient plus de secrets pour lui.

A ses moments perdus, Madeleine de Ravalet lui demandait de lui interpréter quelques morceaux choisis, ce qu'il acceptait bien volontiers. Homme avant tout, François Arnoul appréciait en effet, sans oser se l'avouer, la compagnie de la belle dame de ces lieux et ses yeux ne se lassaient pas d'admirer naïvement le noble port de sa tête, la parfaite opulence de ses hanches et de sa gorge.

Marguerite soupira. Oui, maître François Arnoul était un bien bel homme, mais il était beaucoup moins séduisant que Julien. De toute façon, il était vieux et c'était un roturier ! Et puis il l'ennuyait avec ses leçons de civilités. Elle préférait la lecture, l'écriture et surtout les poèmes de Ronsard, de Du Bellay et les extraordinaires personnages des romans de chevalerie dont on lui contait les aventures à la veillée.

Qu'à cela ne tienne ! Le précepteur avait commencé la leçon, et Marguerite et Julien branlaient du chef, de temps à autre, afin de laisser croire au maître qu'ils s'intéressaient à ce qu'il disait.

— Il est très important de suivre à table entre gens de bonne compagnie les prescriptions les plus fines, martelait celui-ci d'une voix mélodieuse. C'est là un des lieux qui démontrent aux autres votre bonne éducation. Rappelez-vous que l'usage est de rester couvert à table, hormis les enfants, qui doivent conserver la tête nue, le silence et ne s'asseoir qu'après en avoir reçu l'ordre. Puisque l'on parle des enfants, souvenez-vous qu'ils doivent se lever avant les derniers plats, emmener leur assiette avec eux et s'incliner devant le maître de céans avant de quitter la salle. Vous devez aussi vous laver soigneusement les mains et les ongles avant de porter la main dans les plats pour vous servir. S'il n'y a pas d'eau disponible, vous utiliserez l'aiguière ou un bassin parfumé que vous présentera un valet pour vous acquitter de ce soin.

« Vous n'oubliez pas, j'espère, que vous devez réciter le bénédicité en latin avant chaque repas et terminer celui-ci par les grâces.

« A table, chacun sera placé selon son mérite et sa charge. Désormais, vous ne mettrez plus votre serviette sur l'épaule ou sur le bras gauche mais vous la nouerez autour de votre cou. Dans les grandes réceptions cette serviette sera changée autant de fois qu'il y aura de services et on changera la nappe à l'entremets, celle-ci ayant été tachée avec les sauces par les plus ignorants. Erasme nous dit qu'"il est grossier de plonger ses doigts dans les sauces ; il faut prendre du plat le morceau qu'on souhaite, soit avec le couteau, soit avec la fourchette".

Julien gigota sur son banc.

— Mais, maître, comment peut-on prendre notre viande avec une fourchette si nous n'en avons pas ?

François Arnoul fronça les sourcils.

— Il est vrai que son usage a du mal à se répandre. Pourtant, elle est bien pratique avec ses deux dents pour piquer les mets. Mais laissons la fourchette. N'oubliez pas que le couteau à couper la viande et le pain se placent à gauche de votre écuelle, votre assiette ou votre tranchoir de pain. Ne léchez pas vos doigts et ne les essuyez pas sur vos habits, vous vous attireriez les foudres de vos hôtes ou de vos parents. Servez-vous de votre serviette ou de la nappe. Elles sont là pour ça. N'oubliez pas non plus de choisir avec trois doigts ce que l'on vous présente et de demander que l'on vous apporte un verre pour boire s'il n'y en a pas sur la table. Le valet le remportera ensuite. Enfin, n'oubliez jamais qu'à table on se sert toujours de sa main gauche et que, si on fait malencontreusement choir un morceau de pain à terre, on se doit de le baiser en le ramassant, car ce pain nous vient de Dieu.

François Arnoul marqua une pause et, remarquant que son auditoire l'écoutait d'une oreille de plus en plus distraite, il s'empressa de conclure :

— Bien, nous poursuivrons le thème des civilités demain. A présent, nous allons passer à la lecture puis à l'écriture. J'ai apporté l'œuvre complète d'un poète connu pour ses rondeaux et ses ballades. Nous ne l'avons encore jamais étudié. Il a été valet de chambre de feu notre roi François I^er^. Il a écrit divers ouvrages tous plus élégants les uns que les autres.

— Il parle d'amour dans ses poèmes ? s'enquit Marguerite, les yeux brillants.

François Arnoul braqua un œil étonné sur la fillette.

— Quelle insolite question !

— Pourquoi ?

— Vous êtes si jeune, ce ne sont point là des préoccupations de votre âge.

Marguerite se tortilla sur son banc.

— Il n'y a pas d'âge pour aimer.

François Arnoul ébaucha un sourire qu'il se garda de rendre ironique.

— Vous voilà donc déjà amoureuse ?

La réponse fusa, définitive.

— Cela ne vous regarde pas !

Piqué au vif, le maître prit le parti de changer de conversation.

— Revenons à la leçon, j'ai choisi un texte extrait de *L'Adolescence Clémentine* de Clément Marot. Je vais vous le lire, ensuite nous essaierons de comprendre ensemble ce que le poète a voulu exprimer puis ce sera à votre tour de me le lire avant de l'écrire pour pouvoir l'apprendre et me le réciter dans les jours prochains. Etes-vous prêts ?

Leurs coudes plantés sur la table, le regard soudain attentif, oubliant les indigestes civilités, leurs mains ouvertes plaquées sur leurs joues, Marguerite et Julien écoutèrent avec ravissement la délicate musique des mots qui s'envolait de la bouche de leur maître.

# 3

Les jours, les semaines, les mois s'écoulèrent. Julien et Marguerite poursuivaient une enfance monotone et studieuse rythmée par l'enseignement dispensé par maître François Arnoul. Les leçons d'équitation, de musique et de danse étaient assurées par d'autres professeurs. Seul l'apprentissage des arts de la guerre séparait le frère et la sœur.

Jean IV était parti parfaire ses études de jeune gentilhomme dans un collège parisien, Philippe élimait ses hauts-de-chausse sur les bancs rugueux du collège de Coutances. Marie, Jeanne, Catherine et Guillemette étant au couvent et les autres enfants étant trop petits, il ne restait à Julien que Marguerite comme compagne de jeux.

Et ma foi, il ne s'en plaignait pas. C'est elle souvent qui proposait une flânerie en barque sur l'étang, une cueillette de champignons, de pommes, de fleurs, de châtaignes ou de glands, une randonnée à cheval jusqu'à la mer voisine. Là, en toute innocence, ils se glissaient nus dans l'eau jusqu'à la taille, car ils ne savaient pas nager. Parfois, pour plaire à sa sœur, Julien emmenait avec eux *Le Trésor de tous les livres d'Amadis de Gaule, contenant les harangues, épistres, cancions, lettres, missives et autres choses plus excellentes, pour instruire la jeune noblesse à l'éloquence, grâce, vertu et générosité.*

Ce roman traduit de l'espagnol relatait les aventures d'Amadis, fils de Périon, roi imaginaire de Gaule, et d'Elisène, fille de Garinter, roi de la Petite-Bretagne. Pour gagner l'amour et la main d'Oriane, fille du roi de Danemark, Amadis affrontait tous les périls, risquant sa vie sans compter et triomphant de tous les obstacles.

Marguerite connaissait les exploits d'Amadis par cœur. Julien choisissait de les lui lire dans le désordre sans la perturber pour autant. En revanche, elle lui demandait toujours de conclure par les pages où Amadis devenait l'époux d'Oriane. Et là, quel que fût l'endroit où ils avaient emporté l'ouvrage – sous un arbre, au bord de la rivière Trottebec, dans le lit clos de leur chambre –, Marguerite échouait toujours dans les bras de son frère, et, se prenant pour Oriane et le confondant avec Amadis, elle le couvrait de baisers sur les joues, le front ; parfois, comme par inadvertance, sa bouche dérapait un peu jusqu'aux commissures de ses lèvres.

Julien n'oubliait pas qu'il était un garçon pour autant. Fasciné par le château, il en connaissait tous les contours, l'histoire. Il préférait de loin la façade nord, celle qui tournait le dos à la cour d'honneur. Destinée à être plus ou moins ignorée des visiteurs, elle présentait des tours dissemblables dont l'une, située au centre, dominait la toiture. De forme octogonale, elle impressionnait par sa puissance, la hardiesse de sa conception. Sa construction achevée, on l'avait fort justement baptisée tour des Vents ou des Quatre Vents.

Pourtant, ce n'était pas cette tour qu'affectionnait le plus Julien. Le château avait été bâti récemment sur les ruines d'une forteresse que Jean II de Ravalet, abbé de Hambye, avait reçue en cadeau en 1562 avec la fiefferme de Tourlaville, des mains de Marie, fille de la princesse Adrienne, duchesse d'Estouteville, dame de Bricquebec et autres lieux, afin de le récompenser de ses bons et loyaux services rendus à la maison ducale d'Estouteville en sa qualité de secrétaire, intendant et confident.

L'abbé de Hambye et son frère, Jacques de Tourla-villc, grand-père de Marguerite et Julien, avaient fait raser les ruines, à l'exception d'un donjon datant de la fin du VIIIe siècle, et ils avaient conservé en sous-sol la salle des Gardes, les oubliettes et les prisons. C'est là que Julien adorait se hasarder. Malgré de petites fenêtres rondes, ouvertes çà et là au moment de l'érection du nouveau château, la lumière demeurait chiche et l'endroit conservait un aspect redoutable. Julien aimait y entraîner Marguerite. Il parcourait les salles en tâtonnant, riait de voir monter l'effroi sur la figure de sa sœur, ronronnait à l'idée de sentir la petite paume se crisper dans la sienne.

— Oh, par le sang de Dieu, s'écriait-il soudain, regarde, un incube !

— Où donc ?

— Là !

— Il n'y a rien...

— Alors, c'est que je me suis trompé.

Et son rire résonnait lugubrement sous les voûtes.

Quelquefois, il lui lâchait la main, fuyait pour se cacher.

— Où t'es-tu ensauvé ? s'égosillait Marguerite, apeurée.

— Tout près, quère-moi !

— Je ne bougerai que tu ne sois revenu près de moi, se

lamentait la fillette, nous sommes à soleil couché, nous n'avons pas de chandelle et je n'y vois goutte !

— Sois vaillante, j'accours vers toi !

Il la rejoignait, ils tombaient dans les bras l'un de l'autre, s'étreignaient sans compter. Cette intimité n'avait pas échappé à Madeleine de Ravalet. Catherine Nicolle lui avait rapporté l'anecdote de la verge turgescente de Julien et l'envieux étonnement de Marguerite. Madeleine en avait beaucoup ri avant de s'en inquiéter, de s'en ouvrir à son mari et de lui faire remarquer :

— Ne pensez-vous pas qu'il serait temps de séparer le coucher de nos enfants ? Ils grandissent, leurs corps vont changer, leurs pensées aussi.

C'était un jour d'avril 1594. Une aube grise se profilait derrière la fenêtre de la chambre entrouverte. Jean III s'étira paresseusement puis il roula sur le flanc pour contempler sa femme. Il s'était couché tard la veille après avoir longuement conversé avec son intendant et ses fermiers de la fiefferme. Un petit vin d'Argenteuil avait agrémenté la soirée, suffisant à faire oublier que les récoltes de l'année précédente avaient été mauvaises et que les vaches fournissaient moins de lait. Mais tous se rassuraient. Ce qui a été ne sera plus, et certaines prédictions annonçaient une année faste pour l'agriculture.

— Vous avez raison, ma mie, il serait temps, mais cela posé nous attendrons encore un peu. Julien va bientôt partir poursuivre ses humanités au collège de Coutances et quelques mois de plus ne changeront rien à l'affaire. Il va avoir douze ans et Marguerite huit. Où est le mal ?

Madeleine branla du bonnet d'un air songeur.

— Il est vrai, mon ami, il est vrai, mais lorsque Julien reviendra, il en aura seize et Marguerite douze.

Jean de Ravalet tapota rêveusement la hanche pleine de sa femme.

— Nous les séparerons alors. D'ailleurs, d'ici là nous aurons peut-être déjà trouvé un bon parti pour Marguerite.

Madeleine répondit par une moue dubitative, puis :

— C'est improbable. Ses sœurs, plus âgées qu'elle, n'ont point encore déniché soulier à leur pied.

— Certes, certes, mais il faut admettre que nos filles sont physiquement assez mal assemblées alors que Marguerite est d'une miraculeuse beauté. Je plains ceux qui épouseront mes filles, j'envie celui qui convolera avec Marguerite !

Madeleine de Ravalet s'agita sur sa couche.

— Jean, comment osez-vous traiter ainsi vos propres enfants ? S'ils vous entendaient !

Un gros rire roula dans la vaste poitrine du seigneur des lieux.

— Ma mie, mes filles ne m'entendent point, et de surcroît je ne pense guère ce que je dis ! C'était là simple facétie.

Il marqua une pause, caressa sa femme de manière plus précise. Elle arrêta sa main, la serra, inquiète soudain.

— Jean, je ne vous ai pas encore dit...

Il s'accouda de côté pour mieux écouter.

— Oui ?

— Ce que je craignais est survenu, je n'ai pas eu mes mois.

Il la dévisagea avec incrédulité.

— Vous êtes grosse encore ?

— Hélas, oui, mais je vous avais prévenu des risques.

Il grommela :

— Ventredieu, vous êtes décidément trop féconde !

— Cela vient aussi de vous.

— Peut-être, mais nous en serons au douzième enfant. Il serait temps de briser là.

Madeleine se tordit les mains.

— Mais comment faire ?

— Cesser de nous ébattre ensemble.

Elle lui jeta un regard désorienté.

— Vous irez alors vous consoler avec des gourgandines ?

— Je n'aurai point le choix. Il faudra bien que ma virilité s'échappe. Je ne peux demeurer ainsi à me brûler le sang alors que je suis encore vigoureux et fier de l'être.

— Et moi, que deviendrai-je ? Me dessécherai-je comme un vieux fruit ?

Jean de Ravalet s'assit sur son séant et contempla sa femme. Enceinte de deux mois, elle était splendide, plantureuse à souhait, admirable. Il l'aimait. A sa façon. Sincère et égoïste comme tous les hommes de son temps.

— Vous dessécher, je ne peux l'imaginer mais me rester fidèle, oui. Féconde comme vous l'êtes, si vous aviez une aventure j'en serais incontinent averti et vous savez où l'adultère mène. Notre monde est chrétien et la morale a ses lois. Je sais que vous ne les transgresserez pas. Il y a en vous toutes les vertus et toutes les perfections de l'esprit et du corps.

Il hésita un instant, une vague de désir troublait ses yeux gris.

— Et pour l'heure, la perfection de votre corps l'emporte sur celle de votre esprit !

Il plongea une main sous la chemise de Madeleine, la retroussa sans façon, dégagea le beau ventre blanc, à peine arrondi, les seins qu'il caressa avec une aimable vigueur.

— Vous avez décidément de fort jolis tétins, espiègles et joyeux, ils me sourient et me confient que puisque vous êtes grosse nous ne risquons point d'avoir un treizième enfant !

Ayant dit, sans plus tergiverser, il s'allongea sur sa femme et s'empara d'elle. Il la besognait avec vigueur, épiant la sèvc qui sourdait cn lui sans s'apcrccvoir qu'cllc retenait ses larmes, quand soudain on frappa à l'huis.

— Qu'est-ce encore ? gronda Ravalet.

— Monsieur, osa une voix derrière la porte, un pli arrivé fort tard hier soir, provenant de votre oncle, l'abbé de Hambye. Je n'ai pas voulu vous réveiller et j'ai attendu la nuit levée pour vous l'apporter.

— Entre, Martin, mon oncle n'attend pas.

L'huis ouvert, Martin Groult, le valet favori de Jean III, pénétra dans la pièce au moment où, avec une ostentation mesurée, son maître abandonnait à regret son étreinte amoureuse.

— Approche, gredin, ne vois-tu pas que j'étais joliment occupé ?

Martin s'engagea dans la ruelle, tendit le pli puis, la carcasse frémissante, il guetta les ordres. Une missive de l'abbé de Hambye annonçait toujours de grands événements dans la maison.

Sa chemise pudiquement ramenée sur ses cuisses, Madeleine observait le valet avec curiosité. Il est vrai que le brave Martin sortait de l'ordinaire. De taille moyenne, le buste long, les bras courts, les jambes torses et brèves, les épaules carrées, il y avait du nain et du géant en ce pittoresque assemblage de tronc et de membres. Le tout était couronné par une tête assez forte où des yeux verts et perçants courant sous des sourcils charbonneux surplombaient un nez busqué tombant dans une bouche trop large où depuis longtemps quelques chicots avaient remplacé la denture. Ajoutons à cela une peau si mate qu'elle semblait avoir été brûlée par tous les soleils. Il y avait certes du nain et du géant en lui, mais il y avait aussi du diable. Il ne lui manquait que quelques verrues sur le nez pour qu'on le crût tout droit sorti d'un conte destiné à terroriser les enfants !

Et pourtant cet homme possédait de multiples vertus. Solide comme un arbre, bon comme le pain qu'on savoure après l'avoir béni, fidèle à son maître jusqu'à la mort si ce dernier le lui avait demandé, gai comme un pinson, âpre au labeur, on lui prêtait également un tempérament sexuel et des performances hors du commun. Il dormait dans la garde-robe attenante aux appartements du seigneur de Tourlaville et, lorsqu'il honorait Jeanne, sa femme, ce qui arrivait toutes les nuits, on entendait résonner les cris d'allégresse et d'extase de celle-ci, non seulement jusque dans les chambres voisines mais aussi dans tout le château.

Ravalet s'ébaudissait des exploits de son valet, et Madeleine enviait Jeanne Groult, qu'en raison de sa joliesse et de son humeur égale elle avait choisie comme camériste. Parfois, la jeune servante lui faisait ses confidences. Les yeux gonflés de pleurs, elle lui avait avoué un jour qu'elle n'aurait sans doute jamais de descendance. Elle ignorait si cela venait d'elle ou de Martin, mais c'était ainsi. Madeleine avait hoché mélancoliquement la tête. Ne pas avoir d'enfant était une punition divine, en avoir un à chaque étreinte en était une autre !

Jean avait pris connaissance de la lettre de l'abbé de

Hambye. Il pivota vers son épouse, tire-bouchonna ses moustaches.

— Notre oncle arrive demain. Il passera quelques jours céans et devisera avec nous de l'avenir de Julien.

Madeleine soupira. Deviser était un bien grand mot. Il y avait bien longtemps que l'abbé, conscient que sa famille lui devait tout ou presque, avait cessé de lui demander son avis. C'était grâce à lui que celle-ci résidait au château, et il décidait de tout. Malgré son caractère fort, Jean de Ravalet n'aurait qu'à s'incliner. De toute façon, Julien partirait bientôt pour Coutances et ensuite pour Paris.

Le domaine se vidait de ses enfants et la pauvre Marguerite trouverait désormais bien vides les allées et les sentes du parc.

— Eh bien, qu'en pensez-vous ?

Madeleine tressaillit.

— Il faut le recevoir dignement.

— Oui-da, dignement, car c'est un homme de bien et une fois encore il nous couvrira de ses libéralités.

— Sans doute, sans doute.

Madeleine jeta un œil sur le valet qui attendait toujours, campé dans la ruelle.

— Martin, dites à la nourrice de m'apporter Jacques et Madeleine. Ils doivent être réveillés, et j'aimerais les câliner et les baisoter un peu, et mandez-moi votre femme car je vais me lever bientôt.

Le valet coula un regard vers son maître. Celui-ci ne bronchait pas, perdu dans ses pensées.

On frappa à l'huis. Martin se dirigea vers lui pour l'ouvrir. Une petite tête grise mais jeune, suivie par un corps ramassé et légèrement voûté, apparut dans l'embrasure. Celle d'Antoine Girard, ouvrier à tout faire, chargé de la maintenance du château.

Le visage de Jean de Tourlaville s'éclaira. Il lui adressa un grand signe de bienvenue de la main.

— Ah, c'est toi, Antoine ! Pénètre céans. Tu viens pour m'entretenir de la toiture des étables ?

# 4

Les mains derrière le dos, le nez penché en avant, Jean III déambulait en longues enjambées pensives dans son cabinet attenant à sa chambre. C'est là qu'en dehors des classiques agapes et des festivités il recevait en cercle privé les invités de marque et traitait des affaires réclamant la plus grande discrétion. Les autres, concernant l'entretien et l'exploitation du domaine, se déroulaient dans la salle basse, voire dans la cuisine bien chauffée.

Il s'immobilisa un moment devant les rayonnages de bibliothèque pour contempler les ouvrages richement reliés qui y foisonnaient. Comme tous les nobles attirés par les romans de chevalerie, il avait lu les volumes d'*Amadis de Gaule*, mais on trouvait aussi, pêle-mêle, Machiavel, la traduction française de *Silva des varia leccion*, *Les Diverses Leçons* de Pierre Messie, écrivain à la cour de Charles Quint qui abordait toutes sortes de thèmes, *Le Quart Livre des faicts et dits héroïques du bon Pantagruel* de Rabelais, *Le Calendrier des Bergers*, *Les Quatre Fils Aymon*, *Fierabras*, *Pierre de Provence*, *Le Roman de la rose*, *Mélusine*, *La Légende dorée*, *L'Heptaméron* de Marguerite d'Angoulême, *Le Roman de Renart*, *Ogier le Danois*, la Bible, bien entendu, les *Centuries* et l'Almanach de Nostradamus, les *Fables* d'Esope, des traductions de différents auteurs grecs et latins, et des recueils poétiques de Joachim du Bellay, Clément Marot et Pierre de Ronsard.

Jean de Tourlaville ne se piquait pas d'avoir tout lu. La plupart de ces livres provenaient de l'héritage de son père et certains d'entre eux n'avaient jamais été ouverts par lui. En revanche, il en connaissait des extraits, lus par Madeleine ou une de ses filles aînées lors des veillées.

Un sourire élargit son visage. Il songeait à Marguerite. A huit ans, l'enfant ne cessait de lui emprunter des ouvrages. Elle les dévorait sans retenue, avec passion, ne comprenant sans doute pas grand-chose du fond mais se laissant ardemment bercer par la musique des mots. Il la croisait souvent en compagnie de Julien, la tête dans les nuages, déclamant, sans même s'apercevoir de sa présence, des extraits de poèmes qu'elle avait appris par cœur. Curieux penchant que son frère partageait pour lui plaire. Car Tourlaville connaissait bien son fils. Celui-ci rêvait de devenir un homme d'épée alors que l'abbé de Hambye envisageait, en raison de son intelligence et de sa qualité de cadet de la famille, d'en faire un homme de robe.

L'abbé de Hambye... Jean III s'approcha de la fenêtre pour jeter un coup d'œil au-dehors. L'abbé n'allait plus tarder. Il avait annoncé son arrivée pour le souper à six heures et, malgré les aléas d'un voyage éreintant, c'était un homme ponctuel. Dans la demie d'une heure tout au plus, il franchirait la poterne, juché sur une mule, précédé d'un laquais trottinant à pied et suivi d'un valet à cheval agrippant par la bride un courtaud chargé de ses coffres et bagages.

Une bouffée de reconnaissance submergea le seigneur

de Tourlaville. Il devait tout ou presque à son oncle et il ne l'oublierait jamais. Pour lui, l'abbé de Hambye était un saint homme. Intelligent, séduisant, généreux, il aurait pu réussir dans toutes les vocations. Aujourd'hui encore, à soixante-dix ans révolus, il fascinait par sa bonté et une sorte de grâce naturelle qui embellissait tout ce qui l'entourait. Cultivé, travailleur infatigable, il avait réussi tout ce qu'il avait entrepris. Après des études aux collèges de Coutances et de Valognes, il s'était ensuite distingué à l'université de Caen, où, après de brillantes études et quatre années de théologie, il avait coiffé le bonnet de docteur en théologie.

Prêtre, curé de Saint-Martin-des-Champs et d'Hardinvast, secrétaire, conseiller puis intendant des domaines du Cotentin de la duchesse d'Estouteville, il avait bénéficié des largesses d'une maîtresse reconnaissante qui, pour le remercier de ses services, lui avait fait recevoir de Charles IX lui-même l'abbaye bénédictine de Hambye, lui assurant ainsi une rente considérable, avant de lui céder l'année suivante la terre de Tourlaville. Très attaché à son frère Jacques I^er^, père de Jean III, le bon abbé avait souhaité que l'on stipulât dans le cas où il viendrait à mourir que « ladite fiefferme, droit de champart et choses données » revienne à son frère ou à ses héritiers.

Et c'est ainsi que, mêlant leur sueur et leurs finances, l'abbé de Hambye et Jacques de Ravalet avaient fait construire le château sur les ruines de la forteresse féodale.

Les bontés de l'abbé envers sa famille ne s'étaient pas arrêtées là. Grâce à lui, Jacques avait obtenu l'office de procureur des Eaux et des Forêts du Cotentin puis celui de garde des Sceaux en la baronnie de Bricquebec. Enfin, quand Jean III s'était marié avec Madeleine, l'abbé lui avait donné Tourlaville et les droits seigneuriaux qui lui étaient attachés.

C'est cet homme, devenu entre-temps successivement chanoine, grand chantre puis vicaire général de la cathédrale de Coutances, qui allait pénétrer bientôt dans la cour d'honneur.

Après un dernier regard au-dehors afin de vérifier l'heure en observant la hauteur du soleil, Jean de Tourlaville quitta la fenêtre pour aller s'asseoir devant la table sur laquelle s'amoncelaient missives et doléances. Outre les charges inhérentes à la fiefferme et sieurie de Tourlaville – hommages, aides coutumières, droit de gravage [1], droit de pâturage, droit de champart [2], droit de passage... – en sa qualité de maître des Eaux et Forêts en Cotentin, charge héritée à la mort de son beau-père, Jean III se devait de surveiller la vaste forêt de Brix, veiller à l'abattage des futaies, au charroi des troncs sur les chemins, à une équitable distribution du bois de chauffage, et à la traque des braconniers et des gens commettant des déprédations.

En vérité, si l'on ajoute à tout cela un goût prononcé pour la chasse, les réceptions grandes ou petites, destinées à faire oublier l'isolement du gentilhomme campagnard, Jean de Tourlaville comptait des journées bien remplies.

Au moment où il allait se saisir de la missive de l'abbé de Hambye pour la relire une nouvelle fois, un brusque mouvement dans la cour, accompagné de bruits de portes, de pas pressés et de murmures lui signifièrent que

---

1. Droit de ramasser ce que la mer dépose sur le rivage.
2. Droit du seigneur de prélever une part sur les récoltes des champs.

l'oncle arrivait. Il se leva. En ouvrant l'huis de son cabinet, il faillit buter dans Martin, son valet, qui accourait pour le prévenir de l'arrivée du prêtre. Il bouscula légèrement celui-ci, intima :

— Ote-toi de mon chemin !

Puis il descendit prestement l'escalier à vis conduisant au rez-de-chaussée. Un instant plus tard, il se dressait sur le perron du château auprès de Madeleine, qui attendait déjà, entourée de ses enfants. La nourrice et plusieurs valets en livrée bleue étaient alignés dans la cour. Ainsi que l'avait imaginé Jean de Tourlaville, refusant de se déplacer en litière malgré son âge avancé, l'oncle était juché sur une mule, accompagné d'un valet à cheval, d'un laquais ouvrant le chemin en trottinant à pied et d'un cheval de somme.

Jean s'avança vers l'abbé. En signe d'affection, il l'aida lui-même à descendre de sa monture puis, après une respectueuse accolade, il lui emboîta le pas jusqu'au perron.

— Avez-vous fait bon voyage, mon oncle ? s'enquit poliment Jean III.

L'abbé secoua nerveusement son crâne tonsuré.

— A mon âge, on ne fait jamais plus bon voyage. Plus de douze lieues séparent Coutances de Tourlaville. Je suis vieux, mes reins et mon fondement s'en souviennent et les routes, royales ou non, sont bien mal entretenues. Si vous y ajoutez le vent, la pluie surtout qui n'a cessé de nous tourmenter qu'en arrivant céans – ma soutane en est toute trempée – et un laquais se lamentant tout au long du chemin parce que ses souliers sont percés, vous imaginez ce que j'ai souffert !

Un fin sourire anima sa figure.

— Heureusement, nous avons fait étape dans une

auberge, et nous avons recoloré notre humeur et nos joues avec un bon repas, une bonne piquette et un bien aimable cidre.

Ils étaient parvenus devant le perron. Madeleine descendit les marches. Elle s'était parée d'une robe noire, ouverte sur le devant jusqu'à la gorge, dont les bas de manche laissaient apparaître des manchettes de batiste blanche, godronnées. Une toque de velours noir, froncée, surmontée d'une aigrette rose, couvrait en partie ses cheveux.

— Bonjour, ma nièce, ronronna le prêtre, est-ce pour me séduire que vous vous êtes si joliment atourée ?

— Davantage. Pour vous honorer, mon oncle, répondit Madeleine en s'inclinant devant lui avant de lui offrir son front pour un baiser.

Puis, se tournant vers les enfants qui patientaient, immobiles et silencieux, elle ordonna :

— Dites bonjour à votre grand-oncle.

Ils s'approchèrent tour à tour, exécutèrent une révérence avant de poser leurs lèvres sur la main que l'abbé leur tendait.

Ce dernier enlaça d'un bras les épaules de Julien quand celui-ci se trouva devant lui. Il l'obligea à se redresser, le contempla longuement.

— Voilà donc notre Julien, dit-il. Il me ressemble. Je veux dire lorsque j'avais son âge. Même front, même prestance ! Suit-il bien les leçons de son précepteur ?

L'abbé s'adressait aux parents. C'est Marguerite qui répondit.

— Oui, mon oncle. En ce moment, nous lisons des textes de Plutarque et notre maître François Arnoul dit toujours à Julien que c'est bien !

Elle posa un regard aigu sur son oncle avant de conclure :

— Mais je ne trouve pas que Julien vous ressemble !

Madeleine et Jean de Tourlaville jetèrent un œil inquiet vers leur fille tandis qu'un sourire glissait sur le visage de l'abbé.

— Comment, il ne me ressemble pas ?

— Oh, non, mon oncle ! Il est mince, vous êtes rond, il a beaucoup de cheveux, vous n'en avez guère. Et puis vous avez beaucoup de rides !

Le bon abbé éclata de rire. Il avait lâché l'épaule de Julien et laissé celui-ci reprendre place près des siens.

— Eh bien, voilà une enfant précoce et qui n'a point la langue paresseuse, dit-il. Si je comprends bien, elle suit les mêmes leçons que son frère ?

Madeleine cilla des paupières avant d'avouer :

— Ils sont inséparables. Marguerite est d'une intelligence vive et, malgré la différence d'âge, elle suit les leçons de son précepteur aussi bien que son frère.

— Il reste, reprit l'abbé, que ce ne sont pas là des façons ordinaires. L'éducation des garçons et des filles doit être séparée. Ce disant, le mal est fait, il n'est pas bien grand et le moment est venu pour Julien de partir bientôt au collège. Il ira à Coutances rejoindre son frère Philippe. Le collège me doit beaucoup et il y sera fort bien reçu. Qu'en pensez-vous ?

Jean III acquiesça d'un signe de tête.

— Nous en devisions, Madeleine et moi, pas plus tard qu'hier. C'est entendu, il partira pour Coutances à l'automne.

— Bien, conclut l'abbé.

Il pivota vers Marguerite, l'observa avec un sourire amusé, posa une main gantée sur la joue de la fillette.

— Tu sais, petite, j'ai ressemblé à Julien, mais ce jourd'hui, j'ai soixante-dix ans enfuis, c'est pour cela que mon ventre est plus rond, mes joues et mon front maltraités par le temps. Quant à mes cheveux, je suis prêtre et... tonsuré ! Mais – il frissonna – il serait temps de rentrer. Le jour s'ensauve, le voyage a été long, la pluie se remet à tomber et je commence à sentir une faim d'ogre courir en moi.

Jean III tendit un bras vers la porte d'entrée.

— Allons ! dit-il.

Ils franchirent prestement les marches menant au perron, suivis par les enfants et les domestiques, et ils pénétrèrent dans la salle basse, où l'on avait dressé la table pour le souper, allumé les chandeliers et un grand feu dans la cheminée. L'abbé de Hambye se laissa choir dans un fauteuil à haut dossier installé à son intention devant l'âtre où s'enlaçaient fiévreusement des flammes ardentes, pendant que ses domestiques s'affairaient à monter ses bagages dans la chambre qui lui était réservée.

Par la porte de la cuisine entrouverte s'épandaient des odeurs de potage et de volailles rôties à la broche. Quelques instants plus tard, les convives passèrent à table, l'abbé assis à la place d'honneur, Jean III à sa droite, Madeleine à sa gauche. Maître François Arnoul, que l'on avait retenu à souper et à coucher afin qu'il pût s'entretenir avec l'abbé de l'éducation et des progrès des enfants, était installé à leurs côtés.

Il y eut près d'une heure de silence durant laquelle, le bénédicité ayant été récité, le prêtre affamé par son voyage ne pipa mot, trop occupé à se régaler d'un potage à base de truites pêchées dans la rivière Trottebec le matin même, suivi dans le désordre d'escargots cuits à la brochette, de hérissons et de couleuvres, capturés non loin de l'étang, et de pintades. Un plat de corneilles aux choux eut enfin raison de son mutisme.

— Ouf ! dit-il en s'essuyant la bouche et le front avec une serviette qu'on venait de lui changer pour la quatrième fois, me voilà rassuré avec ces choux !

— Comment cela ? s'étonna Jean de Ravalet.

Le prêtre passa une main malicieuse, encore grasse de sauces, sur sa tonsure.

— Chacun sait que les choux préviennent la calvitie, guérissent la goutte, la paralysie, la rage et l'asthme. On dit même, mais dans ce cas précis je me sens moins concerné, qu'ils procurent du lait aux nourrices !

— Favorisent-ils la stérilité ? questionna benoîtement Madeleine de Ravalet.

— Pourquoi cette question, seriez-vous grosse de nouveau ?

— Pour la douzième fois, et cela ne nous arrange guère. Vient un moment où la fertilité ressemble étrangement à une punition divine.

— Ne blasphémez pas, soupira l'abbé. Dieu vous entend et il pourrait prendre ombrage de vos propos.

Maître François Arnoul, qui s'était tu jusqu'alors, flatta d'une paume élégante sa chevelure blonde.

— Si je puis me permettre, madame, la stérilité aussi est pesante à supporter.

Le regard de la dame de Tourlaville s'anima.

— Ainsi donc, vous nous laissez supposer que vous êtes stérile ?

François Arnoul branla piteusement du chef.

— Hélas, oui, je n'aurai pas de descendance.

— Diantre, remarqua Jean III, voilà qui est fâcheux. Qu'en dit votre femme ?

— Elle pleure chaque jour.

— Et moi je pleure pour les raisons inverses, reprit Madeleine. Chaque fois que je presse mon époux dans mes bras, je ponds un enfant.

— Vous pondez, ma nièce ? se récria l'abbé. Quelle horrible expression !

Jean III remua sur sa chaise.

— Oui, mais bien imagée. Elle résume notre infortune. Il n'y a rien de plus terrible au monde que de ne pouvoir étreindre sans risque l'objet de nos désirs et de notre amour.

— Rompons là cette conversation, voulez-vous ? suggéra l'abbé, la pommette rieuse. Mes oreilles ne peuvent en accepter davantage, sinon en confession. A présent que nous sommes bien repus, devisons plutôt des nouvelles de la France.

On avait terminé les fromages, les enfants avaient pris congé et de vastes corbeilles chargées de gâteaux, de pommes et de poires hantaient la table.

— Il est vrai que vous êtes allé moult fois dans notre capitale ces dernières années, approuva Jean de Tourlaville, vous devez avoir des nouvelles fraîches du royaume et de notre roi.

L'abbé adressa un signe à un serviteur pour qu'on lui apportât un verre de vin. Quand il eut bu, il bascula la tête en arrière sur le dossier sculpté de son fauteuil afin de contempler les ombres courant sur les murs et le plafond de la salle chichement éclairée par l'âtre et par de nombreuses chandelles.

— Je peux dire en effet que j'ai collecté quelques nouvelles. J'ai assisté l'année passée à l'abjuration de notre roi Henri en l'église de Saint-Denis.

— J'étais au courant, s'étonna Jean III, mais pourquoi Saint-Denis ? Les rois ont droit à Notre-Dame de Paris.

Le prêtre haussa les épaules, dressa des bras impuissants au-dessus de lui.

— Parce que Paris en juillet dernier était encore sous le contrôle des Ligueurs du duc de Mayenne. Et puis le choix de Saint-Denis, où reposent les dépouilles de nos monarques, est un choix hautement symbolique.

— Vous avez vu Henri de près, questionna Madeleine de Tourlaville, l'œil empli de curiosité, vous lui avez été présenté ?

— Non, sourit l'abbé de Hambye, je ne lui ai pas été présenté. Il avait autre chose à faire. C'était une fête impressionnante et il y avait tant de monde que l'on se sentait tout soudain un grain de poussière jeté dans l'univers. En revanche, le roi est passé devant moi. Il était revêtu d'un pourpoint et de chausses de satin blanc assortis d'un chapeau et d'un manteau noirs. Il allait, la crête haute, la poitrine roide et fière, entouré de ses princes et grands seigneurs et d'une foultitude d'autres gentilshommes. Si vous aviez vu cela : les gardes du corps, les Suisses de sa garde, les trompettes, les fleurs couvrant les pavés des rues et les murs des maisons, tout un peuple en liesse scandant : Vive le Roi !

« En ma qualité de prêtre, j'avais une place réservée près de l'église et j'ai pu suivre toute la cérémonie. L'archevêque de Bourges attendait Henri IV à l'entrée de l'église assis en une chaire recouverte de damas blanc, aux armes de France et de Navarre. Le cardinal de Bourbon, les religieux de Saint-Denis et plusieurs évêques étaient pressés autour de lui avec le livre des Evangiles, la croix et l'eau bénite.

L'abbé marqua une pause. Autour de lui, Madeleine, Jean de Ravalet et maître François Arnoul s'abreuvaient littéralement à ses lèvres. Isolés dans un château en lointain pays de Cotentin, ils avaient peu d'occasions d'obtenir des nouvelles des fastes de la cour.

— Oui, j'ai vu le roi Henri agenouillé devant l'archevêque de Bourges, je l'ai entendu dire sa profession de foi catholique, je l'ai vu baiser l'anneau sacré, recevoir l'absolution et bénédiction dudit archevêque avant d'entrer enfin dans l'église où les religieux l'emmenèrent jusqu'à l'autel, où il réitéra sa profession et son serment. Vous ne pouvez imaginer, sa confession achevée, le roi écoutant la grand-messe célébrée par l'évêque de Nantes, entouré de ses princes et de tant d'autres, à genoux sur un prie-Dieu de velours cramoisi brun, fleuri de lys d'or. Après la cérémonie, la messe est devenue liesse. Trompettes, tambours, artillerie, argent jeté au peuple, cris continuels de : Vive le Roi ! accompagnèrent jusqu'à son logis le roi et sa multitude de seigneurs et de gardes.

L'abbé laissa filer un petit soupir pensif.

— Tout cela ne peut se conter vraiment. Il faut l'avoir vu.

— Nous le voyons, mon oncle, médita Jean de Tourlaville, nous le voyons, mais ce roi, notre roi, est-il vraiment sincère dans son abjuration ?

— Je le crois et il le faut. Vous êtes céans bien éloignés du pouvoir mais vous savez tout comme moi qu'Henri a été sacré roi à Chartres voici deux mois.

— Oui, les nouvelles vont lentement mais nous savons cependant qu'il a reçu l'anneau, la main de justice, le sceptre et la couronne, insignes du pouvoir et de la monarchie, et l'un de nos voisins, le seigneur du Mesnil, m'a appris que le roi Henri avait fait en mars dernier son entrée dans Paris. Le pays semble pacifié mais pour combien de temps ?

— Pour longtemps, j'espère, répliqua l'abbé de

Hambye. Henri le quatrième veut la paix religieuse, j'en suis sûr. Les parpaillots nous posent problème mais la Ligue avec son intransigeance est pire encore.

Jean de Ravalet acquiesça d'un branlement de tête.

— Vous prêchez un convaincu. Vous n'ignorez pas que j'ai servi sous les ordres de Jacques de Matignon, gouverneur de Normandie, et que j'ai participé aux combats contre les Ligueurs, notamment au siège de Saint-Lô. Et, ma modestie dût-elle en souffrir, vous savez fort bien qu'il y a trois ans, en avril 1591 pour être précis, je me suis distingué en défendant Cherbourg assaillie par Lacour d'Amfreville, sieur du Tourps, qui, à la tête de six cents Ligueurs, en voulait à la cité. Rappelez-vous, la résistance, la riposte, la fuite sans gloire des ultra-catholiques et les têtes de du Tourps et de quatre de ses lieutenants clouées sur une porte de la ville ! Oui, je pense comme vous, les Ligueurs sont pires que les huguenots, qui, si on les en croit, n'aspirent qu'à vivre leur religion en paix.

Il y eut un silence. Chacun méditait ce qui venait d'être dit. Le pays traversait de lourdes épreuves, les impôts écrasaient le peuple, les routes étaient livrées à la soldatesque et aux détrousseurs, et depuis plusieurs lustres la guerre civile dévastait la France.

Un roi, certes, il fallait un roi. Un vrai. Madeleine détendit soudain l'atmosphère.

— Et notre Henri, puisque vous l'avez vu de près, pouvez-vous nous dire, mon oncle, s'il est beau ?

Surpris par la question, l'abbé haussa des sourcils épais qui protégeaient de vastes yeux noirs, semblables à du charbon mais dans lesquels dérivaient en permanence des lueurs de bonté.

Il avisa soudain Martin Groult, qui, empêtré dans sa livrée bleue, les mains croisées derrière le dos, attendait, campé à deux pas du vaisselier, qu'on lui demandât à boire.

— Approche, lui dit-il, sers-moi un verre de vin et viens dévoiler ta figure dans la lumière. Voilà, ce valet ressemble étrangement à notre nouveau roi. Il est plus fort du col et des épaules mais il a le même nez busqué, le même regard qui vous dénude et vous transperce, les mêmes jambes courtes. S'il consentait à porter la fraise et la barbe, on s'y tromperait !

Jean III laissa peser un mince sourire avant de siffler entre ses dents :

— Ffuh... j'ignorais que j'étais servi céans par Sa Majesté elle-même !

Martin se dandinait d'une jambe sur l'autre puis, ne sachant décidément pas quelle contenance adopter, il prit le parti d'offrir ses chicots à l'assistance dans un sourire forcé.

— Pour reprendre une de vos expressions, mon oncle, vous disiez que le roi a un regard perçant qui vous dénude... minauda Madeleine de Tourlaville. Entendez-vous par là qu'il dénude surtout les femmes ?

Un rire bruyant lui répondit puis :

— Les femmes, toutes les femmes, les princesses, les dames, les servantes, les ribaudes, les gueuses, tout ce qui porte jupons et falbalas trouve grâce à ses yeux. En ce moment on dit qu'il est fort épris de Gabrielle d'Estrées, une damoiselle de vingt-deux ans, elle-même amoureuse du grand écuyer Bellegarde, ce qui n'empêche pas le roi de la couvrir de ses bienfaits.

— Et qu'en pense la reine Margot[1] ? questionna avidement Madeleine.

---

1. Marguerite de France.

— Enfin, mon amie, intervint Jean III, chacun sait que la reine s'est enfermée dans son château d'Usson en Auvergne depuis des années et qu'elle n'en sort quasiment plus !

— Bien sûr, insista Madeleine, mais est-elle jalouse ?

L'abbé pivota vers sa nièce.

— Jalouse, non. Il y a bien longtemps qu'elle s'est fait une raison, d'autant que de son côté elle multiplie rencontres avec les hommes et soirées orgiaques. Ignoriez-vous que la reine Margot était célèbre pour ses escapades ?

— Et le roi Henri, qu'en dit-il ?

— Que voulez-vous qu'il dise ? Elle est stérile, elle ne lui apportera point de bâtard et il a tant à se faire pardonner...

— Décidément, soupira Madeleine en caressant son ventre rond, la nature est mal organisée. Elle aurait dû partager plus équitablement les maternités.

— Est-il vrai, questionna à son tour Jean III en dévisageant son oncle, que le roi Henri porte avec lui une odeur dont on dit qu'elle est unique ?

Un rire tonitruant dilata les joues de l'abbé.

— Ce n'est pas une légende. Ses conquêtes ont bien du mérite, du courage ou de solides intérêts pour se résoudre ainsi à affronter sa couche. Beaucoup de femmes qui l'ont intimement connu avouent que les poux ne se réfugient pas uniquement dans sa tête mais campent aussi dans les poils de sa poitrine, des dessous de bras et des parties honteuses. Il pue si fort, affirment-elles, du pied et du gousset[1], que même inondé de parfums on reconnaît son si particulier fumet à vingt pas.

1. Aisselles.

La légende court, mais en est-ce bien une, que dès qu'il a quitté la chambre aux ébats, les femmes qu'il a couvertes s'empressent d'ouvrir toutes grandes les fenêtres et de changer les draps !

— Et c'est à ce roi-là que vous accordez votre confiance ? commenta Jean de Ravalet avec une moue dubitative.

— Oui. Ses sens apaisés, Henri a le jugement clair. Vous verrez avec l'usage. Ce roi est surprenant, un peu pittoresque mais il veut le bien de la France.

L'abbé de Hambye jeta un regard rapide autour de lui.

— Il se fait tard. Le voyage a été fatigant, il est temps que je me retire en ma chambre.

Tous repoussèrent leurs sièges.

— Vous avez raison, acquiesça Jean III, d'autant que demain j'ai prévu pour vous plaire d'inviter céans quelques gentilshommes des environs susceptibles d'agrémenter votre séjour parmi nous. Nous aurons ainsi l'occasion de banqueter et d'évoquer les sujets concernant nos fieffermes.

— A demain donc, conclut l'abbé en inclinant la tête. Mandez-moi mes serviteurs. Ils doivent être occupés à laper les restes dans la cuisine et à vérifier que vos vins et votre cidre méritent bien leur renom.

— Henri IV, tonna Jean de Ravalet en s'adressant à Martin Groult, cours vitement quérir ces larrons, sinon, mordieu, tout roi que tu es, je te fais jeter dans un cul-de-basse-fosse !

Un rire général accueillit cette saillie puis chacun s'en alla dignement rejoindre ses appartements.

# 5

L'abbé de Hambye reparti pour se reposer en sa propriété du Rozel, qu'il avait acquise en 1570, la vie monotone reprit au château.

Le couperet était tombé. Julien savait que dès l'automne il gagnerait pour quatre interminables années le collège de Coutances afin d'y suivre ses humanités. Ensuite, on verrait, avait déclaré l'abbé avant d'adresser un sourire de connivence à son neveu Jean III. Et Julien était sans illusions. De complexion athlétique, il désirait embrasser la carrière des armes et ne rêvait que d'exploits guerriers. Or, son grand-oncle envisageait pour lui des charges ecclésiastiques.

— Oh, mon doux chevalier, ironisait Marguerite, tu vas donc devenir curé !

— Mordiou, ce n'est pas encore fait ! pestait-il.

Et il pourchassait sa sœur qui s'échappait dans un grand rire.

Les jours passaient. Avril offrit ses alternances de soleil timide, de coups de vent violents, de brume, de ciels giflés de pluies qui crépitaient sur la terre sans prévenir, surprenant Marguerite et Julien souvent accompagnés par Gabrielle qui se morfondait dès qu'elle les avait perdus de vue.

C'est à la suite d'un de ces orages, où ils revenaient trempés au château, que Julien tomba malade. Un simple coup de froid suivi d'une forte fièvre. Alertés, ses parents se précipitèrent dans sa chambre. Comme la plupart des gentilshommes campagnards d'alors, en raison de l'éloignement des médecins et de la difficulté des trajets, Jean III s'était documenté dans quelques doctes ouvrages du temps, et il se piquait de soigner les entorses, les apostumes, les anthrax alors fort répandus, les pleurésies et autres maux, et pratiquait au besoin la saignée. Par prudence, il cessait là ses interventions, faisant appel au barbier, au rebouteux dans certaines occasions, en dernier recours aux médecins les plus proches officiant à Cherbourg et à Valognes, ce qui supposait de longs délais avant qu'ils puissent intervenir.

Au moment où les Tourlaville entraient dans la chambre en compagnie de Catherine Nicolle et de Martin Groult, saisi par d'effroyables nausées, Julien était occupé à rejeter tout ce qui mijotait dans ses entrailles, et nourriture et bile souillaient le sol et le lit. Jean III posa une main sur la figure de son fils, la jugea trop brûlante pour oser un diagnostic et proposer des remèdes définitifs. Seule une saignée légère et des linges humides appliqués sur le front s'avéraient pour l'heure nécessaires. Il y ajouta un prélèvement d'urine que Martin fut chargé, malgré le jour finissant et les chemins emplis de fondrières et de boue, d'aller porter aussitôt chez Thierry Leprévost, médecin à Cherbourg, en le priant de les analyser puis d'accourir voir le malade au château dès le lendemain.

Craignant une possible contagion, on voulut séparer les fillettes de leur frère pour la nuit. Marguerite refusa.

— Je reste près de Julien. Je dormirai sur une escabelle et lui appliquerai des linges frais sur la figure chaque fois que la fièvre l'assaillira.

Madeleine regarda la chambrière qui attendait debout près d'elle.

— Ce n'est ni de votre âge ni de vos soins. Catherine Nicolle est là pour ça.

Marguerite dressa sa petite taille comme si elle avait été atteinte par une piqûre de guêpe.

— Je vous en supplie, ma mère, je le ferai avec cœur. Julien est mon frère !

Madeleine soupira, confondue par toute cette tendresse fraternelle. Décidément, Marguerite et Julien étaient d'adorables enfants. Si adorables, si semblables, si singuliers que nul n'aurait pu les mesurer à la toise commune.

— Soit, si votre père vous baille son assentiment.

Jean de Tourlaville acquiesça avec un sourire ému.

— Veillez-le donc, ma fille, dit-il, mais conservez toujours un mouchoir devant votre bouche lorsque vous vous approcherez de lui, et surtout n'oubliez pas d'avertir Catherine au cas où il irait plus mal.

— Merci, père, répondit Marguerite.

Et la longue veille commença. La fillette avait blotti la main de Julien dans la sienne, et elle guettait à travers ses frémissements, ses crispations soudaines, l'évolution du mal. Des toux brèves secouaient l'ombre adoucie par une simple chandelle brûlant au-dessus de la cheminée. Tous les quarts d'heure, Marguerite mouillait le linge. Avant de le replacer, elle écartait le mouchoir de sa bouche pour déposer un baiser sur le front du malade puis, assise sur une escabelle, elle épiait ses geignements, sa respiration, scrutait la pénombre pour mieux voir le beau visage de son frère. Finalement, sa tête basculant entre les rideaux du lit clos, elle s'endormait une poignée de minutes, la joue enfouie dans la tiédeur de la courtepointe.

De son côté, Julien passait une nuit agitée, entrecoupée de réveils brutaux et de cauchemars. L'un d'eux revenait souvent. Thierry Leprévost, médecin que Martin s'en était allé quérir pour le soigner, était venu à Tourlaville à plusieurs reprises. En cinq interventions, il avait occis deux personnes – un valet et une servante de cuisine – en leur recommandant des médications fantaisistes et de multiples saignées qui les avaient définitivement affaiblis. Dans son rêve récurrent, Julien voyait toujours la silhouette de Leprévost surgir dans la cour d'honneur du château. Fièrement dressé sur un courtaud, le docteur arborait une tenue noire de mauvais augure : courte soutane boutonnée avec soin s'interrompant au genou, long manteau descendant jusqu'aux souliers, chapeau à large bord surmonté quand le temps l'exigeait d'une petite cape reposant sur ses épaules pour le préserver des insolences du soleil. Des manchettes blanches, des gants jaunes et un collet d'hermine apportaient un peu de couleurs à ce sinistre uniforme.

Parvenu devant le perron, le médecin arrêtait son cheval au moment où Julien ouvrait l'huis à deux battants pour l'accueillir. Un terrible sourire parcourait alors la face blême de l'homme de science, et des mots, toujours les mêmes, terrifiants, tombaient de sa bouche :

— C'est l'heure, je viens te quérir !

Julien se réveillait en sursaut, agrippait les draps, criait :

— Non ! Laissez-moi ! Non !

Des doigts apaisants couraient alors sur ses joues, s'attardaient sur ses tempes. Des baisers les accompagnaient, escortés de mots doux.

— N'aie crainte, Julien, je suis là...

Et il se rendormait, apaisé.

Au matin, la fièvre avait disparu et, lorsque en fin d'après-midi Thierry Leprévost pénétra dans la chambre dans un ample mouvement de manches et le flacon d'urine à la main, épuisée, les yeux cernés mais triomphante, Marguerite lui annonça :

— Le mal s'est ensauvé !

Ainsi étaient Marguerite et Julien en cette fin avril 1594. Identiques. Inséparables. Eblouissants d'affection, d'équilibre et de beauté.

Le printemps avait débuté avec des ciels gris, des soleils fugaces, des tourmentes de grêle et de pluie. Il se poursuivit de la même façon puis un été torride s'empara de la Normandie, calcinant l'herbe des prairies, grillant les fleurs, asséchant les ornières dans les chemins creux. Les pourpoints, les longues robes, les bottes disparurent au profit de vêtements plus légers. Chacun cherchait l'ombre pour respirer.

Madeleine souffrait de la chaleur plus encore que les autres. Son ventre avait pris de l'ampleur ; dès août elle cessa de participer aux leçons de danse prodiguées à ses enfants. Assise dans un fauteuil de la salle haute, elle contemplait Philippe, Jean IV, Marguerite, Gabrielle, Julien et le petit Jacques, ce dernier toujours affublé d'une robe comme les filles, lever la pointe du pied, tournoyer en musique, écoutant le professeur leur enseigner les finesses du branle-gai et du passe-pied.

Car Jean IV et Philippe avaient quitté leurs collèges

respectifs pour un congé de deux semaines. Les jeunes gens avaient changé. A dix-sept ans, l'aîné portait non beau mais fier. Bien campé sur des jambes un peu courtes, les épaules ramassées comme son père, il offrait à ceux qui l'observaient des yeux sombres et vifs, et des narines palpitantes qui semblaient mesurer tout à la fois les odeurs et l'espace environnants. Enfin, nouveauté dont il se rengorgeait, un peu de coton commençait à flâner sur ses joues et son menton. Comme son père, Jean IV dégageait une impression de puissance et disposait d'une autorité naturelle qui, bien qu'il ne fût point encore tout à fait un homme, imposait déjà le respect.

A l'inverse, à treize ans, Philippe paraissait moins rustique, plus élancé. Il ressemblait un peu à Julien. Comme lui, il avait les cheveux châtain clair ; joli, assez grand pour son âge, il portait néanmoins avec moins de grâce que son frère les chausses, le manteau, la cape, le chapeau et le pourpoint. En revanche, lors des leçons de maniement d'armes, c'est lui qui dominait les échanges, que ce fût à l'arquebuse, au pistolet ou à l'épée. Seule, dans les arts militaires, l'équitation lui échappait, Julien étant incomparable en ce domaine. Centaure, la bête et lui ne faisaient qu'un pour le plus grand émerveillement de Marguerite, qui guettait le moindre prétexte pour partir chevaucher avec lui.

Quant à Jean IV, il est une activité où il l'emportait sur ses cadets. C'était la chasse. Qu'elle fût au cerf, au loup, au renard, au sanglier, au petit gibier à poil et à plume, nul mieux que l'aîné des Tourlaville, pas même le maître de céans, ne savait déchiffrer des traces d'animaux dans la neige, dans la boue des chasses[1] ou dans les feuillages

1. En Normandie, petits chemins creux entre deux haies.

brisés des fourrés et des taillis. Nul mieux que lui ne savait commander à la meute des lévriers, épagneuls, dogues, chiens normands et anglais qui peuplaient le chenil du domaine, et il fallait le voir conduire éperviers et furets. Enfin il était passé maître dans l'art de tendre des pièges et de placer des filets.

Un seul regard lui suffisait pour déterminer que des sangliers étaient venus dérober des pommes dans le jardin ou le pressoir. Il dénombrait combien de loups avaient tué certaines nuits une brebis, un veau, une génisse dans les pacages, une vache munie d'une clochette paissant en semi-liberté dans la forêt de Brix.

Jean de Tourlaville se félicitait d'avoir un tel fils. Il était l'aîné. La fiefferme lui reviendrait de droit le moment venu. Perdrix, sarcelles, ramiers de toutes plumes emprisonnés dans les filets, cygnes dérivant nonchalants sur l'étang, hérons à l'affût dans les ajoncs et les roseaux, renards égorgeant les volailles, sangliers détruisant les récoltes, loups répandant la terreur n'auraient qu'à bien se tenir. Et les braconniers. Apre au bien et au combat, Jean IV leur mènerait une lutte de chaque instant. La forêt de Brix était immense, la patience et la passion de l'aîné des Tourlaville aussi.

Sans vouloir se l'avouer, Marguerite regrettait la présence de ses frères. Non pas qu'elle ne les aimât point mais ils lui dérobaient son intimité avec Julien. Leurs randonnées à cheval, leurs promenades en barque sur l'étang, leurs flâneries dans le parc, l'orée de la forêt, les prairies avoisinantes s'espaçaient. Or Julien allait bientôt partir. Pour quatre années. Quatre longues, interminables années...

Et le cœur de l'enfant se serrait. Au point d'en défaillir.

Un jour qu'ils vaguaient dans la chênaie, ils s'assirent

sous un arbre et s'adossèrent au tronc. Julien posa son chapeau de velours sur le sol puis, observant les cascades de soleil se frayant un chemin entre les frondaisons, il ouvrit un livre de Pierre de Ronsard qu'il avait apporté avec lui et, choisissant avec malice un extrait qu'il avait découvert dans l'hymne *Les Daimons* du poète, il commença :

*Un soir vers la minuit, guidé de la jeunesse*
*Qui commande aux amants, j'allai voir ma maîtresse*
*Tout seul outre le Loir et passant un détour*
*Joignant une grand-croix, dedans un carrefour*
*J'ouïs, ce me semblait, une aboyante chasse*
*De chiens qui me suivait pas à pas à la trace ;*
*Je vis auprès de moi sur un grand cheval noir*
*Un homme qui n'avait que les os à le voir*
*Me tendant une main pour me monter en croupe :*
*J'avisai tout autour une effroyable troupe*
*De piqueurs qui couraient cette ombre, qui bien fort*
*Semblait un usurier qui naguère était mort ;*
*Que le peuple pensait pour sa vie méchante*
*Etre puni là-bas des mains de Rhadamante.*
*Une tremblante peur me courut par les os,*
*Bien que j'eusse vêtu la maille sur le dos...*
*Si fussé-je étouffé d'une crainte pressée,*
*Sans Dieu qui promptement me mit en la pensée*
*De tirer mon épée et de couper menu*
*L'air tout autour de moi avecques le fer nu,*
*Ce que je fis soudain, et sitôt ils n'ouïrent*
*Siffler l'épée en l'air que tous s'évanouirent...*

Julien arrêta sa lecture et contempla sa sœur. Celle-ci fixait les alentours, le regard noyé d'anxiété.

— Trouves-tu cela beau ? questionna-t-il.

— Beau, je ne sais, inquiétant oui.

— N'aie crainte, petite sœur, je suis là pour te protéger contre les revenants et tous les enchantements.

Et l'entourant de ses bras, Julien la pressa contre lui. Ils demeurèrent un moment joue contre joue, immobiles. Terrassé par la chaleur, le parc tout entier se taisait. Marguerite sentait le sang de Julien battre contre le sien. C'était vrai. Il était là. Dans l'ombre ardente des sous-bois. Prêt à fondre sur l'ennemi, quel qu'il fût, pour la sauver !

Une vague de tendresse la submergea. Puis elle éclata en sanglots.

Etonné, il s'écarta un peu d'elle pour mieux la dévisager.

— Pourquoi ces pleurs ?

Elle s'essuya les yeux d'un revers de main, lui offrit un regard brouillé.

— Parce que tu me défends et que demain tu ne seras plus là pour le faire.

Il lui répondit par un sourire et quelques mots de consolation.

— Je penserai tellement à toi chaque jour que nul démon n'osera venir t'importuner !

Elle poussa un profond soupir.

— Les démons se tiendront peut-être cois mais tu ne seras plus là.

— Quatre ans, ce n'est pas long et puis je reviendrai quelquefois, et nous nous promènerons à nouveau ensemble comme ce jourd'hui.

— Oui mais tu repartiras ensuite faire des études de théologie en la ville de Paris, et moi je serai à me languir dans un couvent !

Julien se leva tandis que ses épaules riaient sous sa chemise.

— Tu ne te languiras jamais dans un couvent. Tu es trop belle. Un riche, beau et vertueux chevalier viendra te quérir bientôt pour t'emmener en son château et t'épouser !

Une lueur d'espoir éclaira le frais visage de Marguerite. Elle se leva, tapota sa robe pour en faire choir brindilles et feuilles mortes qui s'y étaient collées.

— Tu me trouves donc belle ?

Il approuva d'un frémissement de cils.

— Tu es aussi belle que les anges du ciel.

— Tu m'aimes donc ?

— Bien sûr, tu es ma sœur.

— Ne suis-je que cela ?

— Nenni, ma sœur préférée.

— Oh, le faquin, le maraud ! Je te déteste ! Si je t'attrape, je te bastonne !

Elle avait saisi une branche de coudrier traînant à terre, l'en menaçait les yeux brillants de joie.

— Tu ne m'attraperas point. Je cours trop vite et tu as la jambe trop brève !

— Nous allons voir cela !

Elle s'élança vers lui. Mais il fuyait déjà, bondissant comme un cabri dans le chemin sinueux conduisant au château, déjouant fondrières et autres embûches. Marguerite ne l'aurait en effet point rejoint si une racine d'arbre complice n'était accourue à son secours. Julien s'étala de tout son long, le nez dans l'humus. Elle tomba sur lui, et ils s'escarmouchèrent doucement, échangeant cris, rires, coups légers et fraternels baisers, dans un indescriptible mélange de bras, de têtes et de jambes.

# 6

Il était cinq heures du matin quand, en ce début d'automne, accompagné par un valet de l'abbé de Hambye, Julien franchit le porche qui ouvrait sur l'entrée du collège de Coutances. Les bagages déposés sur le sol, et le valet ayant été congédié d'un signe, Julien prit une longue inspiration, la conserva un moment dans sa poitrine et tambourina à l'huis. Un frère en soutane apparut dans l'embrasure.

— Je suis Julien de Ravalet de Tourlaville. Mon oncle, l'abbé de Hambye, a annoncé mon arrivée céans à votre principal. Je désire être introduit auprès de lui.

Le frère hocha la tête.

— Suivez-moi. Le principal vous attend.

Ils parcoururent un long couloir gris suintant d'humidité, éclairé par quelques candélabres fixés aux murs dont les méchantes chandelles dégageaient une épaisse et malodorante fumée. Le frère s'arrêta devant une grande porte en chêne.

— Nous y sommes. Je monte vos effets dans le dortoir. Je viendrai vous quérir ensuite pour vous faire visiter les lieux.

Un sourire éclaira son visage cireux aux traits indécis.

— Je m'appelle frère Antoine.

Julien acquiesça distraitement puis, pendant que le religieux s'effaçait dans la demi-obscurité du corridor, il cogna deux fois à la lourde porte.

— Entrez, mais entrez donc ! grommela une voix de l'autre côté.

Julien souleva le pesant loquet, poussa l'huis et pénétra dans une vaste pièce encadrée par des murs dissimulés par des rayons de bibliothèques couverts de livres. Deux fenêtres hautes et étroites y dispensaient une chiche lumière quand le jour était levé. Pour l'heure une chandelle brûlait sur une grande table placée au centre. Derrière elle, Jean Cavart, principal du collège et curé de Saint-Nicolas, observait le nouveau venu d'un regard acéré.

Julien s'immobilisa devant lui.

— Bonjour, mon père, je suis Julien de Ravalet de Tourlaville, je suis aussi le neveu de l'abbé de Hambye, que vous devez bien connaître.

— Je vous attendais.

Il y eut un long silence. Jean Cavart jaugeait Julien du regard et l'adolescent se sentait déstabilisé par les yeux d'un bleu perçant, la figure étroite et glabre durcie par des pommettes saillantes.

S'il connaissait l'abbé de Hambye ? Jean Cavart ne connaissait que lui. Grand chantre et chanoine, grand vicaire de monseigneur de Coutances, par modestie peut-être, Jean II de Ravalet avait refusé à deux reprises la charge épiscopale. Réputé pour sa générosité, il était notamment le bienfaiteur du collège de Coutances. Grâce à ses dons, les études en ce lieu étaient redevenues gratuites. Au fil des années, il avait versé des sommes considérables au collège pour servir à l'édification d'une chapelle, la construction de classes, de caves, de chambres pour loger régents et pensionnaires, d'un appartement pour le concierge, allant même en 1587 à donner cent vingt écus de rente pour payer les salaires des régents.

En d'autres termes, Jean Cavart et le collège étaient redevables à l'abbé de Hambye. Pour le principal, point question cependant de déroger aux principes d'une stricte éducation et aux règles de la maison en faveur du neveu du grand vicaire. Ce dernier ne l'aurait d'ailleurs pas admis.

De sorte que la réponse de Jean Cavart à Julien tomba, coupante et précise.

— Oui, je connais bien l'abbé de Hambye, mieux que vous sans doute, et c'est pourquoi je puis vous affirmer qu'il n'apprécierait point que l'on vous offrît des privilèges en cette maison. Il vous a confié à nous afin que vous deveniez un gentilhomme digne de votre nom. Je crois savoir d'ailleurs que votre oncle caresse de belles ambitions pour vous. Je ne vous cèlerai donc rien de ce qui vous guette. Vous serez comme tout un chacun céans, l'égal de l'autre. Pas davantage.

Ses doigts tambourinèrent sur la table devant lui. Il marqua une pause, les yeux rivés dans ceux de Julien qui attendait, figé, la suite de son discours.

— Les règles du collège sont strictes, même si elles le sont moins que dans certains établissements réputés pour leur sévérité. Sachez que vous pouvez à tout instant être expulsé pour mauvaise conduite. Votre oncle a préféré que vous fussiez interne, vous ne rentrerez donc en son hôtel de Coutances que lors des congés légaux. Pendant la journée, vous porterez l'uniforme obligatoire de l'école, c'est-à-dire des chaussures à bout carré, et une robe grise au-dessus de vos chausses et de votre chemise blanche que vous entretiendrez vous-même. Votre précepteur vous a enseigné la lecture, l'écriture, le calcul ainsi que des rudiments de grammaire. Il vous reste à perfectionner cette dernière pendant plusieurs années, à approfondir la théologie, à apprendre à commenter les textes de nos illustres penseurs et à parler le latin couramment. Ensuite seulement, nous penserons à la rhétorique et à la philosophie. Mais je crois que pour ces dernières, si vos progrès sont suffisants, l'abbé de Hambye songe à vous envoyer au collège de Navarre à Paris.

Jean Cavart abaissa pensivement ses paupières.

— Il est vrai que le collège de Navarre mérite sa réputation et vous n'y perdrez pas votre temps. Pour en finir avec nous, voici l'emploi du temps : lever à quatre heures. Première leçon à cinq heures après la prière du matin, ensuite messe, déjeuner et récréation. De huit heures à onze heures, deuxième leçon. Onze heures, dîner au réfectoire avec les régents et moi-même. Midi, révision des leçons et interrogations. D'une heure à deux heures, récréation où vous pourrez vous détendre ou pratiquer des exercices physiques. De trois à cinq, troisième leçon puis discussion et argumentations sur ce que vous aurez étudié. Six heures, souper suivi d'une réflexion sur le travail de la journée. Vous vous rendrez ensuite à la chapelle pour assister au salut ou dire les complies. A neuf heures, à l'exception de celles des régents et des surveillants, toutes les chandelles devront être éteintes. Une dernière précision, tout manquement à la discipline, selon sa gravité, est puni du cachot ou du fouet.

Son exposé terminé, le principal posa un regard de

glace sur Julien. Ce dernier avait écouté le prêtre avec une attention doublée de désarroi. Il se trouvait brusquement à mille lieues de la douceur de vivre de Tourlaville. En quelques images, il revit ses promenades à cheval avec Marguerite, les fous rires lors des leçons de danse et de musique, la sérénité qui régnait pendant les cours dispensés par François Arnoul.

Une vague de chaleur lui brûla soudain le front.

Le trouble de Julien n'avait pas échappé au principal. Un sourire léger dérouilla ses lèvres minces.

— Ne vous y méprenez pas, tous les élèves céans s'accoutument à ce régime qui semble parfois trop rigoureux. Vous vous y ferez, comme s'y est fait votre frère Philippe. Il a eu quelques difficultés au début, et ce jourd'hui, c'est l'un de nos plus brillants sujets.

Julien ouvrit de grands yeux. D'irrésistibles senteurs de crottin de cheval, des fragrances de fleurs s'exhalant au soleil, l'odeur chaude des blés fraîchement coupés venaient enivrer ses narines. Avec l'énoncé du prénom de son frère, toute sa campagne, toute son enfance lui sautaient tout à coup au visage.

— Le verrai-je bientôt ? osa-t-il.

— Nenni, vous n'êtes pas dans la même année d'études, pas dans le même dortoir, pas à la même table au réfectoire.

Un sourire apaisa l'inquiétude qui se lisait à nouveau sur le front de Julien.

— En revanche, vous le rencontrerez durant les récréations et chez votre oncle à Coutances au moment des congés. Ce n'est déjà pas si mal.

Le prêtre dressa une main au-dessus de son bureau et montra la porte.

— A présent, allez. Il est temps pour vous de reconnaître les lieux et de vous rendre à votre première leçon.

Julien s'inclina, tourna les talons et sortit. Frère Antoine l'attendait dans le couloir. Il entraîna Julien dans son sillage. Celui-ci eut tôt fait de repérer le réfectoire, les classes, la chapelle. Les chambres des surveillants et des régents, et les dortoirs des internes se situaient au dernier étage. Julien pénétra dans celui qui lui était réservé. Une vingtaine de lits étaient alignés de chaque côté d'une longue pièce grise où, pour toute décoration, se dressait un crucifix de plus d'une toise de hauteur fixé sur le mur du fond. Julien frissonna. C'était donc là qu'il allait passer quatre années de sa vie...

Frère Antoine lui désigna une couche près de la porte d'entrée, un coffre où il rangea vivement ses affaires puis il suivit son guide dans une classe pour assister à sa première leçon, où l'on traitait d'Homère en latin.

A la récréation du matin, sans se préoccuper de ses nouveaux compagnons, Julien se mit en quête de Philippe. Il le trouva assis par terre sous un orme, occupé à jouer aux cartes avec d'autres collégiens.

En apercevant son frère, Philippe se dressa d'un bond et ils se jetèrent dans les bras l'un de l'autre.

— Je ne t'attendais pas si vite, s'exclama Philippe. Notre oncle m'avait laissé croire que tu n'arriverais que dans une huitaine.

— Et me voici, conclut prosaïquement Julien.

Ils abandonnèrent leurs camarades pour déambuler dans la cour. Autour d'eux, la récréation du matin étant courte, la plupart des élèves s'adonnaient aux jeux de cartes ou de dés sans engager d'argent, car cela était interdit dans l'enceinte du collège.

Philippe expliqua à son frère les règles et les astuces

essentielles indispensables pour éviter les foudres des censeurs, puis, les yeux perdus dans le vague, ils évoquèrent Tourlaville.

Quelques minutes plus tard, la cloche sonnant le rassemblement pour la deuxième leçon du matin, ils gagnèrent leurs classes respectives non sans s'être assurés de se revoir à la récréation de l'après-midi.

A l'heure du dîner Julien suivit ses camarades. Une faim aiguisée par son arrivée matinale au collège et par les émotions le tenaillait. Il s'installa à la place qu'on lui désignait, écouta distraitement le bénédicité récité par un chapelain puis, les écuelles étant vides, son regard parcourut la grande salle, ornée, elle aussi, d'un unique et immense crucifix. A l'extrémité de la pièce, non loin de la porte ouvrant sur les cuisines, le principal et ses régents, regroupés à une même table, dissertaient à voix basse. Les élèves étaient répartis par année d'étude à des tables distinctes, et Julien aperçut Philippe à une vingtaine de pas de lui. Il lui adressa un petit signe de la main. L'*architriclin*, élève servant de semaine, reconnaissable à la serviette qu'il portait nouée sous le menton, durant le temps qu'il remplirait cette fonction, prévint Julien.

— Méfie-toi. Il est interdit de converser ou d'adresser des signes aux camarades des autres classes durant les repas.

— Quelle serait la sanction si je continuais ? s'étonna Julien.

— Un blâme au premier avertissement, le fouet au second.

— Diable, conclut mélancoliquement Julien, je crois que je vais beaucoup me divertir céans !

L'architriclin le rassura d'un sourire.

— Ne te méprends point, nous ne sommes pas si malheureux, les punitions sont plus légères et la nourriture, dit-on, meilleure qu'en bien d'autres collèges.

— Ah ? supputa Julien.

Un maigre plat de viande accompagné de choux et d'une demi-pinte de vin pour tout repas le conforta dans sa mélancolie.

Son voisin de droite se pencha alors vers lui pour lui chuchoter à l'oreille.

— L'architriclin a raison, nous sommes privilégiés. Il est des écoles où l'on doit se satisfaire de légumes, d'un hareng saur ou d'un œuf dur ! Et puis – le regard du collégien s'emplit de malice – tu as de la chance, tu es le neveu de l'abbé de Hambye. Il a un hôtel à Coutances, et le dimanche et pendant les congés tu rentreras chez lui, et tu te consoleras en faisant ripaille et en te promenant dans la ville.

Julien dévisagea son voisin avec étonnement.

— Comment sais-tu tout cela ?

Le gamin glissa un doigt devant ses lèvres.

— Chut ! Ne devisons point si fort, sinon nous allons être punis. Je le sais parce que ce soir nous dormirons l'un près de l'autre. Aussi me suis-je renseigné sur toi. Tu es Julien de Ravalet, fils du seigneur de Tourlaville et frère de Philippe qui se vante d'avoir pour oncle notre bienfaiteur l'abbé de Hambye.

Julien acquiesça du chef. Puis, le nez plongé dans son écuelle pour ne pas se faire remarquer, il souffla entre ses dents :

— Comment t'appelles-tu ?

— Guillaume de La Londe, fils de Jean de La Londe, écuyer, pour te servir.

Le repas tirait à sa fin. Grâces dites par le chapelain,

admonestations, blâmes, punitions et éloges ayant été énoncés par le principal, les élèves se levèrent. Julien et Guillaume sortirent ensemble pour se rendre à la révision des leçons du matin, suivie d'interrogations sur les matières enseignées afin de vérifier que les collégiens avaient bien engrangé leurs connaissances.

Quand le soir arriva, Guillaume et Julien étaient devenus amis. Des amis que pourtant tout semblait opposer. Julien était élancé, Guillaume était rond, Julien offrait à qui désirait le regarder un visage d'une saisissante beauté. A l'inverse, Guillaume était laid : cheveux noirs comme la nuit, nez camus, yeux protubérants, teint bistre, oreilles aux lobes démesurés reposant, nonchalants, sur les épaules.

Si leur physique donc les séparait, il n'allait pas en être de même de leur aptitude à capter leur univers. Ils s'aperçurent très vite qu'ils avaient des pensées communes, des goûts identiques. La chance voulait que les parents de Guillaume résidassent à une demi-lieue de Coutances. Ils se reverraient donc lors des congés, chevaucheraient ensemble dans la campagne environnante, useraient leurs bottes dans les ruelles et, lorsqu'ils seraient un peu plus âgés, videraient leurs escarcelles dans les auberges, les cabarets et les bouges de la ville.

Dès le premier soir, dans le dortoir, avant chandelles soufflées, leur conversation se cristallisa sur leurs familles. Guillaume décrivit avec drôlerie et abondance son père, sa mère, ses frères et sœurs, un sien oncle. Julien les évoqua à peine. Il parla presque exclusivement de Marguerite.

# 7

Marguerite, elle aussi, pensait à Julien. Il la réchauffait durant les longues nuits d'hiver. Il était son compagnon de jeux, son confident. Et lorsqu'il avait quitté le château en compagnie de l'abbé de Hambye, venu le quérir pour l'emmener au collège, elle avait refusé de descendre dans la cour d'honneur pour lui faire ses adieux. Sa peine était trop grande. Au moment d'éperonner sa monture, Julien avait levé les yeux vers la fenêtre de leur chambre derrière laquelle, les joues lavées par les pleurs, Marguerite l'observait. L'avait-il aperçue ? Elle lui avait adressé un baiser, murmuré fiévreusement : « Julien, oh ! Julien ! Oh ! mon frère ! » Puis elle s'était jetée sur son lit dans lequel Gabrielle l'avait bientôt rejointe pour la consoler.

Des jours durant, Marguerite ne mangea plus. Elle prétexta des malaises pour ne pas assister aux leçons de son précepteur et éviter les cours de musique et de danse. Quand elle consentit enfin, sur l'insistance de sa mère, à reprendre une vie normale, quinze jours s'étaient écoulés, et l'enfant était pâle et amaigrie.

Les contraintes quotidiennes assumées, Marguerite s'échappait seule dans le domaine. Elle refaisait malgré l'humidité persistante toutes les promenades qu'elle avait partagées avec Julien. Elle chuchotait son nom, baisait l'écorce des arbres où il s'était adossé, déclamait à voix haute les poèmes ou les récits qu'ils avaient lus ensemble. A huit ans à peine passés, sans le savoir, Marguerite se comportait comme une adolescente amoureuse et elle souffrait de l'absence de celui qu'elle avait choisi.

Pendant ce temps, autour d'elle, imperceptiblement son univers chancelait. Prise par les douleurs de l'enfantement, Madeleine accoucha dans sa chambre de « gésine » d'un enfant mort-né, ce qui consterna les parents, les amis, les voisins accourus pour la féliciter et fêter l'événement aux frais du maître de céans.

De festins, il n'y en eut point. Une collation tout au plus avant de laisser chacun retourner chez soi. Accablés, Madeleine et Jean virent là un signe du destin.

— Dieu nous punit, déclara la mort dans l'âme le seigneur de Tourlaville, cependant il faut savoir raison garder. Il nous indique clairement là que nous ne devons plus nous accoupler. Il nous a baillé onze enfants, c'est assez.

Il était assis sur un escabeau dans la grande ruelle près du lit où, dans l'attente de ses relevailles, vêtue d'une robe de nuit fourrée d'hermine, Madeleine reposait. Elle retira sa main qu'il tenait enfermée dans les siennes avant de protester :

— Holà, je suis encore jeune, vous n'allez pas m'abandonner ainsi avec tous mes désirs qui, si je vous écoutais, deviendraient vitement des tourments !

Jean III pinça les lèvres d'un air fataliste.

— Las, mon amie, nous n'avons point le choix, et vous m'en voyez fort marri.

— Moins que moi, se récria Madeleine, je vous connais, vous prendrez des maîtresses tandis que je m'étiolerai et mourrai de jalousie ! Mon sang est encore vif, vous dis-je, et réclame toujours vos hommages.

Elle caressa son ventre avec précaution :

— Même si pour l'heure mon corps exige encore un peu de repos !

Jean de Tourlaville hocha la tête avant de se lever.

— Ne me tentez plus, m'amie, ma décision est prise. Quant à mes maîtresses, je vous promets d'être discret et de n'en disposer que le nombre nécessaire à mon simple équilibre. A présent, je vous quitte. Je dois me rendre à Cherbourg pour assister au procès de braconniers que nous avons saisis en notre forêt de Brix. J'espère être de retour demain. Je ne manquerai pas d'accourir sitôt céans pour vous baisoter le front et…

Il s'interrompit.

— Et ? espéra Madeleine.

Il avait coutume d'ajouter : « Le reste ! » avec un sourire chargé de lourdes promesses.

— Et les yeux.

Il lui adressa un baiser du bout des doigts puis il tourna les talons avant de refermer doucement l'huis derrière lui. Madeleine entendit ses pas décroître, descendre l'escalier à vis, sa voix forte ordonner, courroucée :

— Alors, Martin, ce cheval, ça vient ?

Puis le silence. Ou plutôt les sons quotidiens : allées et venues des serviteurs, lugubres gémissements d'un cochon qu'on finissait d'égorger, rires cascadant par la porte de la cuisine demeurée ouverte, jappements des meutes de chiens enfermées dans le chenil, pluie giflant les vitres du château.

Madeleine saisit la cloche près d'elle pour sonner sa camériste. Elle s'adossa ensuite contre le dossier de son lit, passa une main sur son front glacé puis elle se mit à pleurer longuement, en gros flots désespérés.

Les mois s'écoulaient, lents, monotones, assombris par le souvenir de l'enfant mort-né. Avec l'hiver, les visites se faisant rares et le froid piquant un peu trop rudement, les Ravalet de Tourlaville reprirent l'habitude de manger à la cuisine avec les domcstiqucs.

Les occupations du soir achevées, ils s'y attardaient souvent, se nourrissant des commérages et histoires que les plus anciens narraient à la veillée, tandis que la vaste cheminée bourrée de grosses bûches jetait dans la vaste pièce des lueurs vacillantes et indécises.

Assis dans des fauteuils près de l'âtre, les pieds chaussés de bottes ou de pantoufles fourrées pour ne pas avoir froid, Jean III et Madeleine écoutaient les récits de sorcellerie que Germain Bonhomme, le doyen des valets du château, se plaisait à conter avec force détails qui faisaient se dresser les cheveux sur les crânes du public massé sur les bancs et les escabeaux autour de lui. A en croire l'intarissable Germain, sorciers et sorcières multipliaient les méfaits avec un talent qui n'avait d'égal que leur cruauté. Selon l'humeur du moment, ils exterminaient le bétail, provoquaient des incendies, rendaient les taureaux et les hommes stériles, tarissaient le lait des vaches, propageaient la peste, la tuberculose, le choléra. Pluie, foudre, tonnerre, grêle leur obéissaient servilement. Et leurs pouvoirs étaient si étendus qu'ils se métamorphosaient même parfois en loups-garous !

Le mot était lâché. Chacun y alla de son récit. Tous avaient entendu une anecdote concernant ces êtres malfaisants ou, mieux, en avaient rencontré dans les landes normandes ou dans les chemins creux.

— Et à quoi les reconnaît-on, questionna la jeune Guyonne Nicolle en fronçant un petit nez retroussé et inquiet, que je ne me laisse pas surprendre si l'un d'eux venait à m'aborder ?

Germain Bonhomme tourna vers la jeune fille une figure ridée, large et plate où les yeux brûlaient comme des braises.

— Eh bien, ma belle, ils ressemblent à un loup lorsque le jour s'est ensauvé. On en a la preuve. Il y a plusieurs lustres, un chasseur du Mesnil-au-Val a tranché la tête d'un loup avec son épée. Il l'a rapportée à son manoir, l'a posée sur un coffre puis il s'en est allé se coucher. Le lendemain en se levant, il a trouvé une tête d'homme à la place. Accompagné de ses valets, il s'est précipité aussitôt à l'endroit où il avait occis la bête, et en lieu et place d'elle il a découvert une dépouille humaine décapitée. On a su plus tard que c'était un mendiant de passage qui avait déjà égorgé et mangé plusieurs enfants.

— Oh, se récria Madeleine de Tourlaville en réprimant un frisson, quelle horrible histoire ! Heureusement que les nôtres sont couchés, ils n'oseraient plus s'aventurer au-dehors !

— Mais vraie, confirma Jean III en bousculant les bûches avec un tison pour les raviver. Christophe de Bassompierre, seigneur de Saint-Sauveur-le-Vicomte, la dernière fois que nous nous sommes rencontrés, m'a rapporté la même aventure ou presque que l'on conte volontiers à la cour. Un chasseur en pays d'Auvergne a offert un jour à un gentilhomme la patte d'un énorme loup qu'il avait coupée au cours d'un vif combat avec celui-ci. O surprise, la patte s'est aussitôt métamorphosée en une main de femme portant une splendide bague que le gentilhomme reconnut comme appartenant à son épouse. Stupéfait, il fit mander incontinent la dame. Elle entra dans la pièce avec un bras dissimulé derrière une étoffe. L'étoffe enlevée, il fallut se rendre à l'évidence, la main avait disparu !

Il y eut un silence horrifié.

Enfin, la voix légère de la jolie Jeanne Groult se risqua :

— Qu'est devenue la dame ?

Le seigneur de Tourlaville tourna son visage carré vers la camériste de Madeleine. Il brossa un moment les poils de sa barbe grise, ménageant ses effets, puis :

— D'après mes informations, elle a été brûlée à Riom.

— Oh... ! se désola Jeanne Groult en se tortillant nerveusement sur son banc.

Jean III examina la jeune femme avec curiosité. Il lui semblait la découvrir pour la première fois. Assise près de Martin, profitant de la disgrâce physique de celui-ci, elle paraissait plus menue, plus jolie encore qu'à l'ordinaire, et sa peur des loups-garous donnait une pâleur à ses joues qui lui seyait à ravir car elle accentuait le sombre éclat de ses yeux. « Certes, songea tout à coup Jean de Tourlaville, son élégance n'efface pas ses manières plébéiennes mais elle a de la hanche, du minois, elle est stérile et elle a de fort jolis tétins. »

Il plissa un instant le front et les paupières pour opérer un rapide calcul.

« Et voilà près d'une saison tout entière que je suis redevenu puceau ! Voilà qui est indigne de moi ! Le moment approche d'apporter remède à ce fléau ! »

Il jeta un œil vers Martin Groult, occupé à deviser avec Catherine Nicolle. Le valet souriait, la bouche entrouverte sur des chicots noircis par le temps.

« Bah, conclut Jean III, il a le vivre, le couvert, la chance insigne de me servir. Il me doit bien ça ! »

Car la décision du maître des lieux était prise. A la levée du jour, le lendemain au plus tard, qu'elle fût consentante ou non, il lutinerait Jeanne Groult. Auparavant, il s'aspergerait de parfum afin de faire oublier à la jeune femme que son mari sentait le bouc.

En vérité, il lui fallut quatre jours pour arriver à se trouver seul avec Jeanne. Chambrière de la dame de Tourlaville, même si elle n'était pas toujours avec sa maîtresse, la jeune femme se tenait à portée de la cloche l'appelant pour répondre à ses ordres.

Fort heureusement pour Jean III, une fois par mois Madeleine allait à Cherbourg rendre visite à madame de Varroc, une amie d'enfance qu'elle avait connue au couvent. Le valet de Madeleine s'étant cassé la jambe en tombant du toit de l'étable qu'il était occupé à réparer, Jean offrit à son épouse de se faire accompagner par Martin. Débarrassé de Madeleine et du mari encombrant, Jean se trouvait ainsi libre d'assurer la conquête de Jeanne Groult.

Après un dîner vivement expédié dans la cuisine, le maître de Tourlaville s'approcha de Jeanne et lui glissa dans l'oreille :

— Je vous attends incontinent dans mon cabinet.

Puis, avant qu'elle fût revenue de son étonnement, il tourna les talons et, quittant la pièce, il se dirigea vers l'escalier à vis. Avisant Germain Bonhomme qui le croisait les bras chargés de bûches, il ordonna :

— Je monte me reposer. Qu'on ne me dérange sous aucun prétexte.

Le valet inclina sa vieille tête couronnée de cheveux blancs.

— A vos ordres, monsieur.

Parvenu dans son cabinet, Jean de Tourlaville alla s'asseoir derrière la table qui lui servait de bureau. De là, il surveillerait la porte. Il passait une main sur son pourpoint et agençait sa tenue avec soin quand on toqua timidement à l'huis.

Un instant plus tard, Jeanne apparut, les mains croisées dans les plis de sa robe de droguet grise, un sourire interrogateur aux lèvres.

— Monsieur désirait me voir ?

— Oui, Jeanne.

Il se leva, contourna la table, s'approcha tout près de la jeune femme. Une de ses mains frôla la figure de la caméridte, s'attarda sur une mèche de cheveux qui flânait sur son front, la replaça sous le bonnet. Jeanne, figée, retenait sa respiration.

Le seigneur de Tourlaville empoigna la servante par la taille, la plaqua sans façon contre lui puis, dans un souffle, il déclara :

— Jeanne, tu me plais !

Elle tenta de se dégager.

— Mais, monsieur, je suis la femme de Martin, votre premier valet.

— Je le sais bien, morbieu, mais tu me plais quand même !

Et, retroussant cotte et cotillons, il remonta jusqu'aux fesses de la belle qu'il se mit fébrilement à inspecter d'une main tandis qu'il continuait à la serrer prisonnière contre lui de l'autre.

— Monsieur, monsieur, que faites-vous là ?

— Ne le sens-tu pas ? Je veux te posséder tout entière.

— Mais si je cède, que dira Martin ?

— Que veux-tu qu'il dise ? Est-il mon valet et la place est-elle bonne ? A moins que vous décidiez tous les deux de me quitter ?

Jeanne comprit la menace. Si elle se refusait, ils seraient chassés du château. Autant dire qu'en attendant la prochaine louerie où bourgeois et seigneurs du voisinage allaient choisir leurs domestiques, ils se retrouveraient sur les routes livrés à la mendicité.

Lors, elle effaça une larme furtive d'un revers de manche puis elle s'abandonna.

Jean III sentit le corps qui cessait de lutter. Un sourire satisfait éclaira son visage.

— Tourne-toi et pose les mains sur la table.

Elle s'exécuta lentement. Il retroussa sa robe, contempla la proie offerte, les fesses dodues, jolies comme des joues d'enfant, closes en leur milieu par une ample toison brune.

— Ne bouge plus, j'arrive. Je vais te besogner comme jamais on ne te l'a fait. Tu verras, tu ne regretteras pas de m'avoir cédé.

Jeanne étouffa une dernière larme puis, faisant contre mauvaise fortune bon cœur, elle s'ouvrit sous la poussée de son maître.

Et ce qui était écrit arriva. Martin, qui l'ignorait jusqu'alors, n'était point le seul à savoir déclencher des cris d'allégresse et d'extase chez Jeanne. Malgré la retenue qu'elle s'était juré d'observer, une fois encore ses sens se révélèrent indociles. Elle se mit à se trémousser et à clamer sa joie d'être désirée.

Dans les écuries, les étables, le chenil situés pourtant à près de cent toises de là, les vaches cessèrent de meugler, les chevaux de hennir, les chiens de japper. Un silence consterné pesa sur le domaine, rompu enfin dans la cuisine par Germain Bonhomme qui, s'adressant à Catherine et Guyonne Nicolle, déclara d'une voix funèbre :

— Y a pas à se tromper, notre maître vient de mignonner notre Jeanne.

Puis, faisant allusion à Martin et à la dame de Tourlaville, il conclut sobrement :

— Nous voilà avec deux cornus de plus !

Dans sa chambre, où elle étudiait sans plaisir un texte de Plutarque avec François Arnoul, Marguerite avait elle aussi entendu et compris ce qui se passait. Attentive aux choses de la vie, elle avait souvent observé les mœurs animales. Ce que pratiquaient le taureau et la vache, le bouc et la chèvre, le chien et la chienne n'était plus un secret pour elle. Elle avait maintes fois surpris, dans les remises ou les sous-bois, des humains accouplés avec un enthousiasme qui en disait long sur le plaisir qu'ils partageaient. En revanche, elle n'imaginait pas que son père puisse trahir son épouse. L'amour physique était le complément de l'âme. C'était un don de Dieu réservé exclusivement à celui que l'on avait choisi. A cette pensée, une onde de honte et de tristesse parcourut son visage.

Cette onde n'échappa point à la perspicacité du précepteur dont les fines mains blanches tremblotaient sur les pages du livre qu'il tenait ouvert devant lui. François Arnoul songeait à Madeleine de Tourlaville. Il éprouvait pour elle une sorte d'admiration mâtinée de tendresse. Il la jugeait belle, digne, prodigieusement femme, et il s'indignait à la pensée que chacun désormais saurait que son mari la ridiculisait jusque dans sa propre maison.

Entre-temps, Jean III avait rajusté son haut-de-chausses de velours doublé de drap noir qu'il avait fait glisser sur ses chevilles pour assouvir son désir, Jeanne avait rabattu sa robe sur ses chevilles, et ils s'observaient comme des lutteurs éberlués par le combat qu'ils venaient de mener.

— Tout le monde a dû m'entendre, commenta rêveusement Jeanne en guettant dans son ventre les ultimes fourmillements de son plaisir passé.

Jean de Tourlaville opina du bonnet.

— Qu'à cela ne tienne, chacun saura ainsi que je demeure un bien vert gentilhomme !

— Oui-da, s'alarma Jeanne Groult, mais Madame aussi, et je suis sa chambrière !

— J'ai averti madame ma femme que je prendrais des maîtresses. Elle me fait trop d'enfants et nous devons cesser là. Je t'ai choisie parce que tu es appétissante, jolie mais aussi parce que ton ventre est stérile. Elle est donc au courant de mes desseins. Toi ou une autre, c'est sans importance pour elle.

— Peut-être pour elle, mais mon mari est votre valet...

Jean III branla du chef avec agacement.

— Fariboles que tout cela ! Tu aimes ton mari, c'est un brave homme, j'aime ma femme, c'est une sainte. Je ne suis pas un escarmoucheur de cottes [1]. Je ne la tromperai qu'avec toi et tu ne tromperas ton mari qu'avec moi. Nous ferons quelques galipettes ensemble. C'est bon pour le sang et le moral. Où est le mal ?

— Tromper son mari est un péché.

Un rire conciliant s'échappa des lèvres du maître de céans.

1. Coureur de jupons.

— Tu diras à ton époux que je t'ai forcée et que je te forcerai encore. Ainsi, tu ne seras point coupable.

De grosses larmes roulèrent sur les jolies joues de Jeanne.

— Oui-da, mais c'est que j'y ai trouvé du plaisir. Et ça aussi, c'est un péché...

— Oui, mais ça, tu n'es pas obligée de le lui dire. Tu le confesseras seulement au curé. Il se réjouira de tes aveux, te fera réciter en pénitence quelques Pater et quelques Ave, et nul n'en parlera plus.

Jean de Tourlaville marqua une pause. Il observait avec affection la jeune servante debout, statufiée devant lui.

— Tiens, puisque tu m'avoues que tu as eu du plaisir, viens-t'en près de moi me bailler un baiser et déposer une fois encore dans ma main un de tes mignons tétins.

# 8

Quand Martin revint de Cherbourg, les domestiques s'empressèrent de lui annoncer que son maître avait forcé Jeanne. Interrogée, celle-ci le lui confirma. Elle avait résisté mais le seigneur de Tourlaville était trop vigoureux et il avait fallu céder.

Les yeux enfoncés dans le sol, Martin demeura muet un instant puis, ses puissantes épaules courbées en avant, il s'en alla vers la remise où les bûcherons rangeaient leur matériel. Il en sortit bientôt une hache à la main. Jeanne l'avait suivi jusque dans la cour d'honneur, saisie d'un mauvais pressentiment. En découvrant la hache, alarmée, elle agrippa le bras du valet.

— Mon mari, où vas-tu donc ainsi ?

La réponse claqua :

— Occire ce brigand !

— Mais si tu l'occis, se récria Jeanne, qui nous donnera à manger ? D'ailleurs tu n'auras plus besoin de songer à te nourrir. Tu seras arrêté, emprisonné, questionné, tu sentiras la hart[1] te chatouiller la gorge et, afin

1. Corde servant aux pendaisons.

que tu serves d'exemple, tu te balanceras plusieurs jours au haut d'une potence.

La nuit était tombée. Ils s'étaient immobilisés devant la porte de service conduisant à la cuisine. Ils se dressaient face à face, elle, fragile, lui, les yeux injectés de sang, impressionnant de rage et de force ramassée. La hache oscillait dans sa main mais déjà il savait qu'il ne s'en servirait point. Jeanne avait raison. Un geste trop vif amènerait le malheur sur eux deux, et mettrait un terme à sa propre vie.

— M'aimes-tu au moins ? souffla-t-il.

Elle prit la hache, la coucha contre le mur du château.

— Oui, je t'aime. Tu es mon mari et moi je t'ai choisi !

C'était vrai. Misérables tous les deux, ils étaient allés l'un vers l'autre sans un sol, sans dot, poussés par une mutuelle attirance. Elle avait été subjuguée par sa fascinante laideur, la bonté qui courait dans son regard, son intelligence pratique. Il avait fondu devant la grâce de cette petite paysanne qui s'offrait si gentiment à l'épouser. Dès le soir de leurs noces il avait allumé en elle les étincelles de la volupté. Du moins le pensait-il. Car elle avait chanté, gémi, roucoulé, crié son extase. Ebahi au début, il en avait vite tiré gloire. On rapportait en effet dans son entourage qu'il était un prodigieux étalon, et bien des servantes enviaient l'heureuse épouse.

La hache posée, Jeanne avait emprisonné son mari dans ses bras et, la bouche enfouie dans son cou, elle le baisotait tendrement. Lui cependant ne parvenait point à chasser ses tourments. Il se détacha d'elle, plongea ses yeux dans les siens.

— On m'a dit que tu criais et que tes cris ressemblaient à du bonheur ?

— Martin, mon Martin ! que me contes-tu là ? J'ai

crié, oui-da, j'ai crié. Je crie toujours dans ces cas-là, même si je ne sens rien ! Je suis construite ainsi, et ne sais point pourquoi...

— De sorte que lorsque je te besogne, tu n'as point de plaisir non plus ?

Elle soupira.

— Mon époux, cesse de dire des sottises. Avec toi j'ai toujours du plaisir, avec lui nenni. J'ai eu peur, c'est tout...

Ce fut à son tour de soupirer, vaguement rassuré. Elle enlaça plus étroitement encore cet homme si robuste, en vérité si fragile, pour achever de le consoler. Elle l'enlaça surtout pour masquer son trouble. Elle se remémorait en effet les heures précédentes avec une coupable langueur. Jean de Tourlaville avait revêtu de beaux atours pour la séduire. Et puis il fallait admettre qu'il avait un tempérament rare, de la vigueur, du vit. Enfin, pour être certain de mieux la conquérir, elle, une humble servante issue de la plèbe, ne s'était-il pas aspergé des parfums les plus rares venus de Paris ?

Il fallut plusieurs jours à Madeleine pour apprendre son malheur. Prudents, les domestiques s'étaient tus, et elle n'avait point prêté garde aux regards sous cape que ceux-ci lui adressaient lorsqu'ils la croisaient ou la servaient.

Un matin, Jeanne lui demanda si elle pouvait s'absenter jusqu'au dîner car elle était prise de douleurs avec la venue de ses règles. Madeleine lui accorda d'autant plus volontiers ces quelques heures de repos qu'elles correspondaient à la leçon de musique qu'elle partageait avec Marguerite, Gabrielle, et le petit Jacques, dont le maître affirmait qu'il était doué et deviendrait sans doute un grand musicien.

Madeleine suivait donc les progrès de ses enfants tout en pinçant les cordes de son luth quand, soudain, surgissant de la garde-robe où s'était retirée Jeanne, des cris, célèbres dans le château, s'élevèrent, effaçant le son des instruments de musique.

Un sourire entendu dilata les joues de Madeleine.

— Quand même, dit-elle, ma chambrière en prend à son aise ! Elle se dit indisposée et la voici qui roucoule et pousse en même temps des cris d'orfraie !

Le maître de musique piqua le nez vers le sol pour dissimuler sa gêne.

Tout en devisant, Madeleine s'était approchée d'une des fenêtres à meneaux donnant sur la cour. Elle jeta machinalement un coup d'œil au-dehors, ouvrit toute grande la bouche puis demeura sans voix.

En bas, ouvriers et serviteurs vidaient un charroi chargé de pierres de taille destinées à la construction d'une nouvelle écurie. Parmi eux, Madeleine venait de reconnaître Martin Groult. Immobile, les bras ballants, celui-ci levait des yeux hagards vers le premier étage du château. Autour de lui, un silence consterné. Tous songeaient que le malheur qui touchait leur compagnon aurait pu leur arriver si le ciel, dans son infinie bonté, ne leur avait offert des femmes sans attraits, et tous étaient emplis de compassion.

Chagrinée, elle aussi, Madeleine murmura :

— Voilà que Martin a des cornes à présent !

Puis, réalisant que toute la domesticité était réunie dans la cour, elle fut saisie d'un terrible pressentiment. Elle pivota vers le maître de musique qui attendait son bon vouloir.

— Continuez sans moi, je reviens dans un instant.

Et, quittant la salle haute où se déroulait la leçon, elle se hâta vers ses appartements. Entre-temps, les cris avaient cessé. Madeleine ouvrit la porte de la garde-robe où dormaient ordinairement Martin et Jeanne. La paillasse était vide. Elle se pencha pour la tâter. Elle était fraîche. Nul ne s'y était couché récemment. Elle fila vers la chambre où elle partageait ses nuits avec Jean III. Personne. Il était impensable que l'adultère ait eu lieu dans l'une des garde-robes occupées par les autres serviteurs. Madeleine se dirigea alors vers le cabinet de son époux puis, ayant toqué à l'huis, elle entra.

Installé sur une chaise percée située tout près d'une fenêtre d'où il pouvait voir la cour, vêtu d'une chaude robe de nuit grise qui descendait jusqu'aux chevilles, Jean III s'abandonnait rêveusement aux lois de la nature. Un pet sonore et odorant suivi de sinistres gargouillements accueillirent l'entrée de sa femme dans la pièce, rappelant à celle-ci que, pour honorer la présence du sire de Pierrepont, seigneur de Flottemanville et autres lieux, ils avaient la veille au soir soupé abondamment et rendu un hommage un peu trop appuyé au dieu Bacchus. La nuit ensuite avait été longue, le sire de Pierrepont ayant été convié à dormir entre Madeleine et Jean III dans le lit conjugal en témoignage de la grande estime et amitié qu'ils portaient à leur invité. Le sire de Pierrepont avait eu en effet l'honneur de sauver la vie à Jean III en transperçant fort opportunément de son épée un comparse de l'aventurier Le Tourp qui s'apprêtait à poignarder dans le dos le seigneur de Tourlaville lors de la fameuse bataille de Cherbourg.

Des heures durant, ils avaient devisé, heureux d'être ensemble et lorsque, à l'aube, le sire de Pierrepont avait posé un pied dans la ruelle, il avait la figure bien défaite, et Madeleine s'était demandé avec une réelle inquiétude si leur hôte parviendrait à enfourcher sa monture pour parcourir les quelque sept ou huit lieues qui le séparaient de son domaine situé au sud de Valognes.

En cet instant cependant, Madeleine avait des préoccupations autres que de se souvenir des moments passés avec leur visiteur.

En la voyant s'engouffrer dans la pièce sans attendre d'y avoir été invitée, Jean de Tourlaville leva des yeux interrogateurs vers elle.

— Que me vaut l'honneur de cette si vive intrusion ?

Elle s'étonna.

— Vous êtes seul ?

Jean III balaya le cabinet du regard.

— Il me semble, à moins que quelque diablotin ait eu la fâcheuse idée de se nicher dans un recoin ou sous la table.

Madeleine s'était plantée devant lui, les mains plaquées sur les hanches.

— Avez-vous entendu ces cris ?

Un sourire débonnaire éclaira le visage de Jean III.

— Oui, c'étaient ceux de votre camériste. Qui ne les connaît céans ? Martin est décidément insatiable. Il devait être encore occupé à lutiner sa moitié au lieu de s'intéresser à son ouvrage. D'ailleurs, où est-il donc passé, ce mécréant ?

La réponse tomba, coupante.

— A l'endroit où vous lui avez ordonné d'aller. Dans la cour à décharger les pierres d'un charroi avec toute la domesticité mâle du domaine. Il n'y a plus un homme de disponible à une lieue à la ronde, hormis vous. Alors, je vous le demande, comment ces cris sont-ils arrivés jusqu'à nous ?

— Comment voulez-vous que je le sache ? Je ne suis ni sorcier, ni devin.

— Eh bien, moi, je vais vous le dire, c'est vous qui avez arraché ces cris de la gorge de Jeanne en la chevauchant et en lui faisant regarder la feuille à l'envers !

— La feuille à l'envers dans un cabinet...

— Ah, vous voyez que c'est bien vous ! Vous avouez donc que ça s'est passé céans !

— Je n'avoue rien du tout.

Il s'interrompit, observa Madeleine. Elle avait ôté les mains de ses hanches, croisé les bras devant sa poitrine, se tenait dressée, majestueuse. « Belle, elle est belle, songeait Jean de Tourlaville. J'aime cette femme. »

Il n'eut pas le temps de le lui dire. Elle reprenait :

— Pourquoi avec Jeanne Groult ? Pourquoi, alors que vous savez qu'on l'entend à dix lieues alentour ? Serait-ce dans le but de m'humilier davantage encore ?

— Que nenni, reconnut enfin Jean de Tourlaville, que nenni, simplement parce qu'elle est la seule servante un peu jolie en ce château. Vous n'auriez tout de même pas voulu que je vous trompe avec un laideron ou une ribaude de Valognes ou de Cherbourg ? Vous me voyez ramener céans puces, poux, chaudes-pisses, chancres ou autres véroles ? Je laisse cela à d'autres et à notre bon roi Henri ! Je vous porte trop d'estime, d'admiration et de passion pour m'abaisser à coucher avec de sinistres putesses !

Un rire désespéré roula sur les lèvres de Madeleine de Tourlaville.

— Vous me faites donc honneur en n'ayant pour l'heure qu'une unique maîtresse, connue de tous et dont le mari bafoué vit et travaille au château ? Voilà en effet pour moi une grande preuve de considération et une grande preuve d'amour.

Jean III fronça les sourcils avec agacement.

— Ouïssez-moi bien, mon amie ! Je vous l'ai déjà dit, je vous ai été fidèle jusqu'à ces derniers jours. Je n'entends plus enrichir notre descendance. Nous devons donc nous préserver tous deux. J'ai choisi Jeanne pour vivre épisodiquement ma vie d'homme en évitant de vous infliger des bâtards puisque, ainsi que vous le savez, elle est stérile.

— Voilà une grande consolation. Vous n'aurez pas d'enfant avec Jeanne en attendant d'en avoir avec une autre. Mais cessons là cette discussion oiseuse, voulez-vous ? Vous m'avez donné une idée.

— Quelle idée ?

Madeleine répondit à Jean III par un sourire mystérieux et quelques mots lourds de menaces.

— Je ne vous le confesserai point. Je retiens seulement que dans les couples de ce jourd'hui, l'homme qui trompe sa femme brandit sa verge triomphante comme un glaive et la femme qui trompe son mari est vouée aux gémonies parce qu'elle risque de souiller une lignée en lui offrant un bâtard. On applaudit le mari qui bafoue et on emprisonne son épouse si elle en fait autant. Les seules à qui l'on pardonne leurs écarts sont les femmes stériles comme la reine Margot, qui croule sous les amants. Oui, tout cela me donne une idée, mais je ne vous la confierai point.

Elle plongea une dernière fois les yeux dans ceux de son mari qui la dévisageait avec anxiété.

— Sachez seulement que j'ai de la mémoire et que

vous n'emporterez point cette fâcheuse action en notre paradis !

Jean III remua sur sa chaise percée. Il allait répliquer vertement mais Madeleine avait déjà tourné les talons et quitté la pièce.

Tout en regagnant sa chambre d'un pas décidé, la dame de Tourlaville songeait à François Arnoul. Le précepteur était jeune, avenant de sa personne. Et stérile, lui aussi. Restait à le convaincre d'accepter de devenir son amant. Si elle en jugeait par les regards énamourés que le malheureux lui jetait, la conquête serait aisée.

Sa colère tombait peu à peu. Un sourire sardonique délia ses lèvres. Finalement, sa vengeance risquait de se transformer en plaisir.

Il ne fallut pas longtemps à Madeleine pour réaliser ses desseins. François Arnoul était une proie d'autant plus facile qu'il était subjugué par cette somptueuse femme de trente-sept ans, qui, malgré ses nombreuses maternités, en paraissait à peine trente. Toutefois, avant de l'attirer dans ses filets, Madeleine mit de l'ordre dans sa maison. Sans demander avis à son mari, qui n'aurait pu que s'incliner, elle changea de camériste afin de ne pas côtoyer sa rivale à tout instant. C'est ainsi que Catherine Nicolle remplaça Jeanne Groult, tandis que sa fille, la jeune Guyonne, quittait les cuisines pour entrer au service de Marguerite et Gabrielle. Quant à Jeanne, elle redescendit au rang de servante à tout faire, sans que Jean III y trouvât à redire.

— Ainsi, avait déclaré à son mari la dame de Tourlaville avec un sourire qui ne masquait pas tout à fait son chagrin, vous serez plus près de la fange et du foin pour vous y rouler avec elle !

En avril 1595, Jean de Tourlaville s'étant absenté avec quelques gentilshommes des environs pour une partie de chasse au cerf en forêt de Brix, Madeleine donna congé à Catherine Nicolle pour la journée puis, prétextant de la fatigue, elle se retira dans sa chambre en ordonnant qu'on ne l'y dérangeât sous aucun prétexte.

Elle avait auparavant demandé à François Arnoul de l'y rejoindre pour lui faire lecture de l'*Amadis de Gaule* dont elle ne se lassait pas. Quand celui-ci pénétra dans la pièce, les tentures en velours cramoisi du lit clos étaient grandes ouvertes, et Madeleine reposait, alanguie dans une ravissante robe de nuit en satin bleu ciel garnie de passements dorés.

— Vous m'avez mandé, madame ?

— Ah ! vous voilà enfin...

François Arnoul comprit au timbre de sa voix où sa maîtresse voulait en venir. L'affection gourmande avec laquelle Madeleine de Tourlaville l'observait depuis quelque temps ne lui avait pas échappé et, passée l'anxiété à l'idée de ce que cela signifiait et où cela risquait de l'entraîner, il guettait, espérait le moment où cela arriverait enfin.

Saisi d'une hardiesse subite, il s'engagea dans la grande ruelle. Madeleine tapota le bord du lit avec sa main.

— Approchez, mon ami, asseyez-vous là.

Il obtempéra, un peu intimidé.

— Voilà, mon mari me délaisse. Vous êtes certainement au courant ? Avec Jeanne Groult pour amante, qui ne le serait pas ?

Les ailes du nez du précepteur frémirent.

— Vous m'avez bien dit que vous avez été marié et que vous n'avez pu avoir d'enfants ?

— C'est vrai, et cela s'est vérifié, hélas, avec quelques maîtresses.

Un sourire éblouit les joues de Madeleine.

— Hélas, peut-être pas, puisque nous voilà ensemble à présent, et qu'en toute liberté vous allez pouvoir me culbuter et prendre possession de moi.

— Madame, hésita François Arnoul en déposant le volume de l'*Amadis de Gaule* sur une escabelle, jamais je n'oserai...

— Osez, je vous l'ordonne.

— Si vous l'ordonnez, susurra le précepteur, au comble du bonheur.

— A une condition toutefois : hurlez-vous votre jouissance ?

— Nenni.

Un soupir souleva la gorge opulente de la dame de Tourlaville.

— Dans ce cas, la cause est entendue. Otez votre chapeau que je remplisse mes yeux de vos beaux cheveux blonds, et dépouillez-vous de vos habits que je puisse vitement me régaler de vous !

# 9

En février 1596, une agitation inhabituelle régna au château. Chaque année à la même époque, Robert Agnès, tailleur ambulant résidant à Tourlaville, venait s'installer plusieurs jours, voire plusieurs semaines chez les Ravalet, afin de confectionner des vêtements pour tout le monde. Epais drap de laine, grosse serge, fruste blanchet, futaine et droguet pour les domestiques, drap, taffetas, velours, soie, satin, dentelles, chaudes fourrures pour les maîtres. Parfois, pour les grandes occasions, noblesse oblige, Jean III déboursait davantage pour offrir à Madeleine du brocart, étoffe brochée de soie, d'or ou d'argent.

La venue de Robert Agnès représentait pour Marguerite l'un des moments les plus agréables de l'année. Femme dès l'enfance la plus tendre, elle était fascinée par les beaux atours, et elle passait des heures à contempler le tailleur installé dans un coin de la salle basse, affairé à mesurer, tailler et coudre les tissus qu'on lui avait remis.

Subjuguée, elle fixait les mains virevoltantes de ce petit homme maigre, entre deux âges, à demi chauve, curieusement vêtu de noir des pieds à la tête, lui qui savait si merveilleusement faire chanter les couleurs et qui, secondé par deux ouvrières, créait des vêtements qui épousaient ensuite les formes de tous les corps, les élancés, les menus, les râblés, les gros, avec une diabolique et élégante précision.

Et cette année-là, il n'était point souhaitable pour Robert Agnès de se tromper dans ses mesures, car on lui avait confié des étoffes de qualité et on entendait recevoir de lui en échange un travail soigné. Tous les Ravalet de Tourlaville présents étaient conviés à Carentan le 10 mars suivant au mariage de Madeleine-Marguerite de Ravalet de Sideville, petite-cousine de Marguerite qui allait épouser un certain Jean Le Fauconnier, receveur des tailles.

Le corset et le vertugadin de Marguerite furent confectionnés avec les chutes des tissus incarnadins réservés à sa mère, et le résultat fut si saisissant que dans un geste spontané la fillette sauta au cou du tailleur éberlué et lui appliqua un baiser sonore sur la joue, sous le regard mi-attendri, mi-sévère de la dame de Tourlaville, qui n'appréciait guère que l'on oubliât son rang. Cette dernière n'émit toutefois aucune réprimande blessante, car elle-même commettait une faute bien plus grave avec le précepteur. Malheur à eux si Jean III apprenait qu'elle le trahissait avec un roturier issu de sa maison ! Si telle était la volonté de son mari, la mort pourrait alors unir le destin des amants. Jean III avait tous les droits, y compris celui de l'humilier avec une cantatrice de basse-cour ! Elle, aucun. De sorte que la dame de Tourlaville et son soupirant redoublaient de prudence. Ils évitaient de s'abandonner à leurs transports dans le domaine, préférant se réfugier, chaque fois qu'un dieu conciliant le leur permettait, dans une petite cabane isolée en forêt de Brix qui servait de remise aux Tourlaville et n'était fréquentée qu'en période de chasse. Deux lits avaient été jetés dans l'unique pièce pour des occupants de passage. Autour d'eux, dans un désordre bon enfant, s'entreposaient, accrochés aux murs ou gisant sur le sol, pièges pour animaux, gibecières, filets, haches, harnachements pour les chevaux et armes de toutes sortes. Un puits devant la porte promettait une eau fraîche aux visiteurs et... aux amants épuisés !

Blottie dans les bras de François, Madeleine renouait avec une délicieuse sensation d'exister. Elle en oubliait les libertés que prenait impudemment son mari avec Jeanne. Mieux, elle les considérait à présent avec une certaine indulgence. En définitive, il faut bien que le corps exulte.

Quant à Jean, il observait quelquefois sa femme avec curiosité et tendresse et il lui confiait :

— Vous êtes belle, ma mie. Vous êtes, comment dire, sereine, épanouie. Vous voyez, j'avais raison. L'abstinence des sens vous sied fort bien.

Puis, soudain philosophe :

— Ce n'est, en définitive, peut-être pas si difficile que cela d'entrer en religion. Le désir ne nous taraude que si nous y pensons.

— Peut-être, répondait prudemment Madeleine, peut-être.

Et son corps alangui se souvenait de précieux baisers.

Ainsi Jean III ne se doutait de rien. Pas plus que la famille ou les domestiques. Seule, à des frôlements légers, des sourires brusquement interrompus, des regards vite détournés, Marguerite avait deviné que sa mère et le précepteur se livraient à des jeux peu ou prou innocents. Elle n'en voulait pas à Madeleine. Bien au contraire. Son père affichait sa maîtresse avec une insultante ostentation, et, indépendante et fière par nature, quels que fussent les risques encourus, Marguerite se disait qu'à la place de sa mère elle aurait agi de la même façon.

Fait suffisamment rare en Normandie pour être noté, un soleil conquérant imposait ses rayons sur la noce qui sortait sur le parvis de l'église après la messe nuptiale en ce 10 mars 1596. Un soleil se trompant de saison perdurait depuis plusieurs jours déjà, et entendait bien poursuivre ses errements. Cela avait permis aux Ravalet de Tourlaville d'effectuer les treize lieues séparant leur fief de celui des Ravalet de Sideville sans trop souffrir du voyage. On avait entassé les bagages et les servantes sur des charrettes et, pour être sûr d'arriver la veille de la cérémonie, on avait autorisé laquais et valets à se déplacer à cheval comme leurs maîtres. Les Sideville avaient logé dignement les Tourlaville dans des chambres à l'étage du château et on avait expédié, selon leur utilité, les serviteurs dans des garde-robes ou dans les écuries.

Marguerite n'avait pas assez de ses yeux pour contempler les mariés sortant de l'église, salués par les luths, guitares, flûtes, tambourins et par une double haie d'invités. Deux épées nues, mises en croix de Saint-André, sous lesquelles les tourtereaux étaient passés, garantissait le bonheur à l'épousée.

Marguerite-Madeleine avait charmante allure, drapée dans ses treize ans tout neufs, vêtue d'un corsage garni de dentelles et brodé, ainsi que la robe de velours rose parsemée de fleurs jaunes, piquetées d'or. Collier et bracelets sertis de bijoux jetaient leur éclat sur le cou et les poignets de la jeune femme, tandis que des arcelets de perles couraient sur ses longs cheveux blonds poudrés.

Près d'elle, Jean Le Fauconnier resplendissait. Grand, trapu sans être enrobé, il s'était glissé dans un haut-de-chausses, un pourpoint d'une blancheur immaculée et un manteau de velours grenat qui s'arrêtait gracieusement à mi-cuisse. Une collerette brodée, rabattue par une broche en or, ornait son cou pendant qu'un petit chapeau rond surmonté de plumes de héron ajoutait une note gracieuse à l'ensemble. Point d'ostentation pourtant dans sa mise. Point de pierres précieuses, point de bijoux voyants comme c'était l'usage. Jean Le Fauconnier, receveur des tailles de Carentan, dissimulait une fortune dont chacun savait qu'elle était importante. Une fortune qui s'arrondirait encore avec son mariage puisque la dot de la demoiselle de Sideville s'élevait à trois mille livres de rentes par an et à cinq cents écus d'or pour les meubles.

La messe achevée, les invités regagnèrent le château des Ravalet de Sideville. On était à soleil couché lorsqu'ils y parvinrent, et la chaleur du jour s'effaçant vite en mars, tous retrouvèrent avec plaisir les vastes cheminées où brûlaient de grandes bûches et les immenses candélabres que l'on avait allumés dans toutes les pièces et les couloirs du château.

A sept heures la fête commença. Souper gargantuesque en musique, pages et domestiques en livrée. La salle haute, où se déroulaient les agapes, ne comptait pas moins de deux cents hôtes, hommes, femmes, enfants, agglutinés autour des tables. Pour des raisons pratiques, le seigneur de Sideville avait choisi d'organiser le bal dans la salle basse, et au milieu du repas les musiciens descendirent, escortés par la plupart des commensaux. Et l'on vit bientôt les gens circuler dans tout le château pour danser ou manger.

Marguerite avait suivi les musiciens en compagnie des nouveaux époux. Pensive, elle les mesurait du regard à la façon d'un maquignon. Pour Marguerite, Jean Le Fauconnier n'était point laid mais il était vieux ! N'avait-il pas vingt-huit ans, le double de l'âge de sa jeune femme ?

Elle s'imaginait à la place de sa petite-cousine, soumise à un mari frôlant la trentaine. Cette simple idée l'emplissait d'effroi. Pourtant Marguerite-Madeleine ne semblait point malheureuse en ce jour de liesse. Selon la tradition, les portes du château étaient ouvertes à tous ceux qui voulaient y frapper, et des voisins n'hésitaient pas à les franchir pour venir trinquer avec les mariés. Le vin coulait à flots, les esprits s'échauffaient. Sous les pommades et les poudres, les joues rosissaient. Et les effluves des parfums s'entremêlaient jusqu'à provoquer des maux de tête. Tous les convives se devaient de danser avec les époux et de les embrasser. Beaucoup de lèvres glissaient jusqu'à celles de Marguerite-Madeleine et de Jean Le Fauconnier sans que nul s'en offusquât.

Le moment venu, nombre de leurs hôtes les poursuivraient jusque dans l'intimité de leur chambre, retardant le plus longtemps possible leurs premiers ébats.

Marguerite regardait donc sa cousine et son mari, ne voyait qu'eux et songeait à Julien. Inconsciemment, elle le comparait au receveur des tailles. L'un était élégant, l'autre d'une sobre rusticité, l'un était beau, l'autre ordinaire, l'un était son frère, l'autre...

Elle s'arrêta de penser. Elle était debout, adossée à un mur dans la salle basse, désemparée soudain. Des danses variées destinées à satisfaire tous les goûts s'étaient succédé : chaconne suivie d'une morique, pavane noble et lente, précédant l'inévitable et vive gaillarde. Le vin aidant, on en était arrivé à un branle dans lequel Marguerite fut happée. Avec les autres, elle se laissa porter par le bruit des pieds frappant le sol et les rires des danseurs.

Mais le cœur n'y était pas. Elle s'éclipsa bientôt, franchit la porte d'entrée et se retrouva dans la cour d'honneur. Autour d'elle, des invités prenaient l'air ou autre chose. Des mains robustes glissaient, furtives, dans de charmantes menottes baguées d'or et de pierres précieuses, des baisers s'échangeaient à l'abri d'un arbre ou d'un fourré. Au fur et à mesure qu'elle s'engageait dans le parc, des soupirs, des propos légers sitôt étouffés perlaient çà et là.

Soudain, une dizaine d'adolescents l'encerclèrent, élégamment vêtus, chaussés à la dernière mode, bombant des torses étroits, la taille cambrée, le jarret tendu dans des bas de soie, le front hautain adouci d'espièglerie.

— Bonsoir, gracieuse damoiselle, s'écria l'un d'eux, que venez-vous donc quérir céans ? Serait-ce moi ? Je gage que vous seriez ravie si je condescendais à vous voler un baiser ?

Il avait quinze ans joliment découplés, les yeux bleus, assurés de celui habitué à séduire sans faillir, la langue hors de sa poche. Il souriait, sûr de son fait.

— Ma foi non, gentil damoiseau, répliqua Marguerite sur le même ton, quand bien même vous seriez mille fois plus charmant, ce qui ne serait point difficile, je ne succomberais point à vos charmes. J'ai un promis.

Tous s'arrêtèrent de gesticuler autour d'elle. Le jeune homme qui lui avait adressé la parole chassa d'un geste vif de la main la contrariété qui se lisait sur son visage.

— Vous avez un promis ? Et comment se nomme-t-il ?

— Julien.

— Julien comment ? Et vous, comment vous nommez-vous ?

Un frisson parcourut Marguerite. Pour avoir la paix, elle avait jeté le premier prénom qui lui sautait à l'esprit. C'était celui de son frère. Chez les jeunes gens présents, certains la connaissaient. Ils risquaient de faire le rapprochement, se gausseraient. Férocement, peut-être. Elle se préparait à l'assaut. A mentir. Après tout, les Julien étaient légion. Heureusement pour elle, quatre fillettes, engoncées dans des vertugadins aux couleurs vives, trottinaient de toutes leurs petites jambes vers elle et sans le savoir venaient pratiquer une heureuse diversion.

Gabrielle était à leur tête.

— Mère vous mande, dit-elle en se frayant un passage dans l'attroupement pour rejoindre sa sœur. Elle s'inquiète de vous et elle voudrait vous présenter à un certain Jean Lefebvre, seigneur de Hautpitois.

Marguerite soupira d'aise.

— Jean Lefebvre ? Je ne connais pas ce monsieur, mais je suis certaine que sa conversation sera plus captivante que celle de ces damoiseaux.

Puis, sans plus se préoccuper d'eux, elle suivit Gabrielle et ses petites amies. Madeleine, Jean III, leur cousin Thomas Jallot, l'abbé de Hambye et le père de la mariée, Ravalet de Sideville, s'étaient réfugiés dans le cabinet de ce dernier pour discuter dans le calme de quelques affaires de famille qui ne pouvaient attendre. Un inconnu âgé d'environ vingt-quatre ans, mince, assez grand, au teint basané, aux yeux sombres, au visage étroit agrémenté d'une fine moustache se poursuivant par une barbiche en pointe, s'était joint à eux.

Tous se tournèrent vers la porte lorsque Marguerite

entra. L'enfant exécuta une charmante révérence avant de questionner :

— Mère, vous désiriez me voir ?

Madeleine acquiesça d'un signe de tête avant de désigner l'inconnu d'un mouvement du menton.

— Oui, chère enfant, monsieur Jean Lefebvre, receveur des aides et tailles en l'élection de Valognes, est un ami de Jean Le Fauconnier, notre nouveau cousin, et il brûlait de t'être présenté.

— A moi ? s'étonna Marguerite.

Jean Lefebvre s'inclina avec courtoisie.

— Oui, demoiselle, je vous observais danser tout à l'heure et il m'a semblé que votre grâce éblouissait toute la salle.

— Ah ? s'étrangla Marguerite.

L'abbé de Hambye s'agita dans son fauteuil.

— Monsieur, ne seriez-vous pas par hasard occupé à nous faire une demande en mariage ? Ma petite-nièce est vraiment très jeune...

Là n'est point mon propos, mon père. Il n'y a aucun mal à saluer la beauté lorsqu'on la rencontre, c'est ce que je viens de faire. Il n'y a point malice à cela.

Jean Lefebvre accompagnait ses paroles d'un sourire en fixant Marguerite avec une telle intensité qu'un effroi glacé envahit l'enfant.

Le désarroi de sa fille n'échappa point à Madeleine.

— Eh bien, monsieur, dit-elle, vous voilà présentés. Souffrez à présent que nous demeurions seuls car nous avons à deviser en ce cabinet d'affaires qui ne concernent que nous.

Jean Lefebvre s'inclina de nouveau.

— Pardonnez-moi, madame, messieurs, d'avoir abusé de votre temps. Votre serviteur...

Le receveur parti, il y eut un silence pendant lequel Thomas Jallot détailla attentivement Marguerite. Vêtue d'un corset et d'un vertugadin du même ton incarnadin que la robe de sa mère, Marguerite resplendissait de beauté. Ses lèvres finement ourlées, la délicatesse de l'arc de ses sourcils, le profond regard mélancolique dont les paillettes dorées captaient si bien la lumière, les longs cils ombrageant les joues, l'éclat de son teint, le nez mutin, la cambrure des reins, le délié de sa taille et de ses jambes, la facilité avec laquelle elle exaltait la toilette, tout concourait à ce qu'on la remarquât.

Après le départ de Jean Lefebvre, Ravalet de Sideville avait refermé la porte derrière lui afin de ne plus être dérangé. A l'exception de l'abbé, assis dans un fauteuil, tous se tenaient debout. Adossé contre un mur, ses bottes de cuir de Russie croisées devant lui, Jean III peignait d'une main distraite sa barbe croulant sur une fraise mauve pendant que l'autre flattait la garde de son épée sertie pour l'occasion de diamants.

— Mordiou, lança-t-il enfin, qu'on le veuille ou non, ce Jean Lefebvre est attiré par les petites filles.

— Par notre fille, rectifia Madeleine, par notre fille.

Elle caressa le collier de pierres précieuses hérité de sa mère qui reposait sur la collerette en dentelle encadrant le décolleté de sa robe.

— Il s'y prend un peu tôt assurément pour être amoureux, conclut-elle.

— D'autant plus tôt, remarqua Sideville, que je crois savoir que les Lefebvre ne disposent de quartiers de noblesse que depuis peu. Jean Le Fauconnier m'a dit qu'ils étaient écuyers depuis 1545 et qu'ils portent d'azur à la face d'or, accompagnée en chef de deux croisettes d'argent et en pointe d'une rose du même.

Thomas Jallot se manifesta alors. Petit, d'aspect débonnaire, il étalait sa fortune en ce mariage en exhibant un pourpoint de satin cramoisi d'où s'échappait par les crevés un taffetas jaune, des gants ornés de dentelle, des chausses de velours, des bas de soie avec jarretières brodées, des éperons d'or sur ses bottes de cuir. Des bijoux de toutes sortes brillaient sur son chapeau et, comme Jean III, sur la garde de son épée. Une ample écharpe du même ton que son pourpoint se prélassait nonchalamment de l'épaule à sa hanche.

Thomas Jallot avait du bien et il entendait qu'on le sût. Il avait aussi des héritiers, et il ne manqua pas de le rappeler.

— Le moment venu, mon fils aîné Nicolas ferait un bon prétendant pour Marguerite. Pour l'heure, il n'a pas encore vingt ans mais il sera bientôt avocat et à l'abri de tout besoin.

Jean de Tourlaville dressa les sourcils.

— Certes, certes, mais nous n'en sommes point encore là. Je sais votre Nicolas franc comme écu mais notre fille a bien le temps de grandir. Et cette année nous avons à nous occuper du mariage de notre aînée Marie.

Il pivota vers l'abbé de Hambye.

— Mon oncle et moi réfléchissons au contrat de mariage que nous établirons le mois prochain en vue de son union avec Gabriel de La Vigne, baron de Tubeuf, de La Vigne et de Tréauville.

— Est-il indiscret de vous demander le montant de la dot ? questionna Thomas Jallot, les yeux brillants.

Jean III dressa les bras vers le plafond.

— Oui, voilà qui est indiscret en effet, d'autant que notre Marguerite a les oreilles affûtées, l'ouïe pointue et qu'elle n'a point à connaître le détail des largesses que nous avons pour ses frères et sœurs.

— Ce qu'elle peut ouïr, trancha l'abbé en regardant sa petite-nièce avec affection, c'est qu'en ce qui me concerne, j'envisage d'offrir à Marie la sieurie de Prêtreville, deux mille écus pour lui constituer une rente de cent écus, plus cent écus pour la robe des épousailles. Je peux le dire tout haut parce que je ne ferai pas moins pour Marguerite.

Madeleine intervint alors.

— Il est temps pour vous, ma fille, de regagner le bal. Nous vous y rejoindrons bientôt.

Puis, voyant la petite, interdite, à la lisière des pleurs, elle conclut :

— Ne vous inquiétez pas, vous n'êtes pas encore nubile, et ce monsieur Jean Lefebvre ne me plaît guère. Il est plutôt élégamment tourné de sa personne mais il a le teint foncé d'un Sarrasin !

Ravalet de Sideville intervint à son tour. Il connaissait bien les Lefebvre, très liés avec son nouveau gendre.

— Le teint foncé, peut-être, mais c'est un pur Normand. Il succédera très bientôt à son père, qu'il seconde déjà dans la charge de receveur des aides et tailles en l'élection de Valognes, et je puis vous assurer qu'il aura du bien.

Ravalet de Tourlaville opina pensivement du chef avant de s'adresser à sa femme.

— Le teint d'un prétendant supposé n'a rien à faire dans les projets matrimoniaux. Ce qui compte, c'est la position du futur mari et le rebondi de son escarcelle. Aussi, m'amie, je serais bien aise que vous me laissiez conduire cette affaire quand le moment sera venu. J'en ai manié bien d'autres tout aussi délicates.

Il se tourna vers Marguerite.

— Quant à vous, filez incontinent. Contrairement à ce que vous conseillait madame votre mère tout à l'heure, vous êtes encore bien jeune et ce n'est plus le temps d'aller vous divertir au bal mais bien plutôt celui de vous en aller coucher. Vous danserez demain. La fatigue vous court sous les paupières.

Marguerite fit la révérence, heureuse de s'éclipser. Le vin, les liqueurs avaient abondamment coulé, et partout, dans les salles, les escaliers, les corridors, on devisait fort, on dansait, on se réfugiait dans les recoins, on se baisotait, on proférait, le doigt brandi, d'approximatives vérités, on se querellait un peu, on chantait, on s'agrippait les uns aux autres pour ne pas s'écrouler, on riait sans trop savoir pourquoi, quelques-uns sanglotaient en ce jour faste, se rappelant qu'ils étaient seuls ou qu'ils supportaient mal les excès de l'alcool.

La nuit était au milieu de sa course. Bientôt des invités, plus espiègles ou plus éméchés que les autres, traqueraient les nouveaux époux jusque dans leur chambre pour retarder la consommation de leur mariage.

La fête durerait trois jours. Marguerite réprima une nausée, se cogna dans des jeunes gens qui se poursuivaient en s'esclaffant dans le long corridor qui menait à sa chambre. Elle se sentait anéantie. Il lui semblait qu'elle quittait l'enfance pour entrer dans l'âge adulte. Un jour prochain on la marierait avec un Jean Lefebvre, un Nicolas Jallot ou un autre. Elle qui rêvait à un prince Charmant qui viendrait la conquérir, elle réalisait brusquement que, comme sa petite-cousine, ses sœurs, sa mère, elle serait offerte en pâture à un inconnu, voire à un géronte, dès lors qu'il serait fortuné et bien né.

Quand elle poussa l'huis de sa chambre, des larmes

inondaient ses joues. Guyonne attendait sa maîtresse assise sur une escabelle. Elle abandonna des travaux de broderie et se dressa pour l'accueillir. Marguerite s'affaissa sur son lit. Engoncée dans ses vêtements de soirée, le visage tragique, elle ressemblait à une poupée désarticulée.

— Vous êtes malade, demoiselle ? s'inquiéta Guyonne.

Marguerite contempla sa jeune camériste avec affection. Elle avait seize ans, des traits mal esquissés, un petit nez curieusement retroussé, une taille pas trop épaisse, des manières douces, l'art de ne jamais s'emporter. Elle était attentive à bien servir et à bien se taire. Jamais les confidences de Marguerite n'avaient franchi le seuil de ses lèvres. Aussi, celle-ci ne s'en privait point.

Ce soir-là elle demanda à Guyonne de lui ôter ses souliers, de l'apprêter pour la nuit puis, allongée sur son lit, la couette ramenée frileusement jusqu'au menton, elle lui rapporta sa rencontre avec Jean Lefebvre, la conversation de ses parents concernant son avenir.

Ensuite, les yeux brouillés de mélancolie, en toute innocence, elle lui confia sa tendresse pour Julien.

# 10

De retour à Tourlaville, Marguerite se replia sur elle-même. Rongée par la mélancolie, elle poursuivait sans cesse d'interminables promenades solitaires à la recherche de souvenirs avec son frère.

Gabrielle, qui lui portait pourtant une réelle affection, commençait insensiblement à se détacher d'elle, choisissant en compensation Jacques et la petite Madeleine pour compagnons de jeux.

La tristesse de Marguerite était d'autant plus grande qu'elle avait peu de nouvelles de Julien. Elle lui avait écrit vingt fois, elle avait reçu quatre lettres en retour. Leur courrier étant intercepté et lu par des tiers, ils correspondaient avec des mots mouchetés, n'osant clamer l'étrange attirance qu'ils éprouvaient l'un pour l'autre. Mais ils se comprenaient à demi-mot. Marguerite pardonnait volontiers à Julien de ne pas lui écrire souvent. Dans sa première lettre, il lui avait résumé ses journées peu propices aux loisirs et aux relations épistolaires. L'internat était sévère, rigoureux. Deux fois par mois, Julien passait le samedi après-midi et le dimanche dans l'hôtel que son oncle possédait à Coutances. Il y retrouvait, avec son frère Philippe et l'abbé, un peu de l'ambiance familiale dont il disait qu'elle lui manquait.

Dans tous ses courriers, Julien citait son ami Guillaume de La Londe, qu'il avait adopté comme compagnon de jeux lors de ses congés à Coutances.

Marguerite avait espéré que Julien reviendrait à Tourlaville lors des vacances scolaires. L'abbé en avait décidé autrement. Soucieux de faire de son petit-neveu un homme d'Eglise, il l'avait emmené avec lui visiter ses différents domaines et hôtels. Ainsi, Hambye, Rozel et le fief d'Arreville en Sainte-Geneviève dans le canton de Quettehou n'eurent bientôt plus de secrets pour lui.

Les années s'enfuyaient, scandées par le mariage de Marie de Tourlaville, les réceptions, les parties de chasse auxquelles Marguerite participait quelquefois, les visites de ses autres frères, les naissances, les deuils.

Madeleine poursuivait son idylle avec François Arnoul ; au su et au vu de tout le monde, Jean III lutinait toujours avec le même empressement la bonne Jeanne Groult sans que le pauvre Martin, devenu fataliste, y trouvât à redire. Passés les premiers moments de folie meurtrière, Martin avait été flatté que le regard de son maître et... le reste se fussent attardés sur Jeanne. C'était démontrer alentour qu'il avait une jolie femme, et mieux valait en définitive que celle-ci fût bousculée par le seigneur de Tourlaville que par quelque misérable manant !

Ainsi, si Martin ne tirait point gloire de son infortune, du moins il s'en accommodait, le sacrifice de Jeanne seyant particulièrement bien à son teint. De plus, jamais depuis qu'il le servait, le maître de Tourlaville n'avait été aussi jovial et attentif à l'égard de son valet.

Au printemps 1598, accompagné d'un laquais et de

son fidèle Martin, Jean III partit pour Paris. Il devait y rendre visite à Jean IV, qui était près de terminer ses études. C'était aussi l'occasion de resserrer des liens avec quelques relations haut placées que l'éloignement et la difficulté des voyages du temps distendaient ; c'était aussi l'occasion d'obtenir des nouvelles fraîches des affaires du royaume et du monde, et de s'efforcer de conserver un pied dans les demeures des gens influents. C'est ainsi que Jean III rendit notamment visite à Nicolas de Neufville de Villeroy, politicien habile qui, après s'être rallié à la Ligue, avait retourné son casaquin pour se retrouver bien en cour auprès d'Henri IV, converti fort à propos au catholicisme. C'est ainsi que Jean III reprit goût pendant quelques semaines au faste de ceux que l'on dit grands.

Mais tout a une fin. Madeleine lui manquait. Et Jeanne. Et la forêt de Brix. Et le toit de son château. Un matin, il prévint ses domestiques qu'il était temps de remplir les coffres et de préparer les chevaux. Puis, voyant que Martin bayait à demi aux corneilles, il lança :

— Allons, hâte-toi, ta femme m'attend !

Lorsqu'ils arrivèrent à Tourlaville vers la mi-juin, Jean III reçut une lettre annonçant le retour de Julien pour l'automne. Quatre années s'étaient écoulées depuis le départ de son fils. Celui-ci allait avoir seize ans, l'âge des grands virages de la vie. Jean III s'était déplacé deux fois à Coutances pour rendre visite à l'abbé, Philippe et Julien. Philippe était revenu l'automne précédent pour repartir presque aussitôt rejoindre l'Académie de Rouen où, à l'image de l'Académie de Paris de monsieur de Pluvinel, premier écuyer de Sa Majesté Henri IV, on éduquait à moindres frais les gentilshommes qui ne se destinaient pas à l'Eglise à devenir de parfaits hommes du monde, pratiquant avec une égale mesure vaillance et sens de l'honneur. Outre l'équitation et l'escrime, le jeune homme apprenait la quintaine, la bague, les mathématiques, la musique, le langage, l'art de se vêtir et de se mouvoir. En un mot, on le formait aux vertus de l'homme d'épée et du courtisan.

Toutes choses qui seraient refusées à Julien, qui s'exerçait pourtant à l'escrime avec une redoutable dextérité.

L'avenir de Philippe était donc désormais tracé. Restait à assurer celui de Julien. En attendant, il se reposerait quelques mois au château afin d'y retrouver ses marques et l'affection de sa famille.

Le temps était cependant venu de lui offrir un valet, ainsi que son rang l'exigeait. Jean III pressa sa femme et sa maîtresse dans ses bras, salua l'éclat de la beauté de l'une et les tétons de l'autre. Courtois, il laissa cependant Martin honorer sa femme en premier. Il expédia ensuite les affaires de la fiefferme demeurées en suspens durant sa longue absence, organisa quelques mémorables parties de chasse en forêt de Brix avec plusieurs seigneurs du voisinage, puis, profitant d'une louerie de domestiques qui s'ouvrait chaque année en juillet sur la place du marché de Cherbourg, il s'y rendit avec Martin Groult. Il lui fallait engager un valet pour servir Julien à son retour.

Jean III conduisant sa monture au pas, Martin trottinant à pied à ses côtés, ils arrivèrent sur la place du marché à deux heures sonnées au carillon de l'église. De nombreux serviteurs, alignés sur des estrades ou à même le sol, attendaient patiemment qu'on vînt leur proposer de l'ouvrage. Ils étaient séparés en deux catégories, ceux employés à la tâche ou à la journée, ceux employés à l'année éventuellement reconduite. Les premiers, les plus frustes, les plus mal attifés et souvent les plus robustes, étaient condamnés aux besognes réclamant le moins d'initiative et de savoir. Jean III en reconnut plusieurs qu'il avait engagés à diverses reprises pour des corvées d'essartage, terrassement ou ramassage des pommes. Les saisonniers qui restaient le plus longtemps arboraient l'un une hache ou une scie, l'autre une faux ou une faucille, montrant qu'ils étaient bûcherons, faucheurs et moissonneurs. Jean III en embauchait chaque année. Certains d'entre eux en le voyant passer le saluèrent avec une lueur d'espoir dans les yeux. Il leur répondait avec bonhomie mais il n'était pas venu pour eux et puis il confiait le choix de leur embauche à son intendant.

Toujours suivi de Martin, Jean III se dirigea vers la seconde catégorie, celle des servantes et serviteurs rangés eux aussi par spécialité. Parvenu devant les bergères, dont quelques-unes tenaient un chien en laisse, Jean III descendit de cheval, tendit la bride à son valet. Sûre de sa joliesse, l'une d'entre elles osa un pas vers lui. Au-dessus d'une chemise blanche à col tuyauté et à larges manches, elle portait un charmant corsage à bretelles roses, et un petit tablier bleu protégeait sa jupe de drap gris.

— Si vous avez besoin de moi, je suis à vous.

Jean de Tourlaville répondit à cette effrontée facétie par un sourire et un hochement de tête avant de poursuivre son chemin. La foule des curieux et des embauchés potentiels s'était épaissie. Fermiers, métayers, intendants, seigneurs eux-mêmes, parfois, se croisaient, se bousculaient, se saluaient, s'arrêtaient, conversaient, heureux de se rencontrer, bloquant la circulation. Un aveugle, probablement faux, conduit par un gamin tenant une écuelle pour recevoir la monnaie, circulait dans cette multitude en jouant de la vielle. Chapeaux élégants, toilettes huppées croisaient les haillons des mendiants, les visages glabres, ravinés des paysans du cru et leurs tenues taillées dans du grossier tissu. Çà et là, avaleurs de sabres, de feu, de grenouilles, lutteurs de foire et autres saltimbanques répétaient leurs exploits à l'infini dans l'espoir de ramasser quelques deniers.

Ravalet de Tourlaville jeta un œil distrait vers l'estrade des servantes. Reconnaissables à leurs bonnets recouverts pour certaines d'un chaperon de drap couvrant la tête et les épaules, leurs corsets le plus souvent lacés devant et garnis pour l'occasion de velours noir, elles se voulaient avenantes, dans leurs robes protégées par un tablier blanc. Suivant la mode, elles avaient abandonné les souliers carrés du début du siècle pour des souliers arrondis qu'elles jugeaient plus seyants, et toutes ou presque exhibaient, attaché par une chaîne à leur ceinture, un trousseau de clefs rappelant que le maître qui les choisirait leur ferait confiance en leur permettant d'ouvrir toutes les portes de sa maison. Une fois embauchées, elles ajouteraient à leur taille une bourse et un couteau dans son fourreau.

Au fond de la place, Jean III trouva enfin l'espace réservé aux serviteurs. Ils étaient une dizaine, debout ou assis sur des bancs. Le seigneur de Tourlaville s'arrêta devant eux, étudia patiemment les figures, les épaules, les mains. Après quelques instants de cet examen, il pivota vers Martin pour lui demander son avis.

— Lequel choisirais-tu ?

Martin se dandina d'une jambe sur l'autre.

— Celui-ci.

Il désignait un homme d'une trentaine d'années, plutôt

élancé, au front vaste encadré par une chevelure brune et courte, propre de sa personne, qui leur souriait d'un air suppliant.

— Hum, résuma Jean de Tourlaville après réflexion puis, montrant d'un clignement d'yeux un autre serviteur, il pointa le doigt vers lui et conclut : Moi, je préfère celui-ci !

Il s'approcha du bonhomme.

— Comment t'appelles-tu ?

— Nicolas Roussel, pour vous servir.

— Pour me servir, ce n'est point encore fait. Montre-moi tes dents.

L'homme s'exécuta. Elles étaient fortes, carrées, et pour l'heure il n'en manquait que trois.

— Quel âge as-tu ?

— Vingt ans.

Jean de Tourlaville se mit à tourner autour du valet, jaugea les épaules râblées, le visage massif cerclé d'une fine barbe brune, le nez busqué, le sourire chargé de ruse.

— Tu as déjà servi ?

— Oui.

— Chez qui ?

— Chez François Lefèvre, seigneur du Vieux-Fief de Saint-Pierre-Eglise, et chez Michel, curé à Cherbourg.

— Pourquoi les as-tu quittés ?

Les yeux de Nicolas Roussel cillèrent légèrement. Il n'allait pas confier à ce beau seigneur qui semblait s'intéresser à lui qu'il avait été renvoyé les deux fois après avoir été soupçonné de vol.

— Parce que j'avais envie de connaître un peu le monde avant de me fixer.

— Et pourquoi te fixerais-tu chez moi ?

— Parce que vous êtes un beau seigneur et parce que vous me payeriez bien.

Jean de Tourlaville ne put s'empêcher de sourire avant de lancer un juron mis à la mode par Marot et repris par Rabelais et Henri IV.

— Ventre-saint-gris, tu n'as pas avalé ta langue ! Te payer bien, c'est à voir. Que sais-tu faire ?

— Tout.

— C'est beaucoup trop. Sais-tu lire et compter ?

— J'ai appris.

— Si je t'embauche, c'est pour que tu serves bientôt un de mes fils. Pour l'heure, c'est moi que tu serviras. Je te propose deux paires de souliers et sept livres [1] l'an. Cela te convient-il ?

Nicolas Roussel fléchit le col pour masquer sa satisfaction. Le couvert et le gîte étant assurés, la place était plutôt bonne.

— J'accepte.

— Eh bien, suis-nous. Nous partons incontinent. Je tiens à être rentré avant le jour fermé.

— Où allons-nous ?

— Au château de Tourlaville.

Nicolas Roussel sauta de l'estrade pour rejoindre Martin et son nouveau maître. Ils fendirent la foule puis, Jean III ayant enfourché sa monture, les valets suivirent

1. La livre se subdivisait en sols (20 sols par livre) et en deniers (12 deniers par sol). « Au milieu du XVIe siècle, en période normale, un kilo de pain valait environ 5 à 6 deniers, un litre de vin entre 4 et 5 deniers, un kilo de viande 17 à 20 deniers. Le prix d'une paire de chaussures était de 6 à 8 sols pour de simples chaussures et de 50 sols pour des bottes. [...] Le salaire à Paris d'un compagnon – appartenant à l'aristocratie des ouvriers – se montait à environ 70 livres par an, celui d'un manœuvre à près de 40 livres par an, et celui d'un gagne-denier aux alentours de 20 livres » (François Bayrou, *Henri IV*, Flammarion, 1994).

en trottinant. Heureux d'avoir trouvé une place, Roussel jubilait intérieurement sans remarquer que Martin lui battait froid. Perspicace, le brave homme avait discerné des lueurs sournoises dans le regard du nouveau serviteur, et, sans oser le dire à son maître, qui, de toute façon, ne l'aurait pas écouté, il craignait quelques fâcheuses surprises.

Jean III avait bien calculé son temps, un soleil rose disparaissait derrière les chênes du parc quand lcs trois voyageurs s'engagèrent dans la cour d'honneur du château de Tourlaville.

## 11

Contrairement à ce qu'il craignait, Julien s'était assez vite accoutumé à sa nouvelle vie. La discipline du collège était rigoureuse mais juste, et avec un peu de vigilance on pouvait échapper au cachot et au fouet. Esprit indépendant, Julien adoptait donc une conduite presque exemplaire afin d'éviter les retenues qui l'eussent empêché de rentrer un samedi sur deux chez son oncle.

L'abbé possédait un hôtel cossu, situé non loin de l'église Saint-Nicolas, dont l'une des façades contemplait la rue. Pris par ses occupations, Jean II était souvent absent. Il confiait alors la conduite de sa maison à Berthe, la première de ses domestiques, qui menait les cinq autres serviteurs avec une débonnaire autorité. La voix, les seins, le tour de hanche de la bonne femme étaient forts mais, sous le chaperon de velours feuille morte protégeant la chevelure, les yeux gris laissaient entrevoir la bonté.

D'emblée, Berthe fut séduite par Julien. Son élégance naturelle, sa beauté qu'il portait sans affectation, son regard pailleté d'or lui traversèrent le cœur. Elle l'observait souvent à la dérobée sans pouvoir détacher ses prunelles de lui. En toute innocence, bien entendu, c'était encore un enfant. Mais avec ravissement.

Julien comprit très vite qu'il plaisait à Berthe. Il en usa aussitôt avec une aimable roublardise et des sourires enjôleurs qui emplissaient l'infortunée d'immenses flots de tendresse. C'est ainsi qu'elle lui faisait servir les mets les plus délicats dès que l'abbé avait le dos tourné. C'est ainsi aussi qu'il put, plus souvent qu'à son tour, quitter l'hôtel en dehors des heures autorisées afin d'effectuer quelques équipées avec Philippe et son ami Guillaume de La Londe. Ils allaient se baigner dans les cours d'eau voisins, se risquant parfois après une chevauchée de plus de deux lieues à tremper leurs pieds dans l'estuaire de la Sienne. Moments privilégiés pour Julien, partagés surtout avec Guillaume, Philippe préférant la compagnie de ses camarades de promotion.

Avec les années, Julien apprit, lorsque son oncle était absent, à s'éclipser le soir par une fenêtre donnant sur la cour pour ne rentrer qu'à la minuit passée. Ainsi, à quinze ans, accompagné de Guillaume, il se hasardait souvent dans les rues, à l'heure louche, celle où les bourgeois commençaient à se faire rares, tandis que mendiants, de plus en plus menaçants, et tire-laine se tenaient tapis dans les encoignures des maisons ou longeaient furtivement les murs. Mais le désir de boire du vin de Normandie, du cidre ou de la cervoise était trop tentant pour deux adolescents désireux de grandir vite. Et les jeunes gens ne s'en privaient point. Le Chat-huant, l'Ecu d'or, les quelques auberges, bouges et tavernes des environs n'avaient plus de secrets pour eux.

Ces aimables échappées permettaient à Julien de supporter les longues et rudes journées du collège. Le principal, les régents et les surveillants clamaient à l'envi que le collège de Coutances était un havre d'accueil et de connaissances et qu'il aurait fallu aller bien loin pour en rencontrer un autre aussi parfait. Julien demeurait sceptique : la nourriture était souvent exécrable, l'encadrement sévère. Quant aux locaux, à l'exception de la bibliothèque couverte de rayonnages de livres, ils étaient gris. Tout respirait la tristesse et le moisi.

Dès son arrivée au collège, Julien avait été confronté à quelque chose de nouveau pour lui : la sexualité. Elle était partout présente. Dans les conversations lorsque les régents avaient le dos tourné, dans le dortoir lorsque le frère de surveillance avait soufflé sa mauvaise chandelle de suif.

Alors la pièce semblait s'offrir une seconde existence. Des mains que l'on devait conserver au-dessus des draps pour dormir, afin d'éviter les tentations, disparaissaient soudain sous les couvertures, des gémissements se répondaient, quelquefois des râles légers ou des rires étouffés. Parfois aussi une silhouette glissait, furtive, dans l'obscurité, rejoignait une autre couche.

Les premiers temps, trop occupé à pleurer Marguerite, Julien ne réalisa pas ce qui se passait. Lorsqu'il en parla un matin à son voisin de lit, celui-ci s'empressa de lui dessiller les yeux avant de conclure :

— On s'entraîne pour notre quatrième année !

— Notre quatrième année ?

— Oui, celle où on va au bordeau [1] pour y perdre son pucelage.

— Ah ? s'étonna simplement Julien, qui, isolé depuis sa naissance au château de Tourlaville, était peu informé des choses de la vie.

---

1. Bordel, maison close.

Il ne mit pas longtemps cependant à comprendre. Une sève inconnue commençait à circuler en lui. Des raidissements insolites, circonscrits à la fourche de son corps, le réveillaient en sursaut. Suivis bientôt de pollutions nocturnes involontaires qui, vers quatorze ans, l'expérience aidant, le devinrent beaucoup moins.

Entre-temps, surpris dans un même lit à exécuter des galipettes, deux élèves avaient été rondement fouettés puis enfermés au cachot avant d'être renvoyés du collège. Huit jours plus tard ils étaient imités par un autre collégien et le frère surveillant le dortoir.

Avec les mois, les saisons, le souvenir si vif de Marguerite s'estompa dans la mémoire de Julien. La première année d'internat, elle hanta ses jours et ses nuits. Elle était sa sœur, son amie, son sang, son alter ego. Elle était son rire, sa respiration. Ils se ressemblaient. Leur seule différence était leur sexe. A plusieurs reprises, dans l'obscurité du dortoir, Julien songea à Marguerite, nue, lovée innocemment contre lui dans leur lit clos. Ce souvenir le fit rougir. Marguerite était une enfant, sa sœur, et bien vite il détourna son esprit de ces sottes pensées. Puis, peu à peu, sans qu'il en prît conscience, il lui écrivit moins, l'écarta de sa mémoire. Il devenait un jeune homme, il l'imaginait toujours comme une enfant. Une enfant qu'il n'avait pas revue, son oncle l'entraînant durant ses congés dans ses différentes propriétés. L'abbé en profitait pour le perfectionner en grec, en latin et le préparer insensiblement à la prêtrise, l'amenant à méditer sur des textes d'Aristote, Platon, saint Thomas et saint Augustin.

Julien n'attendit pas la quatrième année pour découvrir les vérités de l'amour charnel. Un soir, Philippe, qui terminait son cycle d'études à Coutances, l'entraîna avec

Guillaume dans les ruelles situées derrière l'église Saint-Pierre. L'une était célèbre pour ses deux bordels. Guidés par Guillaume, les jeunes gens s'arrêtèrent devant une maison aux murs lépreux et frappèrent à l'huis. Un bruit de clefs résonna dans la serrure puis la porte s'entrouvrit pour laisser apparaître un visage de femme sans âge au regard aigu comme une lame de couteau.

— Passons notre chemin, murmura Julien en réfrénant un frisson de dégoût.

Guillaume posa une main sur son épaule.

— N'aie crainte, l'adresse est bonne. J'y suis déjà venu.

Puis il poussa son compagnon dans le corridor, la porte s'étant ouverte toute grande après que la maîtresse de maison se fut assurée que ces jolis damoiseaux avaient l'escarcelle bien garnie.

Ils pénétrèrent dans une petite pièce où quatre ribaudes assez jeunes, vêtues légèrement, la chemise laissant apercevoir leurs seins, devisaient en attendant la visite de soupirants.

— Marion est là ? questionna Guillaume en jetant un regard circulaire dans la salle.

La dame sans âge leva les yeux vers le plafond.

— Elle est occupée à l'étage.

— Alors je choisis celle-ci.

Et il s'éloigna vers l'escalier qui menait aux chambres avec sa compagne d'un instant.

Philippe lui emboîta le pas avec une autre fille.

Julien resta seul avec les deux dernières. Elles l'observaient en souriant, outrageusement maquillées, aspergées de parfums bon marché qui montaient à la tête, guettant son bon vouloir.

Julien se décida enfin pour celle qui paraissait la moins

grasse et la moins sale. Ils s'éloignèrent à leur tour vers les chambres, entrèrent dans l'une d'elles, occupée par un vaste lit et un miroir adossé au mur.

— Comment t'appelles-tu ? demanda Julien pour masquer la peur panique qui l'avait envahi.

— Guillemette, pour bien te servir, et toi, gentil damoiseau ?

— Julien.

Guillemette avait ôté sa chemise, ses dessous, et elle s'était allongée au-dessus des draps, massive, nue, offerte. Statufié, debout devant elle, Julien la contemplait fixement. Il avait souvent aperçu les seins des nourrices qui fréquentaient le château mais c'était la première fois qu'il découvrait une femme dans son plus simple appareil, et il demeurait sans voix.

Guillemette avait deviné son trouble. Elle l'accentua en laissant errer ses doigts sur sa nudité, flattant sa gorge, ses hanches, puis elle questionna :

— C'est la première fois que tu viens au bordeau ?

— Oui.

— Tu es puceau, alors ?

— Nenni.

— Nous allons voir ça. Approche, je vais te déshabiller.

Elle s'était levée pour le rejoindre. En un tournemain, elle avait escamoté son pourpoint, ses chausses, son haut-de-chausses et, agenouillée devant lui, elle observait son sexe, la lèvre friande.

— Par saint Jean, voilà un bien petit éperon !

Elle saisit Julien par la taille, l'entraîna vers le lit.

— Allonge-toi céans, ce serait dommage de perdre une si belle occasion de devenir un homme !

Empêtré dans ses chausses enroulées autour de ses

chevilles, Julien s'écroula sur elle. D'une main experte, elle commença à le caresser. L'adolescent se redressa d'un bond. L'étrangeté de la situation, ces chairs grasses offertes, cette entêtante odeur de gousset que les mauvais parfums ne parvenaient pas à effacer, le cortège des maladies vénériennes qui risquait de s'ensuivre, l'absence totale de romantisme qui présidait à cette scène, tout soudain lui sautait au visage. Il se rajusta vivement, lança une pièce à la femme puis, sans se préoccuper de ses jérémiades et jurons, il quitta le bordeau.

Une demi-heure plus tard, il se faufilait dans l'hôtel de l'abbé de Hambye par la fenêtre entrouverte du rez-de-chaussée donnant sur la cour. Sa surprise fut totale quand, ayant sauté dans l'ombre du corridor conduisant à l'étage, il se trouva nez à nez avec Berthe. Attirée par le bruit de pas de Julien au-dehors, elle s'était levée pour vérifier s'il n'y avait point quelque rôdeur.

— Berthe !

— Monsieur Julien ! Si votre oncle savait que vous vous ensauvez la nuit...

Il posa un doigt sur les lèvres de la brave femme.

— Chut ! Il est à son manoir du Rozel et il n'en saura rien.

— Tout de même, protesta Berthe, ce ne sont pas là des façons bien catholiques que de vous promener ainsi dans les rues de Coutances à la nuit noire.

— Je n'étais point dans les rues mais au bordeau !

Berthe demeura sans voix. Julien s'était accoutumé à la pénombre et il distinguait nettement à présent la robe de nuit, le bonnet, la stupeur de son interlocutrice. Sûr de sa séduction, il s'abandonna à une inspiration subite.

— Ne vous inquiétez pas, je n'ai pas cédé à ces ribaudes. Cependant, le temps est venu pour moi de jeter ma gourme. Si je ne le faisais, je serais la risée de tout le collège. Berthe... accepteriez-vous de me déniaiser ?

Il y eut un silence stupéfiant pendant lequel, avec une hardiesse dont il se serait lui-même jugé incapable quelques instants auparavant, Julien s'approcha de la femme pour l'enlacer pendant qu'une de ses mains apprivoisait un de ses seins.

— Monsieur Julien, articula Berthe d'une voix mourante, vous n'y songez pas vraiment ? Monsieur l'abbé de Hambye...

— Il n'est pas là, que je sache, et nous ne lui dirons rien. Votre vertu n'en souffrira point et vous trouverez un autre confesseur...

— Monsieur Julien...

— Supprimez monsieur, appelez-moi Julien, ce sera plus simple pour partager ensemble le doux crime que nous allons commettre.

Il la sentait palpitante, abandonnée dans ses bras. Il posa ses lèvres sur les siennes. Elle répondit à cet assaut et il lui sembla que la langue du jouvenceau lui traversait le cœur.

Ils se hâtèrent vers la chambre de Julien. Il ne leur fallut que quelques secondes pour se retrouver nus. La femme puissante et mature, étonnée de plaire encore, l'adolescent svelte, avide de savoir. Avec des gestes tendres et experts elle le guida dans son antre. Il sembla alors à Julien que, parti de son front et de ses tempes, un fleuve immense charriant des eaux tumultueuses roulait en lui jusqu'à son ventre. Il riva ses yeux dans le plafond, poussa un cri puis sa tête chavira sur la joue de Berthe. Elle le conserva enfoui en elle pendant de longs instants tandis qu'elle lui caressait le dos d'une main maternelle.

La tempête s'apaisait. Julien décolla sa figure de celle

de la femme. Elle contemplait avec émotion le bel adolescent niché contre ses flancs.

— Vous étiez puceau, vraiment, dit-elle.

Il branla du chef.

— Oui, mais j'apprends vite !

Elle répondit par un petit rire tendre. Il la dévisagea, remarqua pour la première fois qu'elle possédait de bien charmants yeux gris.

Berthe remua légèrement. Elle sentait à son fourreau bien rempli que Julien avait recouvré toute sa virilité.

— Vous avez encore envie ?

— Oui.

Il se redressa sur un coude pour la détailler avec gravité.

— Vous savez, Berthe, il me faut vous remercier bien sincèrement. La ribaude du bordeau m'a dit que j'avais un bien petit éperon. Grâce à vous il s'est métamorphosé en un beau glaive triomphant.

— Comment vous expliquez-vous cela ? s'étonna la bonne Berthe.

— Parce que vous êtes douce, parce que vous avez la hanche aimable et parce que vous avez su joliment me transporter en paradis !

# 12

Marguerite se précipita à la fenêtre, attirée par les hennissements et les piaffements de plusieurs chevaux dans la cour d'honneur.

On était en automne 1598. Une missive de l'abbé de Hambye annonçait sa visite imminente en compagnie de Julien, qui avait achevé son cycle d'études à Coutances et qui venait se reposer un peu dans le bon château de Tourlaville. Et depuis deux jours, incapable de faire autre chose que de guetter les allées et venues d'éventuels visiteurs, Marguerite se morfondait dans sa chambre en compagnie de Guyonne.

Un cri s'échappa de ses lèvres :

— Julien !

Elle se rua dans la tour des Quatre Vents pour dévaler l'escalier à vis et gagner le perron. Lorsqu'elle y arriva, Julien embrassait sa mère et saluait son père tandis que des valets déchargeaient les chevaux de somme sous le regard las de l'abbé de Hambye. Sitôt dehors, Marguerite se jeta dans les bras de Julien.

— Eh bien, ma sœur, plaisanta celui-ci en lui rendant ses baisers avec un peu de gêne, on dirait que je vous ai manqué !

— Oh, oui, répondit Marguerite, oh, oui !

Ses yeux riaient et pleuraient en même temps. Elle le repoussa un peu des deux mains, s'émerveilla :

— Comme vous avez grandi, comme vous êtes beau !

— Et vous, itou. Vous voilà presque femme à présent.

Elle se coula à nouveau dans ses bras, posa son front sur sa joue. Madeleine s'interposa.

— Allons, ma fille, calmez-vous. Julien est revenu, il n'est point mort, et on dit qu'il sera là pour de nombreuses semaines. Vous aurez alors tout le loisir de rattraper le temps enfui.

Elle désigna du menton Gabrielle, Jacques et la petite Madeleine, sagement alignés dans la cour.

— Prenez exemple sur votre frère et vos sœurs, ils sont heureux de revoir Julien. Ils ne le baisotent pas goulûment pour autant !

— Il est vrai, renchérit Jean de Tourlaville.

Puis, avisant l'abbé que cet intermède avait fait oublier :

— Et vous, mon oncle, vous semblez fort las. Je gage que vous seriez bien aise de vous reposer et de vous rafraîchir avant de consentir à affronter la terrible table dressée pour le souper ?

L'abbé secoua sa soutane souillée de poussière et de boue.

— Ma foi, j'en conviens. Je vieillis et cette rude chevauchée m'a rendu le cul bien dolent. Je vais me retirer un peu dans ma chambre. Il sera temps ensuite de nous revoir. J'ai pris mes dispositions pour rester plusieurs jours parmi vous.

Il posa un œil sur Julien.

— Voyez votre fils. Il a parcouru le même trajet que moi, visité les mêmes fondrières, couru les mêmes risques d'endommager ses chausses, sa cape et son pourpoint. Or, regardez, il est net comme un écu ; même les plumes blanches de son chapeau demeurent immaculées. Cet enfant est naturellement touché par la grâce. Il saura séduire, et nous ferons de lui un grand prélat.

— Oui-da, approuva Jean III en s'effaçant pour laisser l'abbé franchir la porte du château.

Derrière, on se pressait pour le suivre. Julien tenait la petite Madeleine et Jacques par la main, par affection sans doute, mais aussi pour se donner une contenance. En vérité, Julien ne parvenait pas à détacher ses yeux de Marguerite, et Marguerite regardait Julien.

Les jours passèrent. L'abbé était reparti dans sa propriété du Rozel et, pour le plus grand chagrin de Marguerite, Julien multipliait les parties de chasse avec son père, ou bien il l'accompagnait dans ses occupations, vérifiant avec lui que les habitants ayant l'autorisation d'envoyer paître leurs porcs dans la forêt payaient bien leurs redevances ainsi que ceux qui y coupaient leur bois de chauffage, ou celui nécessaire à la construction ou à l'entretien de leurs maisons.

Julien évitait de se trouver seul avec Marguerite. En la revoyant le jour de son arrivée, il avait été saisi par la miraculeuse beauté de la jeune fille. Etait-ce pour fêter son retour ? Elle s'était vêtue d'une robe rose qui mettait sa taille, son teint et des seins tout neufs en valeur. Des petits seins, fragiles et palpitants sous le velours, qui affirmaient que Marguerite quittait les rives de l'enfance pour aborder celles bien plus redoutables de l'adolescence et de la séduction.

Et elle le dévisageait devant tous avec une insistance

qui l'avait troublé. Tout en elle lui plaisait, l'ovale parfait du visage, la bouche gourmande si joliment mise en valeur par un rouge à lèvres foncé, ses cheveux ramenés en arrière en une savante et lourde tresse dorée qui reposait sur une épaule, ses yeux tout à la fois chargés de feu et de mélancolie. Mais elle était sa sœur et elle n'était plus tout à fait une enfant. A douze ans, Marguerite en paraissait quinze. Plus question de partager avec elle un même lit. Le temps des jeux innocents était révolu. Julien dormait désormais dans une chambre de la tour sud-ouest dont la fenêtre ouvrait sur l'ancien donjon, Marguerite dans la tour ronde au sud-est.

La nuit venue, le jour aussi, Julien pensait souvent à Berthe. Il l'avait rejointe à plusieurs reprises dans son lit, incapable de résister au tumulte des sens qu'avec un art innocent mais indéniable elle avait éveillé en lui. Quelquefois, lorsqu'il pensait à elle, l'image de Marguerite se juxtaposait brusquement à celle de sa maîtresse. Il la repoussait aussitôt avec une sorte d'horreur mêlée d'émerveillement.

De son côté, Marguerite souffrait. Julien l'évitait, alors qu'elle brûlait d'aller se promener avec lui, de retrouver ensemble les chemins de leur enfance. Elle l'avait attendu quatre ans, quatre longues années, refusant d'entrer dans un couvent pour y étudier afin d'être là lorsqu'il reviendrait. Jean III avait cédé, Marguerite ayant rencontré une alliée en Madeleine, sa mère, qui affirmait que François Arnoul était un excellent précepteur dont il ne fallait surtout pas se séparer et que, de toute façon, Marguerite était si belle qu'elle n'aurait pas besoin du couvent pour dénicher un bon parti.

Marguerite avait réussi à entraîner Julien à plusieurs reprises dans des promenades autour de l'étang ou dans le parc mais, redoutant ses propres faiblesses, celui-ci s'était toujours arrangé pour ne pas être seul avec elle. Autour d'eux, Gabrielle ou Jacques, ou Madeleine, ou les trois ensemble, servaient de paravent à la passion qui couvait en eux.

Un jour pourtant, n'y tenant plus, Marguerite exigea de Julien qu'il l'accompagne pour effectuer quelques pas dans le parc.

A la messe du dimanche précédent, Jean III avait fait dire au prône qu'à la requête du sieur de Tourlaville il fallait qu'on trouvât pour le mardi dans chaque maison une personne pour curer la rivière des Prés. Julien s'y était rendu avec son père et un lieutenant des Eaux et Forêts pour y surveiller les travaux, et il en revenait en fin d'après-midi, fourbu et crotté, quand Marguerite vint vers lui alors qu'il sautait de son roussin.

Profitant de ce que Jean III et le lieutenant s'éloignaient vers le perron, Marguerite murmura à son frère :

— Julien, il faut que je te parle !

Le jeune homme tendit la bride du roussin à Nicolas Roussel, son nouveau valet.

— Eh bien, va, je t'écoute.

— Nenni, pas céans.

— Où donc ?

— Faisons quelques pas.

— Voici Gabrielle, attends, je l'appelle !

— S'il te plaît, je préfère deviser seule avec toi.

— Ah ?

Elle l'entraîna vers l'ombre de la Chênaie. Ils marchaient lentement, oppressés. Autour d'eux, avec la fraîcheur du soir s'exhalaient les odeurs de feuilles mortes, de champignons, d'humus.

— Que veux-tu me confier de si extraordinaire ?

questionna Julien. Il faut nous hâter, nous allons bientôt souper et la nuit va tomber.

Elle tourna sa figure vers lui en riant.

— Tu n'as plus peur du loup, des sorcières et des elfes, je crois ?

— Que veux-tu me dire ? reprit-il.

Elle s'arrêta devant lui, pâle soudain.

— Il y a que tu ne veux plus me voir, que tu m'évites et que je me languis sans toi.

Il la fixa avec une sombre admiration.

— Loin de moi de si sottes pensées. Je suis toujours heureux de partager quelques instants avec toi.

— Oui, mais des instants partagés avec d'autres. Tu t'arranges pour que nous ne soyons jamais seuls. Aurais-tu peur que je t'apporte la peste ou le choléra ?

Les yeux de Julien balayaient les environs, emplis de désarroi.

— Ce n'est pas cela mais nous avons grandi, je suis devenu homme et tu es presque femme. Et tu es ma sœur. Nous ne pouvons plus avoir les mêmes jeux qu'hier. Ils risqueraient d'être moins innocents.

— Tu m'aimes donc ?

Il hocha la tête. Elle l'observait, rayonnante, belle à couper le souffle.

— Oui, je t'aime, comme un frère doit aimer une sœur.

— T'ai-je demandé d'être autre chose que mon frère ?

— Pas que je sache, mais…

— Mais rien du tout. Je veux seulement te voir de temps à autre sans subir de chaperon. Voyons-nous comme auparavant, en toute simplicité, et bien méchant celui qui y trouvera à redire.

Julien soupira. Marguerite avait raison. Son

imagination l'emportait sur sa raison. Il prêtait à sa sœur des sentiments qui étaient insidieusement entrés en lui et qui le rongeaient.

Elle tendit les bras vers lui, maternelle.

— Viens me baisoter le front, cela t'apaisera et chassera toutes ces équivoques pensées.

Il acquiesça rêveusement.

— Tu as raison, je rends compliqué ce qui est simple.

Il s'approcha d'elle, posa ses mains sur les gracieuses épaules, avança ses lèvres et ferma les yeux. Il les rouvrit aussitôt. Au lieu du front promis, une bouche s'était emparée de la sienne. Une petite langue la fouillait avec maladresse et passion. Prisonnier d'un prodigieux vertige, il répondit au baiser, le prolongea, l'affina. Sans qu'ils s'en aperçoivent, leurs corps s'étaient soudés, avaient fusionné. Marguerite sentait le ventre dur de Julien contre le sien. C'était la première fois qu'un homme la serrait ainsi contre lui, c'était la première fois qu'elle mesurait à cette rigidité masculine la force de sa séduction.

« Il me désire, il m'aime ! Je l'aime, oh, je l'aime ! »

Il l'aimait en effet. Il la repoussa avec horreur.

— Que faisons-nous là ?

— Ce que j'attendais chaque jour depuis ton départ, il y a quatre ans.

— Marguerite, Marguerite, tu es folle !

— Oui, de toi !

Il la dévisagea avec accablement.

— Tu te trompes, tu m'as embrassé par surprise.

— Par surprise peut-être, mais pour ton plus grand plaisir, tu ne peux le nier.

— Si, je le nie.

Elle laissa échapper un sourire espiègle suivi d'un soupir de bonheur.

— Ce n'est pas ce que m'a confié le grand remuement que j'ai senti dans ton haut-de-chausses.

Julien détourna la tête pour masquer des joues virant à l'écarlate.

— Tu te méprends. Allez, rompons là. Cette scène est grotesque, rentrons. Père et mère vont s'impatienter, et ils auront raison.

Ils rebroussèrent chemin à cinq pas l'un de l'autre. Marguerite souriait, éperdue de joie. Julien arpentait le chemin d'une botte rude. Son visage rembruni marquait sa colère et son désarroi. Il ralentit sa marche, pivota vers sa sœur alors qu'ils s'engageaient dans la cour d'honneur.

— Cela ne doit plus se reproduire. Jamais. Si cela arrivait encore, je ne pourrais plus avoir confiance en toi et j'en serais fort marri.

Le sourire de Marguerite se figea.

— Je t'obéirai. Je ne te volerai plus cette sorte de baiser sauf si tu me le demandes. En échange de ma parole, je voudrais que tu m'accordes une faveur.

— Laquelle ? interrogea Julien avec méfiance.

— Baille-moi une mèche de tes cheveux. Ainsi, si tu me bats froid, j'aurai un souvenir de toi.

Julien regarda sa sœur avec admiration. Capricieuse, fantasque, déterminée, insaisissable enfant.

— Si tu y tiens, s'entendit-il répondre, je te la ferai porter par mon valet.

Ils se rapprochèrent l'un de l'autre pour escalader les marches du perron qui ouvraient sur un château resplendissant du feu de centaines de chandelles et bougies annonçant que ce soir-là un véritable festin attendait les hôtes du seigneur de Tourlaville.

Julien tint parole. Le lendemain de leur promenade, Nicolas Roussel apporta à Marguerite une mèche des cheveux de son maître, enfermée dans un écrin d'argent muni d'une clef. Marguerite se réfugia dans sa chambre avec son précieux fardeau. Une fois seule, elle l'ouvrit, saisit la mèche avec précaution et, l'approchant de sa frimousse, elle se mit à la humer religieusement avant d'y déposer un bouquet de baisers, puis elle dissimula le coffret sous les piles de linge d'un placard de la garde-robe où dormait Guyonne. En cet endroit, la chambrière ne le découvrirait pas et, même si elle le découvrait, elle ne pourrait en connaître le contenu, Marguerite ayant conservé la clef avec elle.

Plusieurs jours durant, Marguerite se laissa aller à une sorte de ravissement voisin de la béatitude. Julien avait répondu à son baiser. Il l'aimait. Il refusait toutefois de l'admettre parce qu'il s'agissait là d'une attirance rejetée par l'Eglise et la société tout entière. Sans doute avait-il raison, mais Marguerite était trop passionnée, trop jeune, trop insouciante pour résister à la tentation. Julien était son frère, certes, mais elle sentait à travers toutes les fibres de son corps qui commençait à s'éveiller aux premières tentations qu'elle était faite pour lui et qu'elle n'aimerait jamais un autre avec une telle intensité. La cause était entendue, elle lutterait contre l'adversité, quelle qu'elle fût, pour conquérir l'objet de sa passion, quitte à y perdre son âme. Nourrie de lectures romanesques, isolée de tous, elle avait usé quatre ans de sa vie à attendre et à rêver Julien. Il était son chevalier, son prince, l'objet exclusif de tous ses désirs. Il était son frère, soit. Mais elle savait aussi qu'elle ne pourrait exister sans lui.

Comme il continuait de l'éviter, elle ne dormit plus la nuit. Elle était seule à présent, dans un grand lit bassiné de braises qui ne parvenaient pas à la réchauffer, et lorsqu'elle se réveillait le matin, après l'avoir habillée et chaussée, la discrète Guyonne tamponnait doucement avec des compresses d'eau de bleuet ses paupières rougies et gonflées par l'insomnie et les pleurs.

Entre-temps, Jean IV était revenu de Paris pour un long congé, et les deux frères s'étaient retrouvés avec bonheur. Tous deux partageaient le même engouement pour la chasse. Or loups et sangliers pullulaient cette année-là. Les uns égorgeaient les porcs se gavant de glands en forêt de Brix, les agneaux et les moutons dans les prés, s'aventurant parfois jusqu'à la lisière du château ; les autres se repaissaient des cultures dans les champs, saccageant ce qu'ils ne mangeaient pas.

C'est ainsi que Jean de Tourlaville, ses fils et des seigneurs du voisinage organisèrent plusieurs battues pour réduire les effectifs des hordes sauvages. Tous étaient là, Gratien Lambert, écuyer-voyer[1], responsable de la surveillance et de l'entretien des routes et chemins publics, Rislon du Sicquet, inspecteur des détails forestiers, Robert Poisson, cousin des Tourlaville, qui avait remplacé le père de Jean III au poste de procureur des Eaux et Forêts après le décès de celui-ci.

Marguerite n'était pas conviée à participer à ces chasses, jugées trop dangereuses pour des femmes. Elle n'était pas conviée non plus aux agapes qui suivaient, les chasseurs soupant souvent au-dehors ou dans les fiefs

1. Les écuyers-voyers ont été créés par Sully, grand-voyer de France.

voisins, selon l'endroit où leurs courses les avaient entraînés.

Ils revenaient tard le soir, chevauchant au botte à botte, entourés de chiens, escortés par les valets, les cadavres des fauves jetés sur des chevaux. Avec un pincement de jalousie, Marguerite entendait ses frères discourir et rire de loin au récit sans cesse renouvelé de leurs exploits. Il est vrai que Jean IV et Julien étaient inséparables. On les voyait partout ensemble, l'un assez court, râblé, l'œil brillant d'avoir usé ses forces dans des courses violentes, l'autre plus élancé, vigoureux sans ostentation, la prunelle soudain pensive lorsque ses pas croisaient ceux de Marguerite ou que la nécessité les amenait à échanger quelques propos.

Car Julien ne pouvait toujours éviter sa sœur. Elle était dans sa mémoire. Dans ses rêves. Dans ses pensées coupables. Il rejetait ces dernières avec honte mais, lorsque la nuit des fantasmes venaient perturber son sommeil, le visage de Berthe, son corps s'effaçaient pour laisser place à la lumineuse beauté de Marguerite. Le désespoir l'envahissait alors, et il se levait malgré le froid pour s'asperger les flancs, la figure et le dos d'une eau froide et se flageller violemment avec une badine de coudrier.

Le baiser partagé l'avait anéanti. Car il y avait pris un plaisir indicible. Etait-ce le vertige de l'interdit ? Il lui avait semblé qu'il s'était approché d'un abîme dans lequel il aspirait à disparaître.

Mais Julien avait seize ans. Plus vieux que Marguerite, moins romanesque, il s'efforçait de raison garder. Et pour cela il évitait sa sœur. Bientôt, dans quelques mois, il partirait pour le collège de Navarre à Paris. Le temps ferait son œuvre. Et avec lui l'oubli.

Les yeux de Julien, cependant, le trahissaient. Leurs yeux. Jean IV l'avait remarqué.

— Tudieu, mon frère, dit-il un jour à celui-ci, si Marguerite n'était notre sœur, je jurerais que tu rêves de la culbuter sur ta couche !

— Holà, protesta Julien avec hauteur, comment oses-tu imaginer pareilles falibourdes[1] ? Jamais il ne me viendrait à l'esprit de me déshonorer aussi laidement.

— Laidement, laidement, reprit Jean IV en appliquant une chiquenaude sur la joue imberbe de son frère, notre sœur est plutôt jolie !

Et comme il riait à plein gosier, Julien prit le parti de rire aussi. Et l'on en resta là.

Mais Marguerite ne pouvait se consumer dans une vaine attente. Puisque Julien refusait de la voir seule, il fallait l'amener à composer. Lors, elle se plongea dans un manuel de sortilèges destinés à toucher le cœur de celui qu'elle aimait. Après une lecture approfondie, elle ne retint que quelques recettes susceptibles de servir son dessein. L'une d'elles arrêta son attention par sa simplicité. Il suffisait de faire boire à Julien de l'eau dans laquelle avaient séjourné un os de mort ou des cantharides pulvérisées. Après réflexion, elle la rejeta. Elle n'allait pas profaner une tombe pour déterrer un os sur un cadavre ! Par ailleurs, on arrivait à la fin de l'hiver et la saison où l'on trouvait aisément des cantharides, insectes coléoptères résidant volontiers sous les frênes, n'était pas encore venue.

Pour des raisons pratiques, elle écarta aussi l'idée de confectionner des anneaux de jonc pour les enfiler au

1. Sottises.

doigt de son frère. Celui-ci en connaissait le symbole et il aurait refusé.

Elle décida alors de subtiliser des chausses dans la garde-robe de Julien pendant son absence. Après en avoir découpé un petit morceau, elle le mêla avec des rognures de cheveux de son frère puis elle glissa le tout dans un petit sac entre sa robe et sa gorge. Pour rendre cet aimable sortilège plus efficace, elle jeûna en même temps six vendredis et trois mercredis de suite comme il était prescrit dans le manuel.

C'est ainsi qu'elle arriva au printemps sans avoir obtenu le moindre résultat. En six mois Marguerite n'avait reçu de Julien qu'un baiser. Et encore, un baiser dérobé.

Elle songea alors, la mort dans l'âme, à attendre juin et le feu de la Saint-Jean pour en retirer un tison à demi consumé. Une fois éteint, elle enfouirait celui-ci sous son traversin au moment de se coucher. Le lendemain matin, affirmait l'auteur du livre, des cheveux enroulés autour du tison lui indiqueraient la couleur de ceux de son soupirant. Au moins saurait-elle si c'étaient ceux de Julien...

Mais la Saint-Jean était encore loin. Or impatience et désespoir consumaient Marguerite. Devant l'échec de ses sortilèges, elle changea de tactique. A son tour, elle évita Julien, parut s'intéresser à mille choses qu'elle avait délaissées depuis le retour de son frère. Danse, musique, études, longues promenades solitaires meublaient son attention. Si elle se trouvait en compagnie de Julien, elle discourait avec mesure, les yeux rivés par terre ou rêveusement devant elle. A tel point que le damoiseau en restait dépité et triste. Il redoutait les sentiments de sa sœur et en même temps il était flatté, heureux qu'elle l'aimât d'une façon aussi intense, aussi terrible. Or elle semblait s'être complètement détachée de lui.

Il en eut la preuve un matin du mois de mai 1599, quand Marguerite lui proposa d'une voix détachée de l'accompagner pour une randonnée à cheval, sitôt achevé le dîner de dix heures.

— Est-ce bien prudent ? s'inquiéta Julien.

Marguerite lui adressa un sourire candide.

— As-tu remarqué combien j'ai changé ? J'étais folle, capricieuse, je l'avoue. Ce jourd'hui, me voici guérie. J'ai même oublié le goût de notre premier et dernier baiser.

Julien soupira de soulagement et d'agacement tout à la fois.

— Dans ces conditions...

Deux heures plus tard, leurs chevaux galopaient de concert. Assise en amazone sur sa jument, Marguerite dévorait son frère du regard lorsque celui-ci détournait les yeux d'elle. Délaissant la forêt, où même les promeneurs les plus avertis arrivaient à se perdre, ils se dirigèrent vers la vallée où sinuait la rivière Trottebec. Depuis plusieurs jours le soleil imposait ses rayons à une nature en pleine effervescence. Pommiers en fleurs, pâquerettes, boutons-d'or, pétales d'aubépine saluaient au passage la course des chevaux. Un peu partout, des troupeaux de moutons, des vaches et des bœufs munis de cloches, accompagnés de veaux tout nouvellement nés, broutaient et gambadaient dans les prés bordant le cours d'eau. En reconnaissant les jeunes gens, les pâtres s'inclinaient respectueusement.

Ils chevauchèrent ainsi une heure, alternant pas, trot et galop. Sur un signe de Marguerite, ils s'arrêtèrent au niveau d'un gué protégé du vent par d'épais bosquets, composés d'ormes, de charmes et de frênes. Après avoir choisi la berge la plus ensoleillée, Marguerite et Julien s'assirent dans l'herbe à quelques pas de l'eau. Ils demeurèrent un moment silencieux à guetter sarcelles et poules d'eau dérivant sur la rivière pendant qu'au loin un héron semblait monter la garde.

Puis Marguerite regarda Julien. Enfermé dans un casaquin couleur feuille morte, un haut-de-chausses du même ton et des bottes en peau de loup, il paraissait oppressé par le soleil de midi. Une sueur légère perlait sur son front protégé pourtant par un feutre gris à bord retroussé surmonté d'une plume rousse.

— Tu meurs de chaud, remarqua Marguerite. Tu devrais quitter tes bottes, ton casaquin et ne conserver que le nécessaire.

Elle se leva, s'étira, les bras dressés vers le ciel.

— En ce qui me concerne, je vais me mettre à l'aise et vérifier si l'onde est douce à mes pieds ou s'il est encore trop tôt en saison pour se baigner.

Julien se leva à son tour.

— Tu as raison, ma sœur, je vais sur-le-champ me dévêtir un peu car il est vrai que mes habits fument.

Il ôta son casaquin, son feutre, ses bottes, ses chausses, puis il regarda Marguerite et il demeura pétrifié. Elle s'était dépouillée de sa basquine, corset à busc qui la moulait si joliment, sa longue jupe, indispensable à la pudeur lorsqu'on se déplace à cheval, sa chemise, ses souliers et, ses derniers dessous éparpillés sur l'herbe, elle se tenait droite, superbe, provocante au milieu du gué, l'eau caressant ses genoux. Nue. Enfin, pas tout à fait. Elle avait conservé, flattant ses épais cheveux dorés cascadant sur ses épaules et accentuant sa nudité, un petit chapeau prune surmonté d'une aigrette blanche.

— Marguerite ! s'écria Julien.

Puis il resta sans voix, éperdu. Où était donc passée la fillette qu'il avait quittée pour le collège quatre années auparavant ? Paradait devant lui, languissante, une ondine d'une beauté parfaite dont les seins, les hanches, le ventre où frisottait une fragile toison blonde semblaient l'appeler.

— Allons, rhabille-toi, dit-il enfin d'une voix rauque, si on te voyait !

Elle dressa les bras au-dessus de sa tête, s'engagea dans la rivière, de l'eau jusqu'à la taille, puis elle tourna lentement sur elle-même en riant.

— Il n'y a jamais personne céans. Je me rhabillerai si tu viens me quérir !

Julien haussa les épaules, retira sa chemise et s'avança vers la berge.

— Ote aussi ton haut-de-chausses, tu ne vas pas le mouiller, tout de même !

— Je n'ai pas l'intention de me mettre nu devant toi !

— Pourquoi ? N'avons-nous pas dormi ensemble des années durant ? Je sais comment tu es construit, que diable !

— Nous avons changé, protesta Julien d'une voix éteinte, nous ne sommes plus des enfants.

Et il rentra dans l'eau pour rejoindre sa sœur. Elle l'accueillit en l'éclaboussant à pleines mains. Pris par le jeu, il lui saisit les poignets pour l'arroser à son tour, et ce qui devait arriver arriva. Elle se lova contre lui, leurs figures à un pouce l'une de l'autre, leurs yeux se cherchant avec une fébrile anxiété. Lorsqu'elle posa ses lèvres sur les siennes, il ne résista pas. Ils s'embrassèrent, oubliant tout, emportés par une terrifiante passion. Julien sentait les seins de sa sœur contre sa poitrine, ses cuisses soudées aux siennes, et un bonheur terrible, proche de la mort, lui ôtait toute réflexion.

Ils regagnèrent la rive, étroitement enlacés. Lors, Marguerite désigna d'un espiègle mouvement du menton le haut-de-chausses trempé de Julien et, faisant allusion à la bosse suspecte qui se dessinait sous le tissu bouffant, elle lança, triomphante :

— Et à présent, viens me dire que tu ne m'aimes pas !

— Je ne le puis, avoua-t-il, penaud, je ne le puis, mais cessons là avant de commettre l'irréparable.

Pour toute réponse, Marguerite s'allongea dans l'herbe puis, les jambes délicieusement entrouvertes, les bras tendus vers lui, sûre de son pouvoir, elle supplia :

— Viens, je t'en conjure. Oserais-tu me laisser ainsi alors que le désir de toi me taquine si fort ?

— Marguerite...

Il se tut. En voyant sa sœur ainsi offerte, Julien se souvenait de Berthe, de leurs hardis ébats, de l'insensée révélation de son corps qu'il avait connue avec elle alors qu'il n'éprouvait aucun sentiment pour l'aimable matrone.

Il s'approcha de Marguerite, s'agenouilla, jeta ses derniers remparts sur une pierre voisine avant de s'abandonner dans les bras de sa sœur. Lorsqu'il s'introduisit en elle, elle poussa un petit cri tout en laissant échapper des larmes de bonheur. Surpris par l'étroitesse du fourreau qui l'accueillait, prenant conscience soudain que Marguerite sortait tout juste de l'enfance, Julien ralentit sa course. Un instant plus tard, il perdait tout contrôle de lui-même et rencontrait l'extase.

Ils reposaient l'un contre l'autre à présent, se caressant, se baisotant, les yeux écarquillés, éblouis d'être ensemble.

Entre deux baisers Marguerite souriait avec fierté. Il était à lui, enfin. Celui qu'elle attendait. Celui qu'elle désirait plus fort que tout au monde.

Elle murmura :

— Mon prince !

Il s'écarta un peu d'elle, remarqua un peu de sang sur ses cuisses, s'inquiéta.

— Je t'ai fait mal ?

Elle sourit.

— Si peu. C'est le prix à payer la première fois pour celui que l'on aime.

— Comment sais-tu tout cela ?

— Marguerite-Madeleine, notre cousine, m'a fait ses confidences. Il en est toujours ainsi lorsqu'une jeune fille est déflorée.

— Tu n'as pas eu de plaisir alors ?

— Oh, si, ma vie, si ! Le plaisir d'être à toi. De te savoir à moi pour toujours.

Il s'assit d'un bond à ses côtés, conscient soudain de sa faute.

— Pour toujours ? Te rends-tu compte de ce que tu dis, du péché que nous venons de commettre ?

— Il n'y a point de péché puisque nous nous aimons. Car tu m'aimes, n'est-ce pas ?

Julien s'était agenouillé près de Marguerite. Accroupi sur les talons, grave, les mâchoires serrées, ses doigts arrachant nerveusement l'herbe devant lui, il hésitait.

— Oui, je t'aime, je t'ai toujours aimée, j'ai toujours eu besoin de toi, de ton rire, de ta tendresse, de ta présence, mais ce que nous avons fait là est contre nature.

— Ce n'est pas contre nature de s'aimer !

— Si, quand on est frère et sœur.

— Qui dit cela ?

— Je ne sais. Le roi, l'Eglise, père, mère. Ce que je sais, en tout cas, c'est que nous brûlerons en enfer si nous ne cessons pas là tout de suite.

Marguerite observait son frère avec tendresse. Il était beau dans son angoisse, sa peur. Alors qu'il débattait, indocile, son vit s'était dressé. Marguerite émit un petit gloussement triomphant. Puis de nouveau elle tendit les bras vers lui.

— Ta verge contredit tes propos. Elle m'appelle, elle nous appelle.

Il résista encore.

— L'enfer, m'amie, l'enfer... !

— Il n'est pas certain que nous irons. Et puis qu'importe, il me serait bien doux de brûler dans ses flammes si j'y brûle avec toi.

— Folle, tu es folle !

— Oui, de toi et pour toujours.

— M'amie...

— Mon prince, mon amour.

Ils sombrèrent. S'engloutirent l'un dans l'autre. Oublièrent les sarcelles, les poules d'eau, le héron, une biche qui les contemplait, craintive, à la lisière d'un bosquet. S'abandonnèrent avec extase à un destin trop grand pour eux.

## 13

Il y eut quelques mois de félicité. Vaincu, Julien avait cessé de lutter. Mieux, son amour pour sa sœur était décuplé par les épices de l'interdit. Après la première et douloureuse étreinte, Marguerite s'était très vite révélée comme une délicieuse amante. Elle célébrait l'amour au sens élevé et cérébral du terme mais elle en aimait aussi les gestes et elle s'offrait à Julien avec un don total de soi.

Celui-ci d'ailleurs devait sans cesse la freiner dans ses élans passionnés. S'il ne l'avait retenue, elle l'aurait toujours tenu par la main, le cou, l'aurait embrassé au vu et au su de tous.

On les rencontrait souvent ensemble. Julien déclinait les parties de chasse, les tournées en forêt de Brix avec son frère, son père, n'acceptait de les suivre que si vraiment il ne pouvait faire autrement.

Toute son attention s'était focalisée sur sa sœur. Refusant tout chaperon, ils parcouraient le chemin de la Chênaie, retraçaient les promenades de leur enfance, flânaient en barque sur l'étang, se repaissaient du spectacle des grenouilles, cygnes, canards et autres oiseaux qui exultaient leur joie de vivre. Plutôt que Plutarque, Tacite ou saint Augustin, ils se nourrissaient des poèmes de Du Bellay, Ronsard et des cocasseries de Rabelais. Ils se repaissaient surtout de la tempête heureuse qui les habitait. Leurs yeux se croisaient sans cesse, dès que l'instant était propice, leurs corps se rejoignaient dans une fièvre amoureuse qui semblait ne vouloir jamais s'éteindre.

Si évidente était leur passion que Madeleine de Tourlaville s'en ouvrit à François Arnoul un jour où Jean III s'était absenté pour se rendre à Cherbourg afin de participer à une assemblée de la confrérie de Notre-Dame, montée en l'église de la Trinité de Cherbourg, confrérie à laquelle il appartenait depuis deux ans.

Ils étaient allongés sur le lit du seigneur de Tourlaville et, tandis qu'il circonscrivait d'un index rêveur un sein de sa maîtresse, le précepteur répondit :

— Je n'osais vous en entretenir, mais toute la domesticité ne parle que de cela, et moi-même, j'ai cru apercevoir mademoiselle Marguerite baisoter son frère d'une manière qui n'était point très fraternelle.

— Elle ne faisait que cela ? s'inquiéta Madeleine.

— Dans un corridor, oui, mais interrogez vos serviteurs, ils vous en diront peut-être davantage.

— Je ne m'abaisserai point à cela, répondit la dame de Tourlaville.

Mais le doute cheminait. Elle observa ses enfants, ne découvrit rien de particulier, sinon qu'ils étaient toujours ensemble et ne se quittaient point du regard. Elle en parla finalement à son mari de grand matin, alors que, à peine éveillés, ils s'entretenaient de la marche des affaires domestiques dans leur lit.

— Ne trouvez-vous pas que Julien et Marguerite se comportent de bien insolite façon ? lui demanda-t-elle.

— J'allais en deviser avec vous, dit-il. On les voit beaucoup ensemble. Trop. Les valets murmurent.

— Les caméristes aussi, et les servantes !

— Il est vrai que Marguerite a beaucoup grandi, qu'elle est devenue une jeune fille désirable…

Madeleine ne dissimula pas son embarras.

— Entendez-vous par là qu'il faille faire cas de la rumeur ?

— Laquelle ?

— Comment cela, laquelle ?

Jean III cracha pensivement dans la ruelle, pinça ensuite le bout de sa barbe entre le pouce et l'index avant de déclarer benoîtement :

— Celle qui colporte que vous privilégiez la compagnie de monsieur François Arnoul à tout autre ?

Déconcertée par l'attaque, le regard soudain fuyant, Madeleine de Ravalet prit le parti de fixer le sol pendant que, les bras enroulés au-dessus de sa tête, elle affectait de replacer une épingle de son chignon pour se donner une contenance.

— Qui vous a sorti pareilles billevesées ?

— Nicolas Roussel.

— Le valet de Julien ?

— C'est avant tout le mien.

— Vous l'avez placé près de lui pour mieux tous nous espionner ?

— Nenni, mais il est vrai que ce maraud a le regard vif et la langue bien pendue.

— Vous auriez dû ouïr Martin Groult lorsqu'il vous conseillait de ne point l'embaucher.

— Si on écoutait les valets…

— A propos de valets, depuis quelque temps la femme de Martin chante moins souvent…

Jean de Ravalet comprit l'allusion. C'est vrai qu'il avait été beaucoup absent ces derniers mois. Piqué, il détourna la conversation.

— Revenons à nos enfants, voulez-vous ? Il y a rumeur. Elle est incontestable, et même si elle n'est point fondée, mieux vaut séparer Marguerite et Julien. Je vais mander à l'abbé de Hambye de venir céans. Il est de bon conseil et Julien le craint.

— Il n'est point besoin d'être grand clerc ni grande voyante pour deviner ce qu'il va dire.

— Il est vrai, mais quoi qu'il dise Julien lui obéira. Quant à Marguerite, il serait souhaitable de lui quérir un parti.

Madeleine opina pensivement du bonnet.

— Nous allons la faire sortir un peu, lui faire voir le monde. A trop se complaire dans la solitude de Tourlaville, elle finirait par devenir sauvage. Or, belle comme elle est, elle ne manquera guère de soupirants.

— Il en sera fait selon votre bon plaisir, acquiesça Jean III en baisant la main de sa femme.

Il la pressa ensuite contre lui en soupirant.

— Ah, m'amie, vous aussi vous êtes belle ! Hélas, vous êtes si féconde !

Elle dressa un doigt espiègle vers les lambris dorés du plafond de la chambre.

— Viendra bientôt le temps où je n'aurai plus mes mois, alors nous rattraperons les jours perdus.

Jean III pinça les lèvres en une moue désabusée.

— Les jours perdus ne se rattrapent jamais. Nous serons vieux alors, moins désirables. Allez, assez devisé, je m'en vais de ce pas pissoter au-dehors, j'ai besoin de prendre l'air et cela me réveillera. Ensuite, j'écrirai à notre oncle pour le convier à venir nous voir.

Il sonna Martin pour son lever. Quand il eut disparu, un silence mélancolique s'installa dans la pièce.

Flanqué de deux valets et d'un laquais, l'abbé de Hambye arriva en litière une semaine plus tard. Agé de soixante-quinze ans, il ne se déplaçait plus ni à mule ni à cheval. De vilains rhumatismes et des crises de goutte le clouaient parfois au lit, et il lui fallait un courage surhumain pour poursuivre son sacerdoce et ses bonnes œuvres.

Quand on lui conta les rumeurs, le front de l'abbé se plissa.

— Cela ne me surprend qu'à demi, dit-il, Marguerite et Julien ont toujours éprouvé une tendre inclination l'un pour l'autre. Je ne sais où ils en sont, mais, l'âge aidant – si ce n'est déjà fait –, cette inclination pourrait devenir moins innocente. Il est donc de notre devoir de les séparer au plus tôt. Il est temps, de toute façon, pour Julien de gagner Paris et le collège de Navarre. Il y approfondira ses humanités, la rhétorique, et étudiera la théologie.

— Cela est très dispendieux, remarqua Jean III afin de voir son oncle ratifier ses promesses.

Celles-ci ne tardèrent pas.

— Ainsi que je vous l'avais dit, répondit aussitôt l'abbé, j'ai racheté le fief et la terre d'Arreville en Saint Geneviève dont vous avez hérité afin de l'offrir à Julien. Voilà qui sera fait incontinent. Je lui servirai dès ce jourd'hui une part de revenu et, avec Arreville, cela portera sa fortune à près de douze mille livres tournois. Il pourra alors mener grand train et cela mérite bien quelques années d'apprentissage de la théologie. J'ajoute que, lorsqu'il entrera définitivement dans l'Eglise, je lui abandonnerai ma prébende, mon grand vicariat et ma dignité de grand chantre.

L'abbé termina par un sourire mélancolique.

— Je suis vieux et ne conserverai pour moi que ma chère abbaye de Hambye afin d'y couler dans la paix et la dignité le reste de mes jours.

Madeleine et Jean de Tourlaville échangèrent un sourire chargé d'une tendre complicité.

— Si tel est votre désir, conclut Jean, il en sera fait ainsi.

# DEUXIÈME PARTIE

## 14

Lorsque, accompagné par Nicolas Roussel affublé d'une livrée azur, noblesse oblige, Julien pénétra dans la bonne ville de Paris, une bouffée de saisissement mêlée à du bonheur s'empara de lui. Depuis qu'Henri IV avait abjuré sa foi protestante et repris possession de la capitale du royaume, la vidant au passage des garnisons espagnoles venues soutenir la résistance des Ligueurs, depuis surtout que l'édit de Nantes du 13 avril 1598 avait offert une paix religieuse entre catholiques et huguenots, depuis enfin que la guerre, déclarée à l'Espagne, avait été arrêtée par le traité de Vervins, la ville renaissait, et un dynamisme bon enfant régnait dans les mentalités et dans les rues, d'autant que, la défiance passée, les Parisiens avaient appris à apprécier sinon à aimer ce roi généreux, proche du peuple, qui n'avait qu'un véritable défaut, fort prisé à l'époque : ses maîtresses !...

La plus en vue, la plus critiquée, était sans conteste la belle et jeune Gabrielle d'Estrées, qui avait un temps fait chanceler les esprits. La putain du roi, comme le proclamaient certains, avait donné plusieurs rejetons à Henri, le Vert Galant. Le premier, nommé César, avait alimenté bien des critiques. On savait Gabrielle éprise de Roger de

Bellegarde, Grand Ecuyer de France, dit Monsieur le Grand ; beaucoup attribuaient à ce dernier la paternité du petit César, César étant son deuxième prénom, et de mauvaises langues se gaussaient d'Henri, n'hésitant pas à murmurer ce vilain jeu de mots : « Aux belles gardes, les beaux fourreaux ! »

César avait été suivi en 1596 par une sœur, Catherine-Henriette puis, deux ans plus tard, par un petit garçon prénommé Alexandre. Forte de ses maternités, de la stérilité de la reine Margot retirée en son château d'Usson en Auvergne, Gabrielle, devenue entre-temps la maîtresse officielle du roi, reconnue par le parlement de Paris, était aussi devenue la première conseillère politique de ce dernier, au grand dam de Sully lui-même, et, lorsqu'elle dormait au Louvre, lorsque Henri donnait audience dans son lit, elle demeurait couchée auprès de lui comme une épouse légitime.

Cela ne lui suffisait pas et, après avoir réclamé l'annulation de son mariage avec la reine Margot, Henri céda aux exigences de sa belle maîtresse et on annonça en mars 1599 que la cérémonie de mariage entre le roi et Gabrielle d'Estrées, marquise de Monceaux, se déroulerait le dimanche de Quasimodo.

Le destin, toutefois, en avait décidé autrement. Enceinte pour la quatrième fois, Gabrielle avait été prise de douleurs semblables à celles de l'enfantement. Après l'avoir opérée d'urgence le 9 avril 1599, on exhuma de ses entrailles un enfant mort-né et elle allait s'éteindre le lendemain après une effroyable agonie.

Des rumeurs coururent que le roi avait fait empoisonner sa maîtresse. Très affecté, celui-ci n'était en tout cas point inconsolable, puisque, après avoir abondamment pleuré la disparue, il se consolait trois semaines plus tard avec une séduisante jeunesse de vingt ans, mademoiselle Henriette d'Entragues, qui deviendrait ensuite la marquise de Verneuil.

Ainsi, lorsque Julien entra dans la capitale, troublés par les frasques de leur monarque, les Parisiens commençaient à souffler un peu, et beaucoup se félicitaient du tragique dénouement du destin de Gabrielle d'Estrées.

Julien fut très vite happé par la magie de la grande ville, lui qui en était resté aux chemins creux des environs de Tourlaville et aux ruelles fangeuses, sombres et plutôt paisibles de Coutances, Cherbourg ou Valognes.

Paris ne brillait pourtant pas par sa propreté ou son hygiène. Ses quatre cent mille âmes arpentaient des rues ou des ruelles nauséabondes souillées en permanence par les eaux usées et les excréments que l'on balançait par les fenêtres des maisons, quand ce n'était pas par les ordures et la boue. Des rues où pullulaient malandrins, laquais réputés pour leurs méfaits, écoliers et étudiants en goguette, célèbres eux aussi pour leurs douteuses facéties et quelquefois leurs mauvais coups. Partout, dans un désordre bonhomme et indescriptible, se croisaient hardes, soutanes, livrées, robes de satin ou de droguet, pourpoints dorés.

Dès son arrivée, Julien se mit en quête d'un logement décent. Il le trouva assez vite dans l'île de la Cité, située non loin du Quartier latin, ainsi nommé parce qu'on y parlait latin, puis, accompagné de Nicolas Roussel, car il ne faisait pas bon s'aventurer seul dans certaines rues la nuit, il se jeta à la rencontre de Paris. Interrompus par la guerre civile, de grands travaux avaient repris. Les piles du Pont-Neuf ne s'érigeaient qu'à deux mètres à peine au-dessus de leurs fondations et les deux arches déjà construites s'étaient en partie dégradées ; autour de l'Hôtel de Ville presque achevé, ouvriers et maîtres d'œuvre s'activaient.

Utilisant le pont Saint-Michel ou le Petit-Pont, Julien arpenta alors le quartier de l'université, se familiarisant avec l'emplacement des collèges les plus réputés du temps, collèges d'Harcourt, de Bourgogne, de Cluny ou de Navarre [1] où il serait élève demain. Ses yeux ne lui suffisaient plus pour admirer couvents, monastères, églises, somptueux hôtels particuliers voisinant avec des masures prêtes à s'écrouler, larges rues ou ruelles tortueuses et étroites aux maisons à encorbellement où les premiers carrosses, une dizaine peut-être pour tout Paris, ne trouvaient pas la place pour circuler.

Au bout de quelques jours, l'île de la Cité abritant la cathédrale Notre-Dame et le Palais de Justice flanqué de ses deux grosses tours rondes de la Conciergerie et de sa grosse Horloge carrée, ainsi que le ventre de Paris n'eurent plus de secrets pour lui. Il s'était même aventuré jusqu'à la porte Saint-Jacques ouvrant sur la porte d'Orléans, et jusqu'au Pré-aux-Clercs, lieu de jeux, d'attractions et de liesse, fréquenté assidûment par les étudiants.

Dès le lendemain de son arrivée, flanqué de Nicolas Roussel muni d'une lanterne, Julien se hasarda dans des rues borgnes où à chaque carrefour des hommes porteurs d'une cloche avertissaient les promeneurs d'un danger éventuel. Prudents, ils ne se risquèrent point dans les méandres de la Cour des Miracles [2], véritable empire du crime avec son gouvernement, ses lois, où les forces de

1. Ecole polytechnique, aujourd'hui.
2. Située aux environs de la place du Caire actuelle.

l'ordre n'osaient pénétrer, se contentant des ruelles proches du Quartier latin.

Afin de limiter les risques, Julien s'était ceint d'une épée et d'une dague, et il déambulait hardiment, sa main droite caressant la garde. Peu rassuré, Roussel cheminait devant, un poignard effilé accroché à sa taille. Autour d'eux, s'éclairant avec des torches ou des lanternes, grouillait une faune bruyante et interlope. Tire-laine, tire-soie, spadassins, malandrins de tout poil se mêlaient à des mendiants qui, profitant de la chute du soleil, tendaient leurs chapeaux d'une façon de plus en plus menaçante. Malgré la boue, Julien et Nicolas circulaient au centre de la chaussée, évitant le haut du pavé, car, avec l'obscurité, vagabonds et éclopés s'étaient réfugiés dans l'ombre des murs.

Ils allaient entrer dans un bouge quand un groupe d'étudiants bruyant et facétieux qui en sortait les bouscula joyeusement. Julien les regarda s'éloigner en souriant. Ils étaient gais, heureux de vivre. Bientôt il partagerait ses jours, ses soirées et ses nuits avec eux. Puis son sourire se figea. Un juron jaillit de sa bouche :

— Ventre-saint-gris, ils m'ont dérobé ma montre !

Nicolas se tourna vers son maître pour constater qu'il disait vrai. La montre en or contenant à l'intérieur un portrait en miniature de sa mère avait disparu de la poitrine de Julien, où elle était suspendue à une chaîne comme un pendentif.

— Les gredins, jura encore le jeune homme en étreignant la garde de son épée, si je les revois, je les étripe et me délecte de leurs entrailles !

Puis il poussa la porte du bouge.

Deux jours plus tard, Julien s'engageait dans la rue de la Montagne-Sainte-Geneviève et franchissait le porche ouvrant sur le collège de Navarre qu'Henri IV, lui-même, et ses cousins, Henri de Guise et Henri d'Anjou, avaient fréquenté comme étudiants quelques décennies auparavant. Fondé en 1309, grâce à un legs de Jeanne de Navarre, épouse de Philippe le Bel, l'établissement donnant sur un vaste jardin avait acquis une solide réputation. De grands maîtres, tels Nicolas d'Oresme et Jean de Gerson, y avaient exercé, et ses bâtiments, dans lesquels reposaient le trésor et les archives de l'université, construits autour d'une chapelle à l'austère architecture, en imposaient. Le corps principal de deux étages était surmonté de deux niveaux de combles. La façade embellie par un portail en arc brisé était enrichie à gauche d'une tourelle d'angle octogonale devant laquelle trônait une imposante fontaine. Une centaine d'élèves, toutes années confondues, fréquentait ce collège.

Julien se plia sans protester aux rigueurs de l'enseignement qu'on allait lui infliger. Infliger parce que la théologie ne l'intéressait point mais qu'il devait la supporter comme un mal nécessaire. Il allait côtoyer pendant quelques mois un certain Armand Jean du Plessis, fils de François du Plessis de Richelieu, grand prévôt et capitaine des gardes d'Henri IV. Autant Julien allait se révéler comme un élève médiocre, autant le futur cardinal de Richelieu, alors à peine âgé de quatorze ans, allait faire le bonheur de ses maîtres par sa vivacité d'esprit et l'intérêt qu'il portait aux études. Intérêt contrarié toutefois par le désir de l'adolescent d'embrasser la carrière des nobles d'épée, et Julien vit bientôt son jeune camarade quitter Navarre pour aller faire sa philosophie au collège de Lisieux.

Julien devait cependant suivre avec attention

l'enseignement d'un professeur de théologie, Antoine Fusi, docteur en Sorbonne, curé de l'église de Saint-Barthélemy et desservant de Saint-Leu-Saint-Gilles.

Un mois après son arrivée à Paris, alors qu'il dormait encore, Nicolas Roussel remit à Julien un pli qu'on venait d'apporter. Il était de Marguerite. Julien se dressa sur son séant et d'un geste intima l'ordre à son valet de regagner sa garde-robe afin de ne pas le déranger. Puis, ayant vérifié que l'huis était bien refermé, il décacheta la missive et, le cœur battant, il se mit à lire.

« Julien, mon Julien, mon prince,

« Permets-moi de t'offrir tous ces jolis noms car je ne crains pas de trouver à Paris ma lettre en d'autres mains que les tiennes.

« En revanche, lorsque tu m'écriras, sois prudent, père et mère lisent mon courrier. Or des rumeurs courent sur nous au château, entretenues par les serviteurs, et j'en fais les frais. On veut me marier à tout prix pour faire taire les mauvaises langues. Les prétendants commencent à affluer. Si tu les voyais ! Il y a de tout, des jeunes, des vieillards, des bourgeois argentés, des nobles sans grande fortune mais pas un parmi eux qui puisse me séduire. Thomas Jallot a même amené son fils Nicolas pour me faire un début de cour. Il est avocat depuis peu, comme tu le sais, il n'est pas laid, mais je le connais comme un frère et je ne me vois pas l'épouser. Un autre prétendant nous rend régulièrement visite au château. Je t'en ai déjà parlé, c'est ce Jean Lefebvre, seigneur de Hautpitois. Il vient de succéder à son père à la charge de receveur des tailles en l'élection de Valognes. Il a du bien mais il est de récente noblesse et il a un regard fort déplaisant. J'ai l'impression d'être nue devant lui. Or le seul qui ait le droit de me voir dévêtue, c'est toi désormais. J'ai écrit tout à l'heure que je connaissais Nicolas Jallot comme un frère et que je ne me voyais pas l'épouser ! Et c'est vrai. Toi, tu es mon vrai frère, je ne peux pas t'épouser mais je veux vivre avec toi. Ma vie t'appartient. Chaque nuit, chaque jour, chaque seconde de ce temps sur terre créé par Dieu, je pense à toi. Je sens les mains impatientes de mon prince se promener délicieusement sur mon corps, j'entends sa voix crier son amour pour moi.

« Julien, je n'en puis plus. Mes larmes ne suffisent plus à pleurer ton absence. Viens me quérir. Enlève-moi sur ton destrier. Nous fuirons ensemble. N'importe où. Où tu voudras. Fais vite, sinon on me mariera.

« Ta Marguerite pour l'éternité.

« P.S. Ecris-moi vitement. Rien de compromettant, bien sûr. Mais il y aura ton écriture, les mots que tu auras caressés. »

La lettre lue, Julien la conserva sur sa poitrine puis, de nouveau allongé sur le lit, les yeux rivés sur le plafond de la chambre, il demeura silencieux un long moment. Depuis son départ de Tourlaville, le jeune homme avait tout fait pour s'efforcer d'oublier Marguerite. Avec le recul dû à la séparation, il avait réalisé combien leur amour était fou, impardonnable. Mais, hélas, omniprésent. Il aimait sa sœur d'une passion interdite et brûlante. Elle coulait dans ses veines, le hantait à chaque instant, l'empêchait d'assimiler les leçons de ses maîtres, d'apprécier les facéties de ses camarades. A plusieurs reprises, délaissant ses compagnons d'équipées nocturnes, accompagné de son seul valet qui montait la garde, l'impétueux Julien avait chevauché gourgandines, putesses et autres femmes légères dans l'espoir d'oublier Marguerite. En vain. Elle consumait son âme, ses sens pendant qu'il s'épuisait dans les gestes de l'amour avec d'autres.

Julien soupira. Une toux rauque secoua sa poitrine. Il se dressa à nouveau sur son séant, se pencha dans la ruelle pour y expédier plusieurs jets de salive qui encombraient sa gorge puis il sonna son valet.

Nicolas survint aussitôt, une lueur sournoise dissimulée derrière ses cils prudemment baissés.

— Monsieur désire ?

— Mon écritoire. Je dois répondre à ce pli. Tu viendras ensuite m'épouiller un peu et tu veilleras à ce qu'il n'y ait plus de puces dans ma chemise et mon pourpoint. J'ai été dévoré par elles tout le jour d'hier et même à la nuitée !

Il pointa un doigt menaçant sur son valet.

— Je ne sais ce que tu complotes dans la journée quand j'ai le dos tourné, mais je ne suis pas assuré que tu t'occupes bien de mes affaires !

Nicolas Roussel répondit par une grimace servile.

Il n'allait tout de même pas avouer à son maître qu'il s'était très vite accoutumé aux mœurs parisiennes et que, lors de ses moments d'oisiveté, se mêlant à la faune des voleurs à la tire comptant nombre d'étudiants et de laquais, il améliorait ses revenus en fréquentant les rues passantes, le quartier des Halles, où la foule s'agglutinait volontiers devant le pilori, et surtout Montfaucon, de sinistre réputation, où il était de bon ton d'assister à des exécutions puis de festoyer en contemplant les fourches patibulaires où les dépouilles des pendus suspendues à des chaînes se balançaient au vent.

— Laisse-moi à présent, déclara Julien lorsque son valet fut revenu avec l'écritoire, je dois composer ma lettre incontinent.

— Croyez-vous que vous en aurez le temps ? remarqua Nicolas Roussel. Il est déjà quatre heures de la matinée, et il vous faut manger un peu avant de vous rendre au collège de Navarre.

— De quoi te mêles-tu ? Maître Fusi est souffrant, il n'assurera pas sa leçon ce jourd'hui et la suivante ne débute qu'à sept heures.

Le valet parti, Julien commença sa lettre. Après quelques instants de réflexion, se pliant aux conseils de Marguerite, il choisit un ton neutre et affectueux.

« Ma chère sœur,

« Je suis heureux d'avoir reçu de bonnes nouvelles de toi. J'apprends avec étonnement que l'on envisage de te marier. Tu es encore jeune, mais père et mère souhaitent ton bonheur et ils t'offriront sans doute un époux de bonne condition. Peut-être aura-t-il toutes les vertus ?

« Tu connaîtras en tout cas autre chose que les promenades dans notre parc et dans le chemin de la Chênaie. Il est temps que tu découvres un peu le monde. N'aie crainte, petite sœur, nous viendrons te voir dans ta nouvelle demeure.

« Quant à moi, je visite Paris. Je crois que nulle ville au monde ne peut se comparer à elle. Tout y est beauté, surprise, grouillement. Je n'ai pas assez de mes yeux pour tout admirer et je crois qu'une vie entière n'y suffirait pas. La misère y existe mais elle est, comment dire... pittoresque. Les gueux rient de leur déchéance. Le danger est partout. Les mendiants tendent une main pour l'aumône et tiennent un poignard dans l'autre. Et on s'y habitue.

« Voilà, chère sœur, quelques nouvelles bien brèves, mais je dois m'apprêter pour partir au collège, dont je te parlerai une autre fois. Nicolas Roussel va faire le nécessaire pour que cette missive t'arrive bien vite. C'est un bon valet, madré mais efficace. Père l'a bien choisi.

« Je t'embrasse, chère sœur, embrasse aussi père, mère et ceux que nous aimons de ma part.

« Je vous serre tous sur mon cœur en attendant de vous revoir bientôt.

« Ton frère attentionné,

« Julien. »

Julien promena un regard désemparé dans la pièce. Un moment durant, il éprouva le désir de déchirer la lettre. Un sentiment d'impuissance grondait en lui. Il recevait un cri passionné, il répondait par des platitudes. Il savait son amour impossible, il ne pouvait même pas écrire à Marguerite que c'était fini sans avouer son crime. Il ne pouvait pas lui dire non plus qu'il pensait à elle, qu'il profanait son souvenir en partageant sa couche avec des filles de mauvaise vie dans l'espoir de l'oublier.

Une larme roula sur sa joue, qu'il essuya d'une paume rageuse. Il serra les dents, murmura : « M'amie, m'amie ! » Puis : « Je t'aime ! » Puis : « Je te déteste ! Tu as glissé du poison dans mon sang ! » Puis : « Ma sorcière ! Ma sorcière ! Tu m'as ensorcelé ! »

Il secoua la tête, repoussa l'écritoire, se leva.

— Nicolas, ventrebieu, hâte-toi, je dois m'en aller !

Le valet décolla son oreille et ses yeux de la porte entrebâillée qui séparait la chambre de sa garde-robe et il pénétra dans la pièce.

— J'accours, Monsieur !

Julien s'était recomposé un visage.

— Vite, habille-moi. Je suis en retard. As-tu dépucé ma chemise et mon pourpoint ?

— Oui, jusqu'à ce que ces sales bêtes reviennent.

— Asperge-moi les goussets, les parties honteuses et les pieds de parfums. Tu t'occupes mal de moi en ce moment, si ça continue je vais finir par sentir le bouc !

— Tout de suite, Monsieur.

Un quart d'heure plus tard, son maître parti, Nicolas Roussel se mit en quête de la lettre de Marguerite. Il la dénicha rapidement dans un coffret dissimulé derrière le petit banc qui permettait de monter dans le lit de Julien. Prudent, le jeune homme l'avait fermé à clé. Déçu, Nicolas flanqua une tape sur le couvercle.

— Je m'en doutais, ronchonna-t-il, je m'en doutais... Ah, ah, ah ! A voir la figure du maître, il y a quelque chose de compromettant là-dedans. Oui-da ! Bien compromettant. Je sacrifierais dix sols pour l'ouvrir sans que cela se remarque. Ou je suis fol ou il a bien dit : « Je t'aime, je te déteste, tu as glissé du poison dans mon sang ! » Et je l'ai vu pleurer ! Voilà qui pourrait bien un jour me rapporter gros si le seigneur d'Arreville commettait la vilaine erreur d'être injuste avec moi ! Le frère et la sœur, est-ce bien possible ?

Une moue sale tordit ses lèvres.

— Ces gentilshommes, tout de même, ce ne serait pas surprenant, ils se croient tout permis !

Puis il se hâta de mettre la chambre en ordre. Deux laquais d'un seigneur du voisinage l'attendaient. Ils avaient tous trois prévu de se rendre dans le quartier du Marais. Là, noyés dans la foule des marchands ambulants, des saltimbanques et des passants, ils longeraient les échoppes et, visant les flâneurs vêtus de satin et de velours, ils s'entraideraient pour leur subtiliser quelques montres ou escarcelles sans se faire remarquer.

# 15

Depuis le départ de Julien pour Paris, Marguerite s'étiolait. Elle gardait la chambre plus souvent que naguère, se promenait seule dans le domaine, sillonnant sans cesse les chemins qu'elle avait parcourus avec son frère.

Elle était à plusieurs reprises allée près du gué de la rivière Trottebec, où elle s'était offerte à Julien pour la première fois. Les souvenirs l'assaillaient alors, les larmes submergeaient ses yeux tandis qu'un trouble délicieux ravivait ses sens.

Madeleine et Jean III l'observaient en silence. Après réflexion, plutôt que de l'expédier au couvent y poursuivre des études en attendant de lui choisir un époux, craignant qu'elle avoue à d'éventuelles confidentes son attirance pour Julien, ils avaient décidé de la garder à Tourlaville et de lui chercher vivement un parti. Certes, ils n'imaginaient pas que le frère et la sœur aient commis l'irréparable mais le doute était là, troublant leurs jours et leurs nuits.

C'est ainsi que les prétendants se succédèrent au château. De la fenêtre de sa chambre, Marguerite les regardait défiler. Nicolas Jallot survint un matin de février 1600 accompagné de deux valets et de Thomas, son incontournable père. Ils restèrent trois jours au château. Nicolas fut hébergé dans la tour sud-ouest, Thomas, que les Tourlaville affectionnaient, eut l'insigne honneur de dormir dans le lit seigneurial entre Madeleine et Jean III.

Marguerite appréciait son cousin. Elle accepta volontiers de s'aller promener avec lui. Contrairement à son père, Nicolas était plutôt grand, plutôt bien tourné, plutôt d'un commerce agréable, plutôt intelligent et particulièrement fortuné. En définitive, Nicolas était le prétendant idéal. Pourtant, quand, les Jallot partis, Madeleine confia à Marguerite que son cousin ne tarissait pas d'éloges sur elle et qu'il eût aimé l'épouser, la jeune fille se redressa d'un bond comme si elle avait été piquée par un frelon et, les yeux chargés d'éclairs, elle lança :

— J'aime Nicolas, mais pas d'amour. Je le connais depuis toujours, il est comme un frère pour moi et je ne me vois pas partager sa vie !

Madeleine acquiesça en souriant puis elle s'empressa de gagner le cabinet de son époux pour lui rapporter ces propos. Jean III opina du bonnet à son tour avant de conclure :

— Il est vrai que Nicolas a de la fortune, il est vrai aussi qu'il est presque un frère pour Marguerite, et il est vrai que la réaction de notre fille tend à prouver qu'il ne s'est rien passé de grave avec Julien.

Il leva une dextre menaçante au-dessus de sa tête :

— Le prochain qui alimente de vilaines rumeurs concernant nos enfants aura affaire à moi ! Pour l'heure, il faut marier Marguerite. Elle est trop belle pour rester seule et trop sauvage pour qu'on la confine céans. La seule façon de lui faire connaître le monde, c'est de l'éloigner de Tourlaville. Or je crois avoir trouvé soulier à son pied.

— Qui donc ? s'étonna Madeleine.

— Ce Jean Lefebvre qui nous a rendu visite il y a deux semaines...

Madeleine haussa les épaules.

— Ce Sarrasin !

— Un Sarrasin bien normand, qui vient de succéder à son père à la charge de receveur des tailles et aides en l'élection de Valognes, et qui, outre cela, est seigneur de Hautpitois, fief et manoir sis à Lieusaint. Pensez aussi que son père est sieur de Vieux, Borderie et Beaulieu, et qu'il en héritera un jour.

— Il reste qu'il est de fraîche et petite noblesse, et que, s'il épouse Marguerite, elle ne portera que le nom de mademoiselle.

— Mieux vaut une mademoiselle vivant dans l'opulence et tout près de chez nous qu'une madame désargentée s'exilant dans des terres lointaines.

— Donc, si je vous ouïs bien, vous envisagez de marier Marguerite à ce Jean Lefebvre ?

— Je ne l'envisage pas, c'est décidé.

Madeleine pinça les lèvres avec humeur.

— Je vous remercie de m'en avoir prévenue. Il serait peut-être temps de l'annoncer à votre fille ?

— Vous avez raison.

Jean III sonna son valet. Martin entra aussitôt.

— Mande-moi Marguerite, ordonna le seigneur de Tourlaville. Dis-lui que sa mère et moi l'attendons céans.

Un instant plus tard, Marguerite pénétrait dans la pièce. Madeleine et Jean s'étaient installés côte à côte sur deux chaises à haut dossier placées derrière la table servant de bureau.

Jean désigna une escabelle à sa fille.

— Asseyez-vous, nous avons à deviser de votre avenir.

Marguerite s'installa sur le siège, les mains posées à plat sur ses cuisses, le dos droit, les yeux rivés sur ceux de son père, figée tout à coup.

— Voilà, nous avons décidé de vous marier et nous avons trouvé le parti qui vous convient.

— Qui est-ce donc ? souffla Marguerite.

— Jean Lefebvre, seigneur de Hautpitois.

— Le receveur des tailles de Valognes ? Mais je n'en veux pas !

Elle avait bondi de son escabelle et elle se tenait debout, pâle, une main sur sa gorge, à deux doigts de la pâmoison. De la fenêtre de sa chambre elle avait vu à plusieurs reprises le jeune homme sauter de son cheval dans la cour d'honneur et gravir les marches du perron pour aller s'entretenir avec son père. Elle avait observé de loin la mince silhouette vêtue de noir, le teint basané, les cheveux d'ébène. Le visiteur avait levé les yeux vers sa fenêtre. Visage étroit, sec, souligné plus durement encore par une fine moustache et une barbiche pointue encadrant une bouche sans lèvres. Un regard sombre et calculateur, déterminé, avait croisé le sien, le même que celui qu'elle avait rencontré au mariage de sa cousine quelques années auparavant. Un regard qui, à l'époque, l'avait emplie de désarroi.

— Vous n'en voulez pas, et pourquoi donc, je vous prie ?

— Je ne le connais pas, je ne l'aime pas !

Jean de Tourlaville haussa les épaules.

— Où avez-vous donc vu qu'il fallait se connaître ou

s'aimer pour réussir un bon mariage ? Vos romans de chevalerie vous tourneboulent. Faites confiance à votre père et vous serez heureuse.

— Ce ne sont pas les romans... Cet homme me fait peur !

— Il vous fait peur, tiens donc ? ironisa Jean III. La belle affaire ! A moi, il ne fait pas peur. En l'épousant, vous demeurerez près de chez nous, et pourquoi, ventre-dieu, se comporterait-il mal à votre égard ?

— Je ne sais, je suis encore si jeune...

Madeleine observait Marguerite avec compassion. Elle aussi avait été mariée sans qu'on lui demande son consentement. A la réflexion, elle ne s'en plaignait pas. Jean de Tourlaville s'était avéré un plaisant parti, un époux attentionné, en définitive peu volage, en un temps où, l'oisiveté et le manque de distractions aidant, on s'abandonnait volontiers à la luxure et à la paillardise. Elle s'efforça de rassurer sa fille.

— Vous n'êtes plus une enfant, Guyonne m'a confié que vous aviez eu vos mois. Désormais, vous êtes nubile.

Marguerite secoua violemment la tête. Ses cheveux dénoués balayaient gracieusement son cou.

— Si vous m'obligez à l'épouser, je me tuerai !

Jean III assena un coup de poing sur la table et se leva.

— Vous tuer ! Voilà bien des propos de donzelle ! N'auriez-vous pas quelque autre jolie surprise à nous offrir ?

Madeleine posa une main sur le bras de son mari.

— Calmez-vous, mon ami, ce ne sont là que des mots. Marguerite ne songe pas à se supprimer. Comprenez qu'apprendre qu'on convolera bientôt avec un inconnu peut inciter au désarroi. De toute façon, elle aura le loisir de faire plus ample connaissance avec monsieur de Hautpitois avant leurs épousailles.

Et se tournant vers sa fille, elle questionna :

— Qu'en pensez-vous, mon enfant ?

Marguerite ne répondit pas. Elle porta une main à son front, ouvrit la bouche, jeta un regard égaré vers le plafond, s'enroula sur elle-même avant de s'affaisser gracieusement sans connaissance sur le sol.

La cause était entendue. Le 16 mars 1600, un contrat de mariage concernant Marguerite et Jean Lefebvre fut passé en reconnaissance devant Nicolas Piot et Richard Le Blond, « tabellions en la haute justice de Bricquebec ». Ne voulant pas être en reste pour Marguerite, l'abbé de Hambye lui offrirait deux mille écus de dot, le 28 juillet de la même année, devant le même Le Blond.

Pour l'heure, la date de la cérémonie fut fixée à la mi-juin. Marguerite ne se tua pas, mais elle sombra dans une profonde mélancolie proche de la prostration. D'un commun accord, Madeleine et Jean songèrent à organiser des noces discrètes. Ils s'en ouvrirent à Jean Lefebvre, qui applaudit à leur décision. Marguerite était jeune, peu préparée au mariage. Eh bien, soit, on ménagerait sa sensibilité. Elle verrait, sitôt mariée, qu'elle avait tort de craindre son époux. Sauvage, intimidé par la noblesse ancienne des Ravalet de Tourlaville, Jean Lefebvre n'appréciait guère le faste, les réceptions tapageuses dans lesquelles les langues les plus perfides ne manquaient pas de brocarder les gens les moins bien en cour.

Et chacun respira. Sauf Marguerite. Elle avait écrit à plusieurs reprises à Julien des lettres enflammées auxquelles il répondait d'un ton neutre. Désespérée, elle guettait derrière les mots banals des raisons de se voir toujours aimée. Elle savait qu'il ne pouvait en être autrement pour ne pas éveiller la défiance des parents, mais elle s'en consumait de chagrin.

Elle ne marqua aucune émotion quand on lui annonça que le mariage se déroulerait sans apparat. C'était à l'évidence un mariage de raison, une mésalliance où la fortune primait sur le nom, où le désir de la voir s'éloigner de Tourlaville afin d'éteindre des rumeurs l'emportait sur l'affection.

Elle ne s'occupa point des préparatifs de la cérémonie. On avait fait mander à domicile le tailleur Robert Agnès afin qu'il habillât la famille pour la noce. Il accourut début mai avec trois ouvrières car le temps pressait. Marguerite consentit à assister aux séances d'essayage. La jeune fille ayant refusé de choisir une robe parmi les modèles proposés par le tailleur, Madeleine trancha pour elle.

Alors que Marguerite souffrait mille morts dans la solitude, à Paris Julien menait une vie de turlupin dans l'espoir d'oublier sa sœur. Externe, il manquait de plus en plus souvent les cours du collège, passant des journées entières à errer dans Paris. Dans les rues, les cris des vendeurs d'orviétan et d'oublies se mêlaient aux lancinantes litanies des marchands ambulants : « l'eau-de-vie pour réjouir les cœurs », « châtaignes, bonnes châtaignes, châtaignes boulues », « fraises, douces fraises », « mort aux rats et aux souris » s'accompagnaient des musiques discordantes des mendiants et des saltimbanques, tambourins, crécelles, sifflets et mirlitons.

Mais c'est le soir que, pour Julien, la vie commençait. Avec une bande d'étudiants bruyants et argentés, il partageait son temps dans les auberges et cabarets, dissipant ses pistoles sans compter, chantant des chansons à boire et trinquant jusqu'à l'ivresse :

*Puisque nous sommes sevrés*
*Buvons donc ce bon pot*
*Et rinçant nos gosiers, avalons nos miettes*
*Et vuide le pot*
*Tire-la-rigot.*

Il descendit ainsi à plusieurs reprises pour des soupers fins à la Tour d'Argent, située sur le quai de la Tournelle, au Grand Cerf à Saint-Denis puis, quand les écus venaient à manquer, il se rabattait sur des auberges plus modestes, le Petit Panier, rue Tirechape, et le cabaret de la Hure, rue de la Huchette, rue célèbre pour ses nombreuses et odorantes rôtisseries.

Dès son arrivée à Paris, sur les conseils de son père, Julien était allé rendre visite à François de Bassompierre, dans son hôtel du marais rue Saint-Denis. François était le fils de feu Christophe de Bassompierre, seigneur entre autres de Saint-Sauveur-le-Vicomte, et c'est lui qui avait hérité en 1596 de cette seigneurie voisine de Tourlaville. Agé de vingt et un ans à peine, ce jeune homme, grand favori du roi Henri, avec lequel il partageait un goût prononcé pour les femmes et les jeux de hasard, savait, malgré sa fulgurante ascension, rester simple. Suite à un courrier de Jean III lui recommandant de s'occuper de son fils à Paris, Bassompierre avait rédigé une lettre d'introduction pour Julien, destinée à Jean Yon, recteur du collège de Navarre, puis, se souvenant que le jeune d'Arreville qui se présentait à lui était un voisin de

Normandie, une Normandie où, pris par ses multiples devoirs, occupations et festivités, il n'allait presque jamais, il l'avait invité à souper chez Sébastien Zamet.

Cet ancien cordonnier d'Henri III, arrivé en France après l'avènement de Catherine de Médicis, avait en quelques années bâti sans que l'on sache comment une fortune considérable et il se disait lui-même « seigneur de dix-huit cent mille écus ». Ancien Ligueur, il avait viré de camp et pris le parti d'Henri IV, qu'il n'hésitait pas à secourir financièrement le cas échéant et qu'il recevait... royalement lorsque celui-ci venait souper chez lui avec l'une de ses maîtresses.

Simple maison de pierre et de brique, l'auberge de Sébastien Zamet ne payait point de mine, située face à la place Royale, dissimulée derrière un haut mur ; il fallait s'engager dans une ruelle puis une impasse pour découvrir enfin sa vaste cour. Alors le miracle s'accomplissait. En plein cœur de Paris on se retrouvait soudain devant les raffinements d'un palais vénitien. Portiques, galeries, terrasses fleuries garnies de statues antiques dominaient le jardin. L'Italie apparaissait là dans toute sa glorieuse harmonie.

C'était à se demander comment cet homme brun, replet, vulgaire, aux manières onctueuses, pouvait afficher un goût si sûr, car l'intérieur subjuguait par son luxe délicat et l'on accourait de loin pour profiter des voluptés de la salle des bains et des étuves parfumées, décorée de marbre et de faïence.

Et que dire de la cuisine, unique, subtile, que Sébastien Zamet surveillait lui-même, dont il s'occupait et dont il assurait le service lorsqu'il reconnaissait des hôtes de marque qui pourraient lui être utiles un jour ?

Julien fut impressionné par sa soirée chez Zamet. Ils

étaient une dizaine de gentilshommes de qualité invités par Bassompierre ce soir-là. Celui-ci s'était assis au centre de la table et, en témoignage d'estime envers le nouveau venu, il avait installé Julien près de lui. Sur la nappe, devant eux, trônaient déjà des mets dans des plats couverts, et devant chaque convive des assiettes et des couverts d'argent. C'est là que pour la première fois le jeune Normand découvrit la fameuse fourchette à deux dents que les Italiens utilisaient depuis déjà longtemps.

Bassompierre se pencha vers l'oreille de Julien.

— Mon ami, ce gentilhomme à la table voisine qui flatte sa moustache d'une main négligente et porte la crête haute tout en devisant, savez-vous qui il est ?

Julien repoussa distraitement vers la nuque son feutre piqué d'une plume blanche avant de répondre.

— Ma foi non, j'arrive tout juste de Tourlaville.

Un silence pesa pendant lequel Julien observa l'inconnu. C'était un homme âgé, mince, dont le regard pensif et malicieux soulignait qu'il ne détestait point les douceurs de la vie. Il était entouré de jeunes femmes masquées et de jeunes pédants richement atourés qui semblaient l'écouter avec un intérêt amusé.

— C'est monsieur de Villeroy, déclara finalement Bassompierre, notre secrétaire aux Affaires étrangères.

Julien s'anima alors.

— Mon père le connaît. Pour ma part, je n'ai jamais eu l'honneur de le rencontrer.

Bassompierre tapota l'épaule de son voisin.

— Dieu vous en préserve. Cet homme est une girouette, un ancien Ligueur rallié par pur intérêt à notre bon roi Henri, prêt, j'en suis convaincu, à toutes les trahisons si la couronne rencontrait de nouvelles difficultés...

— Ah ? résuma Julien, qui ne tenait pas à contredire son hôte, dont il savait que Christophe, son père, s'était en son temps rangé lui-même du côté de la Ligue auprès de son « ami de cœur » Henri de Guise.

— Savez-vous, reprit celui-ci, changeant de conversation, que si vous étiez venu céans deux jours plus tôt vous y auriez croisé notre roi ?

Une ombre effleura le visage de Bassompierre.

— Il vient moins souvent depuis que Gabrielle d'Estrées nous a quittés.

— Ah ?

— Oui, il lui portait une vigoureuse inclination. Elle lui avait percé l'âme avec une grande violence, et il en était fort épris.

— On prétend pourtant qu'il l'a vite oubliée ?

Bassompierre branla du chef.

— Un homme de bonne étoffe ne peut passer son existence en pleurs, et notre roi Henri a le cœur trop grand pour ne le confier qu'à une seule personne, fût-elle la femme la plus délicieuse du monde. Certes, son cœur est inconstant, tout un chacun le sait et la belle Henriette d'Entragues en est un exemple, mais le roi Henri est aussi bien autre chose, il désire être une rivière pour son peuple. Il est généreux pour les siens, compatissant pour les humbles. Il aspire au bonheur de tous.

Julien fixait Bassompierre avec admiration.

— Comme vous devisez bien de votre roi !

Un sourire éclaira le beau visage aux yeux cernés par les folles nuits d'insomnie du favori d'Henri.

— C'est que j'ai l'heur de le bien côtoyer et la faiblesse de succomber sous ses bienfaits. Mais je parle de moi, et vous, contez-moi un peu de votre vie. Avez-vous des maîtresses ? Vous plaisez-vous au collège de Navarre ? Aimez-vous Paris ? Y comptez-vous de nombreux amis ?

Un grand rire secoua le pourpoint de Bassompierre :

— Je ne sais rien de vous et vous me répondez toujours par un tonitruant : « Ah ? »

Ayant dit, Bassompierre essuya avec sa serviette sa bouche dégoulinante de sauce, car il bâfrait en parlant, adressa un signe à un valet pour qu'on lui servît du vin d'Italie, puis, oubliant les autres convives, il ouvrit toutes grandes les oreilles pour écouter Julien.

Celui-ci lui parla en effet du collège de Navarre, de Paris, de ses fraîches connaissances, de ses incartades. Il lui parla aussi de Marguerite, de la façon dont il était allé se jeter dans ses bras. Comment il y avait perdu son corps et son âme. Il ne lui précisa pas que, hélas, elle était sa sœur.

Fasciné, Bassompierre écoutait Julien. Celui-ci s'exprimait avec une recherche provinciale, maladresse parfois, drôlerie souvent, franchise toujours. Et il était beau. D'une beauté tout à la fois virile et fragile. Il y avait en lui de l'homme et de la femme. Les traits étaient fins, la taille gracile, les yeux parcourus d'un voile de langueur, les épaules et la poitrine solides. Bassompierre en délaissait ses compagnons qui commençaient à baisser le ton pour s'efforcer de capter les propos du jeune gentilhomme normand. En vain. Bouche contre oreille, les deux jeunes gens échangeaient des confidences. Et la nuit s'écoula à deviser pendant que, lassés, les autres commensaux s'en étaient allés danser dans une salle voisine ou profiter des étuves et des bains de Sébastien Zamet.

Le lendemain, Bassompierre emmena Julien visiter l'Académie que monsieur de Pluvinel, premier écuyer de

Sa Majesté, avait fondée rue Saint-Honoré dans l'ancien hôtel de la Corne de Cerf. C'est là que, s'étant inspiré beaucoup de l'Italie, réputée pour la qualité de son éducation, monsieur de Pluvinel apprenait aux jeunes gentilshommes sortis du collège à parfaitement se conduire s'ils ne se destinaient pas à l'Eglise.

Il leur enseignait lui-même l'équitation, leur fournissant des chevaux sortis tout droit des écuries royales. S'appuyant sur des maîtres réputés, il leur assurait aussi des leçons d'escrime, de musique, de mathématiques et de savoir-vivre, allant jusqu'à leur fournir des valets pour les servir. Et si l'élève assimilait la pratique de la bague et de la quintaine, il s'aguerrissait surtout aux subtilités de la cour. Monsieur de Pluvinel avait un avis éclairé sur tout ce qui concernait l'art et la manière de se mouvoir, de deviser, de se vêtir. Et nul ne se serait avisé, sous peine d'être accusé de mauvais goût, de penser autrement que comme lui.

Julien assista à une leçon d'équitation donnée par monsieur de Pluvinel lui-même. Et lorsque Bassompierre s'étonna que son nouvel ami ne se fût point inscrit à l'Académie, Julien lui répondit que sa famille le destinait à l'Eglise. Il n'aurait d'ailleurs jamais pu suivre une formation qui, coûtant près de mille écus l'an, n'était réservée qu'à la haute noblesse.

Les jours passant, les relations entre Bassompierre et Julien s'espacèrent, le premier ayant des devoirs envers son roi, le second l'obligation d'assister aux cours du collège de Navarre, qu'il avait eu tendance à négliger.

Puis Bassompierre quitta Paris pour un temps.

C'est à peu près à cette même époque que Julien reçut une lettre de sa sœur et une autre de son père. Marguerite l'avertissait qu'on la jetait dans les bras d'un certain

Jean Lefebvre, receveur des tailles à Valognes, et qu'elle en mourrait si Julien n'accourait pas la consoler. Jean III lui annonçait que sa fille se mariait le 20 juin et que Julien devait cesser ses activités séance tenante pour assister aux noces. Toute la famille se réjouissait de le revoir à Tourlaville à cette occasion. En raison des aléas des postes, les plis avaient mis près d'un mois pour parvenir à destination.

La nouvelle terrassa Julien. Il demeura prostré durant plusieurs heures, dévoré de jalousie à l'idée qu'un autre profanerait bientôt le corps de son aimée, oubliant que lui-même l'avait aimablement trompée dans l'espoir de la chasser de ses pensées. On était début juin. Il fallait faire vite. Julien manda Nicolas Roussel, le secoua vivement, le houspilla afin qu'il prépare promptement les bagages. Puis ils sautèrent sur leurs montures et, tournant le dos à Paris, ils galopèrent vers Tourlaville.

# 16

La cérémonie nuptiale liant Marguerite de Ravalet de Tourlaville à Jean Lefebvre se déroula sans afféterie en l'église Notre-Dame de Tourlaville.

On avait choisi le mois de juin, mai étant générateur de pauvreté et août le mois de la Vierge Marie. Pour éviter toute mauvaise surprise, on avait choisi aussi un samedi, le vendredi étant un jour saint et le mercredi dangereux, car à tout coup l'infortuné mari serait trompé un jeudi.

Au moment où Marguerite prononçait d'une voix mourante le « oui » qui l'unissait au receveur des tailles, par le portail de l'église demeuré grand ouvert, elle vit entrer Julien les vêtements couverts de poussière, et elle chancela avant de se reprendre en agrippant le bras de son mari. Celui-ci sourit, prenant cette faiblesse pour une marque d'attention à son égard.

La cérémonie terminée, des poignées de deniers ayant été jetées à la foule de curieux qui s'amassait sur le parvis, Julien s'approcha des mariés. Il s'inclina devant le couple, baisa sa sœur sur les joues puis, reculant de deux pas, il se présenta à son beau-frère.

— Julien d'Arreville, je suis l'un des frères de

l'épousée. J'arrive seulement de Paris. Les routes sont difficiles et j'ai été prévenu de la noce fort tardivement.

— On m'a beaucoup parlé de vous, déclara Lefebvre en souriant, vous poursuivez des études de théologie au collège de Navarre, n'est-ce pas ?

Julien n'eut pas le loisir de répondre. Son père, sa mère, ses frères, ses sœurs se pressaient autour de lui pour le saluer et l'embrasser. Ils étaient tous là : Marie, l'aînée, et son mari Gabriel de La Vigne, Jeanne, Catherine, Guillemette, Gabrielle, la petite Madeleine qui allait sur ses neuf ans, Jean, Philippe et Jacques. Ils furent bientôt rejoints par la famille Jallot, quelques membres de la branche des Ravalet de Sideville, Madeleine-Marguerite et son mari Jean Le Fauconnier. L'abbé de Hambye observait tout ce petit monde avec une tendresse amusée.

Faisant contre mauvaise fortune bon cœur, Marguerite suivit Jean Lefebvre vers des relations et amis qu'il avait amenés avec lui. Le temps passant, on remonta sur les destriers pour les messieurs, les haquenées pour les dames et, les laquais trottinant derrière les montures, on regagna le château, où des tables avaient été dressées dans le parc pour le dîner.

Julien était reparti au galop afin de se dépoussiérer et de se vêtir avec des vêtements de Paris qui ne manqueraient pas d'élever des murmures d'admiration et d'envie chez certains convives.

Lorsque la noce arriva à petits pas dans le parc, Julien l'attendait. Ou plutôt il attendait Marguerite. Assise en amazone sur le même destrier que Jean Lefebvre, enlacée par celui-ci, elle adressa un petit sourire tragique à son frère avant de détourner la tête pour masquer son désarroi et de se laisser glisser à terre. Julien s'efforça de capter son attention. En vain. Elle allait, venait, virevoltait d'un groupe à l'autre, entraînée par son époux et par les obligations de la noce.

« Dieu qu'elle est belle, grondait-il intérieurement, Dieu que je l'aime ! Pourquoi donc est-elle ma sœur ? »

Et il est vrai qu'elle était belle en ce jour qu'elle jugeait maudit. Elle avait pourtant consenti à ne porter qu'une simple robe de satin blanc, renforcée aux hanches par un tambour qui mettait en valeur la perfection de sa taille, de sa jeune gorge et de sa démarche ondulante et gracieuse. Ses cheveux dorés, rehaussés par une couronne de perles, encadraient un visage poudré dont les lèvres incarnates soulignaient la pâleur. Et beaucoup enviaient le receveur des tailles qui bientôt se retrouverait seul avec cette adorable créature à mi-chemin entre la femme et l'enfant.

Pour Marguerite et Julien la journée s'écoula comme un cauchemar éveillé. Un soleil radieux avait chassé la pluie de la veille et une douce chaleur caressait les frondaisons, les massifs de fleurs, les buissons, les toits et les murs bleutés du château.

Il avait été prévu que la noce serait courte mais on était en Cotentin. Il n'était donc point question de lésiner sur la nourriture et on avait bien fait les choses. On ripailla donc puis, après un signe de Jean de Tourlaville aux musiciens, on dansa dehors entre deux lippées de nourriture et de vin de Loire et de Normandie.

Assis près de Marguerite, Jean Lefebvre contemplait son épouse avec une admiration mâtinée d'orgueil. Quelquefois il lui volait un baiser. Elle détournait les lèvres, souvent trop tard, cherchait le regard de Julien attablé plus loin avec ses frères et sœurs.

Le soleil inclinait sa course vers l'ouest quand, à la fin

d'une danse, Julien et Marguerite parvinrent à s'entretenir seuls quelques instants.

— Que penses-tu de monsieur de Hautpitois ? questionna Marguerite d'un ton qu'elle voulait le plus naturel possible, car elle s'était aperçue que Madeleine et Jean de Tourlaville les observaient attentivement de loin.

— Je le hais.

— Pourquoi ?

— Parce que tu seras sienne ce soir.

— Je n'ai pas d'autre choix, je suis sa femme désormais.

— Je hais ce monde.

— Moi itou, mais nous devons nous soumettre.

Julien flanqua une gifle violente sur le tronc d'un chêne sous lequel ils devisaient.

— Attention, le prévint Marguerite, père et mère nous regardent.

— M'aimes-tu ?

— Plus que ma vie.

— Penses-tu à moi ?

— Toujours. Cette nuit, lorsque monsieur de Hautpitois me prendra, je fermerai les yeux et je serai à toi.

— Eh bien, mademoiselle, je vous cherchais partout ?

Marguerite sursauta. Surgi de nulle part, Jean Lefebvre se dressait derrière elle et, sûr de son droit, il l'avait enlacée par la taille.

— Ah, c'est vous, vous m'avez fait peur ! Je devisais avec mon frère. Je ne l'ai pas vu depuis si longtemps.

Jean Lefebvre avait collé sa joue contre celle de Marguerite et, la tenant toujours enlacée, les bras croisés devant elle, il la berçait doucement.

— Je comprends mais vous vous devez à tous nos

invités. Tous rêvent de vous baisoter et de danser avec vous.

Il plongea son regard sombre dans celui de Julien.

— Mais ne vous inquiétez pas, vous reverrez votre frère bientôt. Car vous nous ferez l'honneur de nous rendre visite à Valognes, n'est-ce pas ?

— Je n'y manquerai pas, répondit Julien.

Jean Lefebvre conclut l'entretien par un bref salut de la tête puis il entraîna Marguerite vers les tables où, toute musique cessante, on servait les fromages, les fruits de saison, les gâteaux et la « neige de crème », ancêtre des œufs à la neige, dont beaucoup raffolaient, le tout arrosé de vins d'Argenteuil, d'Orléans et d'Ay. Durant toute la journée, attablés auprès de l'abbé de Hambye, Madeleine et Jean III avaient guetté de loin le comportement de Marguerite et de Julien. Ils n'avaient pas été sans remarquer que leurs enfants se jetaient des regards à la dérobée. La dernière scène, qui ne leur avait point échappé, les rassura.

— La rumeur est peut-être plus cruelle que la vérité, résuma finalement Madeleine. Peut-être ne s'est-il rien passé d'autre comme privautés que quelques menus baisers pas très fraternels mais sans conséquences ?

Jean de Ravalet acquiesça pensivement.

— Je le souhaite tout comme vous, mais mieux valait éloigner Marguerite de son frère. Une chose est certaine, si j'en crois ce que nous venons de voir, Julien semble porter une certaine estime à monsieur de Hautpitois.

— Tant mieux, remarqua Madeleine, mais cela reste surprenant, car je persiste à penser que monsieur de Hautpitois doit offrir son amitié avec réserve. Il a le nez pincé des gens durs en affaires et en sentiments.

— Vous exagérez, m'amie. Un nez n'est qu'un nez, ce

n'est point un grimoire dans lequel on déchiffre les qualités et les travers d'autrui.

— Trouvez-vous normal qu'il veuille partir ce jourd'hui, au lieu de dormir céans ?

Jean III eut un petit rire débonnaire.

— Voyons, m'amie, avez-vous oublié que vous avez été jeune ? Monsieur de Hautpitois aspire seulement à un peu d'intimité avec sa jeune épousée. Il ne veut pas qu'on entre à tout instant de sa nuit de noces dans sa chambre pour l'abreuver jusqu'à la pointe du jour de musique, de vin et de polissonneries.

Il posa une main sur l'épaule de sa femme.

— D'ailleurs l'heure tourne à l'horloge céleste. Voyez, tous ont cessé de danser. Je crois que notre fille va nous quitter. Monsieur de Hautpitois avait exprimé le souhait d'arriver à Valognes avant jour failli.

Ils se levèrent pour rejoindre l'attroupement qui s'était formé autour des mariés. Les adieux furent brefs. Ils avaient été prévus à l'avance. Marguerite et Jean Lefebvre devaient gagner leur hôtel de Valognes à cheval et sans escorte. Les coffres contenant les effets de Marguerite suivraient le lendemain sur des charrois avec Guyonne, qui continuerait à servir de camériste à sa jeune maîtresse.

De nombreuses embrassades, quelques mouchoirs finement ouvragés et des éventails à manche d'ivoire ou d'ébène, agités par de charmantes mains, saluèrent le couple qui s'éloignait au trot d'un seul cheval. Marguerite retenait ses larmes. Julien avait fui, préférant ne pas voir sa sœur assise en amazone dans les bras d'un autre.

Le soir tombait quand ils arrivèrent à Valognes. Habitué à parcourir la région pour y prélever les impôts, Jean Lefebvre n'avait pas hésité sur les routes et chemins mal tracés qu'il fallait emprunter à travers la forêt de Brix pour gagner du temps. Ils étaient passés par le Mesnil-au-Val, la Colombière, le bout de la chasse Lambert. A Saussemesnil ils avaient bifurqué sur la droite pour traverser le ruisseau La Férière afin de longer la Fosse-au-Roux. Délaissant le prieuré de Saint-Martin-aux-Ifs, ils avaient traversé la Gloire au gué de Chiffrevast, où Jean Lefebvre avait consenti à s'arrêter quelques instants pour faire boire leur monture. Puis ils étaient repartis pour remonter vers la lande de Beaumont. Enfin par la Gravière, ils étaient entrés dans Valognes.

Durant tout le trajet Marguerite avait souffert mille morts. Assise devant Lefebvre, elle subissait sa bouche dans ses cheveux ou sur ses lèvres, ses mains qui s'égaraient sur ses seins ou dans les plis de sa robe, son haleine forte, son odeur entêtante qu'une surabondance de parfums ne suffisait pas à estomper. Au gué de Chiffrevast, le seigneur de Hautpitois avait violemment plaqué sa femme contre lui, enfoncé sa langue dans sa bouche, laissé courir ses doigts sur tout son corps. Désemparée, sans force, le visage nu de toute expression, Marguerite avait subi cet assaut qui en préfigurait d'autres, pires encore, et elle se demandait s'il n'allait pas la déshabiller et la prendre là, quand un charroi chargé de bois, escorté par trois paysans et tiré par deux robustes chevaux, était venu fort opportunément la tirer de ce mauvais pas.

A présent, ils s'approchaient des remparts de Valognes. Ils traversèrent le pont du Tremblet enjambant le ruisseau du même nom, franchirent la porte de la ville, longèrent le château qui se remettait à peine des sièges successifs qu'il avait subis contre les calvinistes. Quelques lanternes et falots les croisaient dans les ruelles étroites. Arrivés devant la collégiale Saint-Malo, ils la contournèrent et s'engagèrent dans la rue des Halles. Les sabots de leur cheval claquaient sur les pavés de la petite ville.

Un instant plus tard ils s'arrêtèrent devant une grande maison éclairée par des torches allumées en signe de bienvenue.

Aidée par Jean Lefebvre, Marguerite descendit de cheval pour contempler son nouvel univers. L'hôtel de Hautpitois était une grande bâtisse bourgeoise montée sur un étage. Des fenêtres et des chiens assis ouvrant sur la toiture regardaient directement la rue. A droite de la façade, près d'une porte piétonne, une vaste porte cavalière conduisait dans une cour vers les écuries et le parc.

Ils avaient à peine mis pied à terre qu'un huis s'ouvrit et que l'on s'empressa autour d'eux. Une femme entre deux âges, vêtue de noir, un trousseau de clefs à la ceinture, un bonnet de coton gris jeté sur la tête, et un valet aux jambes torses et épaisses s'inclinèrent devant la nouvelle venue.

— Catherine, la gouvernante de cette maison, Pierre Debruman, mon valet. Les présentations sont faites. Entrons, j'ai faim !

Marguerite salua distraitement les domestiques puis, se tournant vers son mari :

— Vous avez faim après tout ce que nous avons mangé ce jourd'hui ?

— Oui, ma ravissante, j'ai faim de vous !

— Si tôt ? se défendit faiblement Marguerite.

— Si tôt, approuva Jean Lefebvre, les yeux brillants. J'attends ce moment depuis que je vous ai rencontrée au mariage de votre petite-cousine avec mon ami Jean Le Fauconnier.

— J'avais tout juste dix ans.

— Oui, mais vous étiez déjà belle à damner tous les saints.

Ils entrèrent dans l'hôtel où çà et là on avait allumé les grassets[1]. Malgré cela une certaine obscurité régnait. D'un œil rapide, Marguerite mesura le long couloir, les pièces. Elles étaient assez vastes mais quasiment vides de meubles ou de décoration. Le strict minimum y présidait, quelques tables, quelques coffres, quelques placets et escabelles, quelques chaises, peu d'armoires. Dans un grand cabinet réservé à l'enregistrement des impôts et aux débiteurs du receveur des tailles s'accumulaient des registres et des livres de droit.

Seule la cuisine, où pétillaient des bûches dans la cheminée, semblait recevoir un peu de vie. Marguerite frissonna.

— Cet hôtel est bien vide, murmura-t-elle.

Le maître des lieux laissa échapper un rire sarcastique.

— Vide, il ne le sera plus longtemps. Vos coffres, literie et effets doivent arriver demain. Et puis, votre père nous a offert la somme de deux mille écus d'or pour vos meubles. Mais pour l'heure, assez palabré. Montons dans notre chambre, voulez-vous ?

Un grand froid paralysa Marguerite. Elle demeura immobile, statufiée.

— Que vous arrive-t-il ? Vous ferais-je donc peur ?

— Ce n'est pas cela. Mais Guyonne, ma camériste, ne sera là que demain et je n'ai personne pour m'apprêter pour la nuit.

— Mordiou, la belle affaire ! Un soir de noces vous vous en priverez. Ne suis-je pas là pour vous effeuiller ?

1. Chandelles, lampes à huile.

Allons, assez clabaudé, j'ai grande hâte de vous mignoter et de vous baiser comme vous le méritez !

Précédés par Catherine qui les éclairait à la chandelle, ils gravirent les escaliers étroits menant à l'étage et pénétrèrent bientôt dans une chambre spacieuse garnie d'un lit-alcôve adossé au mur du fond, muni d'une marche de chaque côté pour y accéder. Plusieurs grassets avaient été allumés et une lumière crue inondait la pièce.

Jean Lefebvre congédia la gouvernante après qu'elle eut déposé sur un coffre le sac contenant quelques vêtements appartenant à Marguerite puis il observa sa femme avec une franche convoitise.

— Enfin seuls, m'amie, nous allons pouvoir passer aux choses sérieuses !

Elle tourna vers lui des yeux angoissés, chercha une échappatoire.

— Je n'ai pas de camériste ce soir, vous disais-je, je vais donc me changer seule et cela va prendre du temps.

— Que nenni ! Arrachez vos atours, je m'occuperai du reste !

— Ne croyez-vous pas que nous pourrions éteindre quelques lampes ? Il y a beaucoup de lumière...

— Non pas. Je tiens à vous admirer dans votre plus simple appareil.

Désabusée, Marguerite retira sa robe, apparut en cotte simple.

Jean Lefebvre déglutit longuement. Puis :

— Approchez, que j'achève moi-même de vous effeuiller.

Marguerite fit un pas, Lefebvre deux. Quelques secondes plus tard, la cotte gisait à terre et, émerveillé, tenant sa femme par le poignet, le mari la faisait virevolter pour mieux peser et apprécier chaque once de son corps.

— Foutredieu, que vous êtes belle, vraiment ! Hum, ces jolis tétins et cette mignonne toison dorée qui ne cèle pas le trésor qui est dedans !

Il s'agenouilla devant elle, plongea son nez dans son mont de Vénus, le huma religieusement, ses deux mains écrasées sur les hanches de Marguerite, qui demeurait inerte.

— Hum ! Hum !

Il se releva.

— Allez vous allonger sur le lit. Je vous y rejoins incontinent.

Elle obtempéra. Sans un mot. S'étendit sur le dos. Le regarda. Il arrachait ses vêtements, les dispersait dans la pièce. Il apparut nu, le poil noir et abondant, mince mais puissamment musclé, pas vraiment repoussant comme l'imaginait Marguerite. Une verge lourde, redoutable, battait entre ses jambes.

Il se jeta sur elle, la prit avec hâte, violence. Elle demeurait prostrée, subissant l'assaut. Il déversa un fleuve en elle, s'affaissa sur le flanc à son côté, les yeux rivés au plafond, reprenant son souffle. Puis il se pencha au-dessus d'elle, plongea ses prunelles dans l'entrecuisse de sa mie et il resta pétrifié.

Enfin, d'une voix blanche, il articula :

— Vous n'avez pas le sang ! Vous n'êtes pas vierge !

— Mais si, jura Marguerite, qui redoutait cet instant.

— Vous vous moquez de moi !

— Loin de moi de telles menteries, je vous jure que je suis vierge.

— Vous n'avez pas le sang !

— J'en conviens mais il n'y en a pas toujours..

Il s'était agenouillé au-dessus d'elle. Ses yeux brûlaient son visage. Les narines dilatées, la bouche frémissante, ses poings fermés dénonçaient une fureur à peine contenue. Elle éclata soudain.

— Ribaude, gourgandine, treize ans et vous n'êtes plus vierge ! Comment avez-vous osé m'épouser ?

— Je n'ai rien demandé, répondit posément Marguerite, on m'a obligée. Cependant, je vous répète que je suis vierge.

— Me prenez-vous pour un sot ? Comment se nomme votre amant que je m'en aille de ce pas lui décoller la tête avec mon épée ?

— Je n'ai point d'amant et n'en ai jamais eu.

— Soit, je vous crois puisque vous le désirez ainsi, mais vous ne m'empêcherez pas de me conduire avec vous comme on se conduit avec une putain.

La colère, le dépit, le désespoir peut-être, il était en tout cas redevenu fier comme un glaive. Il s'enfonça en elle avec une violence inouïe. Elle poussa un cri puis plusieurs. Peu à peu la douleur se transforma en plaisir. Elle oublia qu'il sentait le gousset, le sexe négligé et qu'il avait les pieds « fumants ».

Elle s'abandonna à une sorte de jouissance âpre, purement physique que sa jeunesse réclamait.

A la pointe du jour, elle réalisa que, tourmentée par l'appréhension de cette nuit de noces, à aucun moment, comme elle se l'était pourtant promis, elle n'avait pensé à Julien.

# 17

Dès les jours suivants, Marguerite comprit qu'en épousant Lefebvre elle avait entrouvert les portes de l'enfer. Ses coffres et ses effets arrivés, aidée par Guyonne, elle acheva de s'installer puis elle demanda à son mari de l'argent pour acheter des meubles.

— N'en avez-vous point assez comme cela ? répliqua le receveur des tailles. Les deux mille écus de votre père seront de bien meilleur usage ailleurs !

Et on n'en parla plus.

Marguerite s'accoutuma très vite à sa nouvelle vie. Dès l'aube, accompagné par trois arquebusiers, muni d'une vaste bougette [1] de cuir jetée sur la selle de son cheval et d'un pistolet, le seigneur de Hautpitois s'en allait par monts et par vaux prélever les impôts qu'il remettrait plus tard à monsieur de Rosny [2], surintendant des Finances du roi.

Il revenait en fin d'après-midi, soucieux ou aimable selon que la journée avait été bonne ou mauvaise, déposait sa bougette bourrée d'écus sur la table de son cabinet

1. Sac, bourse.
2. Sully.

afin d'en établir méticuleusement les comptes avec son clerc dans des registres prévus à cet effet. Il ne sortait de cette pièce que pour glisser ses pieds sous la table au moment du souper après avoir rangé l'argent dont il était comptable dans un coffre dont il dissimulait la clef avec le plus grand soin.

Ensuite, selon son humeur, il s'adressait aimablement à sa femme ou il la houspillait vertement.

C'étaient des :

— Avez-vous passé une bonne journée, m'amie ? Vous m'avez beaucoup manqué.

Ou bien :

— Qu'est-ce là que cette robe que vous portez ? Vous n'êtes point à la cour du roi, et à Valognes on n'a que faire de toutes ces afféteries !

Ou bien :

— Catherine m'a dit que vous aviez décidément du mal à vous occuper de cette maison. Je sais que vous êtes jeune mais quand même. Ce n'est pas aux valets de prendre l'initiative et de nous gouverner !

Ou bien, même devant les domestiques affairés à servir :

— Vous sentez bon le jasmin, m'amie, vous êtes belle à damner Guillaume Le Saché, curé de notre bonne église de Saint-Malo. Ce soir, je vous promets de vous sauter plus vaillamment encore que les autres nuits !

Ou bien, le vin aidant :

— Je ne peux croire que vous étiez vierge. Baillez-moi le nom de votre amant que je l'occisse sur-le-champ et retrouve enfin la paix de l'âme, car je vous aime et ne veux que vous.

Marguerite supportait mal ces sautes d'humeur et ces grossièretés. Elle était jeune, il est vrai, très jeune, incapable de gérer le train d'une maison dont le maître, de toute façon, despote par nature, ne lui aurait point laissé le loisir de s'occuper. Elle s'habillait avec recherche parce qu'elle aimait les beaux atours et qu'il fallait bien meubler ses longues heures d'oisiveté. Et parce qu'elle espérait aussi attendrir cet homme rustre qu'elle pressentait follement amoureux d'elle et qui souffrait par sa faute. Elle ne l'avait pas choisi. Il était là. C'était pour la vie. Autant, par des concessions, rendre celle-ci la moins pénible possible.

Ce que Jean Lefebvre ne donnait pas le jour, il le prenait la nuit. Il la « baisait » quotidiennement, comme il le clamait volontiers avec élégance, quatre, cinq, six fois avant la pique du jour. Insatiable. Farouche. Malheureux. Regrettant que son sexe ne soit pas un fer rouge, afin de punir celle dont il était convaincu, sans en avoir la preuve formelle, qu'elle avait eu un amant. Ce qui l'avait le plus séduit en elle, c'était sa folle jeunesse, la garantie d'une virginité, le fait qu'elle soit la fille du puissant seigneur de Tourlaville.

Les soldatesques assauts de son mari ne déplaisaient pas à Marguerite. Elle sentait que ce dernier lui faisait l'amour comme on se suicide, et elle était flattée de sentir le pouvoir qu'elle avait sur lui. Ce qui déplaisait à Marguerite, en vérité, c'était tout le reste. L'environnement, les relations de Jean Lefebvre, les humiliations. L'hôtel de Hautpitois était assez spacieux mais simple. Rien à voir avec le charme romantique de Tourlaville. Le parc cependant ne manquait pas d'attraits. Grand, admirablement organisé, soigneusement entretenu par Honorin, le jardinier, qui y passait le plus clair de son temps, il prêtait à la rêverie avec sa grande pelouse centrale où trônait un cèdre immense, ses allées bordées de massifs de fleurs – roses, pivoines, marguerites, hortensias, genêts, rhododendrons –, sa fontaine où l'on puisait l'eau, son petit pont enjambant un ruisseau. Dans un désordre charmant, chênes, ormes, saules, bouleaux, châtaigniers, noisetiers, charmes montaient la garde à la périphérie, dissimulant les grands murs de pierre qui encerclaient la propriété. Marguerite s'y promenait souvent avec Guyonne, dont elle avait fait sa confidente. La suivante révérait sa maîtresse. Elle la savait amoureuse de son frère. Pourtant à aucun moment elle n'avait alimenté la rumeur qui salit tout. Discrète par tempérament, elle l'était d'autant plus que Marguerite lui avait offert sa confiance. Elle finissait de surcroît par oublier que Marguerite et Julien étaient frère et sœur, tant il était évident qu'ils étaient nés pour être unis. Pour l'heure, le destin en avait décidé autrement, mademoiselle de Ravalet de Tourlaville étant devenue mademoiselle Lefebvre de Hautpitois, et non madame, comme elle aurait pu y prétendre si elle n'avait épousé un homme de petite noblesse.

Ainsi, lorsque Marguerite et Guyonne s'en allaient se promener au hasard des rues de la ville, la jeune femme ne pouvait s'y déplacer avec un masque de satin noir qui préserve des rayons du soleil, fatals pour la peau, et évite d'être reconnue. Pire encore, elle ne pouvait chevaucher une haquenée, son rang ne l'autorisant qu'à voyager ou à se déplacer sur la croupe du cheval de son époux.

Marguerite eut tôt fait d'exécuter le tour de la cité ramassée autour de la place des Halles, sur laquelle se dressait le gibet. Elle contempla le château, longea les remparts, fréquenta assidûment l'église Saint-Malo, parcourut le quartier des tanneurs d'où montaient d'atroces odeurs, souilla le bas de ses robes en circulant à pied dans des ruelles souvent étroites et sombres, tapissées d'eau croupie et d'immondices de toute espèce. Quelques hôtels voisinaient avec de belles maisons et de modestes logis au bois et au torchis mêlés. Là encore, comme à Paris et dans toutes les villes, nobles, bourgeois et manants résidaient dans les mêmes quartiers. La pittoresque rue de la Poterie, coupée en son milieu par le Gravier, ruisseau aux eaux pures et limpides, dans lequel les femmes lavaient leur linge et que l'on traversait à l'aide de petits ponts de bois mobiles, rencontrait son agrément. Puis Marguerite cessa de la fréquenter, Jean Lefebvre refusant de lui confier de l'argent pour s'acheter des emplettes nécessaires ou des colifichets.

Lorsqu'elle fit remarquer que sa dot l'autorisait à effectuer quelques dépenses, Jean Lefebvre lui répliqua qu'il était le seul qui autorisait quoi que ce fût en cet hôtel, que les écus ne poussaient pas n'importe où et que la nourriture de Guyonne et de sa femme lui coûtait assez cher, d'autant que cette dernière était incapable de gouverner sa maison.

Comme Marguerite le fixait droit dans les yeux en lui disant qu'il aurait pu choisir une épouse plus mûre, il la gifla avec force avant de tourner les talons et de claquer l'huis derrière lui.

Marguerite conserva pendant huit jours la trace de la gifle sur sa joue. Malgré cela, Jean Lefebvre exigeait qu'elle vînt souper avec lui. Un soir où il recevait à sa table deux notables de Valognes, ne la voyant pas descendre de sa chambre, le seigneur de Hautpitois envoya Guyonne la chercher pour lui commander de les rejoindre prestement. Prétextant l'arc-en-ciel qui dénaturait sa figure, Marguerite refusa d'obéir. Une colère formidable secoua alors le maître des lieux. Il repoussa brutalement la chaise sur laquelle il présidait le repas et, se jetant dans l'escalier, il alla quérir sa femme. Convives et valets entendirent une porte claquer, des paroles vives, un cri étouffé. Lefebvre venait de gifler Marguerite pour la seconde fois. Il se tenait à présent debout devant elle, la main levée, son teint basané virant au gris, ses yeux sombres fulgurant d'éclairs.

— Vous en voulez une autre encore pour obéir ?

— Nenni !

— Alors, venez !

— Nenni !

— Péronnelle, vous saurez qui est le maître, céans !

Il empoigna ses cheveux, tira dessus sans ménagement, l'entraîna sur le palier. Elle s'agrippait à son poignet pour le retenir mais il était vigoureux. Elle céda.

— Laissez-moi au moins Guyonne pour m'apprêter, je ne peux recevoir ainsi accoutrée...

Un éclat de rire méprisant accompagna la réponse de Jean Lefebvre.

— Vous ne recevez personne, c'est moi qui reçois. Vos amis supposés ou même votre famille ne viennent jamais vous voir. Quant aux miens, ils sont moins soucieux de toutes vos révérences et de vos affiquets [1].

Sa voix s'adoucit. Il relâcha sa prise.

— De toute façon, vous n'avez point besoin de porter de riches atours pour être belle, vous ne l'êtes jamais autant que lorsque vous êtes en haillons.

Il dressa un index définitif vers les poutres du plafond, lissa sa barbiche d'une main pensive.

— Je serai à vos pieds à la nuitée et vous le prouverai. Pour l'heure, allons rejoindre nos amis et

1. Parures, bijoux.

comportez-vous docilement, sinon je vous ferai bastonner devant eux !

— Alors laissez-moi au moins recomposer mon visage.

— Soit, mais vitement !

Marguerite regagna la chambre sous l'œil vigilant de son mari. A l'aide d'un mouchoir, elle essuya ses joues où erraient encore quelques larmes de dépit, passa un peu d'eau sur son front, renoua en chignon ses cheveux défaits puis, fataliste, elle suivit le seigneur de Hautpitois.

Ainsi était Jean Lefebvre en ce mois de septembre 1600, trois mois à peine après avoir épousé Marguerite. Le temps qu'il fallait à celle-ci pour juger de façon définitive son mari. Il était commun dans ses manières, jaloux, mercenaire dans un lit, avare et brutal.

Alors, plus que jamais, Marguerite se réfugia dans la rêverie. Plus que jamais elle se plongea dans la lecture pour oublier. Finies les leçons de danse, de musique, de maintien, finies les chevauchées joyeuses avec ses parents, ses sœurs, ses frères. L'ombre de Jean Lefebvre pesait sur elle, plus encore lorsqu'il était absent. Encadré par ses arquebusiers, il disparaissait parfois plusieurs jours en tournée, revenait avec force vacarme – les roussins piaffaient dans la cour, les portes claquaient, des éclats de voix rayaient l'air – ou dans le silence le plus complet. Marguerite le découvrait soudain au détour d'une porte, dans le creux de l'alcôve, dans l'ombre de la charmille du parc. Elle comprit alors que, non content de la maltraiter, Jean Lefebvre surgissait à l'improviste pour l'épier.

Désemparée, elle ressassait son cruel destin. A treize ans, elle avait été livrée par ses parents à un butor, car ils préféraient la mésalliance à la rumeur qui la soupçonnait d'aimer son frère. Julien ! Elle pensait à lui jour et nuit. Elle y pensait lorsque Lefebvre la possédait comme un cheval fou. Elle y pensait parce que c'était pour elle le seul moyen de ne pas se laisser mourir.

Madeleine de Tourlaville vint passer une semaine à l'hôtel de Hautpitois en cette fin de septembre. Elles allèrent se promener dans la ville, se réfugièrent deux jours dans une gentilhommière appartenant à Lefebvre, située près du village de Lieusaint. Elles sillonnèrent les allées du parc de l'hôtel, heureuses de se retrouver et de bavarder. Les traces de gifles avaient disparu, Jean Lefebvre multipliait les galanteries, dépensait même sans compter pour honorer noblement la dame de Tourlaville. De sorte que, quand Marguerite conta à celle-ci la brutalité de son époux, son avarice, elle ne la crut qu'à demi. La figure tragique et amaigrie de sa fille aurait pourtant dû l'alarmer. Mais on ne voit toujours que ce que l'on désire voir.

— Votre mari a tous les droits sur vous, lui dit-elle. Il en est ainsi depuis que l'homme et la femme existent. A vous de le séduire et de l'amadouer. Dites-lui qu'il a toutes les vertus, admirez-le bien fort, et vous verrez alors qu'il n'est point pire qu'un autre et qu'il fera grand cas de vous.

Lorsque Madeleine regagna Tourlaville, rassurée sur le sort de sa fille, Marguerite s'empressa d'écrire à Julien. Sa mère lui avait appris que celui-ci était demeuré quelques semaines au château avant de repartir poursuivre ses études de théologie à Paris.

Ce fut une lettre brève, désespérée.

« Mon frère,

« Je suis malheureuse. Le seigneur de Hautpitois est un mauvais époux. Il me bat, me reproche ma naissance, ma jeunesse. Il me reproche tout, m'accuse même d'avoir eu des amants. Mère est venue me voir. Il a été charmant avec elle, de sorte qu'elle ne m'a pas crue quand je lui ai confié ce qu'il me faisait subir. Cet homme est Satan en personne et je suis incapable de l'affronter.

« J'ai quatorze ans et j'ai pourtant le sentiment que ma vie s'est arrêtée.

« Je sais que tes études te retiennent et que Paris est bien loin. Je sais aussi que tu as promis de nous rendre visite en l'hôtel de Hautpitois.

« Je t'attends comme convenu pour la Noël. Si tu ne venais pas, j'en mourrais.

« Ta malheureuse sœur et ta femme pour toujours,

« Marguerite. »

Elle attendit. Compta les jours. Les semaines. Les gouttes de pluie. Les feuilles mortes qui se détachaient, nonchalantes, des arbres. Les flocons de neige. A la mi-décembre un tapis blanc recouvrit le Cotentin pour la plus grande joie des enfants et la mauvaise humeur des adultes, qui devaient lutter contre le froid des maisons et les chaussées glissantes. A cette époque une lettre de Julien adressée à son beau-frère leur annonça qu'il viendrait passer quelques jours à Valognes afin de le saluer et d'embrasser sa sœur.

# 18

La nuit était tombée depuis longtemps, le souper achevé. Le seigneur de Hautpitois et Marguerite s'étaient réfugiés dans la cuisine, où une belle flambée dans la cheminée procurait un peu de chaleur. Les travaux du soir achevés, les yeux fixés sur son ouvrage, Catherine filait du lin sur son rouet. A deux coudées d'elle, silencieux et attentif, Pierre Debruman sculptait de ses doigts habiles un saint Michel terrassant le dragon dans du bois de merisier, et déjà le visage du bel ange impassible à la chevelure bouclée émergeait de la matière.

Assis devant l'âtre, le ventre brûlé par le brasier, le dos glacé, Marguerite et Jean Lefebvre contemplaient les flammes s'entortillant pour mieux s'entre-dévorer. Parfois, avec une canne de coudrier, Hautpitois repoussait les bûches, les retournait, faisant naître alors, avec des crépitements, des myriades d'étincelles.

Derrière eux, son petit nez retroussé penché sur ses genoux, Guyonne ravaudait quelques hardes.

Neuf heures allaient sonner au clocher de l'église Saint-Malo quand une main énergique cogna le marteau de la porte donnant sur la cour. Tous sursautèrent. Nul n'avait entendu de visiteur arriver, la neige épaisse étouffant jusqu'au pas des chevaux.

— Pierre, va voir qui nous dérange à cette heure, ordonna Lefebvre.

Le valet abandonna son burin et s'éloigna d'un pas traînant. Lorsqu'il ouvrit l'huis, une bourrasque de neige lui brouilla les yeux avant qu'il distinguât deux cavaliers tenant leurs montures par la bride, dressés devant lui. Le plus grand, élégamment vêtu d'un ample manteau noir tombant sur ses bottes et d'un feutre de la même couleur qui dissimulait une partie de sa figure, lui parla d'une voix habituée aux ordres.

— Julien d'Arreville. Je suis le beau-frère de ton maître. Avertis-le incontinent et tu te chargeras ensuite de nos chevaux avec mon valet.

Debruman s'inclina, s'effaça pour laisser pénétrer le visiteur dans le hall puis trottina prévenir son maître. Il revint un instant plus tard flanqué du seigneur de Hautpitois et de Marguerite prête à défaillir. Elle se contint pourtant, embrassa son frère avec affection, consciente qu'elle risquait d'être en danger. Averti par la lettre de sa sœur, Julien se tenait également sur ses gardes. Il s'enquit donc de la santé de Marguerite, de sa nouvelle vie, évitant les regards qui trahissent, puis il s'intéressa à son beau-frère, lui marqua une estime appuyée, s'inquiéta des risques de sa charge, un débiteur pouvant parfois devenir dangereux.

Tous, y compris Nicolas Roussel, qui avait accompagné Julien, s'étaient installés devant la cheminée après qu'on eut offert à souper aux nouveaux venus. Quand on se coucha ce soir-là, la minuit était enfuie depuis longtemps. On offrit la plus belle chambre à Julien, voisine de celle des Hautpitois, la garde-robe à Nicolas, puis on se quitta fort satisfait les uns des autres.

Marguerite couchée, Jean Lefebvre la rejoignit sous la courtepointe. Retroussant sa chemise de nuit, il commença à la caresser.

— Mon frère est dans la chambre voisine, souffla la jeune femme.

Un sourire cynique dénoua les lèvres de Jean Lefebvre.

— Et alors ? La belle affaire ! Il a sans doute remarqué que nous sommes faits l'un pour l'autre et il saura ainsi que sa sœur aime l'amour et qu'elle est heureuse avec son mari.

— Je vous en prie, pas ce soir...

— Si, vous le voulez, et vous allez jouir !

Il la prit, avec sa vigueur coutumière. Elle songea à Julien tout près. Un plaisir inconnu jusqu'alors, effroyable mais prodigieux, la submergea. Elle ne put étouffer complètement ses cris.

Julien les entendit, Nicolas, qui lui ôtait ses bottes, aussi. Un sourire élargit la face du valet.

— Pourquoi ris-tu ?

— A côté, ils ne s'ennuient pas...

Julien décocha un violent coup de pied à Nicolas agenouillé devant lui.

— Encore un mot de cette sorte et je te tue, conclut le jeune homme. Et maintenant, file dormir, j'achèverai de me dévêtir seul.

Julien demeura dix jours à Valognes. Profitant de l'absence de Jean Lefebvre, pris par ses occupations, le frère et la sœur passaient la plus grande partie de la journée ensemble. Laissant valets et servantes à l'hôtel, ils allèrent se promener en ville, s'éloignèrent sur le destrier de Julien dans la campagne environnante et, malgré le froid coupant, la neige qui leur saisissait les jambes jusqu'aux jarrets, ils firent l'amour à plusieurs reprises, debout, dans un grand désordre de vêtements brutalisés et de passion. Il gelait dehors, certes, mais le feu qui brûlait en eux les réchauffait, ravageant tout sur son passage, leur jetant des mots de folie sur les lèvres.

— Je t'aime !

— Comment survivre sans toi ?

— Nous sommes damnés...

— Baisote-moi encore !

— Prends-moi, fort, plus fort que je ne puisse t'oublier...

— Fuyons ensemble.

— Pourquoi es-tu mon frère ?

— Pourquoi es-tu ma sœur ?

— Pourquoi Dieu nous a-t-il conçus ainsi ?

— Tourne-toi que je me perde en toi.

— Ah, Julien, Julien, mon chevalier, mon demain.

— Demain, je ne sais, ce jourd'hui assurément. Mon éternité, c'est juré.

Et ils se prenaient, se reprenaient dans une extase absolue, un bonheur qu'ils savaient éphémère, aberrant, proche de la mort.

Au cours de leurs promenades, entre deux étreintes, elle lui contait la monotonie des jours, les humiliations, sa solitude. Il l'écoutait, enrageait. « S'il n'était mon beau-frère, je l'occirais ! » Mais il se savait impuissant. D'autant que Jean Lefebvre se montrait courtois avec Julien. Les valets, avec des sous-entendus dans la voix, lui avaient rapporté que Marguerite et son frère se promenaient beaucoup ensemble. Le seigneur de

Hautpitois n'y décelait point de malice. Il était naturel que sa femme fît fête à un membre de sa famille, cette dernière, hormis sa mère, ne se précipitant guère à Valognes pour lui rendre visite.

Le soir de Noël, une quinzaine de personnes, dont les parents de Jean Lefebvre, vinrent festoyer à l'hôtel après que tous eurent suivi la messe de minuit à l'église de Saint-Malo. Julien eut droit à table à la place d'honneur. La nuit tombée, des heures durant, Jean Lefebvre besogna Marguerite, lui arrachant des soupirs que, la tête enfouie sous la courtepointe, un goût de cendres dans la bouche et la rage au cœur, Julien s'efforçait d'oublier.

Un matin, Jean Lefebvre annonça à Marguerite que, pris par sa charge, il devait s'absenter deux jours pour se rendre au fin fond de la vicomté de Valognes. Puis, ayant embrassé sa femme et salué Julien, il s'en alla avec son valet et ses arquebusiers.

Lefebvre parti, Marguerite et Julien expédièrent Guyonne et Catherine au marché pendant que Nicolas emmenait le destrier de son maître chez le maréchal-ferrant pour remplacer un fer défaillant.

Une fois seuls, les amants se réfugièrent dans les bras l'un de l'autre puis dans le lit de Julien. Tous les mots de la création, tous les gestes de l'amour et de la volupté se succédèrent. Ils s'étaient une fois encore plongés dans un brasier qui n'était pas près de s'éteindre. Ils étaient nus, splendides, identiques. Même élan du cœur, même élancement des corps, même profondeur mélancolique du regard, même bouche effroyablement gourmande. Ils s'entre-dévoraient, gémissaient, roulaient dans les draps, happaient de leurs lèvres insatiables l'espace environnant, riaient, pleuraient à l'idée d'être bientôt séparés. Ils étaient tellement occupés à s'aimer qu'ils bondirent in extremis de l'alcôve en entendant les lourdes clefs de Catherine fouiller les serrures de la porte piétonne. Marguerite se sauva dans sa chambre pendant que Julien se rhabillait à la hâte.

Le soir, bien qu'ils se fussent juré de demeurer prudents, bravant l'ombre du corridor et les risques d'une fâcheuse rencontre, Julien se faufila dans le lit et dans les bras de Marguerite. Il la pénétra doucement puis demeura immobile, se contentant de sentir sa chair palpiter dans la chair de celle qu'il adorait au-delà du possible. Point question d'attirer l'attention avec de juvéniles joutes qui eussent mis tout l'hôtel en émoi. Marguerite savait compter sur le silence de Guyonne mais mieux valait se méfier.

Se méfier, cela était incompatible avec la puissance de leur passion et leur trop impatiente jeunesse. Les domestiques les espionnaient, Pierre Debruman parce qu'il en avait reçu l'ordre, Nicolas Roussel par vice. Tire-laine à ses heures, peu enclin à l'honnêteté, le valet de Julien était subjugué par les sacs d'écus rapportés par Jean Lefebvre à l'issue de ses tournées. Un jour, par la porte du cabinet entrouverte, il avait aperçu une véritable fortune étalée sur la table, et vu le receveur des tailles et son clerc la compter et la ranger dans le coffre après l'avoir soigneusement enregistrée. Au moment où il allait s'éclipser, Jean Lefebvre avait brusquement poussé l'huis et lancé avec une moue méprisante :

— Alors, on m'épie ? Aimerais-tu la couleur de l'or, par hasard ?

Pris en flagrant délit, fier à sa façon, le valet avait répliqué :

— Qui n'aimerait sa couleur serait un menteur. Et vous en avez beaucoup...

— Oui, mais il n'est pas à moi mais au roi.

Le receveur avait plongé son regard acéré dans celui du domestique.

— Ce disant, je suis tout de même un homme riche. Ma femme me cause bien du souci. Il me paraît à la réflexion qu'on l'a jetée dans mes bras si vite que cela pourrait bien celer quelque vilenie. Si tu apprends quoi que ce soit la concernant, si tu as vent d'un amant, préviens-moi et je te paierai bien.

Roussel avait opiné vigoureusement du bonnet.

— Monsieur, vous parlez là une langue que j'aime ! Je suis votre serviteur.

Et ils s'étaient quittés satisfaits l'un de l'autre.

C'est ainsi que Nicolas Roussel se mit à épier les faits et gestes de Marguerite et de Julien. A plusieurs reprises il lui sembla qu'ils étaient enlacés d'une manière assez peu fraternelle. Rien de définitif cependant pour les confondre. Et puis la vie a ses imprévisibles facéties. Avec le temps Guyonne avait beaucoup changé. Certes, son nez était toujours retroussé avec excès mais le visage s'était affiné, apparaissait moins rustaud, la jambe était longue, la taille demeurait déliée et elle arborait encore une douceur d'être dans ses manières qui, en vérité, dissimulait une profonde timidité. Outre cela, sa charge de camériste l'avait métamorphosée. Pour suivre les goûts de sa jeune maîtresse, elle avait appris à réfléchir sur les toilettes, les masques, les parfums, les coiffures, les afféteries et, sans qu'elle en prît conscience elle avait modifié sa façon de se vêtir, de penser, d'appréhender le monde. Bien entendu, avec ce qu'elle gagnait, elle ne se vêtirait jamais de soie, de taffetas ou de beaux tissus mais elle avait abandonné le fruste blanchet, le bureau et la grosse serge de Cerisy pour la futaine et le droguet. Et le résultat était saisissant. L'adolescente s'était transformée en une affriolante jeune fille de vingt ans dont le nez retroussé se révélait irrésistiblement espiègle pour un Nicolas Roussel qui depuis quelque temps ne fréquentait que des poissardes de passage.

Si Guyonne s'était métamorphosée, ce n'était pas pour des raisons tout à fait innocentes. Sans illusion aucune, elle était amoureuse de Julien. Un amour sans avenir. Un amour à soi, que l'on dissimule, que l'on exhume dans la solitude pour le contempler. Revu par Marguerite qui lui chantait les louanges de son frère, Julien représentait l'idéal de ce qu'une femme espère de l'élu : la beauté, la hardiesse, l'élégance, le sens de l'honneur, le panache. Et ce je-ne-sais-quoi qui ne s'expliquera jamais. Qui fait que le cœur tremble, que les mains deviennent moites, que l'on cesse de respirer en présence de l'aimé. Ainsi, Guyonne était attentive à sa toilette dans l'espoir que le regard de Julien consentirait un jour à s'attarder sur elle, ne fût-ce qu'un instant.

Trop occupé à adorer sa sœur, le regard de Julien glissait sur Guyonne sans la voir. Celui de Jean Lefebvre se posait parfois sur elle avec curiosité et un rien de concupiscence. Celui de Nicolas s'arrêta tout de bon. Le retors valet était accessible à certains sentiments. Durant ces quelques jours passés à Valognes, il fit tout pour séduire la discrète et fidèle servante. Il lui pinçait les hanches lorsqu'il la croisait puis, voyant que ce n'était point là la meilleure solution, il ennoblit son personnage, ses propos, se brossa les cheveux, cira ses souliers, se tint droit, entra en guerre contre ses puces et ses poux, déclara à Guyonne qu'elle était belle – ce qu'on ne lui avait encore jamais dit – et qu'il l'aimait. Et le maraud n'était point sot. A sa façon, il savait enjoliver le verbe.

Un verbe coloré, approximatif mais convaincant. Guyonne soupirait de bonheur. Julien ne lui avait jamais accordé un regard, Nicolas lui avouait sa passion. Elle céda. S'offrit plutôt, parce que, à vingt ans, on ne compte pas. Guyonne rencontra l'amour charnel dans sa garde-robe, la nuit même où Julien s'en allait partager la couche de sa sœur. A dix minutes près, Nicolas et Julien auraient pu se croiser dans les corridors de l'hôtel de Hautpitois, alors qu'ils s'apprêtaient tous deux à perpétrer de délicieux forfaits.

On en était là quand Jean Lefebvre revint subrepticement chez lui. Il arriva à soleil descendant, avant que la neige ne dissimulât ses pièges, et non à jour failli comme il l'avait annoncé à sa femme. Il arriva sans ses arquebusiers, poussé par de funestes pressentiments. Il rentra lui-même son cheval à l'écurie puis, secondé par Debruman, il porta plusieurs bougettes de cuir gorgées d'écus jusqu'à son cabinet où l'attendait le clerc.

Catherine sursauta en voyant un moment plus tard son maître pénétrer dans la cuisine où elle préparait le souper.

— Où est Mademoiselle ? questionna Jean Lefebvre.

Catherine essuya ses mains sur son tablier.

— Je l'ignore, Monsieur, peut-être à se promener dans le parc avec monsieur d'Arreville.

Une bonne odeur de poularde rôtissant à la broche parfumait la pièce. Jean Lefebvre avait ôté son manteau mais il avait conservé ses bottes et de grandes traces de neige fondue suivaient ses pas. Car il arpentait la cuisine en longues enjambées nerveuses.

— Se promener dans le parc, par ce froid, quelle idée saugrenue ! N'a-t-elle point d'autres occupations que cette permanente oisiveté ?

Il tourna les talons et il allait quitter la cuisine quand Nicolas Roussel, les yeux brillants d'excitation, se découpa dans l'embrasure de la porte.

— Bonjour, monsieur, votre commis aux écritures m'a averti de votre retour, et j'accours de ce pas pour vous saluer et vous prier de bien vouloir me suivre. J'ai quelque chose à vous montrer.

Il marqua un temps.

— Quelque chose qui vaut de l'or s'il n'est point trop tard.

Les yeux de Jean Lefebvre brillèrent à leur tour.

— Vertudieu, cesse de barguigner et de branler la tête comme un sot, et hâte-toi de me montrer ce que je dois soi-disant voir.

— Venez, répondit Nicolas.

Il entraîna le receveur des tailles à l'étage, s'immobilisa devant une fenêtre donnant sur le parc dont il écarta les lourdes tentures au velours cramoisi.

— Regardez !

Jean Lefebvre piqua son nez dans le carreau.

— Je ne vois goutte.

– Si, là, derrière le saule, près du petit pont, tout près de la fontaine...

— Oui, deux silhouettes...

— Regardez mieux. Elles s'embrassent !

— En effet.

— Ne les reconnaissez-vous point ?

— Nenni, elles sont trop bien mussées.

— Alors, allez les voir de plus près et vous les reconnaîtrez.

— Maroufle, me laisserais-tu croire qu'il s'agit de ma femme et... ?

— Et de monsieur d'Arreville, mon maître et son frère !

Le seigneur de Hautpitois se rejeta en arrière, le visage décomposé.

— Ventre-saint-gris, je m'attendais à tout de la part de cette rusée femelle mais pas à cela ! Son frère, son propre frère !

Il pivota vers le valet.

— Ont-ils couché ensemble pendant mon absence ?

Nicolas Roussel ébaucha une moue dubitative.

— Je n'en ai point eu la preuve mais leurs baisers ne sont point innocents. Ils sont à coup sûr ceux de deux amants.

— Ah, gronda Lefebvre, suis-moi, ils vont me le payer !

— Monsieur, si vous le permettez, laissez-moi en dehors de tout cela. Je vous servirai mieux si le seigneur d'Arreville ignore que je l'ai dénoncé !

Le receveur considéra le valet avec un mépris tempéré d'admiration.

— Tu as raison, tu es une fripouille, un gredin, mais tu raisonnes bien. Continue à me servir, je te paierai mais je me méfierai de toi. Reste donc là, je m'en vais de ce pas régler leur compte à ces bandits !

Il dévala les escaliers, saisit au passage une épée et un pistolet chargé qui reposaient dans un râtelier de la grande salle, et il s'élança dans le parc.

Le soir éclairait encore la neige. Leur attention attirée par la course du seigneur de Hautpitois, dont les bottes crissaient sur le sol, Marguerite et Julien s'étaient éloignés l'un de l'autre, et ils venaient à la rencontre du maître de céans d'une démarche nonchalante et le sourire aux lèvres.

Il ne leur fallut pas longtemps pour comprendre que Lefebvre les avait surpris dans leurs inconscients ébats.

— Il est armé, souffla Julien, ce pistolet et cette épée ne me disent rien de bien amical.

— Et sa figure non plus, murmura Marguerite avec effroi, vois comme elle est fermée et chargée de haine.

Ils n'eurent pas le loisir d'en dire davantage, Jean Lefebvre était sur eux. Il braqua le pistolet sur son beau-frère, pointa l'épée sur sa poitrine.

— Monsieur, un seul geste et je vous tue !

— Et à quel titre ? s'étonna posément Julien.

— Au titre que vous embrassez ma femme sur la bouche et que vous la serrez dans vos bras d'une façon qui insulte la morale !

— Holà, mon beau-frère, protesta Julien avec hauteur, seriez-vous occupé à perdre la tête ? Ma sœur... où allez-vous donc pêcher de pareilles incongruités ?

La pointe de l'épée s'enfonça dans le casaquin de Julien, traversa le pourpoint de velours, y dessina une trace sanglante.

— Encore un mot, monsieur, et je vous perce pour de bon.

Puis, se tournant vers Marguerite, Lefebvre dirigea le pistolet sur elle.

— Quant à vous, je ne sais ce qui me retient de vous expédier incontinent en enfer !

Sans s'inquiéter du pistolet, Marguerite mentit pour sauver son frère.

— Jean, vous vous trompez. Julien et moi, il est vrai, nous nous aimons beaucoup. Nous avons été élevés ensemble durant de nombreuses années et nous chahutons souvent, mais cela s'arrête là.

— Je vous ai vus, vous baisotant avec insistance sur les lèvres ! gronda Lefebvre.

— Nenni, le rassura Marguerite, un baiser léger peut-être, comme nous l'avons toujours fait depuis que nous sommes nés. C'est une habitude, et nul dans notre famille n'y a jamais trouvé à redire !

— Belle famille que voilà ! tonna Lefebvre. On vous a mariée à moi alors que vous n'étiez plus pucelle, et d'ici à ce que votre amant soit votre propre frère, il n'y a qu'un petit pas bien aisé à franchir !

— Il suffit, à présent, hurla soudain Julien en écartant d'un geste sec de sa main gantée la lame qui piquait sa poitrine. Vos accusations déshonorent le nom d'Arreville et celui des Ravalet de Tourlaville. Otez cette épée de moi, ce pistolet du front de ma sœur et vous me rendrez raison de vos ignobles propos !

Un rire lourd de menaces roula dans la gorge du receveur des tailles. Ses doigts se crispèrent sur ses armes.

— Je vous prends en flagrant délit d'inceste et d'adultère, et vous osez nier ?

Toute peur avait quitté Marguerite. Sa vie n'avait aucune importance. Seule celle de Julien comptait. Il en avait toujours été ainsi. Et elle observait avec une sorte de curiosité mêlée de pitié cet homme qu'elle avait épousé contre son gré, et qui, la face dévastée par le dépit et la haine, leur vomissait des injures.

— Inceste et adultère, monsieur, remarqua-t-elle avec un flegme stupéfiant, comme vous y allez ! Un simple baiser, une aimable bousculade entre un frère et une sœur heureux de se retrouver, et vous imaginez tout le mal du monde. Nous avez-vous surpris nus dans un lit nous trémoussant comme des chiens ?

Elle marqua un silence, attendit. Lefebvre hésitait.

L'argument n'était pas sans fondement. L'épée ne piquait plus la poitrine de Julien, le pistolet oscillait légèrement dans sa main.

— Non, vous n'avez rien vu de tout cela, reprit Julien, vous nous faites un vilain procès dénué de toute raison. J'eusse aimé vous être agréable en couchant avec ma sœur mais il n'en est rien. Alors, s'il vous plaît, rangez vos armes et redevenons amis, ce que nous n'aurions jamais dû cesser d'être.

Lefebvre enfonça ses prunelles dans celles de son beau-frère. Ce dernier souriait, non pas d'un sourire ironique ou moqueur mais d'un sourire conciliant, presque fraternel, qui semblait dire : va, tu t'es trompé mais on ne t'en veut pas.

Le receveur recula de deux pas, baissa ses armes, balaya de son épée l'espace devant lui.

— Monsieur, faites quérir vos bagages et quittez ma demeure aussitôt. Dans le doute où je suis, je ne désire plus vous y revoir, ni ce jourd'hui ni un autre jour.

Julien leva les yeux au ciel, haussa les épaules, regarda sa sœur avec compassion.

— Puisque vous le désirez ainsi, je m'incline en espérant qu'un jour la raison éclairera vos sentiments.

Vingt minutes plus tard, Nicolas et Julien enfourchaient leurs montures. Enfermée dans sa chambre, Marguerite n'avait pas été conviée à dire adieu à son frère. Avant le départ des deux hommes, Lefebvre avait pris Roussel à part pour lui recommander de surveiller étroitement son maître et d'essayer de lui apporter la preuve définitive qui lui manquait, à savoir que Julien était l'amant de sa femme.

Marguerite contemplait par la fenêtre les silhouettes des cavaliers s'enfonçant dans l'obscurité de la rue quand des clefs fouillèrent les serrures de la porte. Elle s'assit vivement sur l'escabelle placée devant un miroir et détacha ses cheveux noués en chignon pour se donner une contenance.

Lefebvre arriva. Une colère rentrée secouait son corps musclé et nerveux, consumait ses yeux. Il s'approcha de Marguerite, l'empoigna par le cou, l'entraîna vers le lit, l'y jeta, s'installa à califourchon sur elle pour la souffleter sans mesurer ses coups.

— Voilà enfin la vérité, chienne, tu me bailles des cornes avec ton propre frère. Un jour je le prouverai et je vous occirai tous deux !

La figure couverte de sang, Marguerite le provoqua.

— Frappez-moi fort, plus fort, violez-moi puisque vous ne savez faire que ça, et tuez-moi ensuite afin que je ne souffre plus de vivre avec un mari jaloux et fou !

— Putesse, rusée femelle, je ne le ferai point. Tu auras besoin de tous tes jours pour me rembourser de toutes tes trahisons !

Il lui arracha ses vêtements, la retourna sur le ventre, se déchaîna sur elle, poussant des hurlements de jouissance qui s'apparentaient à des cris d'agonie. Les yeux secs, Marguerite subissait les assauts de son bourreau.

Julien était sauvé. Là était l'essentiel.

# 19

Assis dans un fauteuil de la salle haute, Jean III se faisait chausser ses bottes par Martin Groult pour partir à la chasse quand un messager lui apporta un pli du seigneur de Hautpitois. Il le prit avec étonnement, le regarda tourner plusieurs fois dans ses mains avant de se décider à le décacheter. La missive ouverte, il découvrit un texte bref, à l'écriture tourmentée, aux minuscules caractères qu'il eut du mal à déchiffrer.

« Monsieur,

« Je tenais à vous avertir que je me suis aperçu lors de notre nuit de noces que votre fille Marguerite n'était plus pucelle comme j'étais en droit de l'espérer d'une damoiselle de treize ans.

« Le saviez-vous quand je l'ai épousée ?

« Par ailleurs, votre fils Julien est venu nous visiter quelques jours en ces temps de Noël. Or j'ai surpris Marguerite et Julien se pressant dans le parc et se baisotant sur la bouche d'une manière qui n'était point fraternelle. Je n'ai pas la preuve formelle qu'ils sont amants, mais ne voulant encourir aucun risque j'ai jeté votre fils au-dehors de chez moi et je tenais à vous confirmer qu'il ne sera plus jamais le bienvenu céans.

« Il en va autrement pour vous, pour Madame et pour le reste de votre noble famille.

« Votre très humble et très obéissant gendre et serviteur de Valognes,

« Ce vingt-neuvième de décembre 1600. »

Suivait la signature torturée du seigneur de Hautpitois.

Sa lecture achevée, Jean III repoussa d'une bourrade du pied son valet agenouillé devant lui et ordonna d'une voix où la colère grondait :

— Va me quérir Madame et mon gredin de fils Julien. Et hâte-toi !

Martin se redressa, plongea son nez vers le sol puis il tourna vivement les talons et fila vers la porte.

Une fois seul, Jean III arpenta la salle d'un pas préoccupé. Julien était arrivé deux jours auparavant au château. Il avait annoncé à ses parents qu'il y resterait une semaine avant de repartir pour le collège de Navarre. Il leur avait, à sa manière, conté son séjour à Valognes et donné des nouvelles de Marguerite. L'œil sombre, il avait précisé que celle-ci n'était point épanouie et que son mari la battait, ce qui avait beaucoup contrarié Madeleine et Jean III. Mais il fallait se faire une raison. Jean Lefebvre était maître chez lui et, pour l'heure, tant que sa mauvaise humeur se résumait à quelques coups, il n'y avait pas de raisons d'intervenir.

Et on était passé à autre chose.

Jean III venait de s'immobiliser au centre de la salle quand Madeleine et Julien entrèrent de concert. Le jeune homme s'était apprêté pour la chasse où il devait accompagner son père.

Jean III s'inclina légèrement devant sa femme, foudroya Julien du regard, leur tendit la missive.

— Lisez !

Ils lurent. Un silence pesant s'ensuivit. Les traits décomposés, Madeleine tenait la lettre entre ses doigts tremblants pendant que Julien s'efforçait de dissimuler son trouble.

— Alors, tonna Jean III en s'adressant à son fils, qu'avez-vous à répondre à ces accusations ?

Julien fit front. Il se redressa, dégagea ses épaules, pointa le menton en avant, ses lèvres se plissèrent en une moue de dégoût et, portant ses mains à sa taille pour mieux se camper :

— Que voulez-vous répondre à de si vilaines et basses insinuations ? Je vous répéterai rondement et sans feinte ce que je vous ai déjà dit et qui me reste sur le cœur. Mon beau-frère est un fourbe, une méchante langue, un jaloux qui voit le mal partout, un violent qui bat ma sœur comme plâtre.

Jean III marcha sur Julien, s'immobilisa devant lui, pointa un index accusateur sur le casaquin rouille qu'il avait endossé pour partir à la chasse.

— L'avez-vous embrassée comme il est écrit ?

— Par Dieu oui, comme je l'ai toujours fait. Mais sur la bouche, nenni. Quant à l'avoir pressée contre moi, c'est vrai aussi. Elle avait grand besoin d'affection, d'être rassurée en raison des vilenies de son mari.

Et d'accusé, avec une superbe digne de sa jeunesse, Julien devint accusateur.

— Au lieu de me vilipender, mon père, et de m'accuser de crimes que je n'ai point commis, vous devriez plutôt suggérer à votre gendre de tempérer ses coups et ses insultes sur votre fille et le convaincre qu'une jalousie fondée uniquement sur le soupçon est une bien fâcheuse conseillère ! Si j'étais vous...

— Vous n'êtes pas moi !

Entre-temps, l'index de Jean III était retombé avec son bras le long de son corps. Il médita un instant, les mâchoires serrées, le regard soucieux, avant de fixer à nouveau son fils.

— Allez commander qu'on prépare les chevaux et les chiens pour la chasse, et laissez-nous. Je vous rejoins dans un instant.

Julien parti, Jean III prit Madeleine par la main, l'entraîna vers un fauteuil et l'aida à s'asseoir. Puis il s'installa sur un escabeau devant elle. Les coudes appuyés sur ses cuisses, ses doigts peignant sa barbe, il contempla un moment sa femme. Apprêtée avec soin malgré l'heure matinale, à quarante-trois ans passés, elle resplendissait. Sa taille devenue ronde la rendait plus désirable encore. Le temps semblait ne pas avoir de prise sur elle.

On entendait, montant de la cour d'honneur, les jappements des chiens, les piaffements et les hennissements des chevaux, des cris, des ordres. Au-dessus de tout cela, soudain, semblant surgir des murs, des hurlements célèbres dans la maison vinrent s'épanouir dans la grande salle.

La dame de Tourlaville ébaucha un sourire vite effacé en songeant à Marguerite. Elle ne put toutefois s'empêcher de remarquer :

— Il semblerait que votre maîtresse vous trompe avec son époux. Je croyais pourtant que celui-ci était occupé à préparer votre départ pour la chasse ?

Jean III haussa les épaules. Il cessa de taquiner sa barbe pour questionner :

— Alors, que pensez-vous de cette lettre et de la version de Julien ?

Madeleine soupira.

— Je pense que nous avions raison d'être inquiets. Le comportement de nos deux enfants laisse à désirer. Il n'est pas très naturel et nous avons bien fait de les éloigner l'un de l'autre.

— Oui, mais son mari prétend que notre fille n'était plus vierge la nuit de ses noces, il dit aussi qu'il a surpris Marguerite et Julien occupés à se baisoter de la plus tendre façon.

— J'entends bien. Cependant, de là à supposer que notre fils a déniaisé sa sœur, il y a un abîme que je me garderai bien de franchir.

Jean III s'était levé. Les mains jointes derrière le dos, son chapeau enfoncé sur sa tête, ses bottes martelant le sol, il se mit à rayonner autour du fauteuil de Madeleine.

— Ce n'est point l'avis de monsieur de Hautpitois.

— Un mari jaloux et brutal...

— Un mari quand même et qui a des droits.

— Et des devoirs !

— Des devoirs, comme vous y allez ! La femme se doit d'obéir à son époux.

— Et son époux de la respecter !

— Toute l'histoire des civilisations dit le contraire. La femme est assujettie à l'homme et c'est très bien ainsi.

Madeleine serra les accoudoirs de son siège.

— M'avez-vous déjà battue ?

— Nenni.

— M'avez-vous déjà humiliée devant nos amis ?

— Nenni.

— M'avez-vous déjà mal aimée ?

— Nenni. Je chante partout vos louanges et votre beauté.

— M'avez-vous déjà trompée ?

Il hésita, poursuivit sa marche pour mieux masquer l'expression de son visage.

— Sans doute. Peu, très peu. Avec Jeanne, et vous savez pourquoi.

— Et si j'en faisais autant ?

La réponse fusa, brutale.

— Je vous bannirais ou vous occirais !

Il s'immobilisa devant elle.

— Mais pourquoi toutes ces questions ? Où voulez-vous en venir, à la fin ?

— J'ai un peu digressé, en effet. Je voulais parler de Marguerite. L'aimez-vous ?

— Bien sûr, c'est ma fille.

— Le lui avez-vous montré ?

— Je lui ai accordé une belle dot.

— Est-ce tout ?

— Je lui ai donné de bons précepteurs et une bonne éducation.

Madeleine affronta Jean III du regard.

— Et si à présent vous lui offriez de l'affection ?

Il s'étonna.

— De l'affection ?

— Oui, en vous intéressant à son sort, en allant rendre visite à monsieur de Hautpitois et à votre fille, en vérifiant de visu ce qu'il en est.

Jean III branla négativement du chef.

— Il est trop tôt pour intervenir en quoi que ce soit. Pour accuser, il faut des preuves. Des preuves irréfutables. Or, pour l'heure, il n'y en a pas. Voilà à peine six mois qu'ils ont convolé.

— Croyez-vous que ce Jean Lefebvre a des preuves solides pour accuser ainsi nos enfants ?

— Non, mais il se pose les mêmes questions que nous à leur égard, et c'est bien ce qui me gêne pour intervenir un peu trop vitement...

— Alors, qu'envisagez-vous ?

Les mains toujours jointes dans le dos, les jambes à demi écartées, Jean III se pencha vers sa femme pour mieux vriller son regard dans le sien.

— Le temps, madame. Laisser du temps au temps. Surveiller de plus près nos enfants s'ils se retrouvaient de nouveau un jour ensemble. Nous y verrons alors plus clair et il sera plus aisé de trancher.

Madeleine leva des yeux résignés vers le plafond.

— Eh bien, attendons puisque vous le décidez ainsi. J'espère seulement que nous ne le regretterons point.

Jean III s'était redressé. Il s'inclina devant son épouse..

— A présent, je vous quitte, m'amie. La chasse s'impatiente. Les loups font encore des siennes. Ils ont tué plusieurs pourceaux et vaches en forêt de Brix. Si nous ne les décimons pas, ils viendront bientôt nous narguer jusque devant les fenêtres du château.

— Faites, mon ami, faites, et que Dieu soit avec vous.

Il s'en alla. Elle le regarda s'éloigner, fièrement campé dans son grand manteau noir qui battait contre ses bottes. Elle pleura en pensant à Marguerite et Julien. A ce doute qui l'habitait. Elle épongea finalement ses larmes avec un mouchoir puis elle sonna sa camériste. Catherine Nicolle entra.

— Madame désire ?

— Dites à maître François Arnoul que je ne le recevrai pas ce matin. La tête me tourne, je m'en vais de ce pas me reposer.

— Bien, Madame. Voulez-vous que je revienne ensuite pour préparer votre coucher ?

— C'est inutile, je préfère rester seule.

Catherine Nicolle partie, Madeleine se leva et se dirigea lentement vers sa chambre. La chasse était souvent l'occasion pour elle de retrouver la rassurante tiédeur des épaules de son amant. C'était aussi l'occasion de se souvenir que son corps était toujours avide de tendresse. Mais aujourd'hui elle se sentait rompue, incapable de partager sa peine.

Entre-temps, l'enfer s'était ouvert devant Marguerite. Lefebvre la battait à tout instant. Avec acharnement, méthode. Il lui arrachait les cheveux, lui tordait les bras jusqu'à la limite de la rupture, s'attardait, les poings fermés, sur les pommettes de la jeune femme, jugeant, disait-il, que les couleurs de l'arc-en-ciel seyaient bien à son teint. Marguerite subissait ces tortures avec une indifférence qui rendait Lefebvre plus féroce encore. La vaillance de sa victime multipliait sa fureur et il l'eût volontiers tuée s'il n'avait craint les foudres de la justice.

Finies les toilettes raffinées. Marguerite fut condamnée à se revêtir de droguet et de grossiers tissus comme les domestiques.

— Vous êtes moins importante céans que le plus misérable laquais, lui confia-t-il un jour.

Et un autre jour, comme, le croyant absent, elle jouait du luth, il pénétra brusquement dans la chambre où elle passait le plus clair de son temps, trancha les cordes avec sa dague, avant de fracasser l'instrument contre un mur.

C'est dans cette atmosphère sinistre que Marguerite

annonça à son époux qu'elle était enceinte de lui. Craignant le pire, elle le fit à table, à l'heure du souper.

— Monsieur, je dois vous informer que je suis grosse de vous depuis bientôt un mois.

Le receveur des tailles recracha bruyamment dans son écuelle et sur la nappe blanche le contenu de la cuiller emplie de pois au lard qu'il portait à sa bouche. Il pivota vers sa femme, la contempla d'un air éberlué.

— Comment dites-vous ?

— Je n'ai pas eu mes mois et me voilà grosse de vous.

Il y eut un silence stupéfait. Les domestiques avaient cessé de déambuler autour de la table, chacun observait le maître, l'œil en coulisse. Immobile, droite sur son siège, Marguerite guettait l'orage.

— Et la délivrance est pour quand ? questionna finalement Lefebvre en s'essuyant la bouche avec sa serviette.

— Pour septembre si Dieu le veut.

— Ne mêlez pas Dieu à vos histoires d'alcôve !

Le nez pointé vers le plafond, les yeux perdus dans ses pensées, les mains dressées devant lui, le receveur des tailles se mit à compter sur ses doigts, s'arrêta à neuf.

— Septembre, l'enfant a été conçu en décembre, juste au moment où votre aimable frère était céans.

Il se leva, repoussa d'un geste brusque le fauteuil sur lequel il trônait, décocha un violent coup de poing sur la table, renversant vin et écuelle, se tourna vers sa femme et gronda :

— Me feriez-vous un bâtard, ma mie ?

— Jean ! s'écria Marguerite.

Sans illusions. Lefebvre n'avait jamais hésité à frapper, bafouer, humilier son épouse devant la valetaille. Il était le maître. Il avait tous les droits en son hôtel et en sa seigneurie. Et puis, au fond d'elle-même, Marguerite savait qu'il n'avait peut-être pas tort. Le fruit qu'elle portait risquait d'être de Julien. A cette idée son cœur fondait. En cette vie qui ressemblait à s'y méprendre à l'enfer, un espoir naissait. Un fils issu de l'amour. La permanente image de son prince. Car, comme beaucoup de gens de son siècle, Marguerite prierait pour que le premier-né soit un garçon. Fière jusqu'à l'extrême, soucieuse cependant de préserver l'enfant des coups, elle s'efforça de calmer le forcené.

— Vous me prêtez décidément de noirs desseins. Qu'ai-je donc fait pour que vous me malmeniez toujours ainsi ? Si cet enfant n'est pas de vous, vous le saurez à sa naissance. D'ici là, laissez-le croître en paix dans mon ventre, et vous verrez qu'il vous ressemblera et que vous aviez tort de me refuser votre confiance...

Le regard de Jean Lefebvre s'adoucit. Ses yeux se perdirent en lui. Il respira un grand coup, souffla, les coudes écrasés sur la table, puis, sans force soudain, il s'affaissa dans son fauteuil. Les bras ballants sur les accoudoirs de bois, le dos calé sur le dossier, il contempla le plafond un instant. Un enfant. Après tout, peut-être se faisait-il des idées ? Peut-être n'y avait-il en vérité que cet insolite baiser entre le frère et la sœur ? Un baiser effronté, certes, mais qui pour eux n'était peut-être qu'un jeu innocent ?

Les mains protégeant un ventre qui ne dénonçait pas encore une grossesse, Marguerite observait les réactions de son époux. Il n'était point besoin d'être grand clerc pour s'apercevoir qu'il se calmait peu à peu. Il pivota finalement vers sa femme, lui adressa un regard presque apaisé.

— Peut-être avez-vous raison, dit-il. Laissons grandir

cet enfant en vous, et s'il est de moi, sachez que je ferai tout pour me faire pardonner.

Il marqua une pause pendant laquelle les serviteurs se dévisagèrent avec soulagement. Guyonne et Marguerite échangèrent un sourire de connivence. La camériste souffrait mille morts en voyant sa jeune maîtresse subir tant d'avanies et de souffrances. Ce soir, elle prierait Dieu très fort pour qu'il rende enfin au seigneur de Hautpitois toute sa raison afin qu'il cesse tout de bon de persécuter son infortunée épouse.

Lefebvre s'était levé. Il s'avança vers Marguerite, lui prit la main, la força à quitter son siège avec une insolite douceur et, sans se préoccuper des oreilles domestiques, il déclara :

— Venez, m'amie, j'ai soudain grande faim de vous.

Il l'entraîna à l'étage. Il la déshabilla lui-même puis, avec une incroyable délicatesse, il l'honora toute la nuit. Ils s'endormirent au matin, repus l'un de l'autre et étroitement enlacés.

Avant de fermer les yeux, Jean Lefebvre songea à la lettre qu'il avait adressée à Jean de Tourlaville un mois auparavant. Peut-être aurait-il dû patienter avant de libérer sa colère ? Le mal était fait. S'il s'était trompé, il serait toujours temps de réparer.

# 20

Pour Marguerite, les semaines, les mois s'écoulèrent dans une torpeur provinciale. Les jours s'enfuyaient, identiques. La jeune femme se promenait dans Valognes en compagnie de la fidèle Guyonne, parfois dans la campagne environnante, souvent dans le parc de l'hôtel, où chaque buisson, chaque arbre lui rappelaient Julien. Car elle l'aimait plus que jamais. Il hantait chacune de ses pensées. Elle ne disposait pas d'assez de secondes de vie pour l'évoquer. Tout la ramenait à lui, l'oiseau dans le ciel, le galop d'un destrier, le sourire d'un quidam, un parterre de fleurs s'exaltant sous les feux du jour. S'il pleuvait, elle s'imaginait se blottissant contre lui pour se protéger des humeurs du ciel ; s'il ventait ou si le froid piquait, elle se glissait, frissonnante, dans les plis de sa cape ou de son manteau ; si le soleil triomphait, ils triomphaient aussi, nus soudain, ivres de lumière, unis dans leur soif inextinguible de l'autre.

Et pourtant Marguerite luttait. On arrivait en août de cette année 1601, et Jean Lefebvre n'avait plus levé la main sur elle. Depuis qu'elle était enceinte, le rustre s'était métamorphosé. Attentif à sa femme, il lui avait même racheté un luth pour remplacer celui qu'il avait brisé. Il ne l'humiliait plus en public, se révélait presque attentionné devant les gens de passage, et de nouveau Marguerite pouvait se vêtir de manière convenable et dormir dans la chambre conjugale.

Touchée, Marguerite s'était juré d'essayer de chasser son amour pour Julien et surtout de ne plus trahir un mari qui faisait de louables efforts pour lui plaire. Elle avait espacé ses lettres à son frère, d'autant que celui-ci ne pouvait lui répondre. Cependant, Marguerite appréhendait l'avenir avec une certaine angoisse. Avec les mois, son ventre avait pris des rondeurs. Les mains pressées sur ses flancs, elle guettait les signes de vie, les petits coups de pied de plus en plus impatients et, les yeux rivés devant elle, elle s'interrogeait. A qui ressemblerait l'enfant ? A Jean ? A Julien ? En vérité, elle ignorait la réponse. Tout était possible. Avec le recul elle souhaitait qu'il fût de son époux, car elle était sans illusions. Dans le cas contraire l'enfer s'ouvrirait à nouveau devant elle.

Si le seigneur de Hautpitois affichait une certaine urbanité vis-à-vis de Marguerite, sa fougue au lit ne se démentait pas et, malgré la grossesse de celle-ci et ses protestations, il continuait de l'honorer avec des élans de soldat.

Sans doute est-ce la raison pour laquelle Marguerite accoucha fin août d'une petite fille. Toute gamine, la jeune femme avait rêvé d'une chambre de gésine semblable à celle qu'avait connue sa mère. L'accouchement accompli, jusqu'au temps de ses relevailles, Madeleine demeurait au lit, épanouie, somptueuse dans ses plus belles parures. Les visites se succédaient alors dans les ruelles tandis qu'à grand renfort d'écus chanteurs et musiciens s'employaient à la distraire. Que de mouvement dans le château ! La salle basse et la salle haute ne désemplissaient pas. Commères, parents, amis y festoyaient gaiement avant de revenir s'asseoir sur les caquetoires [1] auprès de l'accouchée.

Il régnait à Tourlaville une atmosphère de liesse et de sérénité. Pendant plusieurs semaines, la femme se vengeait de l'homme en étant reine en sa demeure.

Il n'en alla pas ainsi pour Marguerite. Jean Lefebvre était ladre, il n'était pas assuré que l'enfant fût de lui, et de surcroît Marguerite avait accouché avant terme, évitant ainsi tous préparatifs coûteux.

Lorsque Louise naquit, le receveur était en tournée. Quand il rentra le soir, Catherine se hâta vers lui pour lui annoncer la nouvelle.

— Un garçon ou une fille ? questionna Jean Lefebvre.

— Une fille, monsieur.

— Hum, la belle affaire !

Il escalada prestement les marches conduisant à l'étage, entra dans la chambre et s'avança sans saluer sa femme vers le berceau où somnolait le nouveau-né. Il se pencha au-dessus d'elle pour étudier ses traits. Lorsqu'il se redressa, son visage était décomposé.

— Cette enfant n'est pas de moi ! Elle ne me ressemble en rien. C'est le portrait craché de votre frère Julien !

Marguerite ouvrit des yeux horrifiés.

— Jean, comment pouvez-vous dire cela ? Julien me ressemble comme un jumeau, il est donc naturel que notre petite lui ressemble. En vérité, c'est à moi qu'elle ressemble. Et encore, vous ne pourrez juger sa figure

1. Chaises basses à dossier élevé et sans bras. Vient de « caquet ». Caquet de l'accouchée : conversation des femmes en visite chez l'accouchée.

toute fripée que dans quelques mois. Pour l'heure, bien malin qui jurerait qu'elle n'est pas de vous.

— Vous prétendez donc que je suis un sot ?

Il jeta un œil autour de lui, avisa Guyonne toute tremblante et une nourrice mafflue, aux généreux tétins, que l'on avait mandée d'urgence et qui l'observait d'un regard apeuré.

— Hors de céans toutes deux, tonna-t-il en désignant l'huis d'un doigt menaçant, et vitement !

Elles s'esquivèrent en longeant les murs pendant que le nouveau-né sursautait et gémissait dans son berceau. Lefebvre s'approcha de l'alcôve, saisit le poignet de Marguerite, y enfonça ses doigts à le briser.

— Ribaude, vous osez me défier ! Cette « chose » n'est pas de moi !

— Jean, assez, vous me faites mal ! Vous vous trompez, je vous jure que vous vous trompez ! Cessez de me persécuter et d'être absurdement jaloux !

Il relâcha son étreinte, s'affaissa d'un coup sur le bord du lit, empoigna sa tête entre ses mains, la secoua avec violence.

— Je veux bien patienter quelques jours encore mais je suis sûr que sur cette figure restera l'empreinte des Ravalet de Tourlaville et non celle des Hautpitois !

— Et cela ne prouvera rien. Un enfant ressemble parfois à son père, parfois à sa mère, parfois aux deux...

Il leva les yeux vers elle, serra les mâchoires.

— Qu'en savez-vous ? Vous parlez comme une sage, alors que vous n'avez pas quinze ans et que le lait vous goutte encore par le museau !

Il se redressa, jeta un regard noir à la femme recroquevillée sous la courtepointe.

— Attendons un mois encore, et nous réglerons ensuite nos comptes s'il y a lieu de le faire.

— Comme il vous plaira, répondit bravement Marguerite, vous verrez alors que je ne vous avais pas menti. Et notre bébé, comment l'appellerons-nous ?

Il lui tourna le dos, posa une main sur le loquet de la porte.

— C'est une fille, nommez-la comme bon vous semblera.

Elle l'appela Louise, comme la mère de son époux, qui accepta d'être marraine. On la baptisa le 4 septembre 1601 en l'église Saint-Malo de Valognes. Jean IV et Gabrielle de Ravalet de Tourlaville vinrent en l'hôtel de Hautpitois pour l'occasion. Jean IV avait été choisi par Marguerite comme parrain.

La cérémonie achevée, on retourna bien vite à l'hôtel, où les attendait une modeste collation servie dans le parc. Marguerite était heureuse de revoir son frère et sa sœur. Avec l'âge, Jean était devenu un homme fait. Bien qu'assez petit, il en imposait par son regard direct et l'impressionnante puissance de ses épaules ; quant à Gabrielle, moins belle que sa sœur, elle avait cependant la grâce légère de ses treize ans.

La collation finie, on rentra dans la maison pour souper. Pas de festin. Pas de signes décoratifs sur la table, pas de sourires sur les visages des commensaux. Potages composés de poissons bouillis avec des légumes, saumons, soles, turbots, pintades, fromages se succédèrent dans une atmosphère tendue.

Jean Lefebvre avait invité son père, sa mère, Gabrielle

et Jean IV. Triste baptême qui, ainsi que le redoutait Marguerite, allait fâcheusement se terminer.

Sombre, l'œil fixe, le masque fermé, Lefebvre ne pipait mot. Il bâfrait à la façon de quelqu'un qui voudrait se suicider à force de manger et, le verre brandi au bout de son bras, il réclamait sans cesse du vin.

Gabrielle et Jean IV étant arrivés la veille, Marguerite avait trouvé un instant pour se plaindre auprès d'eux des mauvais traitements infligés par son mari. Ils n'eurent guère le loisir de mettre sa parole en doute.

Ce soir-là, alors qu'on apportait les desserts, la nourrice survint avec la petite Louise accrochée à l'un de ses seins.

— Que fait cette bâtarde céans ? grogna Lefebvre en dévisageant le nouveau-né avec férocité.

Marguerite rentra la tête dans les épaules avant de murmurer, fataliste :

— C'est moi qui ai demandé qu'elle vienne se faire baisoter par son parrain et sa marraine avant son coucher.

Jean Lefebvre observa sa femme avec la curiosité de l'ivrogne empêtré dans ses pensées. Il se moucha entre ses doigts, considérant que le mouchoir était caprice de femelle, cracha sur le sol à deux reprises pour s'éclaircir la gorge. Et brusquement il se leva, bouscula sa chaise, se précipita vers Louise et la nourrice, les poings levés, prêt à cogner. Marguerite avait anticipé. Elle s'était levée, elle aussi, et elle s'interposa entre le bébé, la nourrice et son mari. Une gifle violente la fit trébucher.

— Hors de céans, chienne ! hurla-t-il.

Il se jeta sur elle, l'empoigna par les cheveux. Il allait la rouer de coups parce qu'elle résistait quand une bourrade dans les reins l'envoya s'écraser sur la table au milieu des pâtisseries et des corbeilles de fruits. Quand il se redressa, Jean IV se tenait campé devant lui, le regard farouche, une main crispée sur la garde de son épée.

Lefebvre essuya sa figure souillée par les gâteaux et les fruits écrasés. Une rage formidable grondait en lui. Il se releva, secoua la tête comme un lion sa crinière, s'apprêta à se ruer sur son beau-frère.

Celui-ci dégagea son épée du fourreau.

— Tout doux, monsieur, je ne voudrais pas souiller ma lame en vous perçant de part en part !

— Hum ! rugit Lefebvre.

Il fit deux pas vers la desserte où reposaient les boissons, saisit une cruche d'eau, la renversa sur sa nuque puis, un peu de lucidité revenue, il regarda ses invités. Atterrés, Louise et Nicolas Lefebvre contemplaient leur fils, et tous autour de lui le fixaient d'un air apeuré ou méprisant.

Sa fureur tomba d'un coup. Il chancela, s'appuya sur le dossier d'un fauteuil pour recouvrer son équilibre, pointa ensuite un index vers Jean IV tandis que Gabrielle se portait vers Marguerite pour l'enlacer et sécher ses larmes.

— Vous osez, monsieur, me menacer dans ma demeure, aussi je vous en chasse. Rentrez incontinent chez vous avec votre sœur. Tourlaville n'est pas loin, vous y serez avant la pointe du jour.

— La nuit, les chemins en forêt de Brix sont obscurs et pas très sûrs, frissonna Gabrielle, ne pourrions-nous attendre demain ?

— Nenni, lança Jean IV, nous dormirons dans la première hôtellerie venue. J'en ai assez vu pour ce jourd'hui et je ne tiens pas à partager le toit d'un beau-frère qui brutalise ma sœur et l'humilie à tout instant. De retour à Tourlaville, je dénoncerai vos façons à notre père. Il saura en tirer les conclusions nécessaires et avisera de la marche à suivre en ce qui vous concerne.

Ce fut au tour du receveur de frissonner. Jean de Tourlaville était un haut seigneur possédant de solides appuis, et il n'était point bon d'affronter sa colère, d'autant que les reproches d'inceste et d'adultère qu'il adressait à sa femme ne reposaient que sur des hypothèses. Mais il était trop tard pour reculer au risque de perdre la face.

Sa fureur s'était apaisée. Il jeta un œil autour de lui, remarqua que ses parents le condamnaient du regard.

— Votre sœur a raison, dit-il, les chemins ne sont pas sûrs. Vous partirez demain.

Jean IV s'approcha de Marguerite. Il l'enlaça, la berça doucement, lui baisa le front, se pencha ensuite au-dessus de sa filleule qui, effrayée par tout ce remue-ménage et ces cris, avait abandonné le sein de la nourrice pour pleurer. Il passa un doigt léger sur la fragile joue avant de conclure :

— Vous nous jetez hors de céans, nous obtempérons.

Il adressa un signe à son valet.

— Gilles, va bâter et harnacher les chevaux, nous partons incontinent.

Jean Lefebvre haussa les épaules avant de tourner nerveusement les talons.

— Qu'il en soit ainsi.

Il en fut ainsi. De retour à Tourlaville, Gabrielle et Jean alertèrent leurs parents. Le moment de colère passé, en songeant aux mauvais traitements infligés à leur fille, ils s'avérèrent impuissants à résoudre ce problème sans délai.

Le seigneur de Tourlaville trempa sa plus belle plume

dans l'encre de son écritoire pour menacer Lefebvre de lui retirer Marguerite et sa dot s'il continuait à maltraiter son épouse sans raisons.

Son très humble et obéissant gendre lui répondit par retour du courrier qu'il avait pris bonne note des remarques de son beau-père, et il promettait par la présente de faire amende honorable et de lui offrir tous les apaisements qu'il désirait. Il ne toucherait plus à un cheveu de sa femme. Quant à Gabrielle et Jean IV, s'ils lui pardonnaient ses écarts dus à l'émotion et à un vin trop « fessu », ils seraient les bienvenus à Hautpitois ainsi que tous les leurs.

Madeleine et Jean III poussèrent un soupir de soulagement.

Et on en resta là.

# TROISIÈME PARTIE

# 21

Durant six semaines, chaque jour, Jean Lefebvre scruta le visage de Louise afin d'y déceler un début de ressemblance avec lui. Hélas, la frimousse du nourrisson affirmait de plus en plus qu'elle tenait de sa mère et, par là même, peut-être de Julien.

Convaincu cette fois qu'elle n'était pas sa fille, il expédia Louise en pension chez une nourrice de Coutances afin d'être certain que la distance empêcherait Marguerite d'aller la voir durant son absence, puis, avide de se venger, oubliant les promesses d'apaisement faites à son beau-père, il reprit ses sévices. Raclées et humiliations se remirent à pleuvoir. Marguerite ne cherchait plus à convaincre son époux que l'enfant était de lui. Fataliste, elle ramassait la tête dans ses épaules quand il la frappait, évitait de provoquer sa fureur, ce qui était impossible car celui-ci passait son temps à l'épier. Tout lui était bon. Il lui reprochait d'être fagotée comme une servante alors qu'il l'empêchait à nouveau de porter des atours correspondant à son rang ; elle dirigeait mal la maison alors qu'il lui interdisait toute initiative ; elle arborait une mine boudeuse et triste alors qu'il la rouait de coups ; elle ne s'émerveillait pas de ses caresses au lit alors qu'il l'injuriait et la forçait à tout instant. Un matin il décida qu'elle n'irait plus se promener dans Valognes avec Guyonne. Elle n'aurait l'autorisation de sortir qu'accompagnée en sus par Pierre Debruman ou lui-même. Un autre jour, comme elle lui avait désobéi pendant son absence en se rendant avec sa seule camériste au marché, il la battit comme plâtre, l'enferma à clef quarante-huit heures dans un galetas sous les combles, sans feu, avec une tranche de pain et un cruchon d'eau. On était en hiver. Une toux rauque secoua Marguerite, la cassant, les bras repliés sur son ventre, le front dans les genoux. Pris de peur, Jean Lefebvre la réinstalla dans la chambre conjugale, fit venir le barbier, qui conseilla des boissons chaudes, un lit bassiné de braises et des saignées fréquentes pour chasser les humeurs. Afin que sa femme devienne fidèle, Jean Lefebvre ajouta à toute cette médecine du vin dans lequel, sur ses ordres, Catherine avait réduit en poudre le foie d'une hirondelle après l'avoir brûlé.

Marguerite connut ainsi quelques jours de répit tandis que la fidèle Guyonne veillait sur elle. Puis les sévices reprirent, alternés de brèves périodes où, conscient soudain de ses excès, Jean Lefebvre se jetait aux genoux de sa femme pour la supplier de lui pardonner. Jeu, machiavélisme, Marguerite demeurait sans illusions devant ces repentirs qui se soldaient toujours par de sordides étreintes qu'elle avait appris à haïr.

Le printemps 1602 survint et avec lui Gabrielle, Jean IV, et Philippe, que Marguerite n'avait pas revu depuis son mariage. Frères et sœurs s'embrassèrent avec effusion. Marguerite ne put s'empêcher de pleurer en regardant Philippe. La taille bien prise, élégant dans ses chausses et son pourpoint de satin marron, le cou délicatement emprisonné dans une fraise godronnée du même ton, avec ses traits réguliers et ses cheveux châtain clair légèrement bouclés, il lui rappelait Julien.

Soucieux d'éviter des heurts, Jean Lefebvre offrit les meilleures chambres à ses hôtes et, luttant contre une avarice réputée légendaire, il fit servir des repas variés et abondants. Mieux, il proposa à ses beaux-frères de participer, avec lui-même et plusieurs gentilshommes des environs de Valognes, à une battue aux sangliers dont on avait repéré plusieurs hardes entre Alleaune, Huberville et Tannerville. Gabrielle et Marguerite n'étaient point conviées à cette chasse qui risquait d'être dangereuse.

Avant de quitter l'hôtel, Jean Lefebvre baisa ostensiblement les lèvres de sa femme et lui murmura :

— Rappelez-vous ce que je vous ai dit. N'évoquez pas devant votre sœur les mauvais traitements que je vous fais subir quand nous serons partis. Il y va de votre vie.

Marguerite baissa la tête d'un air résigné puis elle regarda les hommes éperonner leurs montures avant de disparaître dans un nuage de poussière.

La veille, profitant de ce que le receveur s'était isolé quelques instants dans son cabinet pour donner des instructions à son clerc, Marguerite avait résumé son calvaire et supplié les siens d'intercéder en sa faveur auprès de leur père afin qu'il l'autorise à revenir vivre à Tourlaville. Jean IV avait refusé catégoriquement.

— Père est opposé à cela. Vous devez obéissance à votre époux. De surcroît, en ce qui vous concerne, il nous a apporté tous les apaisements.

— Il a menti !

Elle n'avait pas eu le loisir d'en dire davantage, Jean Lefebvre revenait le visage tendu, devinant qu'on parlait de lui. Et l'on avait devisé d'autre chose.

Les chasseurs disparus, Marguerite entraîna sa sœur dans sa chambre. Là, à l'abri des oreilles indiscrètes, elle lui annonça qu'elle allait profiter de l'absence de son mari pour s'enfuir.

Gabrielle se laissa choir sur une chaise avant de s'écrier :

— Tu es folle ! Tu ne peux quitter ta demeure et ton époux ainsi !

Marguerite se campa devant elle.

— Lefebvre est fou, malade, dangereux. J'ai le droit de refuser de mourir de ses mains.

— Et où iras-tu puisque père ne veut pas t'accueillir à Tourlaville ?

— Je te le cèlerai. Si tu le savais, il viendrait m'y quérir, et Dieu seul sait ce qui adviendrait alors... Mais cessons ces parlottes. Aide-moi plutôt à rassembler quelques effets. Je dois profiter de l'absence des valets pour m'ensauver pendant qu'il en est temps encore. Il n'y a plus que Guyonne et Catherine en cet hôtel. Elles s'affairent toutes deux aux cuisines. Tu iras les rejoindre pour distraire leur attention tandis que je filerai aux écuries quérir un courtaud puisque les autres chevaux sont partis à la chasse.

— Catherine te verra passer devant les fenêtres !

— Je sortirai par la poterne au fond du parc qui donne sur la place des Halles.

— En plein jour, on te reconnaîtra.

— Je vais me vêtir en homme avec des habits de mon mari, je porterai un masque et dissimulerai mes cheveux sous un chapeau.

Tout en discutant, Marguerite empilait quelques robes, parfums et bijoux dans un sac, puis elle enfila des vêtements de Jean Lefebvre. Ses préparatifs achevés, elle se tourna vers sa sœur.

— Et maintenant souhaite-moi bonne chance et va rejoindre les servantes.

Quelques instants plus tard, tirant un courtaud par la bride, ayant vérifié que nul ne lui prêtait attention, Marguerite s'engagea sur la place des Halles. Elle longea le gibet sur lequel oscillait nonchalamment la dépouille d'un tire-laine, exécuté la veille, qu'on laissait pourrir là pour l'exemple, puis, ayant enfourché sa monture à la garçonne, elle lui talonna les flancs. Le chapeau enfoncé jusqu'aux oreilles, le masque dissimulant ses traits, elle était méconnaissable, et elle eut tôt fait de prendre la route encaissée et encombrée de fondrières engorgées de l'eau des averses printanières qui conduisait à Saint-Sauveur-le-Vicomte sans qu'on la remarquât.

En arrivant au niveau de Lieusaint, où se dressait la gentilhommière de son époux, Marguerite ne put réprimer un frisson en pensant qu'on risquait de la reconnaître. Puis elle se rassura, son déguisement la protégeait. La prudence cependant s'imposait. Quand Marguerite croisait de rares coches, des cavaliers, des piétons ou des charrois, elle baissait le front et talonnait sa bête pour l'amener au trot ou au galop. L'obscurité était totale lorsqu'elle arriva à Saint-Sauveur-le-Vicomte. A la sortie de la bourgade, elle marqua une pause pour laisser reposer sa monture et se désaltérer avec une gourde emplie d'eau qu'elle avait emportée avec elle.

Assise, adossée au tronc d'un châtaignier, elle médita un moment. Toute sa vie fluait en elle. Son enfance heureuse, son amour pour Julien, sa solitude, sa mélancolie quand son frère était absent. Philippe lui avait appris que ce dernier poursuivait toujours ses études à Paris mais qu'il reviendrait bientôt en Normandie. Marguerite avait cessé d'écrire à Julien, de crainte qu'averti par ses valets, Lefebvre n'intercepte son courrier, mais son cœur se consumait toujours pour lui, et elle savait que la mort elle-même ne pourrait éteindre ce feu.

Avec la nuit, la fraîcheur était tombée. Marguerite frissonna. Autour d'elle, la forêt enchâssait la route qui, par Doville et Neufmesnil, l'amènerait dans quelques heures à Saint-Rémy-des-Landes, dans le château de ses cousins Jallot. Des hurlements tout près lui rappelèrent que les loups étaient toujours omniprésents en Cotentin. En contrepartie, avec la nuit, peu de voyageurs circulaient et les malandrins se faisaient plus rares.

Lors, Marguerite reprit sa route, l'œil aux aguets. Elle s'arrêtait de temps à autre à la croisée de chemins, hésitant sur la voie à prendre. Quand elle arriva à Neufmesnil, l'aube s'était levée et, malgré une pluie piquante et fraîche qui collait son manteau sur ses épaules, elle poussa un soupir de soulagement. Dans une lieue environ, elle serait parvenue à destination. Une fois encore ses pensées la ramenèrent à Julien. Le reverrait-elle un jour après toutes les rumeurs et scandales qui étaient attachés à leurs noms ? Puis, pour la énième fois, elle s'inquiéta de l'accueil qui lui serait fait tout à l'heure par ses cousins. Elle ne les avait pas prévenus de sa venue. Elle était en fuite. Ses propres parents refusaient de la recevoir. Elle savait Nicolas Jallot amoureux d'elle. Elle le savait à présent avocat. Restait à le convaincre de son malheur et à le supplier de lui offrir aide et protection.

Le courtaud avançait d'un pas posé. La pluie avait cessé, les nuages s'étaient dispersés et entre les frondaisons le soleil engageait sa course printanière. Marguerite passa une main sur ses joues. Il allait lui falloir séduire et convaincre. Elle songea alors qu'elle était vêtue à la diable et qu'elle était trop fatiguée pour être belle.

Elle haussa les épaules, emmena sa monture au trot car elle avait hâte désormais d'arriver à destination. Cinq heures sonnaient à la cloche d'une église quand les murs encadrant le parc du château se profilèrent devant elle. Elle franchit le porche menant à la cour d'honneur. Une effervescence régnait qui devait être quotidienne dans cette imposante demeure entourée de multiples dépendances. Valets de ferme et saisonniers s'activaient, les uns remplissant des charrois de pierres destinées au remblaiement des chemins dévastés par les ornières en cette saison des pluies, d'autres aiguisant faux, fourches, socs de charrue, haches, car le temps était venu de tailler, d'émonder et de préparer la terre pour les prochains labours. Des hommes s'interpellaient, des chevaux de trait hennissaient, deux chiots de race anglaise se poursuivaient, s'évitaient, se jetaient joyeusement à la gorge l'un de l'autre avant de rouler, pattes en l'air, dans les flaques d'eau qui étoilaient le sol.

Après une nuit harassante, Marguerite découvrait soudain un havre de labeur et de paix. Elle se dirigeait vers le perron ouvrant sur la grande porte du château quand elle reconnut la silhouette caractéristique de Thomas Jallot au milieu de la cour, occupé à superviser avec son métayer la journée aux champs de son personnel. Il tourna la tête vers elle, observa avec curiosité ce cavalier masqué aux vêtements trempés qui arrivait droit sur lui.

Marguerite arrêta son courtaud et, après un

retentissant « bonjour, cousin ! », elle ôta son masque et sauta à terre. La figure débonnaire de Thomas Jallot s'éclaira. Il s'approcha de la jeune femme pour lui donner l'accolade puis, s'écartant d'elle :

— Marguerite, vous ? Que faites-vous donc là si tôt matin, accoutrée en homme et en si sommaire équipage ?

— Je viens de Valognes et j'ai voyagé toute la nuit.

Elle désigna le métayer d'un signe de tête.

— Je vous en dirai davantage lorsque vous en aurez terminé avec vos occupations.

Il eut un rire bon enfant, balaya le personnel dans la cour d'un vaste geste du bras.

— J'en ai terminé. Les ordres sont donnés. C'est à eux désormais d'œuvrer et de m'enrichir. Je suis donc tout à vous, je vous accompagne. Sans doute avez-vous l'estomac vide ?

— En effet.

— Nous allons y remédier. Suivez-moi.

Ils pénétrèrent dans le château, s'installèrent dans la cuisine, où plusieurs domestiques récuraient chaudrons, écuelles et préparaient le dîner de dix heures.

Thomas Jallot adressa un signe à une servante.

— Allez quérir Madame et mon fils Nicolas. Annoncez-leur que leur cousine Marguerite, demoiselle de Hautpitois, nous fait l'honneur de nous rendre visite.

Nicolas et sa mère survinrent presque aussitôt. Les effusions passées et le déjeuner de Marguerite terminé, Thomas emmena tout ce petit monde dans son cabinet pour s'éloigner des oreilles indiscrètes. Une fois installée sur un siège, Marguerite conta sans ambages à ses hôtes sa fuite, son calvaire quotidien depuis son mariage. Les Jallot l'écoutaient avec gravité.

— Ainsi, conclut Thomas lorsqu'elle eut achevé son

récit, à vous en croire, et nous vous croyons, monsieur de Hautpitois vous malmène, vous emprisonne, vous traite pire que ses servantes. Cependant, je ne vois pas en quoi nous pouvons vous être utiles. Il est votre mari, et par là même votre seigneur et maître. Qu'attendez-vous vraiment de nous ?

— Que vous avertissiez mon père que je suis chez vous et qu'on vienne m'y quérir pour me ramener à Tourlaville.

Nicolas contempla sa cousine avec une affection mâtinée de sentiments plus tendres. Malgré ses habits masculins, la jeune femme restait redoutablement séduisante, sauvage, intrépide. Il eut du mal à dompter les battements de son sang quand, en sa qualité d'avocat, il s'obligea à lui rappeler quels étaient ses droits et ses devoirs.

— Marguerite, nous ne pouvons agir ainsi. Vous êtes dans la main de votre mari. Il est normal qu'il vous tienne en crainte et vous lui devez obéissance. C'est peut-être dommageable mais il a sur vous tous les pouvoirs, y compris ceux de vous faire tous les enfants qu'il désire, de vous frapper ou de vous enfermer. Il peut même, s'il le juge nécessaire, vous cloîtrer dans un couvent.

Des larmes trop longtemps contenues submergèrent les joues de Marguerite.

— Il me traite pire que bête ou que servante, me séquestre, me contraint à m'attifer d'oripeaux, et je n'aurais point de secours ?

Nicolas hocha mélancoliquement la tête.

— Hélas, non, la loi est ainsi faite. Vous ne pourriez réclamer justice que si ses brutalités étaient vérifiées par des témoins et si vous pouviez nous montrer des fractures ou des blessures marquant que votre vie est réellement en danger. Hors de cela, point de solution.

Thomas Jallot se leva pour signifier que l'entretien était terminé.

— Nous allons réfléchir à trouver la meilleure des conclusions pour vous, dit-il. Pour l'heure, votre voyage a été rude. Nous allons faire préparer votre chambre, vous prêter des vêtements décents et mettre une camériste à votre service durant le temps que vous passerez céans. Vous avez grand besoin de soins et de sommeil.

Nicolas s'était levé à son tour. Il s'inclina vers sa cousine avec une déférence qui saluait son exaltante beauté.

— Si vous le désirez, après que vous vous serez reposée, je vous emmènerai chevaucher du côté de Portbail et de Carteret. La côte y est belle, sauvage, grande comme notre Normandie, et si le soleil nous reste fidèle vous apercevrez au bout de la mer l'île de Jersey et peut-être même celle de Guernesey.

Le lendemain, comme promis, il l'emmena galoper le long de la mer. Ils partirent le matin, collationnèrent sur une plage, s'enivrèrent de sable, d'ajoncs, d'anses rocheuses et de dunes. Ils croisèrent de solides maisons de pierre, s'arrêtèrent dans une auberge pour y dîner. Ils ne virent pas les îles au loin, une brume opiniâtre masquant l'horizon au-dessus des eaux grises. Un vent léger chargé d'embruns giflait la figure de Marguerite, qui, heureuse de cette nouvelle liberté, riait aux éclats.

Nicolas l'observait avec une mélancolique admiration. Ils s'étaient assis sur une dune d'où ils pouvaient contempler mouettes et cormorans s'affairant dans les mares abandonnées sur la plage ou sur les bancs de sable, se disputant des coquillages ou de menus poissons prisonniers des caprices de l'eau. Les chevaux arrachaient autour d'eux de fragiles touffes d'herbe en jouant du sabot dans le sable.

Un rayon de soleil perça la brume, fugace, éblouit le ciel et le visage de Marguerite. Nicolas soupira. Il enfonça davantage sur sa tête un feutre que le vent s'entêtait à vouloir lui dérober, leva les yeux vers elle et murmura :

— Ah, Marguerite, vous n'en seriez pas là si vous aviez consenti à m'épouser !

Marguerite soutint le regard du jeune homme.

— Mon beau cousin, mes parents ne m'ont guère demandé mon avis. Ils m'ont jetée dans les bras d'un rustre pour mon plus grand malheur et je n'ai eu qu'à m'incliner.

— Mon père avait pourtant intercédé en ma faveur auprès du vôtre...

— Oui, conclut Marguerite avec un sourire empli d'affection, mais vous êtes mon cousin et nous avons fait mille jeux ensemble, et j'aurais eu l'impression en vous épousant d'épouser un parent.

A cette pensée, sa figure se ferma. Elle songeait à Julien. Nicolas remarqua le trouble de la jeune femme. Flatté, il le prit à son compte.

— Je ne vous suis donc pas tout à fait indifférent ?

— Certes, non, je vous aime autant que mes frères !

Elle eut un grand rire espiègle, se leva, chassa le sable sur sa robe avec des gestes tendres, se dirigea vers les chevaux.

— Je crois qu'il est temps de rentrer, dit-elle, avec la brume la nuit sera bientôt au milieu de nous.

Il acquiesça d'un signe de tête désabusé puis il la suivit. Lorsqu'ils arrivèrent au château, l'heure du souper était passée depuis longtemps. Quand elle pénétra dans la salle basse, le cœur de Marguerite cessa de battre et elle aurait sans doute défailli si Nicolas ne s'était précipité pour lui offrir le soutien de ses bras. Là, installé dans un fauteuil, les jambes croisées devant lui, la figure traversée par une expression de cruelle ironie, Jean Lefebvre la regardait venir.

— Ah, vous voilà donc enfin, mademoiselle, dit-il, nous vous avons attendue longtemps !

A ses côtés, Thomas Jallot et sa femme baissaient les yeux d'un air gêné. Marguerite se tourna vers Nicolas pour chercher du secours. L'avocat contemplait ses bottes fixement. Redoutant des ennuis, d'un commun accord, les Jallot avaient dépêché la veille un valet à Valognes afin de prévenir le seigneur de Hautpitois de la présence de son épouse à Saint-Rémy-des-Landes.

Marguerite comprit qu'elle avait été jouée. Elle s'éloigna des bras de son cousin, son regard balaya lentement l'assistance puis, avec une grâce infinie, ses genoux fléchirent et, s'enroulant sur elle-même, elle s'affaissa évanouie sur le sol.

# 22

Deux jours plus tard, Marguerite et Jean Lefebvre étaient de retour à Valognes. Inquiets, les Tourlaville étaient demeurés chez le receveur des tailles pour attendre leur sœur. Ils virent arriver une ombre aux traits décomposés par le chagrin, marqués par les horions, Lefebvre n'ayant pu résister à la fureur destructrice qui l'habitait. Digne devant les Jallot, il s'était ensuite arrêté en chemin, avait mis pied à terre pour rouer sa femme de coups avant de l'écarteler pour la posséder sur un talus.

Ses frères et Gabrielle eurent à peine le temps de l'embrasser car, fort de son droit, le seigneur de Hautpitois enferma son épouse dans un galetas puis, se tournant vers Jean IV et Philippe, qui l'avaient suivi, il déclara :

— Votre sœur est une maraude, une rebelle qui passe son temps à me provoquer, à se refuser à moi, à m'infliger son indifférence et son dédain. Un peu de solitude lui fera le plus grand bien. Il faudra qu'elle plie ou je la romprai. Elle saura qui est le maître céans !

Les deux frères serrèrent les poings en même temps, parvinrent cependant à se contenir. Marguerite, il est vrai, avait dépassé les bornes en s'enfuyant.

— Nous n'allons pas abuser de votre hospitalité plus longtemps, déclara Jean IV avec un calme qui l'étonna lui-même, nous allons vous quitter de ce pas.

Il regarda Gabrielle qui les avait rejoints et qui, les yeux rivés sur la porte du galetas, écoutait Marguerite sangloter.

— Nous vous demandons toutefois de garder Gabrielle avec vous. Elle saura bien conseiller notre sœur afin qu'elle soit plus prévenante à votre endroit lorsqu'elle sortira de sa retraite forcée.

Jean Lefebvre laissa peser sur ses beaux-frères un sourire ironique.

— Si vous le souhaitez ainsi... Je vais bailler des ordres pour qu'on s'occupe de vos bagages et de vos chevaux.

Avant de partir, Jean IV recommanda à Gabrielle de tout faire pour tenter de sauver le couple et de ne pas omettre de rapporter à son père tout ce qui se tramait réellement en l'hôtel de Hautpitois.

Quinze jours plus tard, pâle, amaigrie, Marguerite sortit du galetas dont on avait ouvert la porte. Elle dévisagea Gabrielle avec un regard halluciné, s'abandonna dans ses bras, murmura à plusieurs reprises :

— Il est fou, il me tuera !

Puis elle longea les murs, s'effaça, guetta les absences de son bourreau pour revivre un peu. Il lui était interdit de quitter la maison. Ses seules promenades se résumaient à déambuler dans le parc en compagnie de Gabrielle et de Guyonne. Catherine, Pierre Debruman, Honorin le jardinier, le clerc désapprouvaient les agissements et le caractère de leur maître mais, prudents, soucieux de conserver leur place, ils enfonçaient le cou dans leurs épaules et les yeux dans leurs souliers.

Ce n'était pas le cas des gens du voisinage. Des voix commençaient à s'élever, critiquant hautement les hurlements et les cris qui résonnaient dans l'hôtel et quelquefois jusque dans la rue des Halles, où il arrivait que le forcené entraîne sa femme en robe de chambre, la menaçant d'une dague et la tirant par les cheveux. Car, ses beaux-frères sitôt partis, Lefebvre avait repris ses sévices. Il rossait Marguerite, la prenait, la violait plutôt, lui piquait la gorge avec un poignard, s'exaspérait de la découvrir inerte sous ses étreintes amoureuses. Les injures pleuvaient alors :

— Putain, maraude ! Tu ne jouis qu'avec ton frère, hein ?

Un soir, il la tapa si bien qu'il lui cassa une côte avant de l'enfermer dans le galetas pour la nuit. Car si l'huis était entrebâillé le jour, il n'était plus question pour Marguerite de partager la chambre d'honneur avec son époux.

Gabrielle assistait, stupéfaite, à ces scènes. A une ou deux reprises, elle avait essayé de s'interposer en se glissant entre sa sœur et le forcené. Il l'avait bousculée sans ménagement et menacée :

— Otez-vous de là, ou retournez à Tourlaville ! Nul ne vous regrettera céans !

Consciente de son impuissance, Gabrielle se résigna à regagner Tourlaville. Elle quitta Valognes un matin avec Guyonne afin que celle-ci puisse témoigner auprès de ses parents du calvaire qu'endurait sa maîtresse.

Une tristesse immense régna dans la salle basse du château quand Gabrielle rapporta les terribles faits. Madeleine inonda un mouchoir de ses pleurs ; debout, figé comme une statue, le regard vrillé dans les râteliers où étaient rangées les armes, impénétrable, Jean III écoutait. Quand Guyonne et Gabrielle eurent achevé leur récit, il s'éloigna vers la sortie et lança :

— Je vais incontinent écrire ce que je pense à ce brigand ! Il veut rompre ma fille, il va savoir ce qu'il en coûte de s'attaquer à un Ravalet de Tourlaville. S'il ne s'amende pas, c'est moi qui le romprai !

Et il claqua l'huis derrière lui. Malgré cela, les femmes entendirent longtemps ses pas décroître durement dans les couloirs et dans les escaliers.

La lettre de Jean III, emplie de foudre, émoussa les colères du seigneur de Hautpitois. La crainte d'un éventuel procès, celle de voir sa femme rappelée à Tourlaville et la dot lui échapper le ramenèrent un temps à la raison.

Marguerite retrouva la chambre d'honneur, les coups plurent moins et surtout moins fort ; enfin Jean Lefebvre honora son épouse avec davantage de parcimonie et moins de fureur. Puis il cessa d'avoir des rapports avec elle. Marguerite comprit bientôt pourquoi. De retour de ses tournées, le receveur soupait rapidement, s'éclipsait à jour failli, revenait à la pointe du jour, le pourpoint et les chausses de guingois, l'haleine lourde, l'œil vitreux et la main trop lasse pour frapper.

Cela dura un mois. Puis un soir, épuisé par cette seconde vie, Jean Lefebvre trancha. Il arriva à l'hôtel, flanqué de deux femmes dont l'aspect général, l'habillement et le langage dénonçaient leurs mœurs légères.

Jean Lefebvre fit les présentations avec sa cruauté coutumière :

— Jeanne la goulue, Nicolle l'insatiable, Marguerite l'incestueuse et l'adultère.

Puis, se tournant vers cette dernière il conclut :

— Désormais, vous coucherez dans la chambre verte, ces dames dormiront avec moi.

Et il entraîna les putesses vers les étages.

Toute la nuit, indifférente, blottie sous sa courtepointe, Marguerite entendit roucoulements, rires gras, jurons, soupirs se succéder dans un désordre bon enfant. Cela dura deux mois. Deux mois pendant lesquels Jean Lefebvre troussait ses créatures dans tous les recoins de l'hôtel, de préférence lorsque Marguerite risquait de les voir. Le receveur espérait sans doute humilier celle-ci. Le contraire se produisit. Marguerite ajouta le mépris à la haine. Jusqu'alors elle avait pensé que son mari était violent et fou. Avec l'intrusion des prostituées dans la maison, il s'affirmait grotesque et pitoyable. En définitive, Marguerite appréciait plutôt cette insolite situation car elle la préservait des coups. Trop occupé à lutiner ses bougresses, le receveur des tailles en oubliait de maltraiter sa femme. Elle reprit ainsi des couleurs, s'habilla à nouveau convenablement, s'aventura avec Catherine et Pierre Debruman jusqu'à la place des Halles, la rue de la Poterie et se remit à fréquenter l'église Saint-Malo, où elle allait en toute innocence supplier Dieu de la laisser revoir Julien, tandis que Debruman attendait dehors et que la servante la surveillait tout en égrenant son chapelet à quelques bancs de là.

Mais la luxure a son prix. A l'heure des comptes, Jean Lefebvre régla son dû aux ribaudes en maugréant puis, avec sa rondeur habituelle, il les flanqua dehors.

On était en septembre 1602. Avec l'automne tout proche, un soleil plus rare dérivait plus vite vers l'occident, le vent monta en bourrasques arrachant les premières feuilles sur les ramures, pluie et brouillard noyèrent les contours des maisons, les silhouettes des animaux et des hommes.

L'humeur de Jean Lefebvre s'en ressentit. Le lendemain du départ de Jeanne la goulue et de Nicolle l'insatiable, le souper terminé, alors que chacun s'apprêtait à veiller dans la cuisine, le seigneur de Hautpitois saisit la main de Marguerite pour l'amener dans sa chambre.

Marguerite se cabra, résista, le défia.

— Ne risquez-vous point, après avoir si gaillardement couvert vos femelles, d'avoir attrapé un violent mal de bourses [1] ?

Un poing dans la figure suivi d'un coup de pied dans le ventre lui répondirent.

— Garce, vous osez me défier ! Vous allez le payer sur-le-champ !

Il la releva. Du sang coulait du front et de la bouche écrasée de la jeune femme. Il la contempla avec une joie terrible, empoigna à nouveau ses cheveux, l'entraîna derrière lui, guettant avec un bonheur ineffable les genoux et les jambes de la pauvrette qui cognaient à chaque marche qu'elle refusait de gravir. Il la jeta sur le lit, la dépouilla de ses vêtements à la façon d'un boucher qui dépèce un porc, enivra ses yeux de ce corps qui restait somptueux, désirable malgré les tortures qu'il lui infligeait.

Il hurla :

— Vous êtes trop belle ! Je vous hais ! Je ne veux plus vous voir vêtue que de loques, de nippes ignobles qui feront que tous les regards se détourneront de vous !

---

1. Chaude-pisse.

Il s'était déshabillé à son tour. Il apparut puissant, velu, ardent, sombre, extrême.

« Sarrasin, comme le dirait mère », nota Marguerite avec détachement.

— Je ne veux plus que votre frère Julien vous regarde ! Jamais !

Et il se rua sur elle. Profana le fourreau étroit, indifférent pour lui, pourtant conçu pour l'amour. Il lança des cris de bête sauvage. Il la gifla un peu. Elle subissait, inerte, désarticulée, l'effroyable étreinte. Un orgasme terrifiant secoua le receveur. Il s'affaissa sur elle, s'immobilisa, l'écrasa. Elle attendit. Les épaules du rustre tressautèrent. Un gémissement qu'il ne savait réfréner monta soudain, crescendo, envahit la pièce.

Marguerite sentit sa joue humide. Eperdu de détresse, Jean Lefebvre sanglotait. Malgré tous ses efforts, ses colères, ses punitions, le receveur des tailles savait que sa victime ne serait jamais vraiment sienne. Qu'elle lui échappait.

Elle lui échappait tellement que, lorsqu'il se réveilla le lendemain matin, Marguerite avait fui une fois encore du domicile conjugal mais cette fois pour ne plus y revenir.

Elle arriva chez les Jallot en milieu de matinée. Pris par ses charges d'avocat, Nicolas était absent pour plusieurs jours. Les Jallot père et mère accueillirent Marguerite avec une politesse embarrassée.

— Nous ne pouvons rien pour vous, belle cousine, dit Thomas. Votre présence céans va contre toutes les lois. Une fois encore nous sommes contraints d'aviser votre mari.

— Faites, supplia Marguerite, mais attendez demain et laissez-moi écrire à mon père pour qu'il vienne me quérir avant mon bourreau s'il le juge nécessaire.

Regardez-moi. Voyez ma figure défaite par les coups, mes cheveux collés par le sang que mon époux a répandu sans vergogne. Il m'a même brisé une côte et entretenu sous notre toit des femmes aux mœurs plus que légères. N'ai-je donc pas droit à un peu de compassion, de commisération de votre part ?

Thomas Jallot acquiesça d'un air gêné.

— Si fait, écrivez à votre père. Je dépêcherai aussitôt un messager pour lui porter votre missive, et nous attendrons demain pour prévenir le seigneur de Hautpitois.

Trois jours plus tard un cavalier élégamment vêtu se présenta devant la porte d'honneur du château.

— Annoncez-moi à votre maître, mon cousin Jallot, dit-il au valet venu s'enquérir.

— Votre nom, monsieur, s'il vous plaît ?

Le cavalier gifla son feutre contre son manteau pour en chasser la poussière avant de le réajuster sur son front.

— Jean de Ravalet, fils de Jean de Ravalet, seigneur de Tourlaville. Allez, hâtez-vous, je suis pressé !

Un instant plus tard, Marguerite et son frère tombaient dans les bras l'un de l'autre sous le regard rasséréné de Thomas Jallot. Le constat de Jean IV fut bref en contemplant la figure dévastée de sa sœur.

— Le gredin, si j'ai l'heur de le revoir, je l'occis incontinent !

Puis :

— Prépare tes effets, père a baillé l'ordre de te ramener au château.

Quelques heures plus tard, ils galopaient de concert en direction de Tourlaville. Marguerite rayonnait. Son frère lui avait donné des nouvelles de la famille. Outre son père, sa mère, Gabrielle, Philippe et les tout petits, elle allait revoir Julien. Ses études de théologie terminées, celui-ci était revenu séjourner quelque temps au domaine.

Ils allaient apprendre un peu plus tard, par une lettre de Thomas Jallot adressée à Jean III, que Jean Lefebvre, inquiet sans doute des griefs que Marguerite avait présentés contre lui, ne s'était pas donné la peine de se déranger à Saint-Rémy-des-Landes pour y quérir sa femme.

# 23

En cette fin septembre 1602, Julien chevauchait seul, mélancolique, en forêt de Brix. Il éprouvait le besoin de s'épuiser, d'épuiser son corps, son âme, tant il était hanté par le souvenir de Marguerite. Dix-huit mois durant, après la dramatique séparation de Noël 1600, conscient que leur passion dressait devant eux d'infranchissables barrières, il avait cherché à l'oublier, multiplié les conquêtes d'un jour, s'était même quelque peu entiché de la fille du patron de l'auberge où il résidait à Paris. Hélas, quoi qu'il fît, Marguerite peuplait sa vie. Il suffisait qu'il se contemple dans un miroir pour penser à elle. Excepté le duvet clairsemé qui commençait à garnir son menton, ils se ressemblaient toujours autant. C'étaient les mêmes prunelles, le même nez aquilin, la même bouche terriblement friande, le même teint clair qu'ils entretenaient comme on le faisait à Paris en s'abritant du soleil.

Oui, le souvenir de Marguerite continuait de hanter Julien, et, sans illusion aucune, il savait qu'il en était de même pour elle, et qu'ils étaient maudits.

Il avait suivi des études sans entrain, conquis surtout

par la grande ville dans laquelle venaient se concentrer tous les bruissements, toutes les nouvelles du monde.

Une reine avait chassé l'autre. Henri IV avait obtenu le divorce pour épouser Marie de Médicis, fille du grand-duc François-Marie Ier et de l'archiduchesse Jeanne d'Autriche. Mariage de raison. Famille de banquiers, les Médicis étaient les plus éminents créanciers d'Henri IV. En épousant Marie, le 17 décembre 1600, le roi de France épousait aussi une dot considérable qui permettrait d'éponger une partie des dettes de la monarchie française.

Restait le plaisir. Henri y songeait. Gabrielle d'Estrées disparue, elle avait été presque aussitôt remplacée par Henriette d'Entragues, marquise de Verneuil. La nouvelle maîtresse d'Henri traitait la reine de « banquière » ; plus prosaïque, Marie de Médicis surnommait Henriette la « poutaine du roi » et, alors que l'une était blonde, grande, altière, ronde et alanguie, l'autre était mince, brune, aimable et vive.

Ces dissemblances réjouissaient Henri, qui aimait goûter à tous les fruits, et le peuple de Paris qui applaudissait aux caprices de son roi. Ainsi donc, lazzis et bons mots fleurirent un peu partout en même temps que des festivités quand la reine accoucha, le 27 septembre 1601, du dauphin Louis, et Henriette d'Entragues un mois plus tard, jour pour jour, d'un bâtard d'Henri que l'on appela Gaston-Henri de Verneuil. Deux femmes possessives se disputaient donc la personne du monarque. Celui-ci n'en oubliait pas ses devoirs pour autant. La Savoie avait cédé la Bresse et le Bugey à la France, ce qui permettait à Henri de contrôler le cours supérieur du Rhône jusqu'aux rives du lac Léman.

Julien, lui, ne s'intéressait pas à la politique. Les cours

terminés, il s'aguerrissait à l'épée, aux jeux de bague et de paume, et fréquentait les lieux de jouissance et de frivolités en compagnie d'étudiants aussi oisifs et fortunés que lui. Il avait perdu de vue Bassompierre, le favori du roi escortant son maître dans ses agapes et dans ses guerres. Au cours de ses équipées nocturnes, à son grand étonnement, Julien avait croisé à plusieurs reprises l'un de ses professeurs de théologie du collège de Navarre, Antoine Fusi, curé de Saint-Barthélemy, en compagnie d'une femme que l'on disait sa maîtresse.

Au fil du temps, Julien avait reçu des nouvelles de sa famille par l'intermédiaire de lettres de sa mère. C'est ainsi que le jeune homme avait suivi les malheurs de Marguerite. Car point question pour eux de s'écrire. Leur courrier, sitôt intercepté, aurait servi d'arme au seigneur de Hautpitois.

Ses études de théologie terminées, Julien s'était empressé de retourner à Tourlaville sous le motif de revoir les siens et de s'y reposer un peu avant de se rendre chez l'abbé de Hambye et de s'occuper de ses terres d'Arreville. En vérité, il se sentait plus près de Marguerite. Chaque sente, chaque bosquet, chaque pièce du château, le plus modeste massif de fleurs du domaine lui rappelaient sa sœur.

Une sœur qu'il allait bientôt revoir puisque Jean IV était parti la quérir chez les cousins Jallot, où elle s'était réfugiée une seconde fois pour échapper aux sévices du receveur des tailles.

Lorsque, après avoir rebroussé chemin, Julien s'engagea dans la cour d'honneur, Gabrielle accourut vers lui, saisit la bride de son cheval puis avec un sourire radieux elle annonça :

— Marguerite est de retour et père n'entend point la laisser repartir pour Valognes.

Une onde de bonheur éclaira le visage du jeune homme. Il s'empressa de la chasser pour se recomposer une physionomie plus sereine.

— Voilà une grande nouvelle, dit-il. Notre sœur va enfin retrouver une existence digne de son rang.

Il sauta de cheval, tendit les rênes à Nicolas Roussel, qui arrivait à sa rencontre, et questionna d'un ton détaché :

— Où est Marguerite, que je puisse la saluer et l'embrasser ?

— Avec père et mère dans la salle haute. Elle vient juste d'arriver.

Julien remercia Gabrielle d'un signe de tête puis il régla son pas sur celui de sa sœur pour ne pas paraître impatient. Il allait devoir lutter pour donner le change, dissimuler sa joie, sa passion, son désespoir d'aimer l'interdit. Il savait que désormais des yeux les épieraient sans cesse.

Il entra dans le château, trouva Marguerite dans la salle en compagnie de la famille au grand complet.

— Marguerite !

— Julien !

Elle se dirigea vers lui. Ils s'embrassèrent avec affection. Il la félicita d'avoir échappé enfin à son bourreau. Elle le remercia de ses attentions. Puis ils évitèrent de trop se regarder, de trop se désirer, de trop se trahir. Ils étaient réunis. Le temps était pour eux. Viendrait celui où ils retomberaient enfin dans les bras l'un de l'autre afin de se rassasier de mots en retard et de tendresse.

Avec l'écoulement des jours, la nuit survint à l'heure du souper, les arbres commencèrent à perdre leur chevelure, routes et chemins renouèrent avec les flaques d'eau et les fondrières, vent et pluie annoncèrent les frimas, et chacun jugea bon de se serrer le soir autour des cheminées où se consumaient de rassurantes bûches.

Un conseil de famille concernant l'avenir de Marguerite s'était réuni une semaine après son retour. Chacun s'interrogeait. Que faire ? Rompre le mariage ? Chercher un accommodement ? Patienter pour juger de la réaction du seigneur de Hautpitois ? Chacun donnait son avis. Gabrielle, Julien, Jean IV optaient pour la rupture, Madeleine et Philippe pour un accommodement, Jean III pour laisser faire le temps. Les autres, trop jeunes, n'avaient pas le droit à la parole ; quant aux sœurs aînées, elles étaient retirées dans leurs domaines.

Finalement, Jean III trancha : on attendrait une réaction de Jean Lefebvre et on déciderait ensuite. Marguerite regarda son père droit dans les yeux et déclara d'un ton paisible que si on la renvoyait à Valognes elle mettrait fin à ses jours.

Puis on passa à autre chose. Assisté de ses fils Jean IV et Philippe et d'un lieutenant des Eaux et Forêts, Jean III s'en alla rayonner toute une semaine en forêt de Brix et dans les paroisses concernées par les redevances que les habitants devaient payer pour avoir le droit d'y amener paître leurs bestiaux et d'y couper le bois indispensable à leur chauffage et à la construction de leurs maisons.

Marguerite, Julien, Madeleine de Ravalet, Gabrielle, Jacques et la petite Madeleine restèrent au château. Le soir même Madeleine installa François Arnoul dans son lit et le lendemain, frappée par la beauté de sa fille, elle en traça un troublant portrait au crayon[1]. C'est le moment où, remarquant qu'on les surveillait moins, Marguerite et Julien purent enfin revivre leur passion.

La jeune femme avait retrouvé sa chambre dans une des tours sud-est et par prudence on avait logé Julien dans la tour sud-ouest. Une nuit, alors que tous dormaient, Julien traversa le château sur la pointe des pieds et pénétra dans la chambre de sa sœur. Il l'avait avertie avant le souper de sa venue. Elle l'attendait, nue dans les draps, impatiente, éperdue de bonheur. Comme il tardait, elle avait saisi le *Livret de folâtries* de Pierre de Ronsard et elle le lisait à la lueur de chandelles qui encadraient le chevet du lit.

*Je vous envoye un bouquet de ma main*
*Que j'ay ourdy[2] de ces fleurs epanies[3],*
*Qui ne les eust à ce vespre cuillies,*
*Flaques[4] à terre elles cherroient[5] demain.*
*Cela vous soit un exemple certain*
*Que voz beautés, bien qu'elles soient fleuries,*
*En peu de temps cherront toutes flétries.*
*Et périront, comme ces fleurs, soudain.*
*Le tems s'en va, le tems s'en va, ma Dame,*
*Las ! le tems non, mais nous nous en allons,*
*Et tost serons estendus sous la lame[6] :*
*Et des amours desquelles nous parlons,*

1. Confié à Mignard, ce dessin inspirera plus tard à ce peintre l'un de ses plus beaux tableaux.
2. Composé.
3. Epanouies.
4. Molles, flétries.
5. Tomberaient.
6. Pierre tombale.

*Quand serons morts, n'en sera plus nouvelle*
*Pour ce*[1] *aimés-moi, ce pendant qu'estes belle.*

Eblouie par le texte, Marguerite n'entendit pas l'huis s'ouvrir. Les paupières baissées, elle répétait, transportée par la force du verbe :

— *Et des amours desquelles nous parlons,*
*Quand serons morts, n'en sera plus nouvelle*
*Pour ce aimés-moi...*

Elle n'eut pas le loisir d'achever le vers, un baiser venait de clore ses lèvres. Puis une voix reprit :

— Pour ce, aimez-moi comme je vous aime !

— Julien !

— M'amie !

Il eut tôt fait de la rejoindre au fond de l'alcôve. Ils se jetèrent l'un sur l'autre, incapables de parler. Trop de caresses, trop de tendresse, trop d'éperdues possessions manquaient. La tempête apaisée, ils s'abandonnèrent sur le flanc, se contemplèrent avec une sorte d'émerveillement terrifié.

D'une main languissante, Marguerite frôlait la joue de Julien, s'égarait dans les boucles de ses cheveux, massait ses tempes.

— Te revoilà enfin. J'ai cru mourir mille fois à t'attendre. Je croyais qu'on ne se reverrait plus jamais.

— Je le croyais aussi, souffla Julien.

Il médita un instant.

— Ta petite fille, Louise, elle est peut-être de moi ?

Marguerite opina gravement du bonnet.

— Il y a une chance sur deux.

Une lueur tendre courut dans ses yeux :

---

1. C'est pourquoi.

— Si on se fie à sa frimousse, elle est de toi.

Julien se laissa aller sur le dos et contempla fixement le plafond.

— Te rends-tu compte de ce que nous avons fait, de ce que nous faisons en cet instant ?

— Oui, nous nous aimons.

— Ce n'est pas ce que je voulais dire. Nous sommes frère et sœur. Dieu réprouve notre amour et à la fin de notre temps nous serons maudits.

— Dieu ne parle pas, c'est l'Eglise qui parle pour Lui et je ne suis pas sûre que le moment venu Il nous abandonnera aux flammes de l'enfer. Le jour où Dieu me parlera, alors je connaîtrai la voie à suivre.

— Marguerite, tu blasphèmes. A t'entendre, j'en suis à me demander si nous ne sommes pas déjà sous l'influence de Satan et si ce n'est pas lui qui, pour mieux nous séduire, quand nous nous embrassons, nous couvre de ses baisers !

Elle se lova contre lui, vérifia d'une main câline s'il avait retrouvé toute sa sève avant de conclure :

— Satan ou non, pour l'heure, tu es là, je t'aime et te veux en moi. Et puis souviens-toi que dans les temps anciens la reine Cléopâtre avait épousé son frère et que bien souvent les rois épousaient leurs sœurs.

— Nous ne sommes ni roi ni reine, et c'étaient les temps anciens...

Elle étouffa un rire juvénile.

— Chut ! Tu seras peut-être roi un jour, mais n'attendons pas. Souviens-toi : « Quand serons morts, n'en sera plus nouvelle, Pour ce, aimez-moi cependant qu'êtes belle. »

Ils s'aimèrent. Encore et encore. Plusieurs nuits. Le matin. L'après-midi. Chaque fois que l'occasion se présentait. De moins en moins prudents. Prisonniers de leur passion. Avec la prodigieuse, la terrible inconscience de leur âge.

Un matin, la croyant vide, Nicolas Roussel poussa la porte de la chambre de Marguerite pour y déposer des bûches pour la cheminée. Il la referma aussitôt en découvrant Marguerite et Julien à demi nus dans le lit, occupés à se caresser et à s'embrasser avec une évidente passion.

Le soir même, Nicolas demanda à Julien l'autorisation de s'absenter pour se rendre aux obsèques d'un de ses frères qui venait de trépasser au Mesnil-au-Val.

— Va, lui dit Julien avec compassion, et prends ton temps. Il est triste de perdre un des siens. Prends un cheval à l'écurie, tu arriveras plus vite au chevet du défunt.

Nicolas remercia son maître, quitta le domaine puis, s'étant assuré que personne ne l'observait alentour, il tourna le dos au Mesnil-au-Val, éperonna sa monture et la lança au trot en direction de Valognes.

— Quelle nouvelle extraordinaire m'apportes-tu donc, que tu te déranges ainsi de Tourlaville ? questionna, étonné, le receveur des tailles quand Nicolas Roussel fut introduit dans le cabinet où, secondé par son commis aux comptes, il contrôlait les entrées de la semaine de l'impôt royal.

Le valet s'inclina.

— Une grande nouvelle, monsieur, j'ai la preuve que vous quériez.

Jean Lefebvre se tourna vers le clerc.

— Laissez-nous un moment, ce maraud a des

révélations à faire qui ne supportent point d'autres oreilles que les miennes.

Le clerc parti, le seigneur de Hautpitois gifla du plat de la main la table chargée d'écus et de registres qui se trouvait devant lui.

— Parle à présent, et ne cèle rien. Il pourrait t'en cuire !

Roussel contemplait avec convoitise les piles de pièces soigneusement alignées.

— Je vais parler, bien sûr, mais toute peine mérite récompense…

Jean Lefebvre se dressa d'un bond et, saisissant la dague accrochée à sa ceinture, il la pointa sur la gorge du valet.

— Ventrebieu, tu sors de ton gosier ce que tu as à me dire ou je t'écorche tout vif !

Nicolas leva deux mains apaisantes au-dessus de lui.

— Sur-le-champ, monsieur ! Voilà, j'ai surpris mon maître Julien d'Arreville dans le lit de votre épouse, occupé à la baisoter et à la mignoter avec trop grande privauté…

Jean Lefebvre pâlit. Il posa sa dague sur la table, fixa le sol un moment puis il se mit à arpenter la pièce.

— La ribaude, je le savais ! Je le savais ! J'avais raison de me méfier. Louise est sa fille et elle a rejoint son amant ! Et elle recommence ses horreurs alors qu'elle m'appartient ! Je serai bientôt la risée de tout le comté !

Il s'immobilisa, reprit sa dague, la rangea dans son fourreau. Un sourire crispa sa figure basanée.

— Cornu, je suis cornu et ma femme couche avec mon beau-frère ! Aux cornes s'ajoute le souffle de Satan ! Eh bien, on va voir !

Il fixa Roussel comme s'il l'avait oublié, hésita un instant.

— Tu vas retourner chez ton maître, je veux tout savoir sur eux, connaître chaque seconde de leur vie.

— Bien, Monsieur, mais comme je vous le disais tout à l'heure, j'ai bien œuvré pour vous et...

Lefebvre l'interrompit d'un geste.

— Suffit !

Il plongea une main dans son escarcelle, en exhuma cinquante sols [1].

— Tiens, c'est pour toi.

Roussel haussa les sourcils.

— Avec cette somme, je peux tout juste me payer une paire de bottes. Or, j'ai pris de nombreux risques en accourant céans.

— Oui, ricana Lefebvre, tu as joliment trahi ton maître, et il en serait fort marri et courroucé s'il l'apprenait... Veux-tu que je te dénonce ?

Terrifié, Roussel recula d'un pas.

— Non, monsieur, il me tuerait !

— C'est ce que je pense aussi. Me serviras-tu, alors ?

— Sans hésiter.

— Bien, va. Tu es une canaille mais tu es roué et tu espionnes bien. Rapporte-moi des faits nouveaux et je te baillerai cinq livres si le seigneur d'Arreville ne t'a point occis avant !

Jean III ouvrait un œil distrait sur l'univers de sa chambre quand on toqua à l'huis. Il était quatre heures du matin.

1. Deux livres et demie ou deux cent cinquante francs.

— Entrez ! grogna-t-il en s'étirant avec une lenteur mesurée.

Malgré un feu qui achevait de se consumer dans la cheminée, l'humidité régnait dans la pièce, mêlée à une sournoise fraîcheur, et Jean de Tourlaville eut tôt fait de se réfugier à nouveau sous la courtepointe.

Martin Groult entra, un pli à la main.

— C'est pour vous, Monsieur, ça vient de Valognes.

Le seigneur de Tourlaville saisit la missive, la décacheta, tandis qu'un pressentiment barrait son front d'une large ride. Il s'assit soudain pour mieux lire, son visage pâlit.

— Qu'est-ce ? s'alarma Madeleine en ouvrant les yeux à son tour.

Jean III cracha nerveusement dans la ruelle, tendit la lettre à sa femme.

— Voyez par vous-même !

— Mon Dieu, dit-elle quand elle eut achevé sa lecture, nous n'en aurons donc jamais terminé avec cette horrible affaire !

Jean de Tourlaville arracha son bonnet de nuit et se leva d'un bond.

— Martin, habille-moi, tu iras ensuite quérir Marguerite et Julien et tu me les amèneras sans délai dans mon cabinet. Je ne souffrirai aucun retard de leur part !

Martin tourna la tête afin que son maître ne puisse pas y lire que son valet avait deviné le contenu de la lettre. Tous les serviteurs du château savaient désormais que Marguerite et Julien avaient réellement fauté ensemble. Prisonniers des feux de la jeunesse, ils dissimulaient mal la puissance de leur passion, cependant tous ou presque leur pardonnaient tant celle-ci paraissait surhumaine et sincère.

Martin s'affaira donc auprès de son maître puis il alla prévenir les jeunes gens que leur père les mandait incontinent dans son cabinet. Quand ils entrèrent dans la pièce, Jean III présidait dans son fauteuil à haut dossier, les bras posés sur les accoudoirs. Assise à ses côtés, pâle, tendue, Madeleine l'avait rejoint.

Marguerite et Julien saluèrent leurs parents puis attendirent, conscients qu'un événement grave s'était produit et que cet événement était sans doute lié à Jean Lefebvre.

Jean III promena un regard sévère sur ses enfants.

— Vous n'en terminerez donc jamais avec vos mauvais penchants ? dit-il.

— Comment cela ? questionna Julien en dressant le front.

— Nous venons de recevoir une lettre de Jean Lefebvre qui vous accuse de vous rendre dans la chambre de Marguerite pour y pratiquer avec elle l'inceste et l'adultère !

Marguerite ouvrit une bouche indignée avant de s'écrier :

— C'est faux ! Ce Jean Lefebvre est un ignoble personnage qui ne sait quoi inventer pour m'humilier. Il me battait et entretenait des femmes de petite vertu sous notre toit, et vous pensez que cet homme peut être cru ? Il n'est heureux que dans la violence et les menteries. Et d'ailleurs, sur quelles preuves absurdes s'appuie-t-il pour nous accuser d'un crime que nous n'avons pas commis ?

Jean III posa un regard glacé sur Marguerite avant de répondre.

— Un de nos valets vous a vus tous deux nus dans le lit de Marguerite vous livrant à des caresses démesurées pour un frère et une sœur.

Julien porta la main à son épée.

— Livrez-moi le nom de ce valet que je l'occisse sur-le-champ !

— J'ignore son nom.

— Alors pourquoi croyez-vous mon infâme mari ? triompha Marguerite. Vous voyez bien qu'il ment !

— Non, il ne ment pas. Il précise dans sa lettre que vous dormez dans la tour sud-est et Julien dans la tour sud-ouest, et cela il ne peut le savoir si on ne le lui a dit.

— Alors, que comptez-vous faire de nous, s'emporta Julien, puisque vous préférez croire un rustre plutôt que vos propres enfants ?

Jean III marqua un silence puis il sonna Martin, qui attendait l'oreille collée contre la porte. Il se leva ensuite, se campa devant son fils.

— Julien, donnez-moi votre épée. Vous n'en êtes pas digne. Martin va vous accompagner jusqu'à votre chambre, où vous serez consigné jusqu'à ce que j'aie pris une décision à votre égard.

— Vous vous trompez, père, répondit Julien en lui tendant son épée. Puisse Dieu vous éclairer.

Jean III haussa les épaules.

— Martin, ramène-moi ensuite les clefs puis tu enfermeras Mademoiselle de la même manière.

Les deux hommes sortis, Jean III retourna s'asseoir près de Madeleine, qui, les joues mouillées par les pleurs, avait suivi toute la scène sans proférer un mot. Il plongea alors son regard dans celui de sa fille.

« Elle a beaucoup de mon sang, songea Jean avec une sombre admiration. Elle est fière, intrépide. Quel misérable venin leur a-t-on donc administré pour qu'ils en arrivent à de semblables extrémités ? »

— Puisque vous doutez de nous, père, déclara Marguerite, annulez mon mariage et laissez-moi entrer en religion. Cela vous convaincra que je ne partage point de vilaines choses avec mon frère Julien. Quant à monsieur mon mari, il ne m'aime pas. Seule ma dot l'intéresse.

Jean III pointa avec humeur un doigt vers sa fille.

— Suffit, dit-il, vous parlez trop. Pour l'heure, je pense que vous êtes une paillarde, une débauchée qui nous couvre de honte. Quand Martin sera de retour, il vous bouclera dans votre chambre. Un peu d'enfermement et de solitude vous amèneront peut-être à la méditation et à de plus saines pensées. Ensuite, j'aviserai de votre avenir.

Cloîtrés tous deux, Marguerite et Julien ne se voyaient que pour les repas, où ils ne pouvaient deviser puisqu'on leur avait assigné comme places les deux extrémités de la table. Remarquant que l'emprisonnement nuisait à la santé de ses enfants, Jean III les autorisa finalement à quitter leurs chambres pour prendre l'air et s'occuper à quelques activités. L'un sortait le matin, l'autre l'après-midi ou vice-versa, mais jamais ensemble, et si on laissait Julien seul, Marguerite en revanche était toujours chaperonnée par Martin, le seul valet en qui Jean III plaçait toute sa confiance depuis la dénonciation faite à Jean Lefebvre par un domestique de Tourlaville.

Guyonne partageait aussi ses promenades et randonnées. Plus que jamais, isolée de tous, Marguerite se confiait à sa jeune camériste. Guyonne écoutait les confidences, ne pipant mot, branlant du chef, les yeux mi-clos, son nez retroussé pointé vers les nues.

Marguerite lui contait sans le moindre embarras sa passion pour Julien. Leurs tendres baisers, leurs élans irraisonnés. La fatalité de leur amour. Eprise de lecture, de poésie, de romans, Marguerite contait bien, et Guyonne s'abreuvait de ses phrases, s'imaginait à la place de sa maîtresse dans les bras du splendide seigneur d'Arreville. Elle l'aimait, elle aussi, d'un amour naïf et intact. Elle aimait tout autant Marguerite, et il ne lui serait jamais venu à l'idée de la trahir. Elle l'avait vue si malheureuse à Valognes, guère mieux traitée à Tourlaville. Guyonne compatissait, ce qui ne l'empêchait pas d'observer et d'écouter. Ainsi, elle avait remarqué que l'absence de Nicolas Roussel avait coïncidé avec l'envoi de la lettre de Jean Lefebvre. Elle avait interrogé son amant à ce propos. Il s'était récrié, outragé qu'on puisse le soupçonner de pareille vilenie. Le doute cependant pesait toujours dans l'esprit de Guyonne. Et, bien qu'appréciant les caresses de Nicolas, elle s'était juré de le surveiller. Point question de le laisser faire du mal à sa maîtresse ou à son frère. Elle le tuerait plutôt !

Noël arriva. Jean Lefebvre avait envoyé un nouveau courrier à Jean III, dans lequel il précisait qu'il était temps de lui rendre sa femme, et ce dernier hésitait sur la décision à prendre.

Avec les fêtes, la vigilance se relâcha autour de Marguerite et Julien. Ils se revirent en cachette à deux ou trois reprises dans le chemin de la Chênaie. Les arbres se souvinrent de leurs étreintes, de leurs gémissements, de leurs serments d'amour. Marguerite annonça à son frère qu'elle allait s'enfuir plutôt que de retourner à Valognes. Elle le préviendrait lorsqu'elle aurait trouvé un havre pour s'y cacher.

La nuit du 27 décembre 1602 Marguerite rassembla

ses effets, de l'argent, un coffret contenant ses bijoux puis, accompagnée de la fidèle Guyonne et d'Etienne Nicolle son frère, jeune valet d'écurie qui avait accepté de les suivre, elle se sauva pour ne plus revenir.

# 24

Huit jours plus tard, après avoir prudemment voyagé par des chemins détournés, les fuyards arrivèrent à Fougères. Ils passèrent leur première nuit dans une auberge adossée aux remparts, à deux pas de la porte Saint-Sulpice, puis Marguerite loua le premier étage d'une maisonnette voisine dans la rue de la Pinterie.

Elle s'y reposa une semaine, évitant de sortir, car les gens se retournaient sur son passage, étonnés par sa beauté, l'intrépidité de son regard, la grâce qu'elle mettait à enjamber les flaques d'eau et de boue qui souillaient le pavé de la ville.

Marguerite avait choisi Fougères parce que ses ancêtres étaient originaires de Bretagne et de Saintonge. L'un d'eux, Pons Ravalet, s'était installé dans cette cité deux siècles auparavant. Archer des armées du roi, il s'y était marié. Son fils Jean avait plus tard gagné son titre d'écuyer en servant le roi durant la guerre de Cent Ans. C'est à cette époque que les Ravalet avaient été anoblis pour services rendus à leur monarque et, en venant à Fougères, Marguerite entendait, certes, s'éloigner de Jean Lefebvre mais elle désirait aussi rendre hommage à ses aïeux.

Close dans sa chambre, la jeune femme rêvassait. Poussée par la nécessité, elle avait fui Tourlaville pour échapper à un inévitable retour à l'hôtel de Hautpitois mais l'absence de Julien lui pesait. Elle avait tout juste dix-sept ans, une vigueur amoureuse intacte et un tempérament romanesque qu'elle continuait de cultiver dans la lecture des écrits du temps.

L'âme chavirée, consumée de passion, assise au pied de son lit, seule, Guyonne et Etienne étant partis acheter des provisions au marché, Marguerite scandait à voix haute des vers de Clément Marot extraits d'un rondeau dérobé à *l'Adolescence Clémentine* intitulé « D'Alliance de sœur ».

*Par alliance ai acquis une Sœur,*
*Qui en beauté, en grâce et en douceur*
*Entre un millier ne trouve sa pareille ;*
*Aussi mon cœur à l'aimer s'appareille,*
*Mais d'être aimé ne se tient pas bien seur.*
*Las, elle m'a navré de grand vigueur,*
*Non d'un couteau, ne par haine ou rigueur,*
*Mais d'un baiser de sa bouche vermeille,*
*Par alliance.*

— Un baiser de sa bouche vermeille, répéta deux fois Marguerite dans un grand soupir. Ah ! Julien ! Mon frère ! Mon ami !

Elle allait poursuivre sa lecture quand des coups toqués à l'huis lui firent lever les yeux.

— Entrez !

Etienne se précipita dans la chambre, le souffle court, les joues rouges d'avoir couru.

— Mademoiselle, s'écria-t-il, nous étions au marché, Guyonne et moi, quand un homme venu de Normandie nous a abordés et demandé si nous n'étions pas au service de mademoiselle Lefebvre, femme du seigneur de Hautpitois.

Marguerite quitta le lit d'un bond.

— Et que lui as-tu dit ?

— Que nenni, qu'il se trompait. « C'est dommage, m'a-t-il répondu, parce que je suis un sien cousin par son mari et j'aurais été heureux de la saluer. »

— Quelle allure avait-il donc pour se présenter ainsi ?

— Elégante mais le regard chargé de ruse. De sorte que je me suis méfié. Il nous a surveillés longtemps. Il voulait savoir où vous habitiez, mais nous avons pu nous musser dans la foule et nous échapper par des venelles jusque céans sans qu'il nous retrouve.

— Il va avertir le seigneur de Hautpitois dès son retour en Normandie, médita Marguerite, et si celui-ci le désire, il reviendra me quérir et me forcera par tous les moyens à le suivre. Je serai démunie devant la violence.

Elle avait posé son livre sur le lit. Un sourire glissa alors sur son visage. Julien ! Elle s'approcha d'Etienne, qui attendait les ordres, figé par l'anxiété.

— Tu es un bon laquais, Etienne, et je t'en remercie. Prépare quelques hardes pour toi et harnache ma haquenée. Je te la confie pour que tu retournes plus vite à Tourlaville.

— A Tourlaville ? Mais votre père me châtiera quand il me verra.

— Non pas, tu n'es pas obligé d'aller le voir.

— Mais alors, qu'y ferai-je ?

— Tu préviendras mon frère Julien que je suis à Fougères et tu me le ramèneras pour qu'il me défende si on voulait m'enlever. Pour cela, tu n'as pas besoin d'entrer dans le château. Tu trouveras bien un valet dans le domaine qui acceptera de le prévenir.

— Mais il est emprisonné dans sa chambre ?

Marguerite hocha la tête.

— Il ne l'est sans doute plus puisque je suis partie.

Elle contempla un moment le mur opposé avant de conclure :

— Allez, va t'apprêter puis reviens me voir avant ton départ. J'aurai quelque chose à te confier afin que mon frère soit certain que c'est bien moi qui t'envoie et que ce n'est point là un piège ou une sotte facétie.

Etienne parti, Marguerite se dirigea vers un miroir puis, posément, un sourire radieux adoucissant son visage, elle coupa sa chevelure tout en récitant à plusieurs reprises la fin du rondeau de Clément Marot :

*Bien heureux donc devrait être à merveille*
*Qui en amours serait son serviteur*
*Par alliance.*

Sa tâche achevée, elle glissa les cheveux coupés dans un sac de satin rose qu'elle confierait tout à l'heure à Etienne. Julien les reconnaîtrait même s'il se trouvait à l'extrémité du monde, là où, la terre étant plate, on tombe dans les étoiles. Nul doute alors qu'il accourrait pour la rejoindre.

Le précieux sac refermé, Marguerite jeta un coup d'œil dans le miroir. Un jeune homme aux yeux chargés de rêve, à la bouche délicatement dessinée, aux cheveux courts et bouclés lui souriait.

— Julien ! Comme je lui ressemble ! Comme nous sommes faits l'un pour l'autre !

Un désir irrépressible de sa présence bouleversa son cœur et sa chair.

— Julien ! Un baiser de ta bouche vermeille ! Tout de suite !

Elle s'avança, observa son reflet, colla ses lèvres sur les lèvres offertes. Ferma les paupières. Les embrassa longuement.

— Julien, mon souffle, mon prince...

Il arriva le 20 janvier 1603, flanqué de Nicolas Roussel et d'Etienne. Marguerite avait vu juste. Après sa fuite son père avait ouvert toute grande la porte de Julien et, par l'intermédiaire de Germain Bonhomme, le doyen des valets, Julien avait reçu la chevelure de sa sœur. Il ne lui en avait pas fallu davantage pour courir rencontrer Etienne, tapi à la limite du parc, rassembler un sac d'écus, quelques bagages, choisir un destrier et un roussin dans l'écurie, car le temps lui pressait de revoir sa belle, et il n'était point question de traîner en laissant ce rustre de Nicolas Roussel cheminer à pied derrière lui sur une si longue distance.

Marguerite devina le pas des chevaux étouffés par la neige, devina les sons assourdis des voix, devina entre toutes celle de Julien. Reconnut sa silhouette quand elle se précipita à la fenêtre pour vérifier si c'était bien lui. Reconnaissable entre toutes dans cette nuit blanche, lumineuse. Une nuit de bonheur indicible. Elle porta les mains à sa poitrine pour s'efforcer d'apaiser les palpitations de son cœur. Il était là ! Enfin ! Indispensable. Unique. Des larmes roulaient sur ses joues. Le sang battait ses tempes. D'un coup, le malheur reculait. Il la défendrait. L'emmènerait loin d'ici. Ailleurs. Dans un monde lisse, doux, empli de poésie, de danses, de tendresse.

Elle tressaillit, jeta des regards éperdus autour d'elle, s'avança vers son miroir pour rajuster sa tenue, effacer avec des essences les couleurs intempestives de son visage et l'émoi de son corps, puis elle descendit précipitamment les escaliers qui menaient à l'entrée de la maison.

Entre-temps, Guyonne avait ouvert la porte aux voyageurs.

— Sang diou, où donc est ma sœur ? s'enquit Julien en secouant son feutre et son grand manteau.

— La voici, répondit Guyonne en entendant une cavalcade dans le corridor, je crois qu'elle a grande hâte de vous voir.

— Julien !

— Ma sœur !

Ils s'engouffrèrent dans les bras l'un de l'autre, se pressèrent, s'embrassèrent sur le front, enrageant de ne pouvoir faire davantage car, figés près d'eux et un tantinet mal à l'aise, Guyonne, Nicolas Roussel et Etienne détournaient les yeux.

Le reste ne se raconte pas. Sauf peut-être la naïve admiration de Guyonne pour le séduisant seigneur qui était entré en cette maison et qu'elle ne pouvait quitter du regard, même si c'était à la dérobée. Même s'il était l'amant de sa maîtresse. Une fois encore, elle se consolerait en acceptant les assauts de ce rusé Nicolas qui savait la lui chanter belle, faisait vibrer son corps et lui laissait ouïr que si son nez dont elle avait honte était en effet vraiment très retroussé, il n'en évoquait pas moins toute la malice et l'espièglerie d'une âme lumineuse.

Bref, après souper, Nicolas alla rejoindre Guyonne sous les toits, dans une mansarde voisine de celle de son frère Etienne, Marguerite et Julien se séparèrent solennellement avant d'aller se coucher chacun dans sa chambre. Puis, dès que tout fut endormi, le frère se faufila dans le lit de sa sœur.

Ils s'aimèrent en silence. Insatiables l'un de l'autre. Tant d'infortune. De séparation. De temps à reconquérir. Les corps qui exultent. Les âmes qui s'envolent. S'appellent. Se supplient. Les questions qui se posent auxquelles on ne veut pas répondre. Frère et sœur ! Mon Dieu ! Nous serons damnés. Nous sommes perdus. L'univers tout entier nous condamne. Notre père, Jean Lefebvre, tous seront bientôt à nos trousses. Le doigt de Dieu est pointé sur nos fronts. Les flammes de l'enfer proches. Silence assourdissant, contrarié par des gémissements de bonheur, des larmes, des soupirs, des rires juvéniles. Des mots, terriblement banals :

— Je t'aime !

— Mon âme.

— J'ai cru mourir.

— Tais-toi, tu n'as pas le droit de dire cela. Que deviendrais-je sans toi ?

— Et moi donc ?

Effrayée soudain, dans l'opacité de la nuit, une voix :

— Me perdras-tu encore ?

— Plus jamais.

— Quoi qu'il arrive ?

— Quoi qu'il arrive.

Deux corps se ruent à nouveau l'un contre l'autre, s'abreuvent de sève, de tendresse, de gestes qu'ils croyaient oubliés.

Dans sa mansarde, Guyonne soupire. Nicolas a eu ce qu'il voulait. Il dort à présent. Il ronfle plutôt, à grands coups de gueule de l'homme épuisé par un long voyage et une aimable partie de galipettes.

Dans le galetas voisin, Etienne se retourne rageusement d'une épaule sur l'autre, faisant crisser sa paillasse. Il est jeune. Il est seul. Vigoureux. Il se demande de quoi demain sera fait. Un demain écrit d'avance. Il sera palefrenier, commis ou laquais. Toute son existence, il servira les autres, et en remerciement il recevra des coups de pied dans le fondement. Dans le fondement, il exagère. Marguerite est une bonne maîtresse et Julien d'Arreville ne paraît pas trop ombrageux. Guyonne, lorsqu'elle se décide à ouvrir la bouche, dit le plus grand bien d'eux.

Reste Nicolas Roussel. A Tourlaville, Germain Bonhomme et Martin Groult ont confié à Etienne toute la méfiance qu'ils éprouvaient à son endroit. Martin a affirmé sans ambages que Nicolas était trop futé, trop hâbleur pour être honnête. Ce dernier a même laissé entendre que Nicolas n'était point allé aux funérailles de son frère mais plutôt dénoncer Marguerite et Julien auprès de Jean Lefebvre.

Etienne n'est pas mauvaise langue. Il se méfie de ce qui n'est pas démontré. Mais il est prudent. Marguerite et Julien s'aiment. D'un amour sans mesure. Ce qui les rend moins coupables. Etienne est seul. Malheureux. Désœuvré. Il lui faut une occupation pour ne pas sombrer dans l'ennui. Il va surveiller tous les faits et gestes de ce gueux de Nicolas. S'il cherche à nuire à ses maîtres, il le saura très vite.

Nicolas, dans le lit de Guyonne ! La pauvrette... Etienne serre les dents. Il n'y a de réussite que pour la canaille !

Etienne se retourne sur le flanc. D'une main indolente, il caresse la paillasse. Ah, si lui aussi pouvait oublier le quotidien dans les doux bras d'une femme...

Pendant près de six mois Marguerite et Julien vécurent dans une sorte de félicité. Ils étaient ensemble à chaque seconde du jour et de la nuit. Les cheveux courts, un chapeau jeté sur la tête, vêtue en homme, Marguerite était si séduisante que les femmes et les jeunes filles se retournaient effrontément sur son passage pour l'admirer. Car, Julien étant là, elle n'hésitait plus à sortir se promener dans Fougères et ses environs, portant l'épée comme son frère afin de mieux passer pour un garçon. La métamorphose était si complète que d'aucuns s'étonnaient de les voir se presser l'épaule, la hanche ou la main à tout moment en échangeant des regards scélérats. Car d'aucuns encore en déduisaient qu'ils appartenaient à l'engeance maudite des bougrins[1]. Bref, ils ne passaient point inaperçus, d'autant qu'il arrivait que Julien portât sa sœur dans ses bras en pleine rue pour l'aider à traverser un ruisseau fangeux ou la préserver d'immondices souillant le sol.

Fougères, bientôt, n'eut plus de secrets pour eux. Logés rue de la Pinterie, ils admiraient le château tout proche, ses treize tours, ses hautes murailles, s'extasiaient devant la tour Mélusine, véritable chef-d'œuvre d'architecture militaire s'élevant de plus de quinze toises au-dessus du rocher. Leurs pas les portaient aussi vers la pittoresque place du Marchix, et ils suivaient la messe à l'église Saint-Sulpice, dont le style gothique flamboyait en face des puissantes tours Raoul et Surienne, bâties en forme de fer à cheval.

Puis, leur espace commençant à leur paraître étroit, ils l'agrandirent, s'évadèrent un peu, randonnant en Bretagne, en Maine, exécutant même un court séjour en

1. Sodomites, homosexuels.

Anjou en compagnie de Guyonne et Nicolas, Etienne restant à Fougères pour entretenir et surveiller la maison.

Un événement, cependant, une fois encore, allait bouleverser leur vie. Fin janvier 1603, Marguerite avait annoncé à Julien qu'elle n'avait point eu son sang. Cela se vérifia le mois suivant. Il fallut se rendre à l'évidence, Marguerite était de nouveau enceinte. Cette fois aucun doute n'était possible, l'enfant serait bien de Julien.

Les scrupules, la honte, l'angoisse des lendemains assaillirent alors la jeune femme. Enceinte de son propre frère. La singularité, voire la monstruosité de leur situation lui apparut tout à coup comme une évidence. Qu'allaient-ils donc devenir ? Fuir, toujours fuir, épuisant les ressources de Julien, des ressources qui ne seraient point éternelles puisque, en la rejoignant, Julien avait tourné le dos aux conventions, à son oncle, l'abbé de Hambye, et à ses parents.

Un jour où ils étaient allés se recueillir et prier à l'église Saint-Sulpice, Marguerite manifesta son désir de se retirer dans un monastère. Ainsi, elle se séparerait de son frère, de son mari et elle retrouverait l'honneur et la paix intérieure.

Julien protesta devant une telle proposition. De retour à la maison, il couvrit sa sœur de baisers, de caresses et lui assura qu'il ne lui arriverait rien tant qu'il serait près d'elle pour la protéger.

# 25

A Valognes, Jean Lefebvre ne décolérait pas. Sa femme enfuie, les rumeurs allaient bon train. Tous ou presque détestaient le receveur des tailles, réputé pour ses violences vis-à-vis de son épouse et pour sa cruauté envers le pauvre monde qu'il passait son temps à pressurer. Et le ridicule le suivait. Les bons mots, les mauvais plutôt, précédaient ses pas. A voix basse toutefois, car l'homme était puissant et dangereux.

Alors qu'il avait réclamé le retour de Marguerite à Valognes, un courrier de Jean III lui annonça que sa fille avait quitté le château où elle était emprisonnée pour s'éloigner vers une destination inconnue.

A cette nouvelle, Jean Lefebvre faillit s'étrangler de fureur. Une heure durant, il cassa tout ce qui se trouvait sur son passage dans sa maison, rossa Pierre Debruman qui tentait timidement de le ramener à la raison, puis il courut à l'écurie, enfourcha un cheval et se rendit au galop à Bricquebec pour voir le sieur Richard Le Blond, tabellion en la haute justice qui avait établi le contrat de mariage entre Marguerite et lui-même, et enregistré la dot de sa femme. Le notaire fut formel. Si Jean Lefebvre portait une plainte suivie de dénonciation contre son épouse pour fuite, adultère et inceste, les coupables seraient lourdement condamnés, sans doute exécutés, et surtout la dot de Marguerite lui resterait.

Le receveur des tailles se rendit ensuite chez un avocat de Valognes qui lui confirma les propos du tabellion. Sûr de son fait, Jean Lefebvre alla alors déposer une plainte en règle, suivie de dénonciation, entre les mains d'Antoine du Moustier, lieutenant au bailliage du Cotentin. Le signalement des jeunes gens, communiqué à la maréchaussée royale puis à Nicolas Vauquelin des Yveteaux, lieutenant général du présidial de Caen [1], Jean Lefebvre ne demeura pas inactif pour autant. Oubliant son avarice naturelle, recuit dans sa haine par la certitude qu'il conserverait la dot de sa femme quoi qu'il advînt, il soudoya des espions, les dispersa dans toutes les directions jusqu'au jour où un cousin vint l'avertir qu'il avait croisé à Fougères un laquais qu'il était sûr d'avoir déjà rencontré lors d'une visite au château de Tourlaville.

Jean Lefebvre poussa un rugissement de triomphe, dépêcha ensuite plusieurs émissaires à Fougères pour vérifier les dires de son cousin. Si ceux-ci s'avéraient exacts, on avertirait la maréchaussée royale afin qu'elle procède à l'arrestation de la fugitive ou plutôt des fugitifs, car entre-temps Jean Lefebvre avait appris que Julien avait mystérieusement disparu de Tourlaville. Nul doute, il avait rejoint sa sœur pour filer un sulfureux amour avec elle. A cette pensée, la figure de Jean Lefebvre se tordit de douleur et de rage.

— Garce, salope, gronda-t-il, je te retrouverai et te

1. Après avoir vendu sa charge de lieutenant général de Caen à son frère, il montera à Paris et deviendra entre autre régent du duc de Vendôme, fils naturel d'Henri IV et de Gabrielle d'Estrées, puis précepteur du dauphin, le futur Louis XIII.

ferai rendre gorge. Tu finiras, pantelante, brûlée vive ou la tête tranchée comme tu le mérites, et j'entraînerai ton gueux de frère dans ta perte !

Il marqua une courte pause, savoura sa haine avant de conclure dans un grand rire :

— Et je garderai ta dot en guise de consolation !

L'été avait installé ses feux sur Fougères. Autour de la ville blottie dans ses remparts, la campagne souriait. Emplie de couleurs, de frondaisons, de fleurs sauvages imprimant talus et prairies, peuplée de chevaux, bovins, moutons, porcs et chèvres qui musardaient joyeux ou nonchalants à leurs occupations essentiellement basées sur le désir de se nourrir ou de se reproduire, elle invitait les voyageurs à rêver.

A moins d'une lieue de la ville, une forêt hantée par des futaies de hêtres offrait sans compter son ombre aux amants. Marguerite et Julien s'y promenaient souvent main dans la main, la bouche toujours en quête d'un baiser. Ils entremêlaient leurs lèvres à chaque instant avec une voracité fiévreuse qui laissait supposer qu'ils s'embrassaient pour la dernière fois. Car, au-delà du bonheur d'être ensemble, se profilait l'inquiétude de l'argent venant bientôt à manquer. En vérité, ils le savaient, ils étaient des fugitifs et ils ne doutaient pas que Jean Lefebvre, voire leurs propres parents, étaient à leur recherche.

A Fougères, d'ailleurs, nobles, manants et bourgeois les dévisageaient avec de plus en plus d'étonnement. Le ventre de Marguerite, grosse de plus de six mois, commençait à dénoncer la femme sous le pourpoint de l'homme.

— Tu ne vas plus pouvoir rester ainsi vêtue, remarqua un jour Julien alors qu'ils sortaient de l'église Saint-Sulpice, où ils étaient allés aux vêpres, chacun voit que tu attends un bébé.

Marguerite opina gravement du chef.

— Oui, mais comment faire ?

— Il nous faut quitter Fougères.

— Pour aller où ?

— J'y ai déjà songé. Paris est une cité immense, grouillante de gens de toute sorte. Nous nous noierons dans la multitude et nul ne nous retrouvera jamais.

— Paris ? médita Marguerite, les yeux soudain brillants.

Pour elle, cette ville était celle du roi, de la reine, de leurs favoris, de la richesse, des dames huppées, des frivolités, des grands qui décident de l'avenir du monde.

— J'y compte des amis, reprit Julien, et je crois qu'il serait temps de partir. Depuis deux jours, les valets nous font part de questions indiscrètes posées à notre égard. Je ressens une curieuse sensation, comme si nous étions espionnés à notre insu. Si nous allons à Paris, tu te rhabilleras en femme, ce qui est plus conforme à ton état.

— Et de quoi vivrons-nous ?

Julien contempla rêveusement la flèche d'ardoise de l'église avant de répondre après un temps d'hésitation.

— J'en fais mon affaire. Une fois arrivé, j'aviserai et tu ne manqueras de rien.

Marguerite pressa le bras de Julien puis ôta sa main parce qu'on les observait.

— En tout cas, si je te cause trop d'ennuis, c'est décidé, je me retirerai dans un couvent.

Julien haussa les épaules.

— Si tu le faisais, j'en mourrais, et puis, dans ton état,

je doute que tu puisses entrer en religion. Je ne crois pas en effet qu'on te laisserait abandonner deux enfants.

— Je ne les abandonnerais pas. Il y a les nourrices, nos parents...

— Nos parents...

Il posa un regard désabusé sur sa sœur.

— Je ne sais ce qui nous arrive, m'amie. Peut-être que, comme Tristan et Yseult, nous avons par mégarde absorbé un élixir qui nous condamne à nous aimer. Ce que je sais, c'est que je ne retournerai jamais en arrière. Plutôt mourir que te perdre.

Les yeux de Marguerite s'embuèrent.

— Moi itou. J'ignore si, au bout du compte, nous serons damnés. Ce que je sais, c'est que je n'existe que pour toi. A chaque minute qui passe, je prie le Seigneur Dieu pour qu'Il nous pardonne nos péchés. En même temps, je lui rappelle que c'est Lui qui nous a voulus ainsi et que nous sommes dépassés par cette passion qui nous unit.

Julien jeta un regard sombre devant lui.

— Moi aussi, je prie Dieu chaque jour et pour les mêmes raisons. Mais plus je prie, plus j'ai le sentiment qu'Il ne nous entend point.

— Il nous entend, et je suis sûre que bientôt Il nous adressera un signe d'apaisement.

De retour à la maison, Julien constata qu'on avait forcé la serrure du coffret contenant son argent. Dix-huit écus avaient disparu. Il convoqua les domestiques, les interrogea. La maison étant bien fermée, le coupable était l'un d'entre eux. Les mains triturant les plis de sa robe de droguet, les yeux emplis de larmes, Guyonne baissait le front, désespérée à l'idée qu'on pût la soupçonner. Etienne, désorienté mais fier, regardait son maître ;

quant à Nicolas, il fixait ostensiblement le sol. C'est lui qui le premier prit la parole.

— Voilà trois ans déjà que je vous sers fidèlement et m'avez-vous un jour soupçonné de vous dérober quelque argent, nippe ou autre chose ?

— Nenni, admit Julien, et il est vrai que je connais moins Etienne et Guyonne.

— Je réponds de Guyonne, s'interposa Marguerite, Guyonne a toujours été irréprochable et elle aussi me sert bien.

— Reste Etienne, conclut Julien en se tournant vers le laquais. Tu vas demeurer dans cette pièce pendant que je vais aller fouiller tes affaires.

— Vous me soupçonnez donc, monsieur, s'indigna celui-ci, et je ne peux vous en vouloir, mais – il pivota vers Nicolas – comme vous ne trouverez rien, je vous conseille ensuite de fouiller dans la mansarde de votre si fidèle valet. Vous y ferez sans doute quelque surprenante découverte !

Julien fronça les sourcils. Le jeune homme semblait sincère.

— Soit, convint-il, deux précautions valent mieux qu'une. Vous demeurerez céans à vous surveiller pendant que Mademoiselle et moi irons retourner vos affaires. Nous saurons bien vite qui est le coupable.

Après trois quarts d'heure d'investigations, ils dénichèrent les dix-huit écus dans un trou du plancher dissimulé sous la paillasse de Nicolas Roussel. Le larcin était récent et le valet n'avait pas eu le loisir de choisir une autre cache.

— Nous tenons le voleur, déclara Julien en brandissant au-dessus de sa tête la bourse de Nicolas remplie des précieux écus alors qu'il franchissait l'huis qui les ramenait dans la pièce où patientaient les domestiques.

Roussel tirailla nerveusement le lobe d'une de ses oreilles pendant qu'une pâleur mortelle gagnait son visage.

— C'est ma bourse, balbutia-t-il, où l'avez-vous donc trouvée ?

— Sous ta paillasse, maraud, riposta Julien, et tu vas payer d'une bonne rossée ce vilain larcin !

— Ce n'est pas moi qui y ai mis les écus, protesta le valet, c'est quelqu'un qui me veut du mal !

Il tendit un doigt accusateur vers Etienne.

— C'est lui, sûrement lui. Il est jaloux de l'affection que vous me portez !

Etienne serra ses poings lourds.

— Ne vous laissez pas prendre à son jeu, dit-il. Demandez-lui donc plutôt s'il s'est vraiment rendu au Mesnil-au-Val pour les obsèques de son frère. Beaucoup de monde à Tourlaville pense qu'il était parti à Valognes, ce jour-là, pour tenir de mauvais propos de vous au seigneur de Hautpitois.

— Tout cela n'est que menteries ! s'indigna Nicolas d'une voix mourante.

Une morve épaisse, coulant de son nez, se répandait sur ses lèvres et sa barbe sans qu'il s'en aperçoive.

Julien se tourna vers Etienne.

— Comment peux-tu lancer pareille accusation sans crainte de te tromper ?

— Voyez Martin Groult, Jeanne, Antoine Girard, Germain Bonhomme, tous les serviteurs de Tourlaville. Ils vous diront que Nicolas a en effet un frère au Mesnil-au-Val et qu'il se porte bien !

Il y eut un silence. Pétrifiée, Guyonne contemplait son

amant tassé sur lui-même, les bras repliés devant sa poitrine, dans l'attente du supplicié. Comment, se demandait-elle, avait-elle pu partager sa paillasse avec un tel serpent ?

— Qu'as-tu à répondre à ces accusations pour ta défense ? tonna Julien. Il ne te suffisait pas que ma sœur soit malheureuse avec son monstre de mari ? Il a fallu encore que tu nous trahisses ?

— Mais... commença Roussel, puis il se tut, comprenant qu'il était perdu.

— Cessons là, conclut Julien en saisissant une canne, ôte tes nippes et allonge-toi sur le sol. Je vais te bastonner, gredin, pour toutes tes bassesses et toutes tes trahisons. Si tu bronches, si tu te rebelles, je t'embroche avec mon épée. Et je vais frapper d'autant plus fort que j'avais grande confiance en toi. Etienne, agenouille-toi près de lui et agrippe fortement ses épaules.

Le valet ayant obtempéré, la bastonnade commença. Nicolas avait fermé les yeux. Ses paupières tressautaient à chaque coup et à chacun de ces coups le valet répétait intérieurement : « Je me vengerai ! Je me vengerai ! Je me vengerai !... »

Pas une plainte ne sortit de ses lèvres. Pas un gémissement. Quand Julien s'arrêta, le bras lassé d'avoir trop frappé, Nicolas se redressa, pantelant, et s'affaissa sur un escabeau.

— Qu'allez-vous faire de moi à présent, ironisa-t-il, me dénoncer à la maréchaussée ?

Julien ne releva pas l'insolence.

— Tu vas demeurer avec nous. Tu seras sous surveillance. Désormais je préfère t'avoir près de moi plutôt que dans mon dos. Etienne te servira de chaperon et nous rapportera tous tes faits et gestes. Puisses-tu te racheter...

Il pivota vers les domestiques.

— En attendant, préparez les bagages. Dès soleil levant, nous partirons pour Paris.

## 26

Et une autre cavale débuta. Par étapes, afin de ne pas fatiguer Marguerite, vêtue à nouveau en femme, ils chevauchaient vers Paris. A Saint-Hilaire-du-Harcouët, il fallut vendre pour six écus le roussin de Nicolas, épuisé par le poids de son cavalier et de pesants bagages. On ne le remplaça point, économie oblige. Et l'on ralentit, Etienne et Nicolas devant trottiner en alternance auprès des chevaux pour ne point perdre trop de temps. Quatre-vingt-dix lieues au moins séparaient Fougères de Paris, quatre-vingt-dix lieues qu'il faudrait parcourir en cette fin juillet 1603, dans la période la plus chaude de l'été. Ils dormirent à Ecouché, délaissèrent Argentan, s'attardèrent deux jours à la Ferté-Fresnel, leur objectif étant Rugles, ville postée sur la route d'Evreux, auprès de laquelle se situait la seigneurie de Saint-Eglan appartenant à Gabriel de La Vigne, baron de Tubeuf, de La Vigne et de Tréauville, qui avait épousé Marie de Tourlaville.

Ils savaient qu'ils trouveraient là-bas des oreilles attentives pour les écouter, et du repos, avant de poursuivre leur chemin. Une surprise attendait les voyageurs lorsqu'ils arrivèrent à Saint-Eglan. Outre Marie et

Gabriel, qui les accueillirent avec une fraternelle chaleur, ils eurent la joie d'y voir leurs frères Philippe et Jean venus en visite chez leur sœur.

Les effusions passées, on aborda les faits. Ceux-ci étaient évidents, Marguerite affichait un ventre rond qui ne pouvait être la conséquence d'une étreinte avec le seigneur de Hautpitois, qu'elle avait quitté depuis près de dix mois. Les regards se tournèrent avec gravité vers Julien. Les rumeurs se confirmaient, il était bien l'amant de Marguerite ! Chacun savait également que le mari cocu avait porté plainte, alerté la maréchaussée royale et lancé des espions dans toutes les directions, à la recherche des fugitifs.

— Qu'allez-vous devenir ? questionna Marie d'une voix rongée par l'angoisse.

— J'emmène Marguerite à Paris, répondit Julien. Nous nous fondrons dans la foule. La ville est si grande, si emplie de multitude que l'on ne nous y retrouvera pas. Le gredin de Hautpitois lui-même s'y égarerait. Et pendant qu'il s'usera à nous quérir nous chercherons un bon couvent car Marguerite désire s'y retirer pour échapper pour toujours à son époux.

— Voilà une voie bien étroite, mon cher Julien, remarqua Jean IV en jetant un regard mélancolique sur le ventre de sa sœur. Avec ce qui vous arrive, tu n'obtiendras pas un titre ecclésiastique et notre oncle l'abbé de Hambye sera contraint de te refuser ses prébendes.

— L'abbé est un homme de bien, il a beaucoup d'affection pour moi. Le temps venu, j'irai le voir et nous réfléchirons ensemble à mon avenir.

Il eut une élégante envolée du bras et de la main.

— Il sait au fond de lui-même qu'à l'état ecclésiastique j'ai toujours préféré les frivolités, la soie et l'épée !

L'heure du souper approchait. Les domestiques s'affairaient autour des dressoirs et de la table où l'on avait disposé des plats de toute sorte pour honorer les convives. S'exhalant des vastes cheminées de la cuisine voisine, des odeurs de rôtis, de poulardes et de tourte aux rognons de coq faisaient palpiter les narines de Marguerite et de Julien, affamés après une épuisante chevauchée.

Gabriel de La Vigne adressa un signe à ses hôtes et chacun se hâta vers la table pour s'installer à la place qui lui était dévolue.

Marguerite et Julien restèrent une semaine au château de Saint-Eglan. On leur avait offert des chambres séparées pour ménager la morale, mais ils se rejoignaient la nuit. Julien posait son oreille sur le ventre aimé pour écouter vivre son enfant. Celui-ci remuait avec vigueur, bousculait sa mère. Etonné, ému, Julien contemplait les ondes de choc roulant d'une hanche à l'autre.

— Ce sera un garçon, pronostiqua-t-il à plusieurs reprises avec orgueil.

Marguerite acquiesçait rêveusement. Elle réfléchissait au moment de sa délivrance. D'après ses calculs, l'enfant avait été conçu fin décembre, et en toute logique il naîtrait fin septembre. Elle pensait aussi à demain, à la précarité de leur situation. Julien avait obtenu de Gabriel une importante avance d'argent pour subvenir à leurs besoins. Il le rembourserait plus tard lorsqu'il serait de retour en Normandie.

De son côté, Julien réfléchissait lui aussi à leur prochain séjour à Paris. D'un commun accord ils décidèrent d'y envoyer d'abord les domestiques à pied. Ils suivraient ensuite à une journée de marche. Rendez-vous fut pris pour se retrouver dans l'île de la Cité sur le parvis de la Sainte-Chapelle, le 6 ou le 7 septembre en fin de matinée. On chercherait un gîte ensuite.

En raison de l'état de grossesse avancé de Marguerite, Julien avait songé à emprunter une litière à son beau-frère. Celui-ci l'en dissuada vivement.

— Vous risquez de ne point passer inaperçus ainsi équipés, et cela pourrait bien arriver jusqu'aux oreilles du seigneur de Hautpitois.

Julien se rangea à cette opinion et c'est donc sur un cheval que le frère et la sœur partirent pour Paris en cette fin août 1603. Ils allaient au pas, s'arrêtaient souvent sous un arbre, à l'ombre d'une futaie ou dans une auberge pour ne pas fatiguer la jeune femme. Puis ils reprenaient la route, la joue de Marguerite posée sur l'épaule de son frère, qui la tenait précieusement enlacée.

Ils arrivèrent à Paris le mardi 7 septembre au matin. Ils y pénétrèrent par la porte Saint-Honoré, récupérèrent comme prévu leurs domestiques à la Sainte-Chapelle puis, traversant le Pont-au-Change, ils gagnèrent la rive droite et les Halles, véritable ventre de la ville où Julien savait rencontrer une foule dense pour s'y cacher et de nombreuses auberges pour s'y loger. Après avoir visité diverses hôtelleries, Marguerite et Julien choisirent l'hôtellerie de Saint-Leu, située rue Saint-Denis. C'était une vaste maison de trois étages surmontée de combles à l'usage de la domesticité. Julien jeta son dévolu sur une belle chambre au premier afin de ne pas fatiguer sa sœur. Guyonne dormirait dans la garde-robe voisine, les valets sous le toit.

De leur fenêtre les amants pouvaient contempler l'église Saint-Gilles-Saint-Leu.

Le soir même, après que Marguerite se fut reposée, Julien l'emmena se promener à pied. Tous deux avaient plaqué un masque sur leur visage afin de dissimuler leurs traits. Oubliant son état, se déplaçant cependant à pas menus, la jeune femme n'avait point assez de ses yeux pour se rassasier d'un univers inimaginable. Ils retournèrent vers les quais où quelques coches d'eau circulaient encore. Se frayant un chemin dans une cohue bigarrée, ils s'attardèrent devant la Conciergerie, contemplèrent avec une admiration mêlée d'effroi la redoutable forteresse du Châtelet surplombant le Pont-au-Change encadré de chaque côté par des maisons si serrées qu'on n'y entrevoyait point la Seine. Tout le quartier, empire des tanneurs, écorcheurs, tripiers et bouchers, demeurait imprégné des odeurs entêtantes du sang des bêtes égorgées puis écorchées coulant dans les ruisseaux de la rue du quai de la Mégisserie jusqu'au Châtelet. Vint un moment où, saisie par les vapeurs délétères, Marguerite porta la main à sa bouche et se tourna vers Julien, qui lui tenait galamment le bras.

— Rentrons, dit-elle, je suis lasse et suffocante avec toutes ces horribles senteurs.

— Sur-le-champ, m'amie, nos journées ont été rudes pour toi, mais demain nous nous reposerons.

Il pressa doucement son épaule.

— Paris est grand, nul ne nous y retrouvera.

— Crois-tu ?

Elle cherchait à deviner l'expression du visage de son frère sous le secret du masque.

— J'en suis sûr.

Elle soupira longuement.

— Je le souhaite de toute mon âme. Au lever du jour, j'irai me recueillir en l'église Saint-Gilles-Saint-Leu. J'ai grand besoin de réfléchir et de consulter Dieu.

Il lui jeta un regard alarmé.

— Remettrais-tu notre amour en cause ?

— Plutôt mourir. Jamais je ne le regretterai.

Il s'approcha d'elle pour la presser dans ses bras. Elle recula d'un pas.

— On nous regarde.

On les regardait en effet. Ils étaient plantés sur le haut côté d'une ruelle, obligeant les noctambules à se risquer dans le ruisseau central gorgé d'immondices.

— Hâtons-nous, reprit-elle, je suis lasse.

Ils poursuivirent leur chemin, s'arrêtèrent devant une large flaque boueuse gonflée par la pluie qui était tombée tout l'après-midi. Julien porta Marguerite dans ses bras pour franchir l'obstacle. Quand elle fut reposée sur le sol, il posa une main sur la joue de sa sœur.

— Demain, je t'emmènerai visiter les Halles, et si ton état y consent, je te montrerai le Quartier latin et le collège de Navarre, où je compte encore de nombreux amis.

Il eut un petit sourire rassurant.

— Tu verras, la ville est grande et jamais personne ne nous y retrouvera sans notre assentiment.

C'était compter sans la haine et la ténacité de Jean Lefebvre. Le receveur des tailles avait lancé ses espions dans plusieurs directions à la poursuite des fuyards, et surtout vers Fougères, où son cousin lui avait signalé la présence de domestiques de Marguerite. Les espions avaient interrogé les habitants de la cité bretonne. Les langues s'étaient vite déliées. Un homme, une femme, non, mais deux cavaliers venus de Normandie, accompagnés par deux valets et une chambrière, résidaient depuis quelque temps dans une maison de la rue de la Pinterie. Des bougrins, sans doute, car ces deux hommes, qui se ressemblaient à s'y tromper, s'oubliaient quelquefois au point de se frôler les mains, le dos voire s'étreindre ou s'embrasser dans la rue sans souci de l'enfer ou du qu'en-dira-t-on !

Quand les espions découvrirent la maison, les amants et leur suite avaient quitté la ville depuis la veille. Le propriétaire leur indiqua qu'ils avaient pris la route menant à Saint-Hilaire-du-Harcouët. Là, les sbires de Lefebvre avaient interrogé le maquignon qui avait acheté le roussin de Nicolas Roussel. Celui-ci avait fourni un signalement détaillé des domestiques et de leurs maîtres qu'il avait aperçus entrant dans une auberge voisine. Il s'agissait bien d'un homme et d'une femme et non de deux hommes. Le valet qui lui avait vendu le cheval lui avait affirmé qu'ils se rendaient à Paris pour y séjourner le temps que Dieu leur accorderait.

Alerté par ses agents, le receveur des tailles avait renouvelé sa plainte auprès du lieutenant du roi à Valognes puis il avait enfourché un cheval pour galoper sans désemparer jusqu'à Saint-Hilaire-du-Harcouët pour suivre leur piste.

C'est ainsi qu'en empruntant la route menant à Paris, Lefebvre avait retrouvé leurs traces à Ecouché, à La Ferté-Fresnel, Rugles, et au château de Saint-Eglan dans lequel il s'était bien gardé d'entrer.

Dès lors, le plan des amants devenait lumineux. Ils se dirigeaient vers Paris afin de se fondre dans la foule. Délaissant la traque, Lefebvre préféra alors monter dans un coche avec Pierre Debruman et deux témoins à charge pour devancer les fugitifs. Il arriva dans la capitale le 3 septembre. Dès le lendemain, il se rendit au parquet du Grand Châtelet pour réitérer sa plainte, déposer un dossier de témoignages et donner le signalement des supposés coupables avant de lancer ses propres limiers dans toutes les directions. Pour Lefebvre, le lieu où il risquait de découvrir les tourtereaux était évident. Julien avait vécu à Paris. S'il les débusquait, ce serait sans aucun doute au Quartier latin ou dans ses environs immédiats.

Sa toile tissée, le receveur des tailles n'avait plus qu'à attendre.

Le 8 septembre, mal remise de son voyage, Marguerite souhaita rester au lit afin de se reposer. Elle parvenait mal à dissimuler son anxiété, non pas qu'elle regrettât quoi que ce fût, mais elle redoutait le moment où la naissance de l'enfant retarderait leurs mouvements s'il fallait fuir encore.

Julien demeura un moment auprès d'elle. Il la rassura sur leur sort, la couvrit de caresses puis, désireux de se dégourdir les jambes, il la confia aux soins de Guyonne et s'enfonça dans les rues de Paris. Un masque occultait sa figure, un large feutre empanaché couvrait son front. Il se croyait méconnaissable sous ce déguisement qui ne dissimulait point un port altier et une élégance naturelle que tous ceux qui l'avaient rencontré une fois auraient reconnus à cent pas. Il flâna une heure, s'arrêtant, amusé, devant le spectacle sans cesse renouvelé de la rue.

Saltimbanques, marchands ambulants, joueurs de vielle, prostituées, étudiants, gentilshommes, soldats en goguette, coquettes masquées ou non, hommes de peine de toute sorte stationnaient ou circulaient entre les charrettes, les cavaliers, les litières, quelquefois un carrosse qui provoquait d'incroyables embouteillages dans les ruelles trop étroites. De partout montaient des odeurs entêtantes de crottin de cheval, de fiente de pigeon, de merde de chiens et d'hommes, d'urine répandue généreusement sur les murs de la ville et dans les caniveaux.

Julien adorait cette frénésie de vie, cette saleté aimable, cette incroyable liberté équitablement partagée par les riches et les pauvres. Il était d'ailleurs si occupé à regarder le spectacle d'un montreur d'ours qu'il ne remarqua pas qu'un passant l'observait avec curiosité depuis un moment. C'était Pierre Debruman, le valet de pied de Jean Lefebvre.

Intrigué, Debruman avait emboîté le pas du jeune gentilhomme. Cette silhouette élégante, cette façon unique de faire voler sa cape et de porter la fraise haute appartenait au seigneur d'Arreville. « Ah, songeait Debruman, si je pouvais soulever ce masque ! » Mais si, c'était lui, il en aurait mis sa main au feu ! Il allait le filer jusqu'à ce qu'il se décide à rentrer au gîte. Il n'aurait plus alors qu'à aller avertir son maître. Et l'oiseau, les oiseaux seraient pris. Car la demoiselle ne devait pas être bien loin.

Tout en cheminant, Debruman longeait les murs, arrondissait le dos, se tassait sur ses jambes torses afin de ne pas se faire repérer. Il y eut un attroupement autour d'un avaleur de sabre, Julien s'en approcha, s'y mêla. Quand la foule se dispersa, le jeune homme avait disparu. Depuis un moment, il se sentait épié. Feignant d'hésiter à un carrefour sur le chemin à suivre pour mieux jeter un regard autour de lui, il avait reconnu Debruman. Ayant semé le domestique, il se hâta vers l'hôtellerie, s'y engouffra, toqua à l'huis de la chambre et annonça :

— Julien ! Ouvre vite !

Il bouscula Guyonne au passage avant de refermer la porte derrière lui.

— Jean Lefebvre est à Paris. Je viens de voir Debruman, son valet. Il m'espionnait. Si nous demeurons là, nous finirons par nous faire prendre !

Assise devant un miroir, Marguerite brossait languissamment ses cheveux dorés. Elle pivota vers son frère, le contempla avec une paisible adoration avant d'adresser un signe à Guyonne :

— Laisse-nous, veux-tu ?

Puis, ayant vérifié que la caméristе avait bien refermé la porte, elle reprit :

— Eh bien, mon ami, qu'allons-nous devenir ?

Julien tourna dans la pièce à la recherche d'une idée.

— Nous séparer pour cette nuit. Je vais aller loger au Petit Panier, rue Tirechape. Ils ne doivent pas nous voir ensemble sous ce toit au cas où ils remonteraient jusqu'à nous. Demain nous chercherons un gîte dans un lieu moins risqué.

Le repos avait embelli Marguerite. Les cernes autour de ses yeux avaient disparu, le teint semblait plus laiteux, le regard était adouci par on ne sait quelle sérénité. En vérité elle resplendissait. Comme ce ventre tendu et ferme qui bousculait fièrement sa robe.

— Et ce lieu sera vraiment moins risqué ? questionna-t-elle avec un sourire désarmant. Lefebvre nous a retrouvés, n'est-ce pas ? Il nous retrouvera encore. Nos jours ensemble sont comptés. Il n'y a qu'une seule solution pour lui échapper. Je dois me retirer dans un couvent.

Julien s'immobilisa au milieu de la chambre.

— Je te l'ai dit, plutôt mourir que te perdre !

Marguerite s'était levée. Elle s'approcha de son frère avec une lenteur mesurée avant de se blottir dans ses bras.

— Ne dis pas cela. La mort n'est point de notre âge. Je veux pouvoir t'aimer longtemps.

— Mais si on nous sépare ?

— Je t'aimerai toujours où que tu sois.

— Moi itou. Embrasse-moi, ensuite je partirai et te reverrai demain. D'ici là j'aurai trouvé une solution. En attendant, réfléchissons à ce que nous devrons dire si par malheur on se saisissait de nous et si on nous interrogeait. Il faut dans ce cas mettre nos propos en accord et ainsi toutes les chances resteront de notre côté.

Ce même jour, après un frugal déjeuner, profitant que son maître s'était absenté, Nicolas Roussel s'en alla musarder dans le quartier. Si la chance lui souriait, il aurait tôt fait de subtiliser une montre, une escarcelle ou quelque autre objet de valeur à un passant distrait. Il fallait bien vivre et le seigneur d'Arreville tardait beaucoup à lui régler son dû. Il flâna une heure durant jusqu'au moment où il croisa Jean Lefebvre, Debruman et un troisième homme qu'il ne connaissait pas.

— Monsieur, s'exclama alors Nicolas avec une évidente sincérité, c'est le ciel qui vous envoie !

— Qu'entends-tu par là, maraud ? grogna le receveur des tailles en saisissant le valet au collet. Dis-moi plutôt où se cachent tes coquins de maîtres.

Roussel essaya de se dégager de la vigoureuse étreinte.

— Lâchez-moi, s'il vous plaît, j'ai l'intention de tout

vous dire, d'autant que monsieur d'Arreville s'est bien mal comporté à mon égard et que j'ai de grandes raisons de me venger de lui !

— Allons, parle ou je t'étrangle !

Lefebvre maintenait ses mains sur la gorge de Nicolas.

— Si vous me tuez, vous n'en saurez pas davantage et je ne serai point vengé.

— Hâte-toi, ma patience est brève.

— Je sais, répondit Roussel en se souvenant des formidables colères du seigneur de Hautpitois, cependant...

— Cependant quoi ?

— Ma bonne volonté a un prix...

— Ton prix, c'est ta vie sauve si tu parles, la mort si tu te tais !

— Monsieur, on nous regarde, prévint Debruman, mal à l'aise.

Lefebvre sembla sortir d'un rêve. Il regarda autour de lui. Un flot de gens circulaient autour d'eux, affairés, feignant de ne pas remarquer la querelle. D'autres s'étaient arrêtés et observaient la scène avec curiosité en attendant la suite. Lefebvre relâcha le valet et frotta nerveusement ses mains l'une contre l'autre.

— Soit, combien ?

— Trois écus.

— C'est beaucoup !

Roussel approuva d'un hochement de tête évasif.

— Beaucoup et peu en même temps. Si l'on considère que je vous livre votre femme, son amant et qu'en perdant mon maître je perds mon emploi...

Lefebvre serra ses poings noueux. Le brigand ! Oser le défier ainsi !

Faisant contre mauvaise fortune bon cœur, il plongea

une main dans sa bourse, en retira trois écus qu'il tendit au valet.

— Où sont-ils donc, morbleu ?

— A l'hôtellerie Saint-Leu, rue Saint-Denis. Monsieur d'Arreville s'est absenté mais Mademoiselle se repose là-bas. Je pense que vous pourrez cueillir les tourtereaux sans coup férir à la nuitée.

— Conduis-nous.

— Nenni, protesta Roussel en faisant prestement disparaître les écus dans son escarcelle, s'il me voit avec vous, mon maître m'occira !

— Soit encore, mais si tu m'as menti, sache que nous te retrouverons où que tu ailles et que tu regretteras alors d'être né !

Roussel acquiesça avec gravité.

— Je sais, Monsieur, je sais que vous tiendriez parole, et loin de moi l'idée de vous trahir.

Une heure plus tard, flanqué de Debruman, le seigneur de Hautpitois entrait au Châtelet. Le commissaire Chassebras, chez qui il avait été introduit quelques jours auparavant lorsqu'il avait réitéré sa plainte, le reçut aussitôt. Après avoir écouté attentivement le receveur des tailles, il s'entoura d'un sergent, de quatre archers et d'un huissier de la prévôté de Paris, puis, guidés par Lefebvre, tous se dirigèrent vers la rue Saint-Denis.

Il était presque dix heures du soir et la nuit était tombée depuis longtemps quand ils frappèrent à l'huis de la chambre de Marguerite.

— Qu'est-ce ? s'inquiéta Marguerite.

Des poings tambourinèrent à nouveau de l'autre côté.

— Votre mari, mademoiselle, pour sa plus grande infortune. Ouvrez vitement, vous êtes faite !

Il y eut des chuchotements, des pas s'approchèrent, la porte s'entrebâilla. Jean Lefebvre se précipita dans la pièce, bouscula Guyonne et s'élança vers le lit où, assise, les mains plaquées sur sa poitrine, Marguerite l'observait fixement. La première intention du receveur fut de frapper sa femme mais derrière lui la voix du commissaire Chassebras lui rappela qu'il y avait des témoins dans la pièce.

— Mademoiselle, une plainte a été déposée contre vous pour inceste et adultère par monsieur Jean Lefebvre, seigneur de Hautpitois, présent céans. Je vous arrête donc et vous ordonne de vous apprêter pour nous suivre.

Il promena un regard circulaire dans la chambre.

— Où est votre frère, monsieur Julien d'Arreville ? Où sont vos autres domestiques ?

Marguerite descendit lentement dans la grande ruelle avant de répondre d'un ton paisible.

— Je ne sais où est mon frère Julien. Je l'ai rencontré avec mes autres frères Jean et Philippe à Saint-Eglan dans le château de ma sœur et de monsieur le baron de La Vigne, mon beau-frère, où ils étaient en visite. Je suis ensuite venue à Paris et j'ignore où devaient le porter ses affaires.

— Vous mentez, rugit Lefebvre, la tenancière de cette hôtellerie nous a déclaré que vous logiez céans avec un homme de belle mine, qui vous ressemble beaucoup et qui se nomme d'Arreville ! Et puis, voyez, messieurs, mon épouse est grosse de sept ou huit mois ; or elle s'est ensauvée de chez moi il y a ce jourd'hui près d'un an !

Elle a un amant, et cet amant, c'est son frère Julien ! Où est-il ?

Marguerite hocha la tête d'un air consterné.

— Vous divaguez, monsieur.

Puis, se tournant vers le commissaire :

— Pour ce qui concerne les autres domestiques, ils logent sous le toit. Guyonne va aller les quérir tandis que je m'apprête comme vous me le commandez.

La chambrière sortie, Chassebras s'adressa à nouveau à Marguerite.

— Puisque votre frère n'est pas votre amant et que l'enfant que vous portez n'est pas de votre mari, par quel sortilège vous retrouvez-vous grosse ?

Marguerite retint sa respiration avant de proférer un mensonge qu'elle avait préparé quelques heures auparavant avec son frère au cas où ils seraient arrêtés.

— Je suis grosse de Robert Agnès, notre tailleur. Il était à Tourlaville en décembre dernier, et il m'a forcée à quatre ou cinq reprises alors que je me promenais seule dans la Chênaie de notre domaine de Tourlaville.

— Et vous voulez nous faire croire cela ? s'emporta Lefebvre. Quatre ou cinq fois dans la Chênaie. Une fois ne suffisait pas ? Vous y retourniez pour votre plaisir ? Vous ne l'avez pas dénoncé à votre père, et vous vous mettiez cul nu, dehors, en plein hiver ?

— Monsieur, l'interrompit le commissaire avec humeur, laissez cela, voulez-vous ? L'instruction du procès nous éclairera le moment venu. Pour l'heure, nous allons emmener mademoiselle votre épouse au Grand Châtelet.

Etienne et Nicolas entrèrent à cet instant, précédés par la pauvre Guyonne qui tremblait de tous ses membres.

— Nous emmenons aussi les domestiques, conclut

Chassebras, je ne veux pas qu'ils s'évaporent dans la nature alors que nous devons les interroger.

Pendant que Marguerite achevait de se préparer sous l'œil vigilant des archers, Nicolas se glissa près de Lefebvre et murmura :

— Je sais où est mon maître...

— Où donc ?

— A l'hôtellerie du Petit Panier, rue Tirechape.

— C'est lui qui te l'a dit ?

— Guyonne. Elle écoute aux portes.

— Pourquoi vends-tu le seigneur d'Arreville ?

— Je vous l'ai dit, la vengeance.

Lefebvre observa le valet avec une sombre admiration.

— Si tu n'étais pas un si vil maraud, tu me ressemblerais un peu.

Roussel jeta un regard fébrile autour de lui avant de souffler.

— Ne dites pas que c'est moi qui l'ai dénoncé, on ne sait jamais...

Lefebvre tourna les talons, s'approcha de l'oreille du commissaire :

— Je sais où est mon beau-frère.

— Où ?

— Au Petit Panier, rue Tirechape.

Le commissaire Chassebras réagit aussitôt.

— Sergent, prenez trois archers avec vous pour mener incontinent les serviteurs et mademoiselle de Hautpitois au Grand Châtelet où vous attendrez mon retour. Monsieur Lefebvre, vous venez avec moi pour identifier votre beau-frère si nous le trouvons.

Flanqués de l'huissier, de Debruman et du quatrième archer, ils se dirigèrent aussitôt vers la rue Tirechape. Une heure plus tard, Julien était arrêté en plein sommeil avant même d'avoir eu le temps d'ôter son épée du fourreau.

On l'emmena au Châtelet. On le confronta un instant à sa sœur. Tous deux marquèrent leur étonnement de se revoir là, en si misérable équipage et en de si fatales circonstances. On les sépara. On les interrogea séparément. Julien était à Paris pour affaires. Il ignorait que sa sœur y était descendue. Quant à Marguerite, soucieuse d'échapper aux sévices commis sur elle par son mari, elle était venue là pour accoucher avant de se retirer dans un couvent.

Les premiers interrogatoires terminés, Marguerite et Julien furent écroués dans des geôles séparées, des chambres plutôt, où brûlait un bon feu dans la cheminée, car le sieur d'Arreville avait du bien pour payer, et le père, grand maître des Eaux et Forêts en Cotentin, pourrait toujours subvenir aux besoins de ses enfants si l'argent commençait à leur manquer.

Quant aux domestiques, qui a priori n'étaient coupables de rien, sinon de s'être tus, il leur faudrait se contenter d'obscurs cachots sis dans les sous-sols du sinistre Châtelet.

# QUATRIÈME PARTIE

# 27

La plainte de Jean Lefebvre et les procès-verbaux d'interrogatoires ayant été transmis à Jacques d'Aumont, prévôt de la ville et vicomté de Paris, celui-ci prit sur-le-champ une ordonnance dans laquelle il se déclarait compétent pour retenir l'affaire et saisissait son lieutenant criminel Pierre Lugoli pour la suivre.

Le commissaire Chassebras fut désigné pour procéder à l'instruction. Ce choix n'était sans doute pas totalement innocent. Tous deux Ligueurs convaincus, extrémistes par nature, Lugoli et Chassebras se présentaient comme des parangons de vertu, et a priori inceste et adultère représentaient le mal absolu dans une civilisation en plein bouleversement où, comble d'horreur, on acceptait que les protestants relèvent la tête et occupent de hautes fonctions.

Et les questions, dûment enregistrées par un greffier, se succédèrent. D'emblée, fidèle à ce qu'elle avait déclaré dès le premier jour, Marguerite fit tout pour disculper Julien, qui, de son côté, continuait à soutenir qu'il ignorait la présence de sa sœur à Paris.

Les témoins présentés par Lefebvre confortèrent avec force détails croustillants les dires du receveur des tailles.

Chassebras interrogea ensuite les domestiques des supposés amants. Après avoir exigé qu'ils se tiennent à la disposition de la justice, il fit relâcher ces derniers car ils n'étaient coupables que d'avoir suivi leurs maîtres et de leur avoir obéi, ce qui en soi n'est pas un crime.

Restait l'accusation contre Robert Agnès. Pour Marguerite, c'était la seule façon de sauver son frère et elle ne variait pas sa défense d'un pouce. L'enfant qu'elle attendait était du tailleur, auquel elle avait cédé parce que son mari la bafouait.

Force fut donc pour Chassebras d'inculper Agnès et de lancer un mandat d'amener contre lui. Le problème était de le trouver, car le tailleur était itinérant.

Le 19 septembre, l'instruction achevée, le dossier établi par Chassebras fut adressé à Pierre Lugoli et aux dix assesseurs chargés de composer le tribunal. Après avoir entendu les accusés et les témoins en audience publique, les juges délibérèrent. Les faits étaient clairs, et Marguerite et Julien déclarés coupables.

— Cependant, conclut Pierre Lugoli d'une voix qui tomba comme un couperet, mademoiselle Lefebvre étant proche d'accoucher, la sentence est ajournée jusqu'à ce que l'enfant soit né.

La pluie fine qui était tombée toute la nuit et une partie de la matinée s'arrêta soudain, bientôt remplacée par un soleil éclatant. Et la magie de la lumière normande s'imposa une fois encore, sublimée par l'humidité qui semblait approfondir, exalter les couleurs. Ainsi les hortensias du parc paraissaient plus roses, plus bleus, même si, çà et là, les premiers feux de l'automne avaient roussi bien des pétales ; ainsi genêts et ajoncs, dans une exubérance jaune et verte, n'en finissaient pas de célébrer la gloire d'une terre qui savait si bien les accueillir.

Jean III respira profondément. Il venait de terminer l'inspection du domaine et, debout dans la cour d'honneur, son cheval rentré à l'écurie, il savourait l'instant. L'année avait été bonne. Fenaisons et moissons abondantes. Les pommes donnaient bien et feraient du bon cidre. L'automne s'annonçait doux. A quelques pas de lui, des journaliers s'activaient à décharger un charroi rempli de poutres de bois destinées à dresser une nouvelle grange dans le prolongement des dépendances.

C'est alors que trois cavaliers s'engagèrent dans la cour. Jean de Tourlaville vit avec étonnement se diriger vers lui un sergent et deux archers appartenant à la maréchaussée de la vicomté de Valognes. Arrivé devant lui, le sergent sauta à terre tandis que ses hommes restaient en selle.

— Que me vaut l'honneur de votre visite ? s'enquit Jean III avec un sentiment mitigé de curiosité et d'inquiétude.

Le sergent lui tendit un pli cacheté.

— De fâcheuses nouvelles, monsieur. Je viens vous avertir que mademoiselle Lefebvre, votre fille, et monsieur Julien d'Arreville ont été incarcérés en la forteresse du Grand Châtelet à Paris et qu'on les jugera bientôt.

Jean III demeura pétrifié un moment. De retour de Saint-Eglan, son fils Philippe avait fait étape à Tourlaville avant de regagner son domaine du Rozel. Le jeune homme avait donné à ses parents des nouvelles de Marguerite et de Julien. Il leur avait annoncé la grossesse de Marguerite et leur intention de rejoindre la capitale, où, après la naissance de son enfant, la jeune femme envisageait de se retirer dans un couvent.

— Que leur reproche-t-on ?

Le sergent contempla d'un air gêné la façade du château.

— Je pense que tout vous est expliqué dans ce pli, monsieur. En revanche, nous recherchons un certain Robert Agnès, tailleur de son état. Nous sommes passés à son logis de Tourlaville hier, et il n'y avait personne.

— Que vient-il faire en cette affaire ?

— Je n'ai pas le droit de vous en dire davantage, répondit prudemment le sergent, mais nous avons un mandat d'amener contre lui et nous devons le conduire à Paris.

L'émotion passée, Jean III avait repris quelques couleurs. Le pli était toujours fermé entre ses doigts noueux.

— Il est sans doute parti chez un client. Je sais qu'il doit se rendre bientôt chez mon fils Philippe, seigneur du Rozel, mais je ne peux vous en préciser la date. Peut-être y est-il déjà.

L'escouade partie, Jean III se précipita dans son cabinet. Par la fenêtre de sa chambre, Madeleine avait vu les gens d'armes. Elle rejoignit son mari, le front barré d'inquiétude. Elle trouva celui-ci assis dans son fauteuil, le courrier ouvert posé sur ses cuisses.

— Qu'arrive-t-il, mon ami, une mauvaise nouvelle ?

Jean III leva vers sa femme un regard vide.

— Pire, nos enfants ont été arrêtés à Paris et incarcérés dans les geôles du Grand Châtelet.

Madeleine ouvrit la bouche, plaqua une main sur sa gorge, l'autre sur le bord du bureau pour ne pas tomber.

— De quoi les accuse-t-on ?

— Vous devriez vous en douter : d'inceste, d'adultère et d'avoir conçu un enfant ensemble !

Il lui tendit le pli.

— Tenez, lisez !

Madeleine s'affaissa sur la chaise la plus proche, déchiffra rapidement les mots terribles puis elle posa sa nuque sur le dossier du siège et elle éclata en sanglots. De grosses larmes coulaient sur ses joues, dans son cou, se faufilaient sous la robe de velours mauve jusqu'aux seins.

Elle renifla bruyamment, saisit un mouchoir blotti dans une des manches de sa robe, épongea sa figure, questionna, terrifiée :

— Que risquent-ils ?

— La mort s'ils sont coupables.

Elle se leva dans un cri.

— Et vous allez laisser faire cela ?

Il s'était dressé lui aussi pour arpenter la pièce à grands pas, l'œil menaçant, l'index brandi vers le plafond.

— Que nenni ! Que je le veuille ou non, c'est mon sang. Je me dois de tout tenter pour les sauver !

Il s'immobilisa brusquement, compta sur ses doigts.

— J'ai des relations, des amis à Paris. Je vais incontinent aller quérir leur soutien, ensuite j'irai toquer à l'huis de tous les gens en place. Voyons voir : Bassompierre, Montigny, Pomponne de Bellièvre, Nicolas de Neufville de Villeroy.

— Qui sont ces personnes ? s'apaisa un peu Madeleine en remarquant que son époux avait repris toute sa combativité.

— Il est vrai que vous n'êtes pas très avertie des choses de la politique, admit Jean III. Je vous fais grâce de Bassompierre, que vous connaissez. Monsieur de

Montigny est gouverneur de Paris, Pomponne de Bellièvre est notre chancelier, quant à monsieur de Villeroy, il s'occupe des Affaires étrangères. Il ne faut pas oublier le clergé. Après mon départ, courez vitement chez notre oncle l'abbé pour l'avertir de ce qui se trame. Demandez-lui d'écrire au père Coton pour lui annoncer que j'irai le visiter. C'est un jésuite mais il est le confesseur d'Henri IV et, dit-on, un homme de bien. Et qu'il fasse de même pour Henri de Gondi, évêque de Paris. Si son nom ne suffit pas, conseillez-lui de faire appel à celui de notre évêque de Coutances. Avez-vous tout bien compris ?

Madeleine refoula ses larmes. Un peu d'espoir flottait dans ses yeux.

— Je crois que oui.

Jean III bomba son pourpoint, serra les mâchoires et ses poings noueux.

— J'irai jusqu'à monsieur de Rosny et jusqu'à notre bon roi Henri s'il le faut mais je les sauverai !

— Oh, mon ami !

Elle s'approcha de lui, timide tout à coup. Il l'enlaça, la berça un moment, la tête de sa femme enfouie dans son cou. Elle s'abandonnait à la puissance de l'homme qu'en dépit de menues trahisons elle avait toujours respecté et aimé. Elle se dégagea finalement de l'étreinte pour scruter le visage de Jean III.

— Sommes-nous coupables ? Est-ce notre faute ? Etions-nous simplement aveugles ou attentifs à ne rien voir ?

Jean III poussa un long soupir.

— Dieu seul le sait, et n'oublions pas de beaucoup prier, car en définitive c'est Lui, entre tous, qui pourra nous guider pour les sauver.

Le 25 septembre, Marguerite accoucha dans sa cellule d'un petit garçon qu'on s'empressa de lui retirer pour le confier aux Catherinettes de Sainte-Opportune. Elle pleura beaucoup et fut paradoxalement consolée par le couple de geôliers, touché par sa jeunesse, par sa beauté et par la couleur des deniers que la jeune femme distribuait sans compter pour améliorer son ordinaire.

Jusqu'alors Marguerite n'avait revu Julien qu'en le croisant au moment des interrogatoires et lors de l'audience publique du 19 septembre. Ils avaient échangé des regards prudents mais atterrés alors que leurs cœurs battaient la chamade.

Pendant ce temps, autour d'eux, on s'affairait pour les condamner ou les soustraire à la justice. Madeleine de Ravalet avait envoyé des messagers pour alerter toute la famille, à commencer par le vieil abbé, qui ne quittait plus guère son abbaye mais avait conservé toute sa tête pour alerter par écrit toutes ses relations. L'abbé se sentait poignardé par le comportement de Julien. Il l'aimait plus que tout autre et il l'avait choisi pour lui succéder. Toute honte bue, le réflexe de caste dominant, il luttait pour sauver son petit-neveu, usant ainsi son énergie et la sérénité de ses derniers jours.

De son côté, pour arriver plus vite à Paris, économiser de la fatigue et aiguiser ses arguments pour convaincre, escorté de son fidèle Martin, Jean de Tourlaville avait préféré voyager en coche. Il entra dans la capitale dans la deuxième quinzaine d'octobre. Sitôt arrivé, il s'installa dans une auberge située tout près du Grand Châtelet et commença à solliciter des audiences chez tous les politiciens susceptibles de lui venir en aide. Il demanda aussi à voir ses enfants. On le lui refusa. Ils étaient au secret et nul, à l'exception des geôliers et des membres de la justice, n'était habilité à leur rendre visite. Une justice qui, Marguerite ayant accouché, ne désirait plus qu'une chose, en terminer avec cette pitoyable et scandaleuse affaire.

Lors d'une audience fixée le 5 novembre, les juges conclurent à nouveau que Marguerite et Julien étaient coupables des crimes d'inceste et d'adultère. Ils seraient soumis à la question ordinaire et extraordinaire afin d'obtenir leurs aveux avant de conclure par un arrêt.

Il y eut un silence dans la salle. Lugoli, Chassebras, Lefebvre s'entre-regardèrent. Rien n'était définitivement écrit. Le procès était relancé. Si Marguerite et Julien résistaient à la torture et maintenaient leurs allégations, les magistrats seraient alors contraints d'admettre qu'ils avaient dit la vérité. Dans ce cas, le tailleur Robert Agnès, absent lors de l'audience, car on ne l'avait pas encore retrouvé, ferait figure de coupable. Il faudrait admettre aussi qu'il était bien le père du fils de Marguerite. Il faudrait admettre enfin que Jean Lefebvre martyrisait bien sa femme. Dès lors, Julien, qui la protégeait, se trouverait lavé de tout soupçon. Ainsi l'accusation s'effondrerait, Lefebvre ne conserverait pas la dot et son nom demeurerait à jamais flétri.

Or, pour l'avoir battue quotidiennement pendant des mois, voire massacrée, Jean Lefebvre était convaincu que Marguerite supporterait toutes les douleurs. De son côté, lors de ses interrogatoires, Chassebras avait été impressionné par le caractère indomptable des jeunes gens. Sur les conseils du commissaire, et parce qu'il y allait de son intérêt, le seigneur de Hautpitois décida de faire appel du jugement devant le parlement de Paris.

Julien et Marguerite appréhendaient eux aussi avec une légitime terreur les tortures à venir. Ils se demandaient s'ils résisteraient au supplice de l'eau, des verges, de l'estrapade où l'on suspend l'accusé par les poignets liés dans le dos après lui avoir fixé des poids aux chevilles. Supporteraient-ils les pieds et les mains brûlés, les ongles arrachés, le plomb fondu versé dans la bouche, le nez, les oreilles ? Supporteraient-ils les brodequins, les grésillons conçus pour broyer les pouces ?

Soucieux de préserver leur intégrité physique, s'appuyant sur l'absence de Robert Agnès, imitant leurs accusateurs, ils dénoncèrent le jugement et firent appel eux aussi devant le parlement de Paris pour échapper à la question.

C'est ainsi que le dossier Ravalet-Lefebvre fut expédié au parlement de Paris. Il arriva sur le bureau du premier président Achille de Harlay le 10 novembre pendant qu'on transférait Marguerite et Julien de leurs cellules du Grand Châtelet à celles de la Conciergerie.

Entre-temps, le 6 novembre, la maréchaussée avait déniché Robert Agnès au château du Rozel, où il était occupé depuis plusieurs jours à tailler des vêtements pour Philippe de Ravalet et sa domesticité. Amené à Paris, il fut écroué au Châtelet en attendant le nouveau procès.

# 28

Le procès s'ouvrit le samedi 15 novembre devant la chambre de la Tournelle, dont les locaux étaient situés dans l'enceinte du Palais de Justice, à deux pas de la Conciergerie. On s'intéressait encore assez peu à cette affaire d'inceste et d'adultère, chacun sachant que la première audience était réservée à la procédure, et un public relativement fluide pénétra dans la salle Saint-Louis, où se dérouleraient les différentes audiences.

La chambre était présidée pour ce procès par Edouard Molé, président à mortier reconnaissable à son bonnet carré. Molé était entouré de quinze conseillers dont l'un, nommé Courtin, faisait office de rapporteur.

Quand le président et les magistrats entrèrent solennellement l'un après l'autre, vêtus de leurs robes pourpres bordées d'hermine, il y eut un silence soudain dans la salle et l'on n'entendit plus que le crissement des sièges qu'ils repoussaient sous eux pour s'asseoir.

Puis la séance commença devant un auditoire attentif qui vit défiler la partie civile et les accusés devant répondre à un interrogatoire d'identité. Enchaînés aux poignets et encadrés par des archers, Marguerite et Julien se croisèrent au niveau de la petite porte par laquelle entraient et sortaient les inculpés. Ils se jetèrent un regard où se mêlaient passion et désarroi.

Durant leurs interrogatoires ils ne virent pas un gentilhomme qui, installé au balcon de la salle Saint-Louis, arrondissait les épaules et croisait les mains devant sa figure pour dissimuler ses traits. Cet homme, dont la respiration rapide et bruyante incommodait ses plus proches voisins, avait du mal à contenir son émotion. Quand les magistrats annoncèrent que la séance était levée et que la prochaine audience était fixée au 24 novembre, le gentilhomme poussa un soupir et se tourna vers son valet, qui lui aussi dissimulait son visage.

— Le 24 novembre, souffla-t-il. Martin, nous avons neuf jours pour les tirer de là. Il faut absolument que monsieur de Villeroy et monsieur Pomponne de Bellièvre consentent à me recevoir !

Dès son arrivée à Paris Jean de Ravalet avait entrepris sa longue quête destinée à sauver ses enfants. Il se précipita aussitôt dans le quartier du Marais, où se dressait l'hôtel particulier de François de Bassompierre. Julien avait dit à son père qu'il entretenait des relations amicales avec le favori du roi. Hélas, Bassompierre était parti guerroyer en Hongrie contre les Turcs et nul ne savait quand il serait de retour.

Dépité mais pas désarmé pour autant, comme il est préférable de s'adresser à Dieu plutôt qu'à ses saints, Jean de Tourlaville sollicita alors une audience auprès du baron de Rosny, le futur duc de Sully, qui refusa. Rosny ne recevait que le roi. De plus, l'affaire n'était point de son ressort mais de celui du chancelier Pomponne de Bellièvre.

Quelques jours plus tard, alerté par une lettre de Nicolas de Briroy, évêque de Coutances, qui le suppliait de recevoir le seigneur de Tourlaville, Henri de Gondi, évêque de Paris, ouvrit sa porte à l'infortuné père. Il écouta ses doléances avec une doucereuse compassion, remarqua que les crimes supposés des jeunes gens, inceste et adultère, étaient lourds, souligna qu'il ne pouvait d'aucune façon contrarier les décisions de justice mais qu'il prierait Dieu, qui était le seul capable d'éclairer les juges si les accusés n'étaient point coupables.

Il en alla de même avec le père Pierre Coton. Aumônier et confesseur de Henri IV depuis quelques mois, ce jésuite portait la quarantaine avec une belle prestance. Il accorda une entrevue au seigneur de Tourlaville dans des termes à peu près identiques à ceux d'Henri de Gondi, il rappela qu'en ces temps où la morale chancelait, il fallait respecter la justice et prier au cas où les inculpés seraient innocents afin que Dieu consente à les secourir. Cela dit, il promettait de mettre le roi au courant des détails de cette affaire s'il l'ignorait encore...

Ainsi, fidèle à elle-même, l'Eglise refusait de s'impliquer dans la justice des hommes.

Jean de Tourlaville en était là de ses démarches quand l'audience de ce lundi 24 novembre 1603 débuta à treize heures de « relevée ». Cette fois la salle Saint-Louis était pleine à craquer. Le scandale Lefebvre-Ravalet commençait à faire grand bruit. On ne parlait que de cela dans tout Paris, du taudis le plus infâme au cabaret le plus sordide, de l'hôtel particulier aux luxueux palais. Les uns riaient de l'adultère, d'autres plaignaient le mari, beaucoup s'indignaient devant l'inceste mais tous se repaissaient à l'avance des révélations qu'ils espéraient scandaleuses. Plus encore que les catholiques, les réformés rêvaient d'un retour à la vertu même si paradoxalement Henri IV, d'origine protestante, était un modèle de mœurs licencieuses.

Ainsi, outre des membres du menu peuple, chroniqueurs, laquais, belles dames protégées par leurs masques pour ne pas se faire reconnaître, gentilshommes, bourgeois, avocats en robe, magistrats non concernés par l'affaire se pressaient dans la salle, désireux d'assister à un procès insolite, voire sulfureux.

La foule et les juges en place, l'audience pouvait débuter. Molé adressa un signe à son voisin, le conseiller Courtin, qui attendait, les yeux posés sur l'épais dossier Lefebvre-Ravalet, que l'on voulût bien lui donner la parole. Sa voix s'éleva alors, précise, monotone :

— Le sieur de Hautpitois, présentement plaignant, soutient que la demoiselle de Tourlaville, son épouse, aurait eu des relations coupables avec le frère d'icelle et serait grosse de ses œuvres. Le président entend l'affaire en suite d'un appel d'une sentence de question prononcée par le Châtelet le 5 novembre dernier, ledit appel ayant été interjeté...

Il y eut un frémissement dans le public, chacun se penchant pour mieux apercevoir Jean Lefebvre, assis, immobile comme un sphinx auprès de son avocat.

Le rapport de Courtin terminé, on fit entrer Marguerite qui attendait dans l'arrière-greffe qu'on voulût bien l'introduire dans la salle d'audience.

Il y eut un silence admiratif lorsqu'elle apparut, droite, digne, le visage pâle et lisse, dans sa saisissante beauté. Ses cheveux dorés, qu'elle avait coupés à Fougères pour se déguiser en homme, commençaient à boucler joliment sur sa tête et son front ; quant à sa taille, soulignée par une robe bleue ciel soigneusement ajustée, elle ignorait que la jeune femme avait accouché deux mois auparavant.

Les magistrats la dévisagèrent avec attention tandis qu'elle promenait un regard circulaire sur la foule, les juges. En voyant Jean Lefebvre, elle ne put s'empêcher de tressaillir. Une vague de haine, de détresse vint battre contre ses tempes. Elle pinça les lèvres, se reprit. Elle devait conserver son sang-froid. Lutter. Sa vie, la vie de Julien en dépendaient.

Et les questions tombèrent tandis que, penché sur son écritoire, Daniel Voisin, son crâne dégarni figé par l'attention, enregistrait les propos échangés au cours de l'audience.

— Veuillez décliner votre identité, commença le président en promenant un regard sévère sur la jeune femme.

Habituée aux questions qu'on lui infligeait depuis près de deux mois, Marguerite répondit d'une voix calme et résignée.

— Je m'appelle Marguerite de Ravalet de Tourlaville, j'aurai bientôt dix-sept ans et je fus mariée il y a trois ans et demi à monsieur Jean Lefebvre, seigneur de Hautpitois.

— Vous vous êtes retirée de ce mari ? poursuivit Molé.

— Nenni, c'est mon mari qui m'a chassée. Il me battait et m'a même rompu une côte. Ses violences m'ont fait accoucher avant terme. A plusieurs reprises il m'a tirée par les cheveux jusque dans la rue, mettant une dague sur ma gorge et hurlant qu'il voulait m'occire. C'est la raison pour laquelle je suis partie car je craignais pour ma vie.

— Vous affirmez donc que votre époux vous maltraitait ?

— Pis que ça. Il me disait souvent qu'il ne voulait plus coucher avec moi. Il me réveillait parfois dans mon lit la nuit venue pour m'infliger mille menaces. Et pour preuve qu'il ne voulait plus de moi, il entretenait deux paillardes sous notre toit et il m'enfermait au cadenas en un infâme galetas.

Le président Molé peignit pensivement sa longue et épaisse barbe où couraient de nombreux poils gris puis il jeta un œil vers Jean Lefebvre, qui, figé sur son siège, lançait un regard meurtrier à Marguerite pendant que la foule murmurait.

Le président évoqua alors la fuite de Marguerite à Saint-Rémy-des-Landes. La jeune femme répondit avec calme, insistant sur le fait qu'à sa seconde fugue son frère aîné était accouru la chercher pour la ramener chez son père à la Saint-Michel. Elle en était repartie à la Saint-Jean parce qu'elle était grosse non pas de son mari mais d'un homme « qui hantait en la maison de son père ».

— Ainsi les excès commis par votre mari vous ont amenée à vous abandonner à la volonté d'un autre ? questionna le président Molé en rajustant son mortier.

Marguerite étouffa un savant soupir. L'une de ses mains étreignit délicatement son col de dentelle.

— Il est vrai que les traitements de mon époux m'avaient mise au désespoir.

Pour le président, l'« autre », de toute évidence, c'était Julien et non un homme qui « hantait en la maison de son père ».

Et il enchaîna :

— Votre frère accusé était si près de vous qu'on ne le

pouvait chasser de votre chambre. Votre père et votre mère eux-mêmes s'en sont scandalisés.

— C'est faux, protesta Marguerite avec hauteur, mes parents ne m'en ont jamais parlé.

Un spectateur sursauta sur son siège devant ce mensonge pendant que son plus proche voisin l'observait avec des pleurs au bord des yeux. C'étaient Jean III et Martin Groult qui assistaient discrètement à l'audience.

— Allons, des témoins disent que votre frère passait jusqu'à quatre à cinq heures dans votre chambre ou vous dans la sienne, et qu'il couchait avec vous. Le valet Nicolas Roussel a affirmé avoir surpris votre frère la main sous les draps et vous baisotant avec trop grande privauté.

Marguerite secoua la tête avec énergie.

— Ce valet est un brigand qui nous a dérobé des écus, un menteur, et mon frère Julien n'a point eu plus grande privauté que mes autres frères.

— Et cet enfant, déclara le président, il n'est tout de même point venu du ciel ? Vous aviez quitté votre mari depuis des mois quand vous l'avez conçu, et tout indique que le père est votre frère Julien, qui se tenait alors quotidiennement auprès de vous.

Marguerite haussa les épaules.

— Nenni, je vous l'ai déjà dit, le père, c'est le tailleur Robert Agnès.

L'assistance retint son souffle. L'issue du procès se jouait là. Le président Molé laissa échapper un sourire repris par l'ensemble des magistrats avant de s'étonner :

— Vous avez donc été engrossée par le tailleur Robert Agnès, dans les bois, en plein hiver, ce qui n'est point très confortable, et, si je relis vos précédentes déclarations, quatre à cinq fois, ce qui est beaucoup quand on a en soi un reste d'honneur et de dignité.

Un grand froid parcourut Marguerite. Des images traversaient sa vision : la vaste salle Saint-Louis au plafond à voûte en ogive, parée de tapisseries fleurdelysées et de boiseries sculptées représentant des balances et des mains de justice, l'assistance suspendue à ses lèvres, Julien. Julien qu'il fallait à tout prix sauver !

Sa voix s'éleva alors, pâle, convaincue du peu de poids des mots qui allaient suivre.

— C'est mon mari qui m'a mise au désespoir.

Le public remua, murmura, déçu. Imaginer cette superbe jeune femme, appartenant à une noblesse reconnue, copulant dans les frimas avec un insignifiant tailleur ambulant ? Perversité, comble du vice, mensonge puéril ? La petite était belle mais elle se défendait bien mal !

Convaincu d'avoir fait avancer la vérité, le président Molé changea de sujet.

— Pourquoi vous en êtes-vous allée à Fougères ? Pour, avec une faiseuse d'anges, vous décharger de votre grossesse ?

— Je n'ai jamais songé à cela. Mais lorsque j'étais là-bas j'ai vu des personnes rôder autour de moi qui semblaient me vouloir du mal. C'est pourquoi j'ai fait quérir mon frère pour me secourir.

— Pourquoi votre plus jeune frère et non votre frère aîné ?

— Parce que mon frère aîné était à Saint-Eglan. C'est mon père qui m'a envoyé Julien pour qu'il me ramène chez mon mari.

Molé médita un instant. Marguerite avait repris un peu de couleurs. Dans sa cellule elle avait imaginé toutes les questions, pensé à toutes les réponses. Pendus à ses lèvres, les magistrats attendaient patiemment le bon vouloir du président.

— Pourquoi, alors que vous pensiez être en danger, reprit celui-ci, êtes-vous restée six mois à Fougères avec votre frère Julien plutôt que de retourner chez votre mari ?

— Parce que j'avais décidé de devenir religieuse.

— Religieuse, ironisa Molé, dans votre situation ?

Le public s'entre-regarda, s'informant d'un voisin à l'autre.

— Silence, s'il vous plaît, ordonna le président, sinon je fais évacuer la salle !

Puis, se tournant à nouveau vers l'accusée :

— Et si vous nous parliez à présent de votre voyage à Paris ?

Et il se mit à poser des questions très serrées, précises, destinées à déstabiliser la jeune femme.

— Avez-vous logé à l'hôtel Saint-Leu, rue Saint-Denis, avec votre frère et Roussel ?

— Oui, répondit Marguerite, mais nous ne dormions pas dans la même chambre.

Le président Molé pressa ses mains l'une contre l'autre.

— Ah ? Vous avez pourtant affirmé dans vos déclarations précédentes que vous vous étiez séparée de votre frère à Saint-Eglan...

Marguerite chancela. Un instant de distraction et elle etait prise en flagrant délit de mensonge.

Le président profita de son avantage.

— Revenons à votre voyage à Paris. Lorsque vous étiez dans les auberges, vous partagiez la même chambre ?

— Oui, quand nous étions dans une méchante hôtellerie. Je dormais sur un lit, ma servante Guyonne à mes pieds. Mon frère, Etienne Nicolle et Nicolas Roussel couchaient sur de la paille à même le sol.

— Vous voulez donc nous dire, une fois encore, que vous n'avez commis aucune faute avec votre frère et vous affirmez toujours que c'est un tailleur qui vous a fait votre enfant ?

Marguerite acquiesça :

— Oui, mon frère n'est coupable en rien, et je vous ai dit la vérité.

— La vérité ? Si vous la dites vraiment, si vous avouez que votre frère vous a abusée, ainsi que l'affirment de nombreux témoins, vous pourriez obtenir des circonstances atténuantes...

Marguerite releva des yeux qu'elle tenait baissés, fixa le président avec gravité.

— Les témoins dont vous parlez sont de méchantes gens qui vous ont menti et mon frère Julien n'a pas eu plus de privautés avec moi que mes autres frères.

Et de conclure, plus tard, avec une touchante ferveur, après maintes autres questions destinées à l'obliger à se contredire, ce que, vigilante à vouloir sauver l'aimé, elle déjoua :

— J'ai commis une faute, c'est vrai, mais non avec mon frère, et j'aimerais mieux être morte que d'y avoir songé un seul instant.

L'audience levée, Marguerite regagna sa cellule dans la tour Montgomery pendant que les magistrats se retiraient dans la chambre du Conseil, la « petite Tournelle », pour se concerter. Les conclusions du rapporteur Courtin ratifièrent ce que pensait l'ensemble des magistrats et du public, qui, à aucun moment, n'avait été convaincu par les arguments de Marguerite : « Les condamner tous deux à mort, à huit cents livres parisis d'amende envers le roi et aux dépens du procès. Absoudre le tailleur, les condamner en ses dommages et intérêts liquidés à cent cinquante livres. »

Restait l'audience du 27 novembre, où devaient être convoqués Julien et Robert Agnès. Julien fut interrogé le premier. Il pénétra dans une salle comble, soulevant admiration et curiosité chez les messieurs, émoi chez les dames, car il portait beau avec son haut-de-chausses et son pourpoint couleur rouille, ses bottes de daim, ses dentelles au cou et aux poignets.

— Je comprends sa sœur, chuchota à l'oreille de sa voisine une dame masquée assise au balcon. Il est d'une troublante séduction.

— Oui, renchérit l'autre, mais on dit pourtant qu'il se préparait à la prêtrise.

— Curieuse façon de devenir prêtre que passer son temps à baiser sa sœur. En tout cas, s'il était prêtre, je deviendrais volontiers nonne pour mieux l'approcher.

Un petit rire de sa compagne fut interrompu par l'ire du président Molé.

— Si le public ne se décide pas à se taire, je fais évacuer la salle !

Le calme rétabli, il entama l'interrogatoire. Les questions étaient sensiblement les mêmes que celles posées à Marguerite quatre jours auparavant. Il avait eu trop grande privauté avec sa sœur, dormant dans le même lit qu'elle quand, entre Fougères et Paris, ils couchaient dans des auberges. Julien répondait avec une certaine hauteur, sans hésitation, sans se départir du scénario établi avec Marguerite. Ainsi, jamais il n'avait ordonné à son laquais de se tenir dans la montée de l'escalier menant à la chambre de sa sœur pour faire le guet quand il s'y rendait. Ainsi, de la même façon que Marguerite, à la question : « Pourquoi votre sœur vous a-t-elle choisi pour la rejoindre à Fougères plutôt qu'un autre de vos frères ? » il rétorqua que la jeune femme avait mandé son frère aîné.

Le président observait l'accusé avec un agacement évident. Sûr de lui, Julien affichait une sorte d'assurance désinvolte, faisant retomber toutes les accusations portées sur Marguerite et lui sur la volonté évidente qu'avait Jean Lefebvre de nuire à son épouse et de conserver sa dot.

— Pourquoi êtes-vous allé à Fougères ? poursuivit Molé.

— J'y suis allé sur l'ordre de mon père, qui me commanda d'aller quérir ma sœur afin de la mener chez un de ses beaux-frères ou un de ses oncles.

— Votre sœur a dit que vous deviez la ramener à son mari...

Des murmures s'élevèrent dans la salle et Julien ne put réprimer un tressaillement. Pour la première fois depuis le début de l'interrogatoire, il avait commis une faute.

Elle n'allait pas être la dernière.

— Qui est venu avec vous à Fougères ?

— Mon valet Nicolas Roussel, un maraud en qui j'ai perdu confiance depuis qu'il m'a dérobé dix-huit écus.

— Pourquoi à Paris sortiez-vous bouché [1] de votre logis ?

— Parce que j'y ai des créanciers. Je ne voulais pas

1. C'est-à-dire masqué. Il y avait deux sortes de masques, le loup et le grand masque qui couvrait toute la figure du front au menton.

qu'ils me reconnaissent. C'est pourquoi j'ai quitté l'hôtellerie Saint-Leu pour loger en la rue Tirechape.

Le président entrecroisa les doigts de ses mains et les fit craquer avec force.

— Ah ?... Dans vos précédentes déclarations vous disiez avoir logé rue Saint-Denis et ignorer que votre sœur s'y trouvait ?

Il y eut un silence ironique durant lequel Molé remarqua que cette fois, empêtré dans ses contradictions, Julien perdait son assurance, puis il reprit le feu de ses questions.

— A quel moment avez-vous eu connaissance de l'état de grossesse de votre sœur ? D'ailleurs, vous savez peut-être qu'elle a accouché ?

— Le geôlier me l'a appris dans ma cellule. Ma sœur m'a avoué à Paris qu'elle était grosse d'un tailleur ambulant qui venait nous servir à Tourlaville.

— Ce n'est pas ce que dit votre sœur, elle affirme qu'elle a annoncé sa grossesse à votre frère Philippe et à vous-même lorsque vous étiez à Saint-Eglan.

Une sueur légère perla alors sur le front de Julien. L'interrogatoire avait bien débuté, il se terminait mal. Les rumeurs dans la salle attestaient que le public ne le suivait plus dans ses démonstrations. Quant aux magistrats, leurs sourires narquois laissaient supposer que leur conviction était déjà faite et qu'elle était défavorable à l'accusé.

En sortant de la salle d'audience, Julien croisa Marguerite. Elle comprit à son visage empli de désarroi que l'interrogatoire avait tourné à leur désavantage.

— Courage, lui dit-il crânement, nous sommes innocents et nous serons bientôt libres !

Elle acquiesça distraitement d'un signe de la tête

accompagné d'un sourire mélancolique puis elle pénétra à son tour dans la salle. Là, stoïque, vigilante cependant à ne pas se trahir, elle répéta comment Robert Agnès l'avait prise dans la chênaie de Tourlaville.

La foule l'observait avec une attention passionnée. La demoiselle était belle, de condition, et il paraissait impensable qu'elle ait pu s'abandonner à l'étreinte d'un vulgaire tailleur.

Afin d'essayer de convaincre les juges, Marguerite multipliait les précisions. Durant un voyage qu'elle avait effectué avec le tailleur, celui-ci lui avait dit que le receveur des tailles, son mari, la traitait mal et qu'il la trompait avec des maîtresses beaucoup moins séduisantes qu'elle. Lui, Robert Agnès, avait eu de grandes faiblesses avec une charmante demoiselle du Poitou et l'épouse d'un avocat de Paris. Et il savait prouver son affection aux femmes !

— C'est à cause de ces confidences, conclut-elle, et parce que je me sentais bien seule, bien abandonnée, que j'ai par quatre à cinq fois cédé à ses avances, et la dernière fois huit ou dix jours après la Sainte-Catherine en la chênaie.

Le président Molé haussa les épaules. La Sainte-Catherine était fêtée le 25 novembre, l'enfant était né le 25 septembre, soit dix mois plus tard...

— Reconduisez mademoiselle Lefebvre en l'arrière-greffe et introduisez céans monsieur Robert Agnès pour interrogation.

Quand celui-ci entra, un murmure puis quelques rires coururent dans la salle. Tous, public et magistrats imaginaient que, pour avoir enjôlé la belle Marguerite, il fallait que Robert Agnès fût un personnage d'une exceptionnelle séduction, or ils découvraient un petit homme fluet, à demi chauve, dont le teint gris, la barbe sale et les vêtements noirs souillés par la paille et l'humidité de son cachot démontraient qu'il subissait mal le bas étage du Châtelet.

Le président ayant réclamé le silence, le tailleur déclina son identité puis questions et réponses se succédèrent.

— Avez-vous vécu en Poitou ?

— Oui, il y a six ans. J'étais au service du seigneur des Loges.

— Vous êtes-vous vanté devant mademoiselle Lefebvre d'avoir eu des rapports avec la demoiselle des Loges ?

La figure ébahie de Robert Agnès marqua sa surprise.

— Nenni, je la voyais très peu. Elle s'allait vêtir en ville chez un tailleur du Poitou.

— Mademoiselle de Hautpitois affirme que vous avez eu des privautés avec elle et qu'elle a eu un enfant de vous.

Robert Agnès roula de gros yeux effarés vers les magistrats.

— C'est impossible, je n'y aurais jamais pensé. Je porte trop de respect à son mari, à son père et à elle, et je n'aurais jamais eu la hardiesse de risquer d'attirer leur colère.

— Avez-vous accompagné la demoiselle de Hautpitois en voyage pour aller en la maison de Pierrepont et Janville, et au cours de ce voyage lui auriez-vous fait quelques confidences sur vos conquêtes ?

— Oui, nous avons voyagé ensemble mais nous n'étions pas seuls. Un valet et une servante étaient avec nous, et je ne vois pas comment nous aurions pu deviser de ce que vous me soupçonnez.

— La demoiselle de Hautpitois s'est-elle plainte

auprès de vous des mauvais traitements que lui infligeait son mari ?

— Non.

— Alliez-vous au château de Tourlaville parce qu'elle s'y trouvait ?

— Il y a plus d'un an et demi que je n'y suis allé.

— Oui, mais vous vous rendiez dans la chênaie voisine pour l'y rencontrer ?

— Je n'y ai jamais pensé et je vous l'ai dit, je portais trop de respect et d'honneur à son mari pour avoir seulement l'insolence d'y songer.

Le président Molé marqua une pause puis, se tournant vers les archers :

— Allez quérir la demoiselle de Hautpitois, nous allons les confronter.

Marguerite entra bientôt, le regard fixe. Elle jeta un œil sur Robert Agnès sans qu'aucun sentiment transparût sur son visage. Interrogée à nouveau, elle réitéra ses accusations, les enjoliva, précisant que Robert Agnès se vantait qu'il lui suffisait de toucher la main d'une femme pour obtenir d'elle tout ce qu'il voulait ! Il se vantait aussi, devant qui désirait l'ouïr, d'avoir séduit une des filles du seigneur de Tourlaville. Elle, bien entendu.

Négligeant cette piste peu crédible, Molé demanda une fois encore à Marguerite où et quand le tailleur avait eu des rapports intimes avec elle.

— Plusieurs fois avant la Sainte-Catherine, une autre fois sept ou huit jours après et une autre trois ou quatre jours avant Noël.

Les juges se dévisagèrent avec un sourire incrédule. La jeune femme avait ajouté à ses déclarations précédentes « trois ou quatre jours avant Noël » parce que, les comptes faits, elle avait dû réaliser qu'elle n'aurait pas pu accoucher fin septembre d'un enfant conçu fin novembre !

Le président s'adressa alors à Robert Agnès.

— Que pensez-vous des déclarations de la demoiselle de Hautpitois ?

Le tailleur ouvrit la bouche pour chercher de l'air. Tout son corps maigre tremblait de peur et d'indignation.

— La demoiselle ment. Tout ce qu'elle dit est menterie. Jamais je n'aurais imaginé de pareilles choses !

Un frémissement dans la salle, des chuchotements. Un rappel au silence. Robert Agnès était le contraire d'un séducteur. Chacun désormais était convaincu que le malheureux était innocent et que la jeune femme plaidait l'adultère avec lui pour sauver la tête de son frère.

Le président fit sortir Marguerite et Agnès. Guyonne Nicolle entra alors, repliée sur elle-même, étreignant ses mains pour se donner une contenance. Toute cette affaire était trop grande, trop compliquée pour elle. Elle aimait sa maîtresse et Julien d'une manière naïve et définitive, et elle n'avait qu'une peur, celle de prononcer par inadvertance ou ignorance des mots susceptibles de les trahir.

— Avez-vous remarqué quelque privauté entre Marguerite et Julien de Ravalet ? interrogea le président.

Guyonne releva son front qu'elle tenait penché timidement vers le sol, offrit son nez retroussé à la curiosité des juges.

— Nenni, dit-elle avec une force dont elle se serait crue incapable.

— Vous confirmez toutes vos déclarations précédentes ?

— Oui.

Le président Molé porta une main à sa bouche, racla sa gorge avec agacement.

— Pourquoi votre maîtresse vous demandait-elle de faire le guet devant sa chambre lorsque vous vous trouviez à Tourlaville ?

— Parce qu'elle craignait que leur père les trouvât ensemble.

— Et pourquoi leur père ne voulait-il pas qu'on les trouvât ensemble ?

Le cœur de Guyonne cogna violemment dans sa poitrine. Elle ferma les yeux, pinça ses lèvres avant de répondre, affolée à l'idée de commettre une faute irréparable.

— Monsieur de Tourlaville avait interdit à monsieur d'Arreville de deviser avec sa sœur parce qu'il pensait que celui-ci était de mauvais conseil en lui disant qu'elle ne devait pas retourner avec son mari.

Les juges hochèrent la tête, se consultèrent du regard. La servante était prudente. Ils n'en obtiendraient rien. De toute évidence, elle protégeait ses maîtres.

# 29

Réfugié au balcon de la salle Saint-Louis, Jean de Ravalet avait assisté à l'audience du 27 novembre avec une passion mêlée de détresse. Ses enfants se battaient avec panache, ferveur mais maladresse. Leur défense était entachée de contradictions et de naïvetés, et il était clair qu'ils n'avaient point, loin de là, entamé la conviction des magistrats. Le public lui-même, autour de lui, jugeait les inculpés.

Ravagé par l'anxiété et le chagrin, Jean III ne baissait pas les bras pour autant. Le surlendemain, 29 novembre, il se présentait rue des Deux-Ecus, où, s'appuyant sur ses relations, il avait réussi à obtenir une entrevue avec le chancelier Pomponne de Bellièvre. Ancien surintendant des Finances de Henri III, Pomponne avait succédé à Cheverny en 1599. Premier grand officier de la Couronne, le chancelier était en même temps le chef de la justice et le Garde des Sceaux. Personnage essentiel, il régentait les sceaux du roi authentifiant les actes royaux. Son pouvoir était si grand qu'il pouvait refuser d'apposer un sceau sur un document s'il l'estimait néfaste au bien de l'Etat. Sa décision prévalait même sur celle du roi et des Conseils. Inamovible, le chancelier disposait donc d'un pouvoir exorbitant, heureusement contrebalancé par la possibilité pour le roi de lui retirer les sceaux afin de les confier à un garde des Sceaux en attendant la mort de son chancelier, qui, bien qu'ayant perdu les pouvoirs de sa charge, conservait son titre, ses dignités et son traitement.

Dès le premier instant de leur rencontre, Jean de Ravalet devina que l'audience n'aboutirait à rien. A l'évidence, l'homme, âgé alors de soixante-quatorze ans, le recevait parce qu'il ne pouvait faire autrement. Il opinait gravement du chef, dressait des mains tremblotantes devant lui, compatissait – il est vrai que les inculpés étaient bien jeunes – mais, guidés par le président Molé, les juges étaient tous gens de qualité, reconnus pour leur probité et leur goût de la vérité. Il fallait donc leur faire confiance et laisser agir la justice.

L'entretien se terminait.

— Que pense leur avocat de tout cela ? questionna Pomponne de Bellièvre d'une voix haut perchée qui faisait frémir ses chairs flasques et ses rides autour de ses lèvres.

Le seigneur de Tourlaville leva des sourcils étonnés.

— D'avocat ? Ils n'en ont point, du moins je n'en ai pas vu aux audiences.

— Ils y ont droit, sacrebleu ! s'anima le chancelier. Je vais leur en commettre un d'office. Il faut faire vite, les magistrats doivent échanger leurs conclusions le 1er décembre. Après il sera trop tard.

Après avoir remercié, Jean de Tourlaville prit vivement congé pour se précipiter rue des Bourdonnais, à l'hôtel de Nicolas de Neufville de Villeroy, secrétaire d'Etat aux Affaires étrangères, qui avait accepté de le recevoir.

Villeroy accueillit l'infortuné gentilhomme dans son

grand cabinet avec un sourire courtois, lui indiqua un siège devant lui, puis il le fixa d'un regard noir et pensif.

— Vous venez pour cette malheureuse affaire des jeunes Ravalet, dit-il. Je l'ai suivie avec attention, et je crains qu'elle ne soit fort mal engagée. A l'inceste entre frère et sœur, déjà condamnable, s'ajoute l'adultère, qui est une grave atteinte à la vie privée et un outrage à l'ordre de notre société.

— Ils n'ont jamais avoué, se défendit Jean III.

Villeroy interrompit son interlocuteur d'un hochement de tête conciliant.

— Et si vous commenciez par le début ? Vous êtes le père. Résumez-moi votre point de vue et donnez-moi de bonnes raisons de vous secourir. Je suis tout ouïe.

Lors, avec une ferveur empreinte d'émotion, Jean III raconta. Marguerite et Julien. A sa façon. Gommant les détails risquant de leur nuire. Sous le regard pénétrant du secrétaire d'Etat aux Affaires étrangères.

Le seigneur de Tourlaville se montrait d'autant plus disert qu'il savait que Villeroy était sans doute l'ultime chance qui lui restait de sauver ses enfants. Bien en cour auprès d'Henri, Villeroy était né pour la politique. Il y avait consacré toute sa vie. Habile, flairant le vent avec une subtile acuité, il avait servi le gouvernement des Valois pendant plus de vingt ans avant de quitter Henri III pour se rallier à la Ligue et de se voir nommé conseiller de Mayenne, ce qui ne l'avait pas empêché, Henri IV s'étant converti au catholicisme, d'entrer en 1594 dans le gouvernement de celui qu'il combattait naguère avec une belle âpreté !

Fin stratège, politicien averti, pacifiste par nature, il était vite devenu avec le baron de Rosny un des piliers de l'Etat et Henri IV lui accordait une oreille attentive, affirmant avoir fait en un jour plus d'affaires avec monsieur de Villeroy qu'avec les autres en six mois.

Tout en écoutant Jean III, Villeroy flattait d'une main rêveuse sa moustache et sa barbiche grise soulignant des lèvres pulpeuses et friandes qui contrastaient avec une figure triangulaire adoucie cependant par des yeux voilés de mélancolie auxquels rien n'échappait.

Jean III acheva son récit en résumant ses tentatives infructueuses auprès de Rosny, du chancelier, d'Henri de Gondi et du père Coton. Puis il se tut, terrassé par l'émotion.

Villeroy avait écouté avec attention et compassion les propos du seigneur de Tourlaville, l'interrompant parfois pour avoir des compléments d'information. Il observait à présent un homme brisé qui attendait son verdict et espérait son aide. Il quitta son fauteuil pour déambuler dans la pièce, les mains jointes dans le dos. Ses maigres épaules, voûtées vers l'avant, étaient surplombées par une fraise blanche qui semblait soutenir sa tête. Il s'immobilisa enfin devant Jean III.

— Je ne sais si vous avez toqué aux bons huis. Evêques et prêtres ne peuvent intercéder en votre faveur pour des délits bousculant aussi gravement les lois d'une morale universelle. Quant à monsieur de Rosny, notre surintendant des Finances, je ne devrais pas vous le dire mais je ne peux m'en priver, c'est un bon serviteur du roi mais c'est aussi un homme d'épée, un seigneur souvent violent et brutal. Si vous aviez été protestant, peut-être aurait-il accepté de vous recevoir. Quant à notre chancelier, il est fort âgé, ne s'occupe plus que de sa santé et de se maintenir sans tracasseries à sa place jusqu'à sa mort.

— Et vous ?

L'âpreté de la question eut l'heur de séduire Villeroy.

Décidément ce Normand était franc et ne lâchait point prise.

— Moi ? Je vais essayer d'obtenir une audience auprès de Sa Majesté. Je la vois lundi matin en son Conseil privé. Elle seule peut encore sauver vos enfants.

Une onde d'espoir balaya la figure de Jean de Ravalet. Le roi ! Lui ! L'orfèvre de l'adultère qu'il affichait jusque dans son palais ! Le roi dont on renonçait à compter les maîtresses ! Oui, s'il arrivait à le voir, il le convaincrait sûrement !

Ayant remarqué le changement d'expression de son visiteur, Villeroy s'empressa de le ramener à la raison.

— N'espérez point de miracle, monsieur, Sa Majesté subit des pressions, des contrariétés de toute sorte. Elle doit en tenir compte. Si vous obtenez leur grâce, ce serait déjà merveilleux.

Jean de Tourlaville souffla avec force.

— Oui, ce serait mieux que de subir le bourreau. Mais… le temps presse, le jugement définitif bientôt rendu…

Villeroy opina du bonnet.

— Demain, c'est dimanche. Sa Majesté sera à la chasse. Je vais lui adresser un courrier ce jourd'hui pour solliciter une audience lundi. Ainsi elle me donnera sa réponse lors du Conseil privé. Venez me rejoindre céans ce même jour. Nous affûterons nos arguments pour la convaincre si elle consent à nous recevoir.

Un vertige secoua Jean III.

— Merci, monsieur, quoi qu'il advienne, je vous serai reconnaissant à jamais. Je suis votre serviteur.

Le temps passait en effet. Ce lundi 1er décembre, après avoir écouté le juge rapporteur Courtin, les magistrats de la Tournelle siégeant en conseil apportèrent leurs conclusions. Elles étaient sans appel. Coupables d'inceste et d'adultère, Marguerite et Julien méritaient la peine de mort.

Le jugement définitif allait pourtant attendre, une requête au parlement ayant été transmise la veille au greffier Voisin par un jeune avocat commis d'office chargé de défendre les Tourlaville. Dans cette requête, sur les conseils de leur défenseur de dernière minute, les inculpés rejetaient l'accusation d'inceste portée par Jean Lefebvre.

Contretemps fâcheux pour les conseillers, contraints de délibérer sur le bien-fondé de cette nouvelle procédure.

Convoqué par la Tournelle pour donner son avis, le commissaire Chassebras fit remarquer que, selon lui, il n'y avait point lieu d'accorder d'importance à cette requête, celle-ci ayant été traitée lors du procès en appel devant le parlement.

Après lecture attentive, le rapporteur Courtin établit son rapport. Il allait dans le même sens que les déclarations de Chassebras. L'acte de procédure étudié en conseil faisait double emploi avec le procès en appel et il n'y avait point lieu de s'y attarder.

Cette ultime et inutile tentative avait cependant fait gagner une journée à Marguerite et à Julien. Une journée capitale, puisque, en ce même lundi 1er décembre 1603, accompagné de Villeroy, Jean de Ravalet, seigneur de Tourlaville, allait franchir les portes du Louvre pour rencontrer Henri IV dans l'espoir d'obtenir la grâce de ses enfants.

Henri IV avait passé une mauvaise nuit. Hypocondriaque, il avait subi la veille des gargarismes pour le prévenir de rhumes dont il était souvent victime, absorbé des poudres pour sa digestion, s'était fait appliquer des onguents pour soigner une blennorragie têtue et il s'était réveillé d'assez vilaine humeur.

Malgré ces petits ennuis, il n'avait pas voulu déroger à l'étiquette, ouvrant notamment la porte de sa chambre à Rosny et à Villeroy, conviés à assister à son lever. Bien au chaud dans le grand lit à baldaquin, à côté de Marie de Médicis, Henri avait évoqué les thèmes du Conseil privé qui se déroulerait dans la matinée puis, la reine ayant ouvert un œil désabusé sur les favoris du roi, il avait déjeuné au lit d'un bouillon de bœuf et de pain sous le regard attentif des courtisans et des gardes présents.

C'est là que, devant Marie de Médicis, Villeroy avait insisté pour être reçu dans le cabinet privé du roi, en présence de monsieur de Tourlaville, père de deux enfants dont le procès se déroulait en la chambre de la Tournelle. Henri avait acquiescé avec un geste las qui laissait supposer que cette demande l'agaçait plutôt.

— J'accepte parce que c'est vous, avait dit Henri, qui appréciait beaucoup son ministre, mais je ne pourrai vous consacrer grand temps. Venez me voir dans mon cabinet après le dîner.

Puis il s'était levé pour effectuer une toilette rapide avant de se tourner vers son surintendant des Finances pour lui commander :

— Monsieur de Rosny, passez-moi ma chemise, s'il vous plaît.

Sitôt vêtu, il était entré dans l'antichambre afin de

saluer une horde de courtisans avant de rejoindre la salle du Conseil pendant que Leonora Galigaï, confidente et dame d'atours de la reine, s'affairait autour de celle-ci, choisissant ses parfums, sa coiffure et les vêtements qu'elle porterait ce jour-là.

C'est ainsi que Villeroy et Jean III se présentèrent devant le Louvre ce lundi 1er décembre 1603 vers midi. Ils entrèrent en carrosse dans la cour, privilège étonnant car seuls les princes du sang, le Grand Ecuyer et quelques rares favoris avaient le droit de pénétrer à cheval ou en voiture dans l'enceinte royale.

Domestiques en livrée, pages, gardes, courtisans dont certains avaient l'accent gascon, artisans, mendiants, ouvriers, artistes de toute sorte, badauds, costumes somptueux et hardes se croisaient dans les cours, les allées et les galeries, dans un désordre bon enfant.

Précédés par deux gardes, Villeroy et Ravalet de Tourlaville se hâtèrent vers les appartements royaux et bientôt un huissier les introduisit dans le cabinet du roi. Henri n'était pas seul. Assise dans un fauteuil près de lui, engoncée dans une robe au satin incarnat rehaussée au col d'un flot de dentelles et de bijoux, la figure sévère, Marie de Médicis attendait les visiteurs. Villeroy réprima un mouvement de contrariété. La présence de la reine, réputée pour son goût de la vertu et son intolérance, risquait fort de compromettre l'ultime intervention destinée à sauver Marguerite et Julien.

Le ministre et Jean III saluèrent Sa Majesté puis, figé par son chagrin et l'ampleur de sa requête, le seigneur de Tourlaville demeura muet.

Henri IV, célèbre pour ne jamais rester en place et entraîner ses ministres à discourir avec lui des affaires de l'Etat dans les galeries du palais ou dans les chemins de campagne, se mit à sillonner de long en large le vaste cabinet. Il s'arrêta soudain devant Jean III, un sourire inquisiteur adoucissant son visage de faune.

— Ainsi donc, monsieur, monsieur de Villeroy m'a rappelé que vos ancêtres avaient joliment défendu les lys en leur temps, et que vous-même, grand maître des Eaux et Forêts, êtes un fidèle serviteur de notre Couronne.

Il marqua une pause avant de reprendre sa déambulation tout en poursuivant :

— Il m'a dit aussi que vous êtes le père de ces jeunes gens inculpés pour inceste et adultère que l'on s'apprête à condamner.

— Oui, sire, souffla Jean III, et...

— Monsieur de Bellièvre, mon confesseur le père Coton et Villeroy lui-même m'ont conté votre affaire. Vous les avez rencontrés, je crois, et je vois que vous ne lésinez pas sur votre temps dans l'espoir de les sauver.

— Oui, sire, intervint Villeroy. Monsieur de Tourlaville vient céans pour vous supplier de leur accorder votre grâce.

Henri IV s'immobilisa à nouveau.

— Holà ! Doucement, monsieur. Vos enfants sont accusés d'inceste et d'adultère. Il ne s'agit point là de bagatelles et le parlement est maître de ses jugements.

C'est alors que, s'appuyant sur le bras de Leonora Galigaï, qui se tenait, noire, maigre, taciturne, debout auprès d'elle, Marie de Médicis se leva, grande, enveloppée, la poitrine généreuse, son visage aux joues lourdes encadré de cheveux frisés, empli d'une souveraine colère. Elle branla de la tête, secouant de longues boucles d'oreilles incrustées de diamants.

— Oui-da, j'ai entendu moi aussi parler de cette affaire. Tout Paris en parle. Tout Paris prétend qu'ils sont coupables. Inceste et adultère ! Le furieux mélange que voilà !

La figure terne de la reine s'était chargée de foudre. Elle promena un œil circulaire sur les tapisseries, les meubles raffinés, les immenses chandeliers, les glaces à l'italienne qui meublaient la pièce, puis elle le planta dans celui du seigneur de Tourlaville.

— Je suis au regret de vous le dire, monsieur, mais nous ne pouvons accepter que la morale soit toujours bafouée. Nous vivons des temps troublés.

Elle pivota vers le roi, la prunelle assassine. Et faisant sans doute allusion à Henriette d'Entragues, marquise de Verneuil, sa rivale, elle lança :

— Nous sommes encerclés par les « poutanes [1] » et nous devons veiller à ce que la morale chrétienne retrouve ses lettres de noblesse, sinon la France deviendra un immense bordeau.

Durant toute cette vive intervention, Jean de Ravalet avait baissé le front. Il se jeta soudain à genoux devant le roi, le regarda avec une souffrance si grande dans les yeux que celui-ci en fut touché.

— Il n'y a pas eu inceste, seulement adultère. Sauvez au moins mon fils, sire, il n'est point coupable et il ferait un excellent soldat !

Henri IV tangua d'un pied sur l'autre, mal à l'aise. La présence de Marie de Médicis lui interdisait toute velléité de grâce. La journée avait pourtant plutôt bien commencé. Après le Conseil, où on avait discouru sur l'édit de Rouen autorisant le retour de la Compagnie de Jésus dans le royaume après qu'elle en eut été chassée à la suite de l'agression du jésuite Jean Chastel sur sa

1. Putains.

propre personne, le roi Henri avait paisiblement entendu la messe dans le couvent des Feuillants de la rue Saint-Honoré, et, oubliant ses incommodités de santé, il s'était gavé au dîner de soupe à l'oignon, de perdreaux, de faisan, d'omelette et de larges tartines de pain beurrées assorties d'ail cru qui lui rappelaient sa Navarre natale. Tout cela caressé par un gentil vin d'Arbois, si gouleyant qu'il en aurait presque fait oublier la perfide beaute des femmes ! Las, un père devant lui pleurait à genoux le sort funeste de ses enfants. Las encore, il ne pouvait devant son épouse s'abandonner à sa bonté naturelle. Il est vrai que le crime était lourd, même si lui-même passait le plus clair de son temps à humilier et ridiculiser la reine avec sa maîtresse et des gourgandines de passage, sans risque aucun puisqu'il était le roi.

— Il n'y a pas eu inceste, ce n'est pas démontré, s'entendit répondre Henri, et si je graciais le fils et non la fille, ce ne serait point justice. Ce serait décider qu'elle est la seule coupable, ce qui n'est sans doute pas le cas

Villeroy intervint alors. Comme les autres, il avait remarqué le visage ravagé du malheureux seigneur de Tourlaville. Il haussa des sourcils compatissants.

— Sire, ils ont vingt et un et dix-sept ans...

— Des enfants, sire, des enfants, répéta Jean III, brisé par l'émotion.

— Des enfants, martela Marie de Médicis, des enfants habités par Satan !

Le roi se remit à sillonner d'un pas nerveux le cabinet afin de réfléchir et de masquer le désarroi de ses pensées avant de conclure car la reine le guettait et d'autres quémandeurs patientaient dans l'antichambre.

— Je ne peux en cette affaire déjuger le parlement. Si

votre fille n'avait point été mariée, je leur eusse volontiers accordé la grâce mais tel n'est pas le cas.

Il s'arrêta à nouveau, considéra le puissant seigneur de Tourlaville toujours agenouillé, la tête dans les mains, le dos secoué par les sanglots.

— Relevez-vous, monsieur, et retenez bien ce que je vais vous dire. En raison des services que votre maison nous a rendus au long des siècles, en raison de votre noblesse, en raison de votre peine qui est respectable, nous attendrons la sentence pour l'adoucir. Si la mort est décidée, les corps ne seront point dépouillés ni jetés dans le charnier de Montfaucon et je vous accorderai le soin de leur choisir une sépulture chrétienne. Monsieur de Villeroy sera garant des promesses faites céans et veillera à leur bonne exécution. Je ne peux faire davantage. Si, une chose encore, si vous le désirez, vous bailler un laissez-passer pour vous laisser voir et embrasser une dernière fois les vôtres avant l'exécution. Une grâce [1] serait mal comprise par Notre Seigneur Dieu qui m'a choisi pour le représenter devant mon peuple.

Il eut un geste d'apaisement.

— Espérez encore. Qui sait ? Si vos enfants sont innocents, les juges aviseront, touchés par la raison et la clémence divine.

---

1. Dix mois auparavant, en février 1603, Henri IV avait gracié Saint-Géran, l'un de ses compagnons d'armes, entraînant des remous au parlement et dans l'opinion publique. En retour il avait promis, s'adressant au parlement : « Vous direz à la cour que je ne baillerai plus de telles abolitions ; ils s'en peuvent assurer puisque je le promets car je tiens tout ce que je promets... Et leur direz que j'aurai toujours soin de conserver l'autorité de la justice. »

# 30

Marguerite et Julien tournaient en rond dans leurs cellules respectives. L'issue était proche et tous deux étaient conscients qu'elle leur serait sans doute fatale. Aucune nouvelle du dehors ne venait éclairer les murs des geôles où on les avait placés au secret.

Ainsi ils ignoraient les démarches entreprises par leur père. Un père qui avait suivi les audiences du procès. Un père et une mère auxquels ils pensaient avec honte car ils savaient qu'ils avaient brisé leur cœur et l'honneur de leur nom.

Marguerite s'inquiétait du sort de la petite Louise et du fils qu'on lui avait enlevé sitôt né. Elle se demandait ce qu'ils deviendraient sans elle si elle était emprisonnée ou exécutée.

Mais, plus que tout, Marguerite pensait à Julien et Julien pensait à Marguerite. L'enfermement exaltait leur passion. Chacun aspirait à se sacrifier pour l'autre. Marguerite avait devancé son frère en affirmant que Robert Agnès était son amant afin de réfuter l'inceste et par là la culpabilité de Julien. Elle était consciente cependant que ses efforts n'avaient point abouti mais elle n'imaginait pas encore que le verdict serait la peine capitale. L'avocat qui était entré la veille dans sa cellule pour lui demander de signer une requête destinée à relancer le procès lui avait pourtant annoncé que sa tentative était celle de la dernière chance mais le jeune homme s'agitait si fort, semblait si peu expérimenté qu'elle n'avait attaché d'importance ni à ses propos ni à ses tentatives pour les sauver.

Mieux valait prier et invoquer la providence.

Cependant, quand, secondée par la geôlière qui y trouvait son compte en pistoles, Marguerite s'affairait devant l'humble miroir de sa cellule, elle se contemplait avec une sereine gravité. Elle était belle, incontestablement, plus belle encore depuis que les ombres de l'échafaud rôdaient autour d'elle. Elle effleurait alors son front, ses joues, ses lèvres joliment ourlées, pressait ses bras, ses hanches, ses seins, s'attardait sur le délié de ses épaules, écoutait le sang battre posément contre ses tempes. Et elle se disait : « Je suis là, vivante, bien vivante, un peu pâle, c'est vrai, mais qui ne le serait pas en de pareilles circonstances alors que Lefebvre et les juges veulent notre mort ? Ils n'y parviendront pas. Dieu nous a faits ainsi. C'est Lui qui a voulu que l'on s'aime de cette sorte d'amour. Il va nous protéger de la justice des hommes. Il ne peut pas vouloir que toute cette vie s'arrête ! »

Elle saisissait alors *L'Adolescence Clémentine*, l'ouvrait aux rondeaux pour s'abreuver d'« Alliance de sœur ».

*Par alliance ai acquis une sœur,*
*Qui en beauté, en grâce et en douceur*
*Entre un millier ne trouve sa pareille :*
*Aussi mon cœur à l'aimer s'appareille,*
*Mais d'être aimé ne se tient pas bien seur.*
*Las, elle m'a navré de grande vigueur,*

*Non d'un couteau, ne par haine ou rigueur,*
*Mais d'un baiser de sa bouche vermeille,*
*Par alliance.*

Elle pleurait alors doucement, saisie par la justesse, la singulière harmonie des mots, et elle murmurait : « Julien ! Mon prince ! Ma vie ! Que nous arrive-t-il ? Dieu nous aidera. Il nous sauvera. »

Puis elle se dirigeait vers le prie-Dieu pour s'agenouiller et appeler à leur secours les puissances divines.

Julien, lui, peut-être parce qu'il était un peu plus âgé, ne se berçait guère d'illusions. Tout en bataillant lors du procès avec une belle vigueur, il avait très vite pris conscience des erreurs qu'il avait commises dans sa défense, et les sourires ou les chuchotements des magistrats et de la foule dans la salle l'avaient convaincu que sa sœur et lui étaient perdus. Lui aussi avait signé la requête apportée par leur avocat de dernière minute. Avec le regard pénétrant d'un entomologiste étudiant des insectes, il avait observé les sautillements du jeune homme convaincu que ses efforts n'aboutiraient à rien.

Seul un miracle pouvait les sauver. Or les miracles relèvent de Dieu et de ses saints, et lui et Marguerite avaient contrevenu à leurs desseins. Nul doute que ceux-ci ne leur viendraient pas en aide. Une existence entière, employée à réparer les méfaits de l'adultère et d'une union contre nature, n'aurait d'ailleurs pas suffi à effacer leurs péchés.

Péché ? Julien fixait les murs sombres du cachot, éclairés par une faible chandelle achetée à prix d'or. Péché, cet amour dit infernal qui lui semblait si doux ? Péché, cette passion qui éblouissait sa vie ? Péché, ce cri qui enflait sa poitrine même quand il dormait près d'elle ? Marguerite !

Combien de fois ne l'avait-il pas appelée entre ces murs ? Il ouvrait la bouche, aspirait l'air moisi, confiné, fermait les yeux pour hurler d'une voix muette dans le grand silence, pour la millième fois, le nom de l'aimée. Puis, serein, il songeait aux flammes de l'enfer et concluait qu'elles seraient supportables s'il les partageait avec elle.

Dès sept heures du matin en ce mardi 2 décembre 1603, les juges reprirent les dossiers concernant les affaires à conclure ce jour-là. Parmi elles l'affaire Ravalet portant le numéro dix.

Après concertation en conseil privé, à l'unanimité, les juges reconnurent Marguerite et Julien coupables d'inceste et d'adultère entraînant comme sentence la mort.

Les accusés, étant nobles, auraient la tête tranchée à l'épée de justice et non à la hache comme le commun des mortels. Le greffier Daniel Voisin fut alors dépêché auprès du bourreau Jean-Guillaume pour le prévenir de la sentence et lui mander d'activer les préparatifs de l'exécution en place de Grève, où se dresserait l'échafaud.

Des émissaires furent également envoyés à l'Hôtel de Ville auprès du lieutenant criminel Lugoli, du lieutenant civil François Miron et du chevalier du guet le capitaine Testu afin qu'ils assurent le maintien de l'ordre. Un ordre qui serait plus indispensable que jamais tant le procès des Ravalet de Tourlaville avait attisé les passions et ne manquerait pas d'attirer une foule immense.

La salle Saint-Louis était d'ailleurs archicomble quand les magistrats s'y rendirent pour annoncer publiquement la sentence. Il y eut un incroyable silence quand Daniel Voisin, de retour de son intervention auprès du bourreau, entama la longue lecture du jugement :

— « Vu par la cour le procès criminel fait par le prévôt de Paris ou son lieutenant criminel, à la requête de Jean Lefebvre, écuyer, sieur de Hautpitois, receveur des aides et tailles de l'élection de Valognes en Normandie, bailliage de Cotentin...

« ... et pour l'inceste et adultère commis par lesdits Julien et Marguerite de Tourlaville, les a condamnés et condamne à être décapités sur un échafaud qui sera dressé en la place de Grève de cette ville de Paris, leurs têtes et corps portés à Montfaucon. »

Il y eut des murmures atterrés, des rumeurs, des protestations aussitôt étouffées sous peine de quitter la salle. On allait exécuter des enfants si beaux, si jeunes, si proches de l'innocence pour satisfaire un mari si froid, si sinistre, si calculateur, un mari violent, assurément ! Quel gâchis ! Le public compatissait.

Imperturbable, Daniel Voisin reprit sa lecture. Sur les biens des accusés une somme de huit cents livres parisis d'amende était adjugée au roi. Marguerite était privée de sa dot et autres conventions matrimoniales. Lefebvre en serait bénéficiaire « pour réparation civile et pour en jouir par lui en propriété ». L'enfant de Marguerite dont elle avait accouché étant prisonnière serait nourri aux dépens de son père le seigneur de Tourlaville. Quant à l'infortuné Robert Agnès, la cour l'absolvait des accusations de Marguerite, ouvrait les portes de sa prison et lui octroyait cent livres parisis en dédommagement.

Jugement était rendu.

Henri IV allait y porter l'adoucissement promis. Le parlement reçut un message signé par lui : les dépouilles des Ravalet de Tourlaville ne seraient pas jetées dans le charnier de Montfaucon mais inhumées dignement en terre chrétienne.

# 31

Ce jugement lu, geôliers et archers conduisirent Marguerite et Julien dans la chapelle de la Conciergerie. Le greffier Daniel Voisin, assisté de Mathieu Drouet, clerc commis au greffe, le rapporteur Courtin et un substitut du procureur général les y attendaient.

En entrant dans la chapelle, Marguerite et Julien se lancèrent des regards éperdus dans lesquels se lisaient la joie de se revoir, leur passion retenue et l'angoisse du contenu de la sentence.

Ils s'étaient vêtus tous deux avec soin, avaient enfilé un manteau sur leurs habits pour se protéger du froid de décembre.

En découvrant les visages funèbres des personnes présentes, le frère et la sœur comprirent qu'ils étaient perdus. Après qu'on les eut fait mettre à genoux, Mathieu Drouet, le jeune commis greffier chargé d'enregistrer les derniers propos des accusés, entreprit la lecture du verdict. Celle-ci achevée, Daniel Voisin, le rapporteur et le substitut quittèrent la chapelle alors que Mathieu Drouet se précipitait vers Marguerite, qui, à l'issue de la sentence, voyant ses sens se dérober, s'affaissait sur le flanc.

Drouet aida la jeune femme à se relever et à s'asseoir sur un banc pendant que les archers éloignaient Julien de sa sœur. Marguerite avait repris ses esprits. Pâle mais calme, elle déclara :

— Je mourrai innocente et affronterai la mort en face.

— Voulez-vous un prêtre ? demanda le commis greffier. Le curé de Saint-Barthélemy a été mandé pour vous réconcilier avec Dieu. J'espère que vous reconnaîtrez votre faute et la confesserez.

Marguerite secoua négativement la tête.

— Je ne confesserai jamais autre chose que ce que j'ai déjà dit, je suis innocente.

— Vous n'êtes pas innocente puisque vous avez reconnu l'adultère devant la cour et Dieu a fait connaître aux juges que vous étiez coupables des autres faits qui vous sont reprochés, et seule la honte vous retient de le confesser.

Marguerite souffla doucement pour laisser échapper la tension qui l'avait envahie. Jamais elle n'avouerait l'inceste.

— J'ai offensé Dieu mais je suis innocente du reste qui a été inventé par un mauvais mari qui est cause de ma misère. Cependant, je veux bien voir un capucin.

Drouet se dirigea alors vers Julien. Celui-ci réagit avec hauteur et dignité.

— Est-ce là un arrêt de la cour de parlement ? dit-il. Je suis innocent et, si je mens, que Dieu n'ait point rémission de mon âme ! Je demande un prêtre pour me confesser et sachez que je n'appréhende point la mort.

Un instant plus tard le bourreau Jean-Guillaume entra dans la chapelle, suivi du curé de l'église Saint-Barthélemy, sise dans l'île de la Cité à deux pas du palais de justice.

Julien sursauta.

— Maître Fusi !

Le prêtre chargé de confesser les accusés et de les accompagner jusqu'au supplice n'était autre qu'Antoine Fusi, l'un de ses professeurs en théologie au collège de Navarre !

Fusi s'approcha de Julien, posa une main compatissante sur son épaule.

— Je savais, hélas, que je vous trouverais céans. Tout Paris devise de vous et mon cœur saigne de vous voir condamnés, votre sœur et vous. Il nous reste toutefois un devoir à accomplir devant Dieu. Je voudrais vous ouïr en confession. Le moment est venu de vous repentir. Vous ne pouvez nous quitter en état de péché mortel. Cependant, je vais commencer par m'entretenir avec mademoiselle.

Fusi tourna les talons et s'approcha de Marguerite.

— Nous n'avons point de péché à confesser puisque nous sommes innocents, répondit celle-ci quand il l'eut emmenée dans un coin de la chapelle loin des oreilles indiscrètes.

— Je ne peux vous accorder l'absolution sans la confession pleine et entière de vos péchés. Il est temps maintenant de dire la vérité.

Marguerite jeta un regard éperdu vers Julien qui atten dait à quelques pas.

— J'ai menti, c'est vrai, j'ai faussement accusé le tailleur Robert Agnès.

— Alors, qui est le père de votre enfant ?

— Je ne vous le dirai pas. Mais je reconnais que j'ai offensé Dieu et qu'à ce titre je mérite peut-être la mort.

Fusi se dirigea alors à nouveau vers Julien. Même son de cloche. A l'image de sa sœur, il refusait d'avouer l'inceste. Désemparé, inquiet pour les âmes qu'on lui avait confiées, le prêtre entraîna le commis greffier derrière l'autel.

— Monsieur, lui dit-il, je travaille fort ces malheureux pour qu'ils me confessent leur crime mais ils s'y refusent catégoriquement et je ne sais que faire. Ces messieurs de la Tournelle seraient-ils assez satisfaits s'ils reconnaissaient qu'ils ont mérité la mort et demandé pardon à Dieu et à la justice ? Je n'en obtiendrai pas davantage. Je vois bien qu'ils sont retenus du reste, tant le crime d'inceste déshonore le nom de leur famille.

Mathieu Drouet hésita un instant avant de répondre.

— Cette reconnaissance par leur bouche sur l'échafaud contentera sans doute les messieurs de la cour. Si Julien de Tourlaville reconnaît qu'il a mérité la mort, c'est qu'il reconnaît l'adultère et par là même l'inceste puisqu'il s'agit de sa sœur.

— Je vous remercie.

L'essentiel était dit. La suite appartenait désormais au bourreau. Pas tout à fait. Deux hommes entrèrent alors dans la chapelle, munis d'un laissez-passer pour s'entretenir avec les condamnés.

— Martin Groult ! s'étonnèrent à l'unisson Marguerite et Julien en reconnaissant l'un d'eux.

C'était bien lui en effet, massif, pâle, les traits défaits, escorté par le secrétaire de Villeroy, désigné pour ouvrir légalement les portes à l'envoyé de Jean III. On autorisa le frère et la sœur à rejoindre les nouveaux venus. Une émotion effroyable secoua les épaules du fidèle valet et des condamnés. Pour ces derniers, c'était d'un coup tout leur passé, toute leur famille, toute la Normandie qui s'engouffrait dans la chapelle.

— C'est votre père qui m'a dépêché auprès de vous,

commença Martin d'une voix brisée, il est à Paris mais il n'a pas eu la force de venir céans. Il vous exhorte de dénoncer vos fautes devant Dieu, il vous pardonne, vous envoie sa paternelle bénédiction et il vous demande de prendre la mort avec dignite et résignation.

Des larmes roulèrent sur les joues de Marguerite, qu'elle ne cherchait point à contenir.

— Tu lui diras, murmura-t-elle, que je reconnais que ma désobéissance envers mon père et ma mère sont la cause de mon malheur. Tu prieras tous les miens de me pardonner les ennuis et le déshonneur que je leur ai causés et demanderas à nos parents de prier pour nous, de faire vêtir des pauvres et de verser des aumônes pour le salut de nos âmes. Dis-leur aussi que je ne crains pas la mort pourvu que j'aille en paradis.

— Notre père est donc à Paris ? s'étonna Julien, qui luttait contre son émotion.

— Oui, il a assisté à tout le procès et il sera tout à l'heure en place de Grève pour vous dire adieu.

— Dis-lui que nous l'aimons ainsi que notre mère, et que nous ne les remercierons jamais assez de nous avoir pardonné, déclara Julien en tournant le dos. Et à présent, Martin, je t'en supplie, va hors de céans.

Les deux hommes partis, Fusi revint vers les jeunes gens pour achever de leur apporter les ultimes secours de la religion.

Quand le prêtre eut fini, le bourreau s'approcha des condamnés pour leur conseiller d'ôter leurs manteaux. Il leur lia ensuite les mains puis, ceux-ci s'étant agenouillés pour baiser le sol de la chapelle, il les aida à se relever avant de les entraîner vers la sortie.

— L'heure est venue, dit-il.

Un sourire étrange, hiératique, éclaira le visage de Marguerite.

— Allons, dit-elle en se tournant vers son frère. Allons, puisqu'il est écrit que nous devons payer !

Julien chancela. L'horreur de leur situation lui apparut soudain. Dans quelques instants ils ne seraient plus. Il ferma les yeux, serra les mâchoires. Se redressa. Un Ravalet de Tourlaville se devait de ne pas plier.

Et il emboîta le pas à sa sœur, au bourreau et aux archers, au moment où midi sonnait à la Sainte-Chapelle.

Dans la cour de Mai, on les aida à monter dans une charrette. Courtin, Daniel Voisin et le substitut les attendaient dans un carrosse qui les emmènerait vers le lieu du supplice. Mathieu Drouet monta avec eux. Escortées par des archers à cheval et leurs lieutenants, les voitures se frayaient un difficile chemin dans la foule malgré deux cent huit archers à pied, gardes et hallebardiers de la ville et de la vicomté, appelés en renfort pour assurer le service d'ordre.

Depuis la veille au soir on avait commencé à dresser l'échafaud, et chacun supposait, la rumeur déferlant de toutes parts, que l'exécution aurait lieu dès le lendemain. Il fallut une heure aux condamnés pour franchir la distance pourtant assez courte qui menait en place de Grève [1] sur l'autre rive de la Seine.

La pluie avait cessé dans la nuit et, avec un temps froid et sec, un pâle soleil caressait Paris.

Assis côte à côte, subjugués, oubliant presque leur sort, Julien et Marguerite contemplaient cette masse confuse et colorée qui était accourue pour les voir mourir. Des

1. Place de l'Hôtel-de-Ville, aujourd'hui.

hommes, des femmes pleuraient ; d'autres, les cornus, les assoiffés d'une morale extrême, les défenseurs de tous les Jean Lefebvre du monde, lançaient quelques avanies sitôt étouffées par leurs voisins, outrés qu'on applaudisse à la disparition prochaine de deux enfants.

Des phrases fusaient, des larmes, des baisers.

— Ils sont si jeunes.

— Si beaux...

— Ils sont sûrement innocents.

— Dieu ne peut laisser accomplir cela...

— Regardez, le jeune homme a tout juste un peu de coton au menton.

— Ecoute, murmura Marguerite en tournant vers son frère un regard chargé d'une indicible adoration, tous ces gens sont là pour nous.

Julien branla du chef.

— Oui, pour les remercier, il nous faudra bien mourir.

— Père est parmi eux...

Ils échangèrent une sorte de sourire empli de peur et de passion.

Une femme dans la foule éclata bruyamment en sanglots.

— Regardez, ils s'aiment ! Ils s'aiment de véritable amour !

Le frère et la sœur l'entendirent. Marguerite pressa ses mains liées sur sa poitrine, chuchota à l'intention de Julien :

— Elle dit vrai. La mort n'est rien. Nous resterons ensemble.

— En enfer ?

— Ou en paradis, je ne sais. Mais ensemble, et c'est là l'essentiel.

Julien frissonna. Il avait besoin d'assurer ses forces avant la terrible épreuve.

— M'aimes-tu toujours ?

— Plus que la mort.

— Moi itou.

— Lorsque l'épée tombera, je t'appellerai en silence et ne penserai qu'à toi.

— Moi itou.

Un faible sourire entrouvrit les lèvres de Marguerite.

— Notre amour était trop grand pour nous, mais je ne le regrette pas.

Puis elle commença :

— *Las, elle m'a navré de grande vigueur,*
*Non d'un couteau, ne par haine ou rigueur,*
*Mais d'un baiser de sa bouche vermeille,*
*Par Alliance…*

Elle avait élevé la voix, les gardes assis auprès d'eux l'observaient avec un étonnement mêlé de stupeur. La pauvrette perdait… la tête !

La charrette s'immobilisa devant l'échafaud. Les occupants en descendirent. Marguerite gravit la première les marches conduisant à son trépas. Son regard soudain vide vaguait sur les eaux de la Seine où filaient quelques bateaux, sur les maisons encadrant la place dont les fenêtres avaient été louées à prix d'or par les seigneurs et les riches bourgeois avides de ne rien perdre de ce singulier et sanglant spectacle, sur l'assistance muette soudain, qui retenait sa respiration, fascinée par la jeunesse et la beauté des suppliciés. Elle ne vit pas son père qui, non loin de la Grande-Croix de Grève, les mains et un feutre masquant sa figure, pleurait, ravagé par le chagrin. Elle ne vit pas le peintre Du Moustier occupé à saisir l'expression de ses traits. Elle ne vit pas tous ces témoins perdus dans la populace qui à leur façon fixeraient cet événement pour l'éternité. Elle regardait Julien à présent, ne voyait que lui qui dressait le front vers elle pendant que Fusi la soutenait de ses prières.

On lui avait délié les poignets. Elle ôta elle-même son collier, rabattit son col de dentelle et entrouvrit sa chemise pendant que la foule chantait le Salve Regina comme elle le faisait à chaque exécution pour implorer l'intercession de la Vierge en faveur de celui qui allait mourir. Jean-Guillaume s'approcha d'elle pour lui couper les cheveux. Elle repoussa les ciseaux, se tourna vers Julien qui attendait son tour en bas de l'échafaud et, fidèle à la promesse faite à Fusi, elle déclara :

— Mon frère, prenez courage, consolez-vous en Dieu, nous avons bien mérité la mort.

Puis, après un dernier regard vers son frère, elle se banda elle-même les yeux, releva ses cheveux en avant pour mieux offrir sa nuque au bourreau, s'agenouilla sur le sol, articula d'une voix ferme :

— *In manus tuas, Domine.* Entre tes mains, Seigneur.

L'épée de justice à un seul tranchant pouvait accomplir son ouvrage. Maniée par Jean-Guillaume, elle s'abattit sur le cou ravissant à l'instant même où, les lèvres scellées, de toutes ses frémissantes forces, Marguerite criait silencieusement le nom de Julien.

La tête roula sur le bois de l'échafaud. Le sang jaillit du corps sans vie. Le jeune valet attaché au bourreau se hâta vers la dépouille pour faire place au frère. Dans sa précipitation à traîner le cadavre, les jambes de la malheureuse et le début de ses charmantes cuisses apparurent.

Un grondement devenant clameur monta alors de la

multitude indignée. Tant d'impudeur ! Voulait-on salir une fois encore celle que ces messieurs de la Tournelle avaient peut-être injustement condamnée ?

Jean-Guillaume rabattit vivement la robe de la jeune femme puis il adressa un signe aux archers.

Accompagné par Fusi, Julien escalada d'un pas ferme les marches de l'échafaud. Il avait vu la tête tranchée, les bas rouges de l'aimée, ses chairs si douces. Il avait surtout entendu ce cri : « Julien ! » dans le grand silence.

Parvenu sur l'estrade, il se laissa ôter son pourpoint, ouvrir le col de sa chemise, refusa le bandeau qui devait occulter ses yeux, accepta toutefois que Jean-Guillaume coupât lui-même les mèches de ses cheveux.

Le Salve Regina résonna une fois encore. Dressé sur l'échafaud, Julien contempla un instant la foule, fixa la ligne d'horizon qui se voilait, annonçant un ciel de neige, chercha vainement son père du regard. Un sourire singulier, intérieur, intense, déjà détaché de ce monde, effleura son visage, arrachant des larmes au public bouleversé par son panache et sa jeunesse.

Il déclara d'une voix claire :

— Je me console en Dieu, j'ai bien mérité la mort !

Il s'agenouilla sur le sol.

— *In manus tuas, Domine.*

A l'instant précis où l'épée trancha le cou, Marguerite entendit son frère qui criait son nom.

# ÉPILOGUE

Le spectacle terminé, un long fleuve humain s'écoula avant de se disperser vers les rues voisines. Protégé par quelques archers qui montaient la garde autour de l'échafaud, Fusi, le curé de Saint-Barthélemy et de Saint-Leu, demeura près des dépouilles de Marguerite et de Julien en attendant que le père vienne les quérir afin de leur offrir une sépulture chrétienne.

Les héros de ce drame furent inhumés en l'église Saint-Jean-en-Grève, proche du lieu de l'exécution. Un office des morts fut célébré par le docteur Fusi puis on enterra les cercueils à gauche du porche, à l'entrée de la chapelle de Communion.

Sur la pierre tombale on pouvait lire, jusqu'au début du XVIII$^{e}$ siècle, cette saisissante épitaphe :

*Cy gisent le frère et la sœur*
*Passant, ne t'informe point*
*De la cause de leur mort.*
*Passe et prie Dieu*
*Pour leur âme.*

Les funérailles achevées, Jean III retourna à Tourlaville. Il y retrouva Madeleine, anéantie par le chagrin.

Tous deux partirent bientôt en pèlerinage à la Délivrande et au Mont-Saint-Michel pour prier et se souvenir. Ils se sentaient coupables. Ils avaient manqué de vigilance. Trop attachés à leurs plaisirs ils n'avaient pas voulu voir la tragédie qui se nouait sous leurs yeux. Désormais, patenôtres et vie monacale serviraient de repentir. C'est ainsi que la douce Jeanne clama moins souvent son bonheur d'exister, Martin demeurant son unique et délicieux soupirant. C'est ainsi que François Arnoul fut remplacé par un autre précepteur beaucoup moins séduisant. Un précepteur qui s'occupa peut-être de l'éducation de la petite Louise et de l'enfant né en prison, car on peut imaginer que Madeleine et Jean III les avaient recueillis.

Un autre drame allait suivre la disparition de Marguerite et de Julien. Leur mort ignominieuse avait frappé l'abbé de Hambye en plein cœur. Dès la nouvelle de leur exécution, le bon prêtre abandonna toutes ses charges, à l'exception de l'abbaye de Hambye, qu'il conserva sur l'ordre formel de l'évêque de Coutances, puis il accourut à Tourlaville pour y ordonner la destruction de la tour ouest, qui abritait la chambre de Julien, et y ériger en la place une chapelle expiatoire.

Mais son malheur était trop grand. En février 1604, moins de trois mois après le supplice, Jean II s'éteignit dans le manoir de Rozel, où il s'était réfugié, miné par le chagrin.

Jean III de Ravalet, seigneur de Tourlaville, disparut trois ans plus tard, jugeant lui aussi la vie trop âpre à supporter.

Madeleine se réfugia alors définitivement dans la prière et la méditation. En mai 1635, elle fonda à Valognes le monastère de Notre-Dame-de-Protection, baptisé plus tard abbaye royale, puis elle décida de tirer sa révérence en 1639, à l'âge de quatre-vingt-trois ans.

Jean Lefebvre fut le seul à bénéficier de ce désastre. Négligeant les sarcasmes, les quolibets, les médisances qui fleurissaient dans son dos de cornu, il profita de la dot de Marguerite, se réjouissant chaque jour naissant de l'exécution des amants. En novembre 1606, moins de trois ans après l'exécution, il épousa en secondes noces une certaine Françoise Le Berseur, une jeunesse elle aussi, qui lui offrit onze enfants dont on suppose cette fois qu'ils étaient bien de lui !

Restait Guyonne. A l'issue du supplice, après avoir lancé des tombereaux de vérités à la tête de Nicolas Roussel, elle qui était si peu diserte, elle regagna Tourlaville pour y servir les parents de sa maîtresse. Elle le fit avec discrétion, fidélité, apaisant par sa présence la peine de Madeleine, dont elle était devenue la camériste. Elle ne se maria point. Elle avait beaucoup trop à faire.

Souvent, le soir, son ouvrage terminé, si le ciel était limpide, elle s'aventurait dans le parc, s'asseyait sur un banc de pierre, basculait son émouvant nez retroussé vers le firmament, et là, une heure durant, voire davantage, elle épiait les étoiles, convaincue qu'une nuit elle découvrirait Marguerite et Julien parmi elles. Ne s'étaient-ils pas aimés d'un amour si grand, si immense qu'il influencerait les lois divines ? Il y avait tant de bonheur en eux, tant d'absolu.

A l'évidence, s'ils étaient quelque part, si elle devait les revoir, ce ne serait point en enfer, mais sans doute aucun en paradis.

# PRODUCTION JEANNINE BALLAND

## Romans « Terres de France »

**Jean Anglade**
*Un parrain de cendre*
*Le Jardin de Mercure*
*Y a pas d'bon Dieu*
*La Soupe à la fourchette*
*Un lit d'aubépine*
*La Maîtresse au piquet*
*Le Saintier*
*Le Grillon vert*
*La Fille aux orages*
*Un souper de neige*
*Les Puysatiers*
*Dans le secret des roseaux*
*La Rose et le Lilas*
*Avec le temps…*
**Sylvie Anne**
*Mélie de Sept-Vents*
*Le Secret des chênes*
*La Couze*
*Ciel d'orage sur Donzenac*
*La Maîtresse du corroyeur*
*Un horloger bien tranquille*
**Jean-Jacques Antier**
*Autant en apporte la mer*
**Marie-Paul Armand**
*La Poussière des corons*
*Le Vent de la haine*
*Le Pain rouge*
*La Courée*
tome I *La Courée*
tome II *Louise*
tome III *Benoît*
*La Maîtresse d'école*
*La Cense aux alouettes*
*Nouvelles du Nord*
*L'Enfance perdue*
*Un bouquet de dentelle*
*Au bonheur du matin*
**Victor Bastien**
*Retour au Letsing*
**Françoise Bourdon**
*La Forge au Loup*
*La Cour aux paons*
*Le Bois de lune*
**Annie Bruel**
*La Colline des contrebandiers*
*Le Mas des oliviers*
*Les Géants de pierre*
*Marie-Marseille*
*Jean du Casteloun*
*Les Amants de Malpasset*
**Michel Caffier**
*Le Hameau des mirabelliers*
*La Péniche Saint-Nicolas*
*Les Enfants du Flot*
**Jean-Pierre Chabrol**
*La Banquise*
**Alice Collignon**
*Un parfum de cuir*
**Didier Cornaille**
*Les Labours d'hiver*
*Les Terres abandonnées*
*La Croix de Fourche*
*Etrangers à la terre*
*L'Héritage de Ludovic Grollier*
*L'Alambic*
**Georges Coulonges**
*Les Terres gelées*
*La Fête des écoles*
*La Madelon de l'an 40*
*L'Enfant sous les étoiles*
*Les Flammes de la Liberté*
*Ma communale avait raison*
*Les blés deviennent paille*
*L'Eté du grand bonheur*
*Des amants de porcelaine*
*Le Pays des tomates plates*
*La Terre et le Moulin*
*Les Sabots de Paris*
**Yves Courrière**
*Les Aubarède*
**Anne Courtillé**
*Les Dames de Clermont*
*Florine*
*Dieu le veult*
*Les Messieurs de Clermont*
*L'Arbre des dames*
*Le Secret du chat-huant*
**Paul Couturiau**
*En passant par la Lorraine*
**Annie Degroote**
*La Kermesse du diable*
*Le Cœur en Flandre*
*L'Oubliée de Salperwick*
*Les Filles du Houtland*
*Le Moulin de la Dérobade*
*Les Silences du maître drapier*
*Le Colporteur d'étoiles*

**Alain Dubos**
*Les Seigneurs de la haute lande*
*La Palombe noire*
*La Sève et la Cendre*
*Le Secret du docteur Lescat*
**Marie-Bernadette Dupuy**
*L'Orpheline du bois des Loups*
**Elise Fischer**
*Trois Reines pour une couronne*
*Les Alliances de cristal*
**Laurence Fritsch**
*La Faïencière de Saint-Jean*
**Alain Gandy**
*Adieu capitaine*
*Un sombre été à Chaluzac*
*L'Enigme de Ravejouls*
*Les Frères Delgayroux*
*Les Corneilles de Toulonjac*
*L'Affaire Combes*
*Les Polonaises de Cransac*
*Le Nœud d'anguilles*
*L'Agence Combes et Cie*
**Gérard Georges**
*La Promesse d'un jour d'été*
**Michel Hérubel**
*La Maison Gelder*
*La Falaise bleue*
*Tempête sur Ouessant*
*Le Démon des brumes*
**Denis Humbert**
*La Malvialle*
*Un si joli village*
*La Rouvraie*
*La Dent du loup*
*L'Arbre à poules*
*Les Demi-Frères*
*La Dernière Vague*
**Yves Jacob**
*Marie sans terre*
**Hervé Jaouen**
*Que ma terre demeure*
**Jean-Pierre Leclerc**
*Les Années de pierre*
*La Rouge Batelière*
**Hélène Legrais**
*Le Destin des jumeaux Fabrègues*
**Louis-Jacques Liandier**
*Les Gens de Bois-sur-Lyre*
*Les Racines de l'espérance*
**Jean-Paul Malaval**
*Le Domaine de Rocheveyre*
*Les Vignerons de Chantegrêle*
*Jours de colère à Malpertuis*
*Quai des Chartrons*
*Les Compagnons de Maletaverne*
*Le Carnaval des loups*
**Dominique Marny**
*A l'ombre des amandiers*
*La Rose des Vents*
**Louis Muron**
*Le Chant des canuts*
**Henry Noullet**
*La Falourde*
*La Destalounade*
*Bonencontre*
*Le Destin de Bérengère Fayol*
*Le Mensonge d'Adeline*
*L'Evadé de Salvetat*
**Michel Peyramaure**
*Un château rose en Corrèze*
*Les Grandes Falaises*
**Frédéric Pons**
*Les Troupeaux du diable*
*Les Soleils de l'Adour*
**Jean Siccardi**
*Le Bois des Malines*
*Les Roses rouges de décembre*
*Le Bâtisseur de chapelles*
*Le Moulin de Siagne*
**Jean-Michel Thibaux**
*La Bastide blanche*
*Le Secret de Magali*
*La Fille de la garrigue*
*Le Roman de Cléopâtre*
*La Colère du mistral*
*L'Homme qui habillait les mariées*
*La Gasparine*
*L'Or des collines*
**Jean-Max Tixier**
*Le Crime des Hautes Terres*
*La Fiancée du santonnier*
*Le Maître des roseaux*
**Brigitte Varel**
*Un village pourtant si tranquille*
*Les Yeux de Manon*
*Emma*
*L'Enfant traqué*
*Le Chemin de Jean*
*L'Enfant du Trièves*
*Le Déshonneur d'un père*
**Colette Vlérick**
*La Fille du goémonier*
*Le Brodeur de Pont-l'Abbé*
*La Marée du soir*
*Le Blé noir*

## Collection « Sud Lointain »

**Jean-Jacques Antier**
*Le Rendez-vous de Marie-Galante*
*Marie-Galante, La Liberté ou la Mort*
**Erwan Bergot**
*Les Marches vers la gloire*
*Sud lointain*
tome I *Le Courrier de Saïgon*
tome II *La Rivière des parfums*
tome III *Le Maître de Bao-Tan*
*Rendez-vous à Vera-Cruz*
*Mourir au Laos*
**Jean Bertolino**
*Chaman*
**Paul Couturiau**
*Le Paravent de soie rouge*
*Le Paravent déchiré*
**Alain Dubos**
*Acadie, terre promise*
*Retour en Acadie*
**Hervé Jaouen**
*L'Adieu au Connemara*
**Dominique Marny**
*Du côté de Pondichéry*
*Les Nuits du Caire*
*Cap Malabata*
**Juliette Morillot**
*Les Orchidées rouges de Shanghai*
**Bernard Simonay**
*Les Tigres de Tasmanie*
**Jean-Michel Thibaux**
*La Fille de Panamá*
*Tempête sur Panamá*

## Romans

**Alain Gandy**
*Quand la Légion écrivait sa légende*
**Hubert Huertas**
*Nous jouerons quand même ensemble*
*La Passagère de la « Struma »*
**Denis Humbert**
*Un été d'illusions*
**Michel Peyramaure**
*Les Tambours sauvages*
*Pacifique Sud*
*Louisiana*
*Le Roman de Catherine de Médicis*

*Impression réalisée sur CAMERON par*

BUSSIÈRE CAMEDAN IMPRIMERIES

GROUPE CPI

*à Saint-Amand-Montrond (Cher)*
*en février 2004*
*pour les Presses de la Cité*
*12, avenue d'Italie*
*75013 Paris*

N° d'édition : 7148. — N° d'impression : 040431/1.
Dépôt légal : février 2004.

*Imprimé en France*